Melissa Foster

Driving Whiskey Wild – Herz über Kopf

Die Whiskeys: Dark Knights aus Peaceful Harbor

DIE AUTORIN

Melissa Foster ist eine preisgekrönte *New-York-Times-* und *USA-Today-*Bestsellerautorin. Ihre Bücher werden vom *USA-Today-Bücherblog*, vom *Hagerstown Magazin*, von *The Patriot* und vielen anderen Printmedien empfohlen. Melissa hat mehrere Wandgemälde für das *Hospital for Sick Children*, eine Kinderklinik in Washington, D. C., gemalt.

Besuchen 1Sie Melissa auf ihrer Website oder chatten Sie mit ihr in den sozialen Netzwerken. Sie diskutiert gern mit Lesezirkeln und Bücherclubs über ihre Romane und freut sich über Einladungen. Melissas Bücher sind bei den meisten Online-Buchhändlern als Taschenbuch und E-Book erhältlich.

www.MelissaFoster.com

MELISSA FOSTER
Driving Whiskey Wild
Herz über Kopf

Die Whiskeys: Dark Knights aus Peaceful Harbor

LOVE IN BLOOM – HERZEN IM AUFBRUCH

Aus dem Amerikanischen von Anna Wichmann

Die Originalausgabe erschien erstmals 2017 unter dem Titel
»Driving Whiskey Wild « bei World Literary Press, MD, USA.

Deutsche Erstveröffentlichung
2021 bei World Literary Press, MD, USA
© 2017 der Originalausgabe: Melissa Foster
© 2021 der deutschsprachigen Ausgabe: Melissa Foster
Lektorat: Judith Zimmer, Hamburg
Umschlaggestaltung: Elizabeth Mackey Designs
ISBN: 9781948868648

Vorwort

Als Bullet Whiskey mir zum ersten Mal über den Weg lief, wusste ich, dass nur eine ganz besondere, starke und geduldige Frau die Barrieren einreißen kann, die er um sich herum errichtet hat. Sobald ich Finlay Wilson kennenlernte, war mir klar, dass ich mit ihr die Richtige für ihn gefunden hatte. Hoffentlich wachsen die beiden Ihnen ebenso ans Herz wie mir. All ihre warmherzigen und leidenschaftlichen Familienmitglieder und Freunde werden ihr eigenes Happy End bekommen. Einige der Geschichten sind bereits erschienen: *Tru Blue – Im Herzen stark* und *Truly, Madly, Whiskey – Für immer und ganz* gehören auch zu der Serie *Die Whiskeys*, und *Liebe gegen den Strom* (aus der Serie *Die Bradens in Peaceful Harbor*) ist das Buch, in dem die Whiskeys zum allerersten Mal auftauchen. Alle Romane der Reihe können unabhängig voneinander gelesen werden, also tauchen Sie einfach ein und verlieben Sie sich mit den Whiskeys.

Abonnieren Sie meinen Newsletter und bleiben Sie immer auf dem Laufenden über alle Neuerscheinungen: www.MelissaFoster.com/Newsletter_German

Weitere Informationen über meine ebenso witzigen wie romantischen Romane, die alle einzeln oder als Teil der Reihe gelesen werden können, finden Sie auf meiner Website: www.MelissaFoster.com/Herzen-im-Aufbruch

Viel Freude beim Lesen!

Melissa Foster

Eins

Die Tür des Whiskey Bro's wurde aufgerissen, und Dixie Whiskey, Bullets Schwester und die Jüngste der Geschwister, stürmte mit diesem ganz besonderen Gesichtsausdruck auf ihn zu. Ihr langes rotes Haar hing ihr offen und zerzaust um den Kopf und in ihrem abgeschnittenen T-Shirt, der Skinny-Jeans und den schwarzen Stiefeln wirkte sie wie eine ernstzunehmende Naturgewalt. Es gab nicht viel, womit der Special-Forces-Veteran und Biker nicht fertig wurde, aber ausgerechnet heute fehlte ihm die Geduld, sich mit der elenden Laus abzugeben, die Dixie über die Leber gelaufen war. Nach der schlaflosen Nacht, die er hinter sich hatte, wollte er nur noch seine Ruhe.

Dixie verschränkte die Arme und trommelte genervt mit den Fingern auf ihrem tätowierten Unterarm. Das Grinsen, mit dem sie Bullet bedachte, gab ihm zu verstehen, dass sie entweder etwas von ihm erwartete, was er nicht tun wollte, oder vorhatte, ihm den Kopf abzureißen.

Er hielt inne und warf den Lappen, mit dem er eben noch den Tresen abgewischt hatte, auf die Abstellfläche hinter sich. »Was ist los, Dix?«

»Du siehst scheiße aus.«

Er schenkte sich einen Bourbon ein.

»Du trinkst bei der Arbeit?«

»Siehst du hier irgendwelche Gäste?« Bei seinen eins fünfundneunzig und hundertzehn Kilo brauchte es weitaus mehr als einen Drink, damit er den Alkohol merkte. Er stürzte den Whiskey herunter, stellte das leere Glas vor sich ab und legte die Hände flach auf den Tresen, während das Brennen des Alkohols die Dämonen der Vergangenheit zumindest ein wenig vertrieb.

Er sah Dixie in die Augen. »Bist du nur hergekommen, um rumzunörgeln?«

Dixie hielt seinem Blick stand. »Hast du Albträume oder die ganze Nacht irgendeine Frau im Bett gehabt, an die du dich schon nicht mehr erinnerst, oder gab es Ärger?«

Schon als sie noch eine dürre rothaarige Bohnenstange mit großem Mundwerk gewesen war, die nie wusste, wann sie besser die Klappe hielt, hatte er ihr beigebracht, nie klein beizugeben. Er hatte sie gelehrt, so tough zu sein, dass sie gar nicht erst in Schwierigkeiten geriet. Seitdem hatte sie sich kaum verändert, abgesehen davon, dass sie sich heute vor nichts und niemandem mehr fürchtete. Auch nicht vor ihm.

Er nahm das Glas und drehte sich um, damit er es gleich abwaschen konnte. »Was willst du?«

»Ich möchte, dass du dich benimmst, wenn Finlay Wilson herkommt.«

Bullet unterdrückte einen Fluch. »Finlay? Die Catering-Tussi von Trumans und Gemmas Hochzeit?« Wie viele Finlay Wilsons gab es wohl in Peaceful Harbor, Maryland? Selbst wenn es ein Dutzend gewesen wären, diese eine hatte bereits Bullets Aufmerksamkeit auf sich gezogen – und ihm längst eine Abfuhr erteilt, was vermutlich für alle das Beste war. Die Frau war einfach zuckersüß und hatte hier in der Bar der Familie nichts zu suchen. Auch nicht, wenn es darum ging, ihnen bei der Erweiterung ihres Angebots um Mittag- und Abendessen zu helfen. Sie gehörte wie ihre Schwester Penny in eine Eisdiele, wo sie freundliche Familien mit ihrem Lächeln beglücken konnte. An einem Ort wie dem Whiskey Bro's würde sie letzten Endes doch nur zerfleischt werden.

»Genau die«, bestätigte Dixie.

»Dieses zarte Geschöpf gehört nicht in eine Bar, erst recht nicht in meine. Kannst du niemand anderem auf die Nerven gehen?«

»Zuerst einmal sind wir hier alle gleichberechtigte Partner, du, ich, Bones, Bear, Mom und Dad. Also fang gar nicht erst an, von *deiner* Bar zu reden.«

Er knirschte mit den Zähnen. Im Grunde genommen hatte sie ja recht. Auf dem Papier waren sie alle gleichberechtigt, aber im realen Leben funktionierte das nun mal nicht so. Nach dem Schlaganfall ihres Vaters hatte Bear die Bar geleitet und auch die Autowerkstatt der Familie weiter die Straße runter übernommen, nachdem ihr Onkel gestorben war. Vor fünf Jahren war Bullet mit eingestiegen und kümmerte sich seitdem um das Alltagsgeschäft in der Bar, damit Bear mehr Zeit für andere Dinge hatte. Dixie erledigte die Buchhaltung für beide Familienunternehmen, kellnerte in der Bar und leitete seit Kurzem auch noch den Ausbau des Küchenbereichs. Nur sein jüngerer Bruder Bones, der Arzt war, hatte noch nie hinter dem Tresen gearbeitet. Das machte Bullet jedoch nichts aus. Er wusste, dass Bones jederzeit einspringen würde, wenn man ihn darum bat. Allerdings bat Bullet nicht um Hilfe – das hatte er in seinem ganzen Leben noch nie getan.

Mit einer gottverdammten Ausnahme. Aber daran wollte er

jetzt lieber nicht denken.

Er verdrängte die unangenehmen Erinnerungen und konzentrierte sich auf Dixies zusammengekniffene grüne Augen. Die Bar mochte den anderen ebenso gehören wie ihm, aber er war derjenige, der jeden einzelnen Tag hier verbrachte.

»Vermassel das nicht, Bullet, oder ich mache dir das Leben zur Hölle, das schwöre ich dir. Sie hat zugestimmt, einen Monat lang für uns zu arbeiten, und wir brauchen sie, wenn wir die Sache durchziehen wollen. Sie weiß, wie man Speisekarten zusammenstellt, Küchenpersonal anheuert und welche Gesundheitsbestimmungen zu beachten sind.«

»Sie gehört nicht an einen Ort wie diesen, Dix. Sie ist nicht wie wir.« Finlay sah mit ihrem seidigen blonden Haar und den unschuldigen blauen Augen aus wie ein Engel. Diese Unschuld hatte etwas in Bullet ausgelöst und in ihm den Drang hervorgerufen, sie zur Sünde zu verführen und gleichzeitig zu beschützen. *Oh, diese verdammte Finlay Wilson.* Die Hochzeit war vier Wochen her und seitdem musste er ständig an sie denken. Wenn sie nicht gerade in seinen nicht jugendfreien Träumen die Hauptrolle spielte, flatterte sie in ihren Rüschenkleidchen, die sie ständig trug, durch die Stadt und verteilte gute Laune wie Feenstaub.

»Das schien dir nichts auszumachen, als du sie auf der Hochzeit angegraben hast.« Dixie hob eine Braue. »Oder dachtest du, ich hätte nicht bemerkt, dass du sie die ganze Zeit angestarrt hast, während Bear und Crystal spontan beschlossen haben, ebenfalls zu heiraten? Bei der Feier hast du jede sich bietende Gelegenheit genutzt, um ihr nahezukommen, als wärst du ein nach Leckerchen gierender Welpe.«

Bullet schnaubte. Er hatte sie schon lange vor Crystals und Bears unverhofftem Entschluss, an Trumans und Gemmas

Hochzeitstag ebenfalls zu heiraten, im Auge gehabt. »Ja und? Sie ist echt heiß. Ich wollte sie ja nicht heiraten, sondern mich nur ein bisschen mit ihr amüsieren.«

»Dann solltest du auch nichts dagegen haben, sie ein paar Stunden am Tag hier zu sehen, bis wir alles geregelt haben.«

»Das ist ein Fehler, Dixie.« Er kam um die Bar herum und stellte sich neben sie. »Ein hübsches kleines Ding wie sie bedeutet an so einem Ort nur Ärger. Warum bestehst du überhaupt so darauf, sie einzustellen? Hast du dich schon mal unter den Clubmitgliedern umgehört, ob jemand einen Job braucht?«

»Manchmal vergesse ich, dass du so viel von Dad hast – bis ich mir wieder vorkomme, als würde ich mit dem Kopf gegen eine Ziegelsteinmauer rennen.«

»Was zum Henker soll das denn bedeuten?«

»Dass du genau wie er davor zurückschreckst, jemanden von außerhalb der Familie einzustellen. Dass du glaubst, Menschen, die nicht zum Club oder zu uns gehören, wären absolut unfähig.«

»Immerhin arbeitet Jed hier, oder nicht?«

Bear stand seit einiger Zeit nicht mehr hinter der Theke, sondern entwarf Motorräder für Silver-Stone Cycles. Zum ersten Mal in der Geschichte der Bar waren sie gezwungen gewesen, jemanden anzuheuern, der weder zur Familie gehörte noch Mitglied der Dark Knights war, die ebenso wie eine Familie zusammenhielten. Allerdings war Jed Moon, der neuerdings Teilzeit in der Bar und auch als Automechaniker für sie arbeitete, Bears Schwager und damit eigentlich auch Teil der Familie. Das konnte man von Finlay Wilson nun definitiv nicht sagen. Sie glich in Bullets Augen einer sich anbahnenden Katastrophe.

»Jetzt komm mal runter.« Er schüttelte den Kopf. »Wir

stellen immer zuerst Familienmitglieder ein.«

»Ach ja? Na, dann erzähl mir doch mal, welches Clubmitglied deiner Meinung nach weiß, wie man ein Restaurant führt? Gutter, der Handwerker? Oder vielleicht einer der Bando-Brüder, die ihr Geld mit Betongießen verdienen? Ist dir eigentlich bewusst, dass Finlay eine der besten Kochschulen in Boston besucht hat? Sie hat in einem Restaurant gearbeitet und jahrelang ein eigenes Catering-Unternehmen geführt, und schon bald wird sie hier in der Stadt ein neues aufmachen.«

Ihre Referenzen waren ihm völlig egal. Wenn überhaupt, war sie eher überqualifiziert. Aber die Vorstellung, sie könnte in der Bar herumscharwenzeln, während ein Haufen geiler, betrunkener Kerle sie anstarrte, brachte Bullets Blut zum Kochen: Die Tatsache, dass ihn das eigentlich gar nichts anging, war da nebensächlich. »Wir bieten Sandwiches und Pommes an, keine Gourmetgerichte.«

»Was sie erst recht perfekt für den Job macht. Sie weiß, wie man ·kostengünstig arbeitet, und sie kommt aus Peaceful Harbor. Sie will hier wieder Wurzeln schlagen, und daher wird ihr daran gelegen sein, dass die Sache auch gut läuft – da sich das wiederum positiv auf ihre Pläne auswirken wird. Was hast du eigentlich gegen Finlay?«

»Ich habe nicht das Geringste gegen sie.« Allerdings hätte er gern mal was *mit* ihr. »Aber sie wird in einer Bikerbar leichte Beute sein und vermutlich ganz schnell wieder Leine ziehen. Und dann müssen wir doch ohne sie klarkommen. Außerdem …«

Das Knarzen der Eingangstür erregte ihre Aufmerksamkeit. Bullet schaute über die Schulter und sah direkt in die unschuldigen Augen des Engels, der eben hereingekommen war.

Finlay betrat lächelnd und winkend die heruntergekommene Bar. »Hi. Komme ich ungelegen?« Bullets finsterer Miene nach zu urteilen, tauchte sie nicht nur zum falschen Zeitpunkt auf, sondern hatte es irgendwie auch geschafft, ihn zu verärgern. Tja, das war sein Problem. Sollte der große, tätowierte Rüpel doch sauer sein. Was für ein Mann trat denn bei einer Hochzeit auf eine Frau zu und fragte: *Hey, Süße, wie wär's mit einer Runde Rodeo auf dem wilden Bullet-Hengst?*

Sie strich ihr Sommerkleid über den Hüften glatt und riss sich zusammen. *Bullet-Hengst! Oh mein Gott!* Sie zweifelte nicht daran, dass er im Bett tatsächlich besonders wild war. In vielerlei Hinsicht kam ihr dieser Mann überlebensgroß vor, und als er sie mit seinen kalten dunklen Augen angesehen hatte, hätte sie schwören können, Flammen darin auflodern zu sehen. *Grundgütiger, jetzt rast mir doch das Herz.* Sie hatte seit der Hochzeit immer wieder daran denken müssen und konnte nicht leugnen, dass es ihr Angst einjagte, sie aber auch erregte. Beides war gleichermaßen frustrierend. Wenn sie es sich ehrlich eingestand, hatte sie geglaubt, dass sie nach dem Verlust von Aaron nie wieder dieses Kribbeln im Bauch spüren würde – und die Tatsache, dass ausgerechnet ein Mann wie Bullet das bei ihr auslöste, jagte ihr eine Heidenangst ein. Dies war jedoch nicht die Zeit für ehrliche Eingeständnisse. Sie musste sich am Riemen reißen, um keinen schlechten Eindruck zu hinterlassen.

Dixie kam hinter ihrem Bruder hervor, um Finlay zu begrüßen. »Ganz und gar nicht! Schön, dass du kommen konntest!« Sie umarmte Finlay kurz und bedachte ihren Bruder mit einem grimmigen Blick. »Nicht wahr, Bullet? Freuen wir uns nicht beide, dass sie hier ist?«

Er hob das Kinn zu einer halbherzigen Begrüßung, verschwand dann wieder hinter der Bar und fing an, sehr geschäftig Flaschen aus den Regalen zu ziehen. War er wütend, weil sie sein Angebot einer heißen Nacht ausgeschlagen hatte? In dem Fall musste er wohl drüber hinwegkommen, und zwar schnell.

»Achte nicht auf ihn. Er hat nicht gut geschlafen.« Dixie winkte ab, als wäre Bullet völlig unwichtig.

Finlay zwang sich zu einem Lächeln, da sie ganz genau wusste, dass der grummelige Kerl eine wichtige Rolle in der Stadt spielte. Sie war in Peaceful Harbor aufgewachsen, war aber einige Jahre jünger als die Whiskeys und hatte sie damals nicht gekannt. Vor zwei Monaten war sie wieder hierher zurückgezogen, um sich in der Nähe ihrer Schwester Penny niederzulassen, nachdem sie die Stadt vor fast zehn Jahren verlassen hatte, um in Boston aufs College zu gehen. Penny hatte ihr alles über die Whiskeys erzählt, nachdem Finlay das Catering für die Hochzeit ihrer Freunde übernommen hatte. Anscheinend waren die Whiskeys und ihre Motorradgang eine große Nummer in ihrer kleinen Heimatstadt. Doch laut Penny lag es nicht etwa daran, dass die Biker für Unruhe sorgten oder den Menschen Angst einjagten. Nein, die Whiskeys waren als gute Menschen bekannt, und bei ihrer Gang handelte es sich offenbar eher um einen Club. Finlay kannte den Unterschied zwar nicht, begriff jedoch, dass sie die Gemeinde schützten, dafür sorgten, dass weniger Verbrechen verübt wurden, und sich gegen Mobbing einsetzten – wobei der große, aufdringliche älteste Sohn der Familie die Ausnahme zu sein schien. Pennys Worten zufolge sahen diese Leute zwar einschüchternd aus, doch unter den vielen Tattoos und dem dunklen Leder steckten freundliche, fürsorgliche, großzügige Menschen. Das war auch auf der Hochzeit und in den Wochen danach gut zu erkennen gewesen, wann immer Finlay Dixie, ihre Brüder oder ihre Eltern in der Stadt gesehen hatte. Sie waren alle wirklich nett, nur bei dem großen, bösen Bullet war sie sich da nicht so sicher.

Doch wenn sie Zeit in seiner Gegenwart verbringen sollte, musste er lernen, ihr respektvoll zu begegnen. Aus diesem Grund hatte Penny sie doch auch dazu gedrängt, den Job zu übernehmen. Weil sie sich hinter ihrer Vergangenheit versteckte und seit so langer Zeit ein sicheres, bequemes und vor allem einsames Leben führte, dass sie ganz vergessen hatte, wie es war, angemacht zu werden. *Und wie man damit umging.* Na, damit war jetzt jedenfalls Schluss. Sie straffte die Schultern, so wie sie es in der Kochschule gelernt hatte, wenn die Top-Köche ihnen etwas beibrachten und sie für den kleinsten Fehler schalten. In der Küche musste man sich ein dickes Fell zulegen, und sie wollte verdammt sein, wenn sie sich von Bullet Whiskey einschüchtern ließ.

»Schon okay«, versicherte sie Dixie und marschierte hinter die Bar und direkt auf diesen Berg von einem Mann zu, der sich die größte Mühe gab, sie zu ignorieren. Bei jedem Schritt schlug ihr Herz schneller. Du liebe Güte, sie hatte ihn gar nicht so groß in Erinnerung gehabt. Sie war nur eins sechzig, doch sie trug hochhackige Schuhe. Dennoch musste er gute dreißig Zentimeter größer sein als sie.

Sie hob eine Hand und tippte Bullet auf die Schulter. Es kam ihr vor, als würde sich unter der schwarzen Lederweste nichts als Stein befinden. Er drehte sich langsam um und auf einmal nahmen seine breite Brust und seine muskulösen Arme ihr gesamtes Sichtfeld ein. Sie blickte zu ihm auf. Mit seinem dunklen Bart und den ebenso dunklen Augen wirkte er ziemlich bedrohlich. Finlay schluckte schwer und wappnete sich, um ihm die Meinung zu sagen. Doch im nächsten Moment sah er sie mit seinen wütenden Augen noch begehrlicher an als auf der Hochzeit.

In ihrer Magengrube machten sich verräterische Schmetterlinge bemerkbar.

Oh Mann. Da hatte sie sich vielleicht was eingebrockt. Bei diesem Blick bekam der Kerl von den Frauen garantiert immer, was er wollte. Mit den ledernen Armbändern, den gruseligen silbernen und schwarzen Ringen und seiner Haltung, die andere davor zu warnen schien, sich mit ihm anzulegen, umgab ihn eine ganz besondere Aura.

Doch sie zwang sich, eine ernste Miene aufzusetzen. »Wenn wir zusammenarbeiten wollen, dann erwarte ich, dass du das, was auf der Hochzeit passiert ist, vergisst und dich bei diesem Projekt hinter mich stellst, Bullet.«

Er legte den Kopf schief, und seine Lippen umspielte ein freches Grinsen, bei dem sie am ganzen Körper Gänsehaut bekam. »Ich stehe immer gern *hinter* dir, Süße.«

»Bullet.« Dixie starrte ihn zornig an.

Finlay merkte, dass ihr die Kinnlade herunterfiel, und biss die Zähne aufeinander. Sie brauchte das Geld, das sie mit diesem Beraterjob verdiente, um ihr Catering-Unternehmen auf die Beine zu stellen, und sie mochte Dixie und die anderen Whiskeys wirklich sehr. Es fühlte sich gut an, ihnen bei dieser Sache helfen zu können, und sie hatte nicht vor, sich von diesem einen Whiskey abschrecken zu lassen.

»Zuerst einmal bin ich nicht deine Süße, und falls du auch nur für eine Sekunde geglaubt hast, du könntest mich mit deinen Andeutungen vergraulen, dann hast du dich gewaltig geirrt.«

Er beugte sich so weit vor, dass sie den Alkohol in seinem Atem riechen konnte. »Ich habe doch noch gar nicht richtig mit den Andeutungen angefangen, Schätzchen. Und dich zu vergraulen, ist das Letzte, was ich will. Aber es wäre ein Fehler, dich hier arbeiten zu lassen.«

Die Eingangstür wurde aufgerissen, und zwei stämmige Männer, die sich lautstark unterhielten, kamen herein. Sie trugen fleckige T-Shirts, Jeans und schwarze Bikerstiefel. Einer hatte sein zerzaustes graues Haar zu einem Pferdeschwanz gebunden, der andere war kahlköpfig und breitschultrig und hatte tätowierte Arme. Finlay fühlte sich derart fehl am Platz, dass sie kurz ins Schlingern geriet. Doch das hätte sie niemals zugegeben. Sie spürte, dass Bullet sie gebannt anstarrte, und versuchte, ihre Miene unter Kontrolle zu behalten. Wieder einmal nahm sie ihren ganzen Mut zusammen, denn sie würde Bullet wohl oder übel beweisen müssen, dass sie nicht das schüchterne Mäuschen war, für das er sie hielt. Da sie während der Collegezeit viel gekellnert hatte, beherrschte sie das Zubereiten von Drinks aus dem Effeff.

Sie wirbelte auf dem Absatz herum, kaum dass sich die Männer an die Bar gesetzt hatten, und strahlte sie an. »Hallo. Was kann ich euch bringen?«

Die beiden warfen Bullet einen Blick zu, der nur leise gluckste.

»Was darf's denn sein? Bier, Bourbon oder Biker's Poison? Knuckleheads vielleicht?« Als die beiden sie nur anstarrten, stemmte sie eine Hand in die Hüfte und grinste Dixie an, die das Ganze mit offenkundigem Vergnügen verfolgte. »Ihr seid eher von der zurückhaltenden Sorte, hm? Was haltet ihr davon, wenn ich euch überrasche?«

Mit diesen Worten drehte sie sich wieder um. Bullet hielt

sie am Arm fest und sah sie mit nun wieder angespannter Miene an. Was immer sein Glucksen hervorgerufen hatte, war anscheinend vergessen. Sie blickte mit leichtem Lächeln auf seine Hand an ihrem Arm herab. »Tut mir leid, Bullet, aber du scheinst zu glauben, meine Aufmerksamkeit erregen zu können, indem du mich grob behandelst.« Sie pflückte seine Hand von ihrem Arm. »Wenn du mir etwas sagen möchtest, kannst du das gern tun, während ich diesen beiden netten Jungs hier etwas zu trinken mache.«

Während ihr das Herz bis zum Hals schlug, nahm sie zwei Gläser und eine Flasche Tequila. Sie hatte das Gefühl, als wäre Bullet, der noch immer dicht neben ihr stand, kurz davor, in die Luft zu gehen.

»Das hier ist mein Territorium«, schäumte er.

»Hm. Mir scheint, du bist ziemlich besitzergreifend, was das angeht.« Sie deutete auf eine Flasche Kahlúa. »Könntest du mir bitte den und den Ouzo geben?«

Mit mahlendem Kiefer reichte er ihr die Flaschen und sie mixte die Drinks. Jetzt waren es die beiden Männer an der Bar, die sich ein Lachen nicht verkneifen konnten. Finlay konnte Dixie nicht sehen, hörte aber ihre Stiefelabsätze über den Boden in Richtung Küche klackern. Sie griff an Bullet vorbei nach zwei Servietten und streifte dabei seinen Bauch, woraufhin er ein Geräusch ausstieß wie eine Mischung aus einem Brummen und etwas derart gefährlich Erotischem, dass sie lieber nicht darüber nachdenken wollte.

Sie stellte die Drinks auf die Theke und wischte sich die Hände an einem Handtuch ab, das neben dem Tresen hing. »Zwei Boot Knockers für euch zwei Hübschen.«

Dann trat sie näher an Bullet heran und bedeutete ihm mit einem Finger, sich zu ihr zu beugen, damit sie ihm etwas ins

Ohr flüstern konnte. Zu ihrer Überraschung tat er das sogar. »Territorien mag ich nicht besonders. Das ist doch Schnee von gestern. Genauso wie die Einstellung, dass man Frauen nur sehen, aber bloß nicht hören soll.«

Bullet richtete sich zu seiner vollen Größe auf und machte ein verkniffenes Gesicht.

Sie tätschelte seine Brust und säuselte: »Du machst deinen Job und ich meinen. Aber es wird bestimmt vorkommen, dass ich hinter die Bar muss oder du die Küche betrittst. Wirst du damit fertig?«

Einer der Männer hob sein Glas und prostete ihr zu. »Das ist der beste Drink, den ich seit langer Zeit hatte. Ich hätte nichts dagegen, wenn mich diese hübsche Lady hier ab sofort immer bedient.«

Finlay klimperte mit den Wimpern und genoss Bullets genervte Miene. »Vielen Dank. Ich bin sehr gut hinter der Bar. *Und* in der Küche«, fügte sie grinsend hinzu.

Sie spürte etwas gegen ihre Handfläche donnern und merkte erst jetzt, dass ihre Hand noch immer über Bullets Herz ruhte. Rasch ließ sie sie sinken und er knurrte etwas Unverständliches.

»Wenn du mich jetzt entschuldigen würdest. Ich habe eine Menge mit Dixie zu besprechen.«

Zwei

Finlay telefonierte gerade über die Freisprechanlage mit ihrer besten Freundin Isabel Ryder, als sie am Mittwochabend vor dem Whiskey Bro's parkte. Isabel arbeitete als Barfrau und Kellnerin in dem Restaurant in Boston, in dem auch Finlay angestellt gewesen war, ehe sie ihr kleines Catering-Unternehmen Finlay's gegründet hatte. Sie hatten sich schnell angefreundet, und ein Jahr nach der Gründung von Finlay's hatte Isabel angefangen, ihr in Teilzeit bei Veranstaltungen auszuhelfen. Finlay war jetzt seit zwei Monaten wieder in der Stadt, hatte bereits viele neue Freunde gefunden und einige alte Freundschaften aus Kindertagen wieder aufleben lassen, dennoch vermisste sie ihre beste Freundin.

»Du glaubst nicht, was der neue Koch Paolo in der Küche anstellt«, berichtete Isabel. »Er mag ja ein toller Koch sein, aber er ist auch ein richtiger Vollidiot. Am liebsten würde ich sofort kündigen, nach Peaceful Harbor ziehen und nur noch für dich arbeiten.«

»Das tut mir leid, Iz. Hoffentlich ist das bald möglich, aber noch habe ich nicht richtig Fuß gefasst. In zwei Wochen übernehme ich das Catering bei der Babyparty für eine von Pennys Freundinnen. Du weißt ja, wie sehr ich Mottopartys mag, und sie erwartet Zwillinge, also darf ich Leckereien für Jungen und Mädchen machen.«

»Die haben ja keine Ahnung, was sie erwartet. Wissen die überhaupt, dass du in Bezug auf alles, was mit Babys zu tun hat, die Beste bist und dass das nur noch von deinem Händchen für Soulfood, mit dem man jeden Kummer lindern kann, übertroffen wird?«

»Deshalb haben sie mich ja engagiert.«

Kurz nach ihrem Start in die Selbstständigkeit hatte Finlay das Catering für die Babyparty einer Frau übernommen, die Vierlinge erwartete, und sich unterschiedliche Speisen für vier sehr verschiedene Babys einfallen lassen. Im Nu war sie als *die* Catering-Firma für Babypartys in der Gegend bekannt gewesen und immer wieder empfohlen worden.

»Wie läuft denn die Arbeit von zu Hause?«

»Es ist nicht gerade einfach. Ich kann nur kleine Feiern übernehmen, hatte allerdings großes Glück, dass ich dieses Haus mit zwei Einbaubacköfen gefunden habe. Heute habe ich mir wieder zwei Ladenlokale angesehen, und sie waren zwar ganz in Ordnung, aber irgendetwas hat gefehlt.«

»Klar, *ich*.«

Finlay stellte sich lächelnd Isabel mit ihrem kurzen dunklen Haar und den großen mandelförmigen Augen vor, die sie vorwurfsvoll ansah, weil sie einfach nicht kapierte, wen sie da zurückgelassen hatte. »Ach, komm schon. Du kannst da sowieso nicht alles stehen und liegen lassen. Und jetzt, wo ich den Whiskeys helfe, dauert es auch noch einen Monat länger, bis ich richtig loslegen kann, deshalb habe ich es gar nicht so eilig damit, den passenden Laden zu finden.«

»Und?«, hakte Isabel neugierig nach.

»Was, und?« Sie schaltete den Motor aus und nahm das

Telefon aus der Freisprecheinrichtung.

»Was ist mit diesem Rodeo-Typen? Hast du ihn heute gesehen?«

Finlay steckte die Schlüssel in die Handtasche und stieg aus. »Er heißt Bullet, und nein. Bis jetzt nicht. Ich muss momentan nur selten in der Bar arbeiten. Nur wenn ich neue Speisen ausprobiere, die Küche einrichte oder Vorstellungsgespräche führe. Das dauert seine Zeit. Aber ich bin gerade auf dem Weg dorthin. Ich möchte die Arbeitsflächen ausmessen und mir die Geräte ansehen. Gestern haben mich die Gespräche mit den Whiskeys derart beschäftigt, dass ich ganz vergessen habe, mir ein Bild davon zu machen, ob alles auf dem neuesten Stand ist.«

»Bullet«, wiederholte Isabel leise. Dann lauter: »Und er hat sich selbst als Hengst bezeichnet? Was hat der Mann wohl für ein Selbstbild? Dass er der Größte ist und es einem so richtig besorgen kann?«

»Izzy!« Finlay spürte, wie sie rot wurde. Sie war zwar nicht verklemmt, aber so derb wie Isabel drückte sie sich auch nicht aus. Hastig sah sie sich auf dem Parkplatz um, auf dem eine Menge Pick-ups und Motorräder standen, und fragte sich, was Bullet wohl fuhr. Sie entdeckte eine glänzende schwarze Harley, auf der sie sich ihn gut vorstellen konnte, aber dann fiel ihr die verschrammte Maschine daneben auf. *Oh ja, das ist garantiert deine.* »Ich weiß nur, dass er nicht der Typ ist, der irgendetwas langsam angeht. Dass er Mitglied einer Motorradgang ist, habe ich dir erzählt, oder? Wie seine ganze Familie. Und die Bar ...« Sie warf einen Blick auf das heruntergekommene Gebäude und seufzte. »Sie könnte ganz nett aussehen, wenn die Fenster nicht verdunkelt wären und sie den Laden etwas aufpeppen würden. Im Moment macht es allerdings eher den Anschein, als würde hier demnächst alles einstürzen. Aber wahrscheinlich macht das für sie gerade den Reiz aus. Diese Leute sind ziemlich hartgesotten, völlig anders als …« Sie unterbrach sich, bevor ihr *Aaron* herausrutschen konnte. »Die Leute aus dieser kleinen Eckbar neben dem Restaurant.«

Sie hatte Aaron Rush vor fast neun Jahren in ihrem ersten Collegejahr kennengelernt und er war vor fast sieben Jahren ums Leben gekommen. Es war lange genug her, um ihn nicht mehr so sehr zu vermissen, dass es körperlich wehtat. Aber doch so frisch, dass sie noch sein unbeschwertes Lachen im Ohr hatte. Die Erinnerung an sein Lächeln verblasste allmählich, aber das Gefühl, das dieses Lächeln immer in ihr geweckt hatte? Das würde nie vergehen. Sie war erst neunzehn Jahre alt gewesen, als sie sich kennengelernt hatten, ein unerfahrenes Mädchen und zum allerersten Mal fern von zu Hause. Dennoch hatte sie sich Hals über Kopf in den selbstbewussten blonden Dreiundzwanzigjährigen verliebt, der bereits einen Militäreinsatz hinter sich und sich gerade für einen weiteren verpflichtet hatte.

»Sie haben dich nicht zum Renovieren angeheuert«, rief Isabel ihr in Erinnerung.

»Ich weiß, aber …« Sie hängte sich den Riemen ihrer Tasche über die Schulter und ging auf den Eingang zu.

»Aber ein Lokal sollte immer ein Lächeln auf die Lippen seiner Gäste zaubern, ob sie einen Blick in den Speiseraum, die Küche oder die Toiletten erhaschen.«

»Schon gut, du Papagei.« Finlay musste lächeln. »Vielleicht halte ich mich eben gern in einer angenehmen Umgebung auf.« Sie öffnete die schwere Eingangstür und war sofort umgeben vom Geruch nach Leder, Metall und *Whiskey*. »Erinnere mich daran, dass ich morgen Raumduft mitbringe«, flüsterte sie ins Telefon und trat ein.

Die Gespräche in der Bar erstarben und alle Blicke wandten

sich ihr zu. In den Mienen der Gäste mischten sich anzügliches Grinsen und Verwirrung, und Finlay fragte sich, ob sie einen Fleck auf der Kleidung hatte. Sie sah an sich hinab, doch ihr meerschaumgrünes Kleid war sauber und die Rüschen unten am Saum sahen adrett aus. Auch ihre nudefarbenen High Heels hatten keinen Kratzer oder Fleck abbekommen. Ihr sank das Herz in die Hose.

»Alle starren mich an. Ich muss Schluss machen«, wisperte sie und beendete das Gespräch. In dem Bewusstsein, dass sie beobachtet wurde – insbesondere von dem Hünen hinter dem Tresen, der mit dem Kiefer zu mahlen schien –, warf sie das lange blonde Haar nach hinten, hob das Kinn, ignorierte das Herzklopfen, so gut es ging, und steuerte schnurstracks auf die Küche zu.

Irgendjemand pfiff, und sie machte den Fehler, sich umzusehen. Der Mann, der gepfiffen hatte, saß auf einem Barhocker. Er zwinkerte ihr zu, und sie sah hastig zu Jed hinüber, dem freundlichen Burschen mit dem dunkelblonden Haar, den sie letzten Monat auf der Hochzeit kennengelernt hatte. Er stand neben Bullet hinter dem Tresen. Jed war freundlich und witzig und nicht annähernd so einschüchternd wie manche der anderen Kerle, an denen sie vorbeigehen musste.

»Wie geht's, Finlay?«, erkundigte sich Jed lächelnd.

Sie brachte nur ein kurzes Winken zustande, während sie sich zwischen den Tischen hindurchschlängelte und dabei über so viele Lederstiefel steigen musste, dass sie sich vorkam wie in einem Schuhgeschäft. Bullet knurrte Jed irgendetwas zu, was sie nicht verstehen konnte.

Ein Typ mit Bandana um den Kopf sagte: »He, Süße«, als sie an ihm vorbeikam.

Vergiss es.

Finlay beschleunigte ihre Schritte und ging an einem gut aussehenden Kerl mit stoppelkurzem Haar und tätowiertem Arm vorbei, dann an zwei Typen mit identischen Lederwesten, die die Gläser hoben, als wollten sie ihr zuprosten. Was sollte das? Sie kam sich vor, als würde sie wieder auf der Highschool aufs Footballfeld laufen, um das Team anzufeuern, bloß ohne Cheerleader-Outfit und ohne dem Publikum gefallen zu wollen. *Nichts da. Ihr habt absolut keine Chance.*

Endlich war sie an der Küchentür. Nachdem sie sich umgesehen und vergewissert hatte, dass sie allein im Raum war, stieß sie laut die Luft aus und schalt sich im Stillen dafür, dass sie sich derart verunsichern ließ. Das waren doch bloß Bargäste.

Hinter ihr flog die Tür auf und Bullet tauchte im Türrahmen auf. Er sah sie mit seinen dunklen Augen an und sofort schlug ihr Herz schneller. Bei seinem Blick war sie sich nicht sicher, ob er sich auf sie stürzen oder sie aus der Bar werfen wollte. In diesem Augenblick hätte sie gegen Letzteres nichts einzuwenden gehabt.

Sein lüsterner Blick wanderte an ihrem Körper hinab, verharrte kurz an den Brüsten und glitt dann über ihre Beine bis zu ihren High Heels.

Er will mich ganz eindeutig vernaschen.

Sie räusperte sich und sofort sah er ihr wieder ins Gesicht. In seinen dunklen Augen spiegelte sich unbändige Begierde wider. Aber gleich darauf verdrängte Zorn oder etwas Vergleichbares das Verlangen. Träge und geräuschlos wie ein schwüler Nachmittag kam er auf sie zu – und plötzlich schien kein Sauerstoff mehr im Raum zu sein. Dicht vor ihr blieb er stehen, so nah, dass sie den Kopf in den Nacken legen musste, um ihm in die Augen zu sehen. Er runzelte die Stirn, und die

Sorgenfalten darauf waren so tief, dass Finlay sich fragte, ob sie sich überhaupt mal glätteten. Trotz des Barts entging ihr nicht, wie er den Kiefer anspannte. Vor diesem Hünen kam sie sich ganz klein und unbedeutend vor. Eine Aura umgab ihn, die einem vermittelte, dass man sich nicht mit ihm anlegen sollte, aber das war nicht der Grund, aus dem sie weiche Knie bekam. Es waren vielmehr die widersprüchlichen Botschaften in seiner Mimik.

»Alles in Ordnung?«, fragte er barsch.

Sie nickte und konnte mit einem Mal nicht mehr atmen.

»Was willst du so spät hier?«

Er hatte derart muskulöse Arme, dass er sie buchstäblich zermalmen könnte, wenn er das wollte. Dann krümmte er die Finger, als müsste er sich davon abhalten, Finlay zu berühren. Das erinnerte sie daran, wie sie ihn bei der Hochzeit mit den Kindern seiner Freunde gesehen hatte, der dreijährigen Kennedy und ihrem kleinen Bruder Lincoln, der an Bullets Hand durch den Mittelgang gelaufen war. Er war wie Wachs in den süßen Kinderhänden gewesen, so sanft und fürsorglich, ohne jeden Anflug von Aggressivität. Nach diesem Mann hielt sie jetzt Ausschau, und je länger sie ihn anstarrte – und zu mehr war sie im Moment nicht imstande –, desto deutlicher wurde, dass er sie seinerseits ansah wie ein Alien, das er nicht verstand. Genau so fühlte sie sich auch, denn einen Mann wie ihn hatte sie noch nie getroffen. Robust wie ein LKW-Reifen und ohne Scheu, seine Meinung zu sagen. Die Intensität seines Blicks, der mal heiß, mal eisig war, erweckte bei Finlay den Eindruck, ihm läge viel mehr auf der Zunge als die schroffen oder anzüglichen Bemerkungen, die er ihr an den Kopf warf. Das machte sie zwar nervös, doch die Erkenntnis, dass sie ihn wahrscheinlich ebenso verwirrte wie er sie, ließ sie wieder ein bisschen leichter atmen.

Finlay hatte die Frauen in der Bar nur kurz mit dem Blick gestreift, aber sie kamen ihr tough vor, auf eine Weise lebenserfahren, die ihr abging. Ganz offensichtlich waren sie den Umgang mit Kerlen wie Bullet gewohnt. Ihm allein Paroli zu bieten war eine Sache, aber einem ganzen Raum voller Bullets gegenüberzustehen? Sie würde sich eine dickere Haut zulegen müssen, wenn sie hier ihre Frau stehen und den Whiskeys helfen wollte.

Er musterte sie erwartungsvoll, und ihr ging auf, dass sie seine Frage gar nicht beantwortet hatte. »Ich … ähm … Ich wollte was ausmessen.«

Sein Blick wanderte durch die geräumige, wenn auch veraltete Küche. »Ausmessen?«

Finlay nickte und fixierte das Schlangentattoo, das unter seinem Kragen hervorlugte. Welche Tätowierungen mochten sich unter seinem T-Shirt noch verbergen? Sie vermutete, dass sie der Schlüssel zum Verständnis seiner Persönlichkeit waren. Andererseits war die ganze Familie tätowiert, sogar Dixie, nur an seinem Bruder Bones hatte sie noch keine Tätowierung gesehen. Das konnte allerdings auch daran liegen, dass er Arzt war und auf sein Erscheinungsbild achten musste. Aber auch das fand sie bemerkenswert. Bones schien der Einzige der Whiskeys zu sein, der sich für eine konventionellere berufliche Laufbahn entschieden hatte. Hatte das etwas mit ihrer Erziehung zu tun oder entsprach die Berufswahl ihrem jeweiligen Wesen?

»Es wäre besser, wenn du tagsüber herkommst.« Seine tiefe Stimme riss sie aus ihren Gedanken. Sie hatte für seinen Geschmack wohl schon zu lange geschwiegen, denn er fügte hinzu: »Abends solltest du nicht hier sein.«

Diese Bemerkung ärgerte sie und endlich fand sie ihre

Stimme wieder. »Ich entscheide selbst, wann ich wohin gehe.«

Zu ihrem Verdruss lachte er leise, was sie nur noch mehr irritierte.

Sie nahm die Umhängetasche ab und knallte sie auf die Arbeitsplatte und das ziemlich laut. »Reizt du mich mit Absicht oder bist du immer so ein Idiot?«

Während sie in ihrer Tasche nach dem Maßband und einem Notizbuch suchte, spürte sie deutlich, wie er sie beobachtete. Doch sie versuchte, sich nicht anmerken zu lassen, wie nervös er sie machte.

»Es macht mir auf jeden Fall Spaß, dich zu reizen, und ich kann ein ziemlicher Mistkerl sein. Insofern trifft wohl beides zu.«

Sie hielt inne und funkelte ihn an. Er zuckte mit den Achseln und ließ ein schiefes Grinsen aufblitzen, was sie eigenartig liebenswert fand.

»Wenigstens bist du ehrlich.« Sie machte sich daran, die Arbeitsflächen auszumessen. »Warum kümmert es dich, wann ich arbeite?«

»Warum kümmert es dich, wie groß unsere Arbeitsflächen sind?« Er verschränkte die kräftigen Arme und beobachtete sie mit strenger Miene.

»Weil ihr genug Platz braucht, um Gerichte zuzubereiten. Wir benötigen eine Fritteuse, und wenn wir den Herd und den Kühlschrank gegen etwas größere Geräte austauschen, müssen wir darauf achten, dass ihr immer noch genug Platz zum Arbeiten habt.«

Er deutete auf den Tisch im hinteren Teil des Raums. »Da können wir Sandwiches machen.«

»Ja«, murmelte sie, während sie sich die Maße notierte. »Aber das wäre nicht effizient.«

»Wieso denn das? Stimmt was nicht mit deinen Beinen?« Er zog die Augenbrauen hoch und sein Blick wurde abermals lodernd. »Für mich sehen sie ganz in Ordnung und funktionstüchtig aus.«

Finlay lief puterrot an. Anstelle einer Antwort wandte sie ihm den Rücken zu und maß die nächste Arbeitsfläche aus, während sie sich ermahnte, gefälligst ruhig zu bleiben. Sie spürte, dass er geschmeidig wie ein Ninja hinter sie trat. Seine Nähe machte ihr überdeutlich die Hitze in dem schmalen Zwischenraum zwischen ihrem Rücken und seiner Brust bewusst. Mit rasendem Puls schrieb sie die Maße in ihr Notizbuch und er sah ihr dabei über die Schulter.

»Das stimmt nicht.« Er griff um sie herum und nahm ihr das Maßband aus der Hand. Dann zog er es mit seinen großen Händen auseinander und maß die Arbeitsfläche ein zweites Mal aus. Je weiter er die Arme ausstreckte, desto fester drückte er den Körper von hinten an sie. Sie spürte ein Kribbeln und Ziehen zwischen den Beinen, als würde sich dieser Teil von ihr nach der Berührung eines Mannes verzehren. Okay, vielleicht war das ja auch so. Sie schloss die Augen und versuchte, an etwas anderes als die festen Oberschenkel zu denken, die sich an ihren Hintern drückten, oder die Gürtelschnalle, die sich in ihren Rücken bohrte …

»Siehst du? Du hast zweieinhalb Zentimeter unterschlagen.« Er zeigte ihr das Maßband.

Sie konnte ihn nur über die Schulter blinzelnd ansehen.

»Jeder Zentimeter zählt.« Er legte das Maßband auf die Arbeitsplatte. »Ich dachte, alle süßen Frauen wüssten das.«

Ehe sie es verhindern konnte, lachte sie nervös auf. »Süß? Im Ernst?«

»Was denn? Frauen sind doch süß.« Er strich mit den

Fingerknöcheln leicht über ihren Arm, dann schloss er die langen, starken Finger um ihren Oberarm und ließ sie bis zu ihrem Ellbogen hinabgleiten, was ihr das Gefühl gab, ihre Haut würde in Flammen stehen.

Ein Schauder jagte durch ihren ganzen Körper.

»Und du bist besonders süß, der reinste Zuckerschock.«

Sie biss sich auf die Unterlippe und war hin- und hergerissen zwischen Erregung und Erheiterung. Dann beugte er sich noch näher zu ihr. Sein heißer Atem strich über ihr Ohr und sein Bart schabte über ihre Wange, was den Ausschlag in Richtung Erregung gab. Der Mann stürzte sie in die reinste emotionale Achterbahnfahrt.

»Kämpf nicht dagegen an, Finlay. Du willst diesen Ritt doch auch.« Seine Stimme war so tief und rau.

»Einen Ritt mit dir?« Sie schob kichernd seine Hand von ihrem Arm und drehte sich um. Er presste die Hüften gegen sie und ließ sie spüren, wie gut er ausgestattet war. Sie versuchte zwar, sich nichts anmerken zu lassen, erkannte aber an seinem Blick, dass sie gescheitert war – und zwar auf ganzer Linie.

»Ein langer, wilder Ri…«

Sie hielt ihm den Mund zu. »Sprich es nicht aus. Ich weiß ja nicht, welchen Frauentyp du gewohnt bist, aber das alles« – sie deutete vage auf seinen Körper – »zieht bei mir nicht.«

Er schaute auf ihre Brustwarzen, die sich keck unter dem dünnen Stoff ihres Kleids abzeichneten, und grinste selbstgefällig. »Dein Körper scheint da anderer Meinung zu sein.«

»Oh Mann. Du bist so unfassbar arrogant!« Sie drängte sich an ihm vorbei, und sobald kühlere Luft an ihren Körper kam, wurden ihre Brustwarzen noch steifer. »Das liegt nur an der Luft hier drin.«

»Aha.« Er trat zu ihr und nagelte sie mit seinem durchdringenden Blick fest.

Was war das bloß, das sie zu ihm hinzog, während in ihrem Kopf zugleich die Alarmglocken losgingen? Sie brauchte eine Ablenkung, mehr Abstand, damit sie sich wieder fassen konnte. Um ihre Hände zu beschäftigen, schnappte sich Finlay das Maßband von der Arbeitsplatte und fing an, den Kühlschrank auszumessen. Ärgerlicherweise zitterten ihre verflixten Hände merklich.

Wieder trat er hinter sie. »Warum willst du die Geräte austauschen? Der Kühlschrank funktioniert doch einwandfrei.«

»Er ist nicht geräumig genug und außerdem steinalt. Ihr braucht Geräte, die zuverlässig funktionieren, damit euch die Lebensmittel nicht schlecht werden.« Sie ging zurück zur Arbeitsplatte und notierte sich die Maße.

»Er funktioniert«, wiederholte er schneidend.

»Bist du immer so? Baggerst die Frauen erst an und widersprichst ihnen dann in allem, was sie sagen? Musst du dich nicht um die Bar kümmern?« Hastig maß Finlay noch den Herd aus und steckte das Notizbuch dann in die Tasche. Sie musste hier raus.

»Jed hat alles im Griff.« Er legte eine Hand auf ihre Tasche. »Hast du's eilig?«

»Zufälligerweise ja. Ich treffe mich mit ein paar Freundinnen und will nicht zu spät kommen.«

Er krallte die Hand in ihre Tasche und runzelte die Stirn. Auf einmal klemmte er sich die Tasche wie einen Football unter den Arm und ging zur Tür.

»Hey!« Sie lief ihm hinterher. »Das ist meine Tasche!«

Er hielt ihr die Tür auf. »Ich trage sie dir zum Auto.«

Verwirrt ging sie an ihm vorbei in die Bar. Bullet legte

besitzergreifend den Arm um sie und wieder wandten sich ihr alle Blicke zu. Bloß, dass sie diesmal nicht lüstern waren, und Pfiffe gab es auch keine. Stattdessen nickte man Bullet respektvoll zu. Finlay schäumte innerlich vor Wut.

Sie eilte ins Freie und machte sich von ihm los. »Was sollte *das* denn?« Finlay konnte nicht verhindern, dass ihre Stimme schrill wurde. Sie entriss ihm ihre Handtasche. »Ich bin nicht dein Eigentum und das war … Meine Güte, Bullet, ich weiß nicht mal, wie ich das nennen soll, was du da gerade getan hast. Das war in etwa so, als würde ein Steinzeitmensch eine Frau an den Haaren in seine Höhle schleifen.«

»Du arbeitest jetzt hier«, meinte er gleichmütig.

»Was soll das jetzt schon wieder heißen? Weil ich für deine Familie arbeite, bin ich nicht gleich dein Eigentum.«

Er trat näher und sie hob abwehrend eine Hand. »Halt. Warum tust du das immer?«

»Was?«

»Mir auf die Pelle rücken. Bleib, wo du bist. Sag, was du zu sagen hast, und ich will bloß hoffen, dass eine Entschuldigung dazugehört, denn so dringend brauche ich diesen Job nun auch wieder nicht, dass ich bereit wäre, mir so was jedes Mal anzutun.«

Finlay funkelte Bullet an, als könnte sie ihn mit ihren Blicken zerfetzen. »Ich bin nicht das kleine Frauchen eines Bikers! Ich bin eine berufstätige Frau, und wenn du mich nicht entsprechend behandelst, verschwinde ich von hier, Bullet. Dann kannst du deiner Familie erklären, wieso ich gegangen bin.«

»Warum bist du denn jetzt so angepisst?«

»Weil du offenbar glaubst, du kannst dich mir einfach aufdrängen! Andere mögen ja vielleicht auf dein Bad-Boy-Gehabe stehen, und ich gebe offen zu, dass es durchaus anziehend sein kann, aber du machst diese Wirkung gleich wieder zunichte, wenn du mich wie dein Eigentum behandelst.«

Es kann durchaus anziehend sein. Dieses Zugeständnis drang wie ein Leuchtfeuer in seinen Verstand ein. »Ich habe damit nur den lüsternen Blicken in deine Richtung einen Riegel vorgeschoben. Soll ich dich lieber den Wölfen zum Fraß vorwerfen und zusehen, wie diese Kerle dich in Gedanken ausziehen, als wärst du nicht mehr wert?«

Zum zweiten Mal in vierundzwanzig Stunden fiel ihr die Kinnlade herunter. Sie klappte den Mund entschlossen wieder zu. Dann baute sie sich vor ihm auf, mit ihren gerade mal eins sechzig, hübsch verpackt in ein Rüschenkleid mit einer niedlichen Schleife um die Taille. Nie zuvor hatte er jemanden wie diese kluge, feminine kleine Elfe getroffen. Wahrscheinlich sollte er die Steilvorlage, die sie ihm hier bot, nutzen, damit sie Leine zog, doch er brachte es nicht über sich.

»Ist das nicht genau das, was du auch mit mir gemacht hast?«, fragte sie ruhiger, aber in anklagendem Ton. »Mich mit den Blicken ausziehen und anzügliche Sprüche klopfen? Mir einen heißen Rodeo-Ritt vorschlagen?«

Autsch! Mist. Da hatte sie recht. »Ja, schon, aber nur, weil ich auf dich stehe. Das ist was anderes.«

Sie rümpfte die Nase, als könnte sie nicht fassen, dass er das wirklich gesagt hatte, deshalb versuchte er, es ihr zu erklären.

»Du magst jetzt noch nicht bereit dafür sein, aber …«

»Grundgütiger«, murmelte sie.

»… eines Tages wirst du es sein, und ich werde nicht zulassen, dass dich diese geilen Böcke anglotzen wie ein Stück Fleisch.«

»Aber wenn *du* das machst, ist es okay?« Sie riss die Augen auf.

Er nickte, doch dann wurde ihm klar, wie sie es gemeint hatte. »Nein. Warte. Das mache ich doch gar nicht.«

»Und ob du das machst!« Sie griff in ihre Handtasche. »Pass mal auf, Bullet. Ich weiß nicht, was mit dir los ist, aber ich mag deine Familie, und ich würde euch gerne helfen, hier einiges zu verbessern. Wahrscheinlich bin ich nicht der Typ Frau, den du gewohnt bist, aber in der Küche kenne ich mich aus und ich könnte diesen Job im Schlaf erledigen.« Sie holte ihren Schlüsselbund heraus. »Ich muss mich ganz offensichtlich zusammenreißen und euren Gästen selbstbewusster begegnen, und jetzt, wo ich das weiß, kann ich mich auch darauf einstellen. Aber ich werde mich nicht damit abfinden, dass ich jedes Mal, wenn ich die Bar betrete, deine Avancen abwehren muss. Also lass uns mit offenen Karten spielen und zwar hier und jetzt.«

»Gebongt.« Er verschränkte die Arme. »Geh mit mir aus.«
Sie lachte auf.

»Das war nicht die Reaktion, die ich erwartet hatte«, knurrte er.

»Wie kannst du mich das nach allem, was eben vorgefallen ist, noch fragen?«

Er breitete die Arme aus und musste unwillkürlich lächeln. »Du hast ein paar Hindernisse errichtet und ich umschiffe sie.«

»Hindernisse?« Sie ließ die Schultern hängen. »Okay, pass auf, wir werden nicht miteinander ausgehen. *Niemals.*«

»Doch, das werden wir, Finlay. Vielleicht nicht heute oder

morgen, aber eines Tages wirst du mit mir ausgehen.«

»Nein, das werde ich nicht.«

Auf dieses Spiel ließ er sich nicht ein. Er sah sich auf dem Parkplatz um, bis er einen rosafarbenen Chevrolet Suburban bemerkte, und verkniff sich das Lachen. »Ist das deiner?«

»Lach nicht. Der gehört zu meiner Catering-Firma. Ich muss auffallen. Die Leute sollen den rosa Transporter bemerken und sich fragen, was es damit auf sich hat.«

»Du brauchst kein rosa Auto, um aufzufallen. Allein dein Lächeln bringt den Verkehr zum Erliegen.«

»Bullet«, sagte sie milde und ging zu ihrem Wagen.

»Mit Ehrlichkeit kommst du nicht so gut klar, was?«

Sie drehte sich um und funkelte ihn an. »Nein.«

»Red doch keinen Scheiß.«

»Bist du immer so ordinär?«

Er zuckte mit den Achseln. »Nur, wenn mir danach ist.«

Sie musterte ihn mit ihren großen blauen Augen, ließ den Blick von seinem Gesicht über seine Brust und dann über seine Arme wandern. Als er gerade fragen wollte, wonach sie suchte, ergriff sie das Wort. »Ist zwischen uns jetzt alles klar?«

»Von meiner Seite aus schon, aber deine Sicht scheint noch ein wenig vernebelt zu sein.« Er griff nach ihren Autoschlüsseln, und als sie den Arm hob, als könnte sie die Schlüssel außer Reichweite halten, lächelte er und legte eine Hand auf ihre. »Gib mir die Schlüssel, Lollipop.«

Sie schnaubte genervt und ließ los. Während er ihr die Fahrertür öffnete, fragte sie: »Lollipop?«

Er hatte nicht vor, ihr zu verraten, dass er sie am liebsten von oben bis unten ablecken würde. »Der beste Zuckerschock, den es gibt.«

»Ich weiß nicht, ob ich dich ohrfeigen oder dir danken soll.«

Als sie einsteigen wollte, legte er ihr eine Hand auf den Rücken, und sie starrte ihn erbost an.

»Guck nicht so böse, Lollipop. Wenn du glaubst, ich helfe dir nicht in den Wagen, dann hast du dich geschnitten. Und was das Ohrfeigen angeht, wenn du auf so was stehst, probier's ruhig aus. Aber wundere dich nicht, wenn dein Prachthintern dann auch was abbekommt.«

Sie wurde feuerrot. »Ich fasse es nicht, dass du so was sagst.«

»Was denn? Ach, richtig. Du hast ja ein Problem mit Ehrlichkeit. Ich hätte gedacht, dass so was einem anständigen Mädchen wie dir wichtig wäre. Wo willst du hin?«

Sie setzte sich hinters Steuer und ließ den Motor an. »Weg.«

»Was trinken?« Er konnte sich nicht vorstellen, dass sie etwas Stärkeres als einen Shirley Temple trank, aber er verspürte das Bedürfnis, sie in Sicherheit zu wissen.

»Nach der Vorstellung da gerade? Garantiert.«

Er stellte sie sich in einer Bar vor und hatte sofort vor Augen, wie ein paar schmierige Kerle sie abschleppen wollten. »Gib mir dein Telefon.«

»Was? Nein.«

»Himmel noch mal.« Er zog sein Handy aus der Tasche. »Wie ist deine Telefonnummer?«

»Warum?«

»Weil ich dein Chef bin und sie haben sollte.«

Sie ratterte ihre Nummer herunter, und er schickte ihr eine Nachricht, woraufhin ihr Handy in ihrer Handtasche pingte.

»Jetzt hast du meine Nummer für den Fall, dass du mich brauchst.« Er stützte die Hände aufs Autodach und beugte sich zu ihr ins Wageninnere, wodurch er ihr mit voller Absicht viel zu nahe kam. »Oder falls du mich *willst*.«

Sie sah blinzelnd zu ihm auf und bekam rote Wangen und

ein eindeutiges Funkeln trat in ihre Augen.

Ja, genau, Lollipop. Ich will dir so nahe kommen, dass du nicht mehr weißt, wo du aufhörst und ich anfange. »Ich bin nur einen Anruf von dir entfernt.«

$$\mathscr{D}rei$$

Mit einem kleinen Strohhalm zwischen den Lippen beugte sich Finlay vor, trank ihren Erdbeerlimes mit Wodka aus und versuchte, Gemmas Worte trotz der dröhnenden Musik zu verstehen. Sie hatte es schon immer lustig gefunden, dass dieser Club Whispers hieß, obwohl es dort niemals leise war. Seit ihrer Rückkehr nach Peaceful Harbor war sie schon häufiger hier gewesen und jedes Mal hatte eine Liveband gespielt. Heute Abend war sie in Begleitung von Penny und Dixie losgezogen, die sich auf ihren Stühlen im Takt der Musik wiegten, und von Gemma und Crystal, die sich über ihre Hochzeiten unterhielten. Finlay betrachtete Dixies langes, flammend rotes Haar und ihre tätowierten Schultern und Arme, dann Crystal mit ihrem schwarzen Lederminirock und den Stiefeln, der das tiefschwarze Haar dicht und glänzend über die Schultern fiel. Penny war direkt von der Arbeit in ihrer Eisdiele hergekommen und sah in Jeans und dem gestreiften Oberteil süß und sexy aus. Und dann waren da Gemma und Finlay, beide in Kleid und High Heels. Doch trotz ihres völlig unterschiedlichen Aussehens waren sie alle wie Schwestern füreinander. Finlay schätzte sich glücklich, solche Freundinnen zu haben. In Boston hatte sie ihre Freizeit mit Isabel verbracht. Zuerst war sie besorgt gewesen, dass sie in Peaceful Harbor zu sehr damit beschäftigt sein würde, ihre Firma ans Laufen zu bringen, um Freundinnen zu finden. Doch Pennys Freundin Tegan hatte sie für das Catering bei Gemmas Hochzeit empfohlen und dadurch hatte sie Gemma und Crystal kennengelernt und sich auf Anhieb gut mit ihnen verstanden. Die beiden hatten sie dann Dixie vorgestellt, was ebenfalls ein Geschenk des Himmels gewesen war, nicht nur, weil sie damit gleich noch eine weitere Freundin gefunden hatte, sondern weil Finlay dank Dixie im nächsten Monat einen Job hatte, auf den sie sich freute und der ihr zugleich genügend Zeit ließ, ihre eigene Catering-Firma weiter voranzubringen.

Falls sie die Situation mit Bullet in den Griff bekam. Das Problem war, dass sie nicht wusste, ob sie die Situation in den Griff bekommen wollte – oder *ihn*.

Oh Mann.

Als der Kellner vorbeikam, hob sie die Hand, und sobald sie seine Aufmerksamkeit hatte, deutete sie auf ihr Glas. Sie war beim zweiten Cocktail, was verglichen mit dem, was Dixie und Gemma schon intus hatten, nicht viel war, aber Finlay trank nur selten Alkohol. Ein Cocktail machte sie albern. Nach zweien kümmerte es sie nicht mehr, was ihr so alles über die Lippen kam. Heute Abend verfolgte sie ein Ziel. Wenn sie schon nicht aus Bullet schlau wurde, konnte sie wenigstens ihr gefährliches Verlangen in Alkohol ertränken, und da Crystal diesmal zur Fahrerin bestimmt worden war, musste Finlay sich keine Sorgen machen, wie sie heil nach Hause kommen würde.

»Ich finde immer noch, wie du Bear bei unserer Hochzeit den Antrag gemacht hast, war das Romantischste, was ich je erlebt habe, abgesehen von Trus Heiratsantrag natürlich«, sagte Gemma zu Crystal.

Der Kellner brachte Finlays Bestellung. Sie trank einen

Schluck von dem köstlich fruchtigen Cocktail und ließ den Alkohol ihre Neugier betäuben. »Es war jedenfalls das Romantischste, was ich je erlebt habe«, bekräftigte sie. Nie würde sie vergessen, wie Bear und Crystal sich über den Mittelgang hinweg etwas zugeflüstert hatten, während Tru und Gemma ihre Ehegelübde sprachen. Oder Bears Blick, als Crystal ihm den Antrag machte, und Crystals Miene, als er daraufhin auf ein Knie ging und ihr den Ring an den Finger steckte. Noch jetzt, Wochen später, ging ihr bei der Erinnerung daran das Herz auf.

»Danke.« Crystal strich sich das dunkle Haar hinters Ohr. »Aber warte, bis du von unserer standesamtlichen Trauung hörst. Du erinnerst dich vielleicht, dass wir noch keinen Heiratsschein hatten, als er mir den Antrag machte, aber wir haben den Mann trotzdem gebeten, die Trauung zu vollziehen, und für uns wird das immer unser wahrer Hochzeitstag sein. Aber zwei Wochen später waren wir mit Jed, Dixie« – sie lächelte Dixie über den Tisch hinweg zu – »und dem Rest von Bears Familie auf dem Standesamt.«

»Und mit meiner Familie!«, rief Gemma ihr in Erinnerung.

»Wollte ich doch gerade sagen«, fuhr Crystal fort. »Jedenfalls waren fast alle vorherigen Hochzeitsgäste auch im Standesamt dabei. Endlich würden wir ›offiziell‹ heiraten. Ich war so nervös wie noch nie in meinem Leben, was verrückt ist, denn in meinem Herzen waren wir längst verheiratet. Jedenfalls, als der Standesbeamte Bear gerade aufforderte, das Ehegelübde zu sprechen, da schrie plötzlich eine Frau. Und es war nicht irgendein Schrei; es klang so markerschütternd und grausig wie in einem Horrorfilm.«

»Meine Brüder und Tru sind rausgerannt wie von der Tarantel gestochen«, erzählte Dixie weiter und leerte ihr Glas.

Sie winkte den Kellner herbei und bedeutete ihm, dass er ihr noch eins bringen sollte. »Der Raum hat förmlich gebebt, das könnt ihr mir glauben, und der arme Standesbeamte war völlig außer sich.«

»Der Standesbeamte?«, mischte Gemma sich ein. »Und was war mit Kennedy und Lincoln? Lincoln hat immer wieder ›Daddy, Daddy, Daddy‹ gekreischt, und Kennedy, wie immer die große Schwester und Beschützerin, wollte ihn mir abnehmen und schrie dabei: ›Onkel Boney! Onkel Bullet! Onkel Beah!‹«

»Es ist so niedlich, wie sie ›Beah‹ sagt. Bring ihr bloß nicht bei, das R auszusprechen«, warf Crystal ein.

Gemma verdrehte die Augen. »Mit sechzehn kommt das dann bestimmt richtig gut.«

Penny beugte sich zu Finlay und nuschelte: »Wir brauchen ein Baby in unserer Familie.«

Finlay nahm Penny das Glas aus der Hand und trank einen Schluck. »Guck mich nicht so an.« Ihre Hormone spielten verrückt. Das musste es sein. Warum sollte Bullet Whiskey ihr sonst so zu schaffen machen, dass nicht einmal Crystals Geschichte sie von den Gedanken an ihn ablenken konnte? Sie sah Crystal an. »Was habt ihr getan?«

»Wir sind auch rausgerannt und fanden Bones auf den Knien neben einer Frau mit einer gebrochenen Nase. Bear und Tru standen wie Leibwächter vor ihnen, und Bullet hielt den Mistkerl, der sie geschlagen hatte, fünfzehn Zentimeter über dem Boden mit dem Rücken an die Wand gedrückt, etwa so.« Crystal packte sich mit der Hand an den Hals. »Und Kennedy brüllte: ›Onkel Bullet, hat er der Frau wehgetan?‹ Bullet drehte sich um und schmolz vor unseren Augen im wahrsten Sinne des Wortes dahin.«

»Genau so war es. Meine Kleine hat ihn dahinschmelzen lassen«, bestätigte Gemma.

Finlay hatte ihn ja mit den Kindern erlebt, aber dass sie sich ebenso problemlos vorstellen konnte, wie er diesen Mann an die Wand gedrückt hatte, machte ihr Sorgen. »Was hat er dann gemacht?«

Dixie lachte leise. »Das, was Bullet am besten kann. Er hat den Kerl weiter an die Wand gedrückt, keine Miene verzogen, Kennedy zugelächelt und es fertiggebracht, ohne eine Spur von Wut in der Stimme zu antworten: ›Ja, Kleines, aber ich werde dafür sorgen, dass er das nie wieder tut.‹«

»Wow.« Finlay war fast ein wenig atemlos. »Das ist beängstigend und ritterlich zugleich.« Sie ließ den Blick über die Tanzfläche gleiten und registrierte geistesabwesend, wie sehr sich Bullet von jedem der hier anwesenden Männer unterschied.

»Es wäre nur dann beängstigend, wenn der Kerl es nicht verdient hätte, aber dieser Mann hat der Frau buchstäblich die Nase gebrochen«, sagte Crystal. »Bullets Reaktion war nur gerechtfertigt.«

»Die Polizisten mussten Bullet von dem Mann wegziehen, das hat mich dann doch ein bisschen beunruhigt«, gab Gemma zu. »Aber Bullet wirkte völlig unbesorgt und der Kerl hat keine Anzeige erstattet, insofern …«

Finlay konnte sich nicht vorstellen, wie es sein musste, so etwas mitzuerleben. »Musstet ihr die Trauung verschieben? Ich wäre fix und fertig gewesen.«

»Machst du Witze?«, entgegnete Crystal. »Nichts hätte uns davon abhalten können, an diesem Tag zu heiraten. Wenn ein Whiskey sich einmal was in den Kopf gesetzt hat, kann ihn nichts mehr davon abbringen.«

Bullets Stimme hallte in Finlays Kopf wider. *Du magst jetzt noch nicht bereit dafür sein, aber eines Tages wirst du es sein …*

»Sind sie alle so?«, fragte sie.

Dixie nickte, während sie einen dunkelhaarigen Mann musterte, der gerade vorbeiging. »So hat man uns erzogen.« Der Kellner brachte ihren Drink und sie steckte ihm zwinkernd einen Fünfdollarschein in die Tasche. Dann gab sie ihm einen Klaps auf den Po und sagte: »Danke. Und jetzt ab mit dir. Ich hab was mit meinen Mädels zu besprechen.«

»Dixie!« Finlay lachte.

»Was denn? Er ist doch süß, oder?« Dixie trank einen Schluck.

Crystal schob ihren Stuhl zurück und hielt sich den Bauch. »Mir kommen die Nachos wieder hoch. Ich gehe besser auf die Toilette. Bin in ein paar Minuten wieder da.«

»Soll ich mitkommen?«, bot Gemma an.

»Nein, alles gut.« Crystal eilte davon.

Dixie beugte sich über den Tisch. »Ausnahmsweise ist mal keiner meiner Brüder in der Nähe, da kann ich mich auch ein bisschen amüsieren. Seht ihr? Wir Whiskeys nehmen uns, was wir wollen.« Sie fasste ihre Haare zusammen und legte sie über eine Schulter, doch auf einmal wurde ihre Miene ernst. »Moment mal. Machst du dir Sorgen wegen Bullet? Weil er sich so aufgeführt hat, als wollte er nicht, dass du in der Bar arbeitest?«

Finlay leerte Pennys Glas. »Ja, genau.«

»Sie lügt«, warf Penny ein und beugte sich so weit vor, dass ihre Nase fast Finlays berührte. »Du lügst. Dein Auge zuckt.«

Finlay wandte sich ab. »Stimmt doch gar nicht.«

Gemma beäugte sie mit zusammengekniffenen Augen. »Es zuckt wirklich.«

»Das ist wie mit Pinocchios Nase«, erklärte Penny. »Aber

warum lügst … Oh mein Gott. Du *magst* ihn.«

Alle schnappten kollektiv nach Luft.

»Deshalb schüttest du plötzlich Alkohol in dich hinein. Du trinkst sonst nie. Nur wenn du dich überfordert fühlst – also nie.« Penny klimperte neckisch mit den langen Wimpern, sah sie mit großen blauen Augen an und legte sich eine Hand aufs Herz. »*Buuuulllleeeet …*«

»Hört auf damit! Hier geht es immerhin um meinen Bruder.« Dixie stürzte ihren Drink herunter.

»Manchmal trinke ich schon was!«, protestierte Finlay. »Als ich beschlossen habe, wieder hierherzuziehen, bin ich mit Izzy ausgegangen und habe eine Margarita getrunken.«

»*Eine* Margarita?« Penny deutete auf die leeren Gläser vor Finlay. »Du stehst *total* auf Bullet.«

»Tue ich nicht!«, beharrte Finlay und sah zur Tanzfläche statt in die neugierigen Augen ihrer Freundinnen. *Großer Gott! Haben sie etwa recht?* Sie brauchte noch einen Cocktail, egal, was Penny daraus schloss. Besser, sie ging ihren Gefühlen für Bullet nicht ausgerechnet jetzt auf den Grund, nachdem sie gerade erfahren hatte, wie hingebungsvoll er sich um andere kümmerte. Das war ja wie ein Aphrodisiakum.

»Warum lügst du, Fin?«, hakte Penny nach. »Bullet ist ein anständiger Kerl, und du könntest weiß Gott einen Mann brauchen, damit in deinem Bett mal wieder die Post abgeht.«

»Penny! Bitte!« Finlay nahm sich vor, nie wieder mit ihrer Schwester über ihr Sexleben zu sprechen. Sie hätte Penny nicht erzählen dürfen, dass sie seit Aaron nur mit einem Mann geschlafen hatte oder wie schlimm diese Erfahrung gewesen war. »Ich bin bloß … irgendwie neugierig. Er ist völlig anders als die Männer, die ich sonst kenne.«

»Was ist denn bei dir im Bett los?«, fragte Gemma.

»Oder nicht los?«, fügte Dixie hinzu.

Finlay schloss die Augen, doch davon wurde ihr ein bisschen schwindlig, deshalb öffnete sie sie wieder. »Nichts ist da los, danke der Nachfrage. Gar nichts. Aber darüber reden wir jetzt nicht.«

»Worüber reden wir nicht?«, fragte Crystal und rutschte wieder auf den Platz neben Gemma. Sie war kreidebleich. »Was es auch ist, habt bitte ein bisschen Nachsicht mit mir. Mir ist furchtbar übel. Ich musste mich eben übergeben, deshalb habe ich Bear angerufen. Ich sollte besser nach Hause gehen.«

»Du hast dich übergeben?« Gemma legte Crystal eine Hand auf die Stirn. »Du hast kein Fieber und auch nichts getrunken.«

»Die Nachos …« Crystal drückte sich wieder eine Hand auf den Bauch. »Ich bitte Bear, euch nachher abzuholen, aber ich glaube nicht, dass ich so lange im Auto sitzen kann, bis er euch alle nach Hause gebracht hat, ohne mich noch mal zu übergeben. Darum wäre es mir lieber, wenn er mich schnellstmöglich heimbringt.«

»Wir können uns auch ein Uber rufen«, meinte Penny und die anderen stimmten ihr zu.

»Es tut mir sehr leid, dass es dir so schlecht geht«, sagte Finlay. »Ich würde ja anbieten, dich nach Hause zu fahren, aber …« Sie deutete auf die zahlreichen leeren Gläser auf dem Tisch.

»Keine von euch setzt sich jetzt noch hinters Lenkrad. Ist das klar?« Crystal sah ihre Freundinnen entschieden an.

Die nickten nur.

Crystal lehnte sich zurück und hielt sich den Bauch. »Und jetzt unterhaltet euch bitte, damit ich an etwas anderes als meinen Magen denken kann.«

Sofort redeten sie über Klamotten, Kinofilme und anderen

Unsinn, um sie abzulenken. Eine Viertelstunde später kam Bear an ihren Tisch, dem man die Sorge um seine Frau deutlich ansehen konnte.

Er half Crystal auf die Beine und legte ihr einen Arm um die Taille. »Jetzt bin ich ja da, Süße. Schaffst du es zum Auto oder soll ich dich tragen?«

Er wollte sie tragen? Bei so viel liebevoller Fürsorge ging Finlay das Herz auf.

»Ich kann laufen, aber wir brauchen vielleicht einen Eimer.« Crystal schenkte ihren Freundinnen ein Lächeln. »Tut mir leid, Mädels. Gem, ich rufe dich morgen früh an, falls mir dann immer noch übel ist, aber hoffentlich sind es nur die Nachos.«

Sie verabschiedeten sich von den beiden. Ein paar Minuten lang schwärmten sie von Bears Liebe zu Crystal und hofften, dass es ihr bald wieder besser ging. Dann erklärte Dixie: »Ich finde, wir sollten jetzt tanzen.«

Sie nahm Finlays Hand und zog sie auf die überfüllte Tanzfläche. Gemma und Penny folgten ihnen. Finlay hatte schon eine Ewigkeit nicht mehr getanzt und war noch viel länger nicht mehr so beschwipst gewesen. Es war ein herrliches Gefühl! Sie starrte hinauf zu den Lampen, die die Tanzfläche in buntes Licht tauchten, auf der sich die Paare verführerisch bewegten, einander umgarnten und sich mit vor Schweiß glänzender Haut aneinander rieben. Und Finlay war mittendrin, verloren in einer Welt, in der alles auf den Kopf gestellt war. Mehrere Männer tanzten mit ihr und sie sang die Texte mit und wollte sich einfach nur amüsieren. Doch all die Männer, die für ein paar Songs mit ihr tanzten, verschmolzen in ihrem benebelten Verstand zu diesem missmutigen bärtigen Hünen, an den sie doch gar nicht denken wollte. Der sich für eine Wildfremde eingesetzt hatte, selbst wenn er dadurch

Gefahr lief, verhaftet zu werden.

Und der ihr einen heißen Rodeo-Ritt vorgeschlagen hatte.

Sie begutachtete den blonden Typen, mit dem sie gerade tanzte. Er war attraktiv, hatte aufregende dunkle Augen und konnte sich gut bewegen. Vielleicht konnte *er* sie ja von Bullet ablenken. Sie schwang die Hüften, schenkte ihm einen, wie sie hoffte, verführerischen Blick und wappnete sich für das Kribbeln und die Schmetterlinge im Bauch, die sich jedes Mal einstellten, wenn Bullet in der Nähe war.

Aber da war nichts.

Ihr Körper war wie taub. *Oder dumm.*

Komm schon, redete sie sich gut zu. Sie brauchte mal einen Abend, an dem sie nach Herzenslust flirten und küssen durfte. Himmel, wie sie das Küssen vermisste! Sie war sich nicht einmal sicher, ob sie noch wusste, wie es ging. Vielleicht würde sie es auch richtig krachen lassen und sogar den muskulösen Körper dieses Mannes näher erforschen. Das war es, was sie brauchte. Einen guten Fi...

Sie konnte das Wort nicht einmal denken, so sehr ging es ihr gegen den Strich.

Genau wie Bullet.

Bullet legte die Füße aufs Verandageländer und machte sich ein Bier auf. Tinkerbell, sein Rottweilerwelpe, der diesen Namen Kennedy verdankte, legte ihm das Kinn aufs Bein. »Wie geht's meinem Mädchen?«

Er stellte das Bier ab und klopfte sich auf den Bauch. Tinkerbell sprang auf seinen Schoß und leckte ihm das Gesicht.

Bullet nahm ihren pelzig-weichen Kopf in die Hände und drückte ihr einen Kuss auf die Schnauze. »Ich hab dich auch vermisst, Kleine.«

Sie lehnte den Kopf an seine Brust und rollte sich wie ein übergroßer Schoßhund zusammen. Seine Brüder neckten ihn immer, weil er Tinkerbell auf den Schoß nahm, aber er war fest entschlossen, das auch dann noch zu tun, wenn sie später mal über fünfzig Kilo wiegen würde. Er wollte auf jeden Fall weiter mit ihr kuscheln. Es gab nicht viel, was Bullet wirklich glücklich machte, aber Kennedy, Lincoln und dieser fünfunddreißig Kilo schwere Welpe zauberten stets ein Lächeln auf sein Gesicht. Tinkerbell hatte sein Leben zum Besseren verändert, und er konnte nur hoffen, dass sie das ebenso sah. Als die Schlaflosigkeit ihn wieder einmal in den Klauen gehabt und einfach nicht lockergelassen hatte, war er spät abends noch mit seinem Pickup losgefahren. Auf dem Weg aus der Stadt hatte er hinter einem verbeulten schwarzen Cadillac festgesessen. Mit einem Mal war der Wagen langsamer geworden und jemand hatte mehrere Müllsäcke auf die Straße geschleudert. Stinksauer und auch besorgt, es könnte deswegen zu einem Unfall kommen, hatte Bullet angehalten, um den Abfall von der Straße zu räumen. Nie würde er das mulmige Gefühl in der Magengrube vergessen, das ihn überkam, als er einen Sack anhob und spürte, wie sich darin etwas bewegte. Das Etwas erwies sich als klapperdürrer Hundewelpe. Er hatte sofort jeden einzelnen verdammten Müllsack aufgerissen, um sich zu vergewissern, dass darin nicht noch mehr Tiere steckten. Danach hatte er den kleinen Rottweiler schnurstracks zu Marty »Paws« Miller gebracht, einem Tierarzt, der zudem Mitglied der Dark Knights war. Die ersten paar Tage waren schlimm gewesen, weil Tink ihr Futter sofort wieder erbrochen hatte, ob nun aus Angst oder weil ihr Magen einfach nicht an Nahrung gewöhnt war, wusste keiner. Aber sie hatte sich schnell eingelebt und war seither Bullets Gefährtin. Keiner von ihnen konnte ohne den anderen einschlafen. Wenn Bullet einen der Albträume hatte, die ihn seit seiner Rückkehr ins Zivilleben heimsuchten, was zum Glück nur noch selten vorkam, weckte Tinkerbell ihn rechtzeitig, bevor der Traum ihn zu weit hinabziehen konnte, weil sie inzwischen so gut auf ihn eingestimmt war.

Bullet wiederum hielt noch heute Ausschau nach einem schwarzen Cadillac mit einer großen Beule im hinteren rechten Kotflügel. Falls er den Kerl jemals erwischte, würde ihm nur noch Gott helfen können, denn es gab zwar vieles, was Bullet nicht duldete, aber ganz oben auf seiner Liste stand Gewalt gegen Kinder, Frauen und Tiere.

Er streichelte Tinkerbell den Rücken und griff nach seinem Bier. Früher einmal war Bullet ein starker Trinker gewesen, aber das hatte sich ebenso wie alles andere in seinem Leben in seiner Zeit beim Militär geändert. Jetzt trank er hin und wieder mal ein Bier, aber meistens blieb er nüchtern für den Fall, dass jemand in Schwierigkeiten geriet und seine Hilfe brauchte. Doch er hatte einen langen Abend hinter sich, der durch den unerwarteten Anfall von nagender Eifersucht umso länger geworden war. Daher wollte er heute jeden Gedanken an Finlay Wilson in Alkohol ertränken.

Als er die Flasche gerade an die Lippen setzte, klingelte sein Telefon. *Verdammt.* Ihm fiel wieder ein, dass Finlay seine Nummer hatte, und eine völlig abwegige, peinliche Hoffnung keimte in ihm auf.

Tinkerbell hob den Kopf, als er das Handy aus der Tasche zog und aufs Display sah. *Bear.* Er stellte die Flasche wieder auf den Tisch und hielt sich das Telefon ans Ohr. »Hey, Bear, was gibt's?«

»Bist du zu Hause?«

»Ja.«

»Trinkst du?«

Bullet warf einen Blick auf die geöffnete, aber unangetastete Bierflasche. »Noch nicht.«

»Du musst mir einen Gefallen tun. Crystal war mit den Mädels aus und sollte heute eigentlich fahren. Aber ihr ist schlecht geworden und ich musste sie abholen.«

»Wo sind sie?« Sanft schob er Tinkerbell von seinem Schoß und stand auf.

»Im Whispers.«

»Ach, verdammt. Im Ernst? Ist Dixie auch dabei?« Er konnte den Laden nicht ausstehen. Leider war Dixie gern dort und zwar genau aus diesem Grund.

»Ja.«

»Bin schon unterwegs.« Er klopfte sich aufs Bein und ging zu seinem Wagen, während Tinkerbell neben ihm hertrottete. »Wie geht's deiner Frau?«

»Nicht gut, aber ich kümmere mich um sie. Sie vermutet, dass es an verdorbenen Nachos liegt. Wenn es ihr morgen allerdings nicht besser geht, soll Bones sie mal durchchecken.«

»Brauchst du irgendwas, wenn ich schon mal unterwegs bin?«

»Nein, wir haben alles. Danke, Bullet. Nimm dein Großraumtaxi. Du wirst den Platz brauchen.«

Mit Tinkerbell auf dem Beifahrersitz fuhr Bullet über die Landstraße und bog dann auf die Hauptstraße ab. Die Mädels abzuholen, war keine große Sache, selbst wenn er dafür nach einem Vierzehnstundentag seinen Hintern noch mal aus dem Haus bewegen musste. Er hatte schon als Jugendlicher betrunkene Gäste von der Bar nach Hause gefahren, als sein Vater noch keinen Schlaganfall gehabt und alles geleitet hatte. Bevor Bullet Soldat geworden und zu den Special Forces gegangen war. Bevor er zu viele Männer ihren letzten Atemzug hatte nehmen sehen. Bevor er herausgefunden hatte, dass er nicht unbesiegbar war.

Vor der posttraumatischen Belastungsstörung.

Er kurbelte das Fenster herunter. Die kühle Nachtluft half ihm, den Kopf freizubekommen. Er tätschelte Tinkerbell und war froh über ihre Gesellschaft. Als er auf den Parkplatz des Whispers fuhr, entdeckte er Crystals Auto und nahm sich vor, es mit Bear abzuholen, falls es Crystal morgen noch nicht wieder gut ging. *Die Arme.* Er ergänzte die Liste der Dinge, die ihn zum Lächeln brachten, um einen weiteren Punkt: die Selbstverständlichkeit, mit der man sich in seiner Familie umeinander kümmerte. Sie waren immer füreinander da. Seine Familie in Sicherheit zu wissen, war vielleicht sogar das Sahnehäubchen auf seinem Leben.

Bei Sahnehäubchen musste er an Finlay denken. Wenn es etwas gab, das einen Zuckerschock bei ihm auslöste, dann sie. Er merkte, dass er lächelte, und schon verblasste das Lächeln wieder. Wo zum Teufel war *sie* heute Nacht? Er parkte und streichelte kurz Tinkerbells Kopf. »Ich bin in ein paar Minuten wieder da. Fahr ja nicht weg.«

Er ließ das Fenster einen Spaltbreit offen, schloss ab und betrat den Club, um seine Schwester und alle, die mit ihr die Nacht in diesem unsäglichen Laden vergeudeten, abzuholen.

Als Bullet die dämmrige Bar betrat, war die testosterongeschwängerte Hitze darin fast genauso drückend wie die Yuppie-Atmosphäre. Bullet war einen guten Kopf größer als alle anderen hier, womit es ihm ein Leichtes war, seine Umgebung in Augenschein zu nehmen. Ein Meer von aufgedonnerten Frauen, die mit viel zu gut aussehenden Männern mit gezupften Augenbrauen und zugeknöpften Hemden tanzten. Die Kerle hofften wahrscheinlich auf eine schnelle Nummer, die Frauen träumten von Fröschen, die sich in Märchenprinzen verwandelten und ihnen zu Diamantring und weißem Lattenzaun verhalfen.

Bullet wusste, wie Furcht einflößend er wirkte. Er war daran gewöhnt, dass sich Menschenmengen vor ihm teilten, wie sie es auch jetzt taten, und dass er angestarrt wurde, als könnte er jeden Augenblick jemanden grundlos zusammenschlagen. *Idioten.* Das waren doch nichts als Kinder, lebten ihr sorgloses kleines Leben und hatten Angst, den sicheren Hafen zu verlassen und die knallharte Realität zu erleben.

Diese dämliche Dixie. Warum fuhr sie auf so was ab? Er erkannte ihr rotes Haar und pflügte durch die Menge. Sie tanzte mit Gemma und Jon Butterscotch, diesem Arzt, der manchmal mit Bones in die Bar kam. Bullet hob zum Gruß leicht das Kinn. Jon war ein guter Kerl, aber nichts für Dixie. Sie brauchte keinen Wichtigtuer, der schicke Autos fuhr.

Bullet packte Dixie am Arm. »Wir gehen jetzt.«

Mit vor Zorn funkelnden Augen fuhr Dixie herum, packte sein Handgelenk so, wie er es ihr gezeigt hatte, und entwand sich ihm. Als sie erkannte, wer vor ihr stand, verwandelte sich die Wut in ihren geröteten Augen in Gereiztheit.

»Was willst *du* denn hier?« Sie wiegte sich weiter zur Musik, oder vielleicht schwankte sie auch, weil sie zu viel getrunken hatte. Bullet konnte es nicht genau sagen.

Die Musik war so laut, dass er schreien musste, um sicherzustellen, dass sie ihn verstand. »Deinen betrunkenen Arsch nach Hause fahren. Gehen wir.«

»Ich kann sie fahren«, bot Jon an, dessen Blick zu Dixie wanderte.

Nur über meine Leiche. »Schon gut. Ich mach das schon.«

»Ich nehme mir ein Uber«, erklärte Dixie.

»Einen Scheiß wirst du.«

»Bullet!« Gemma klatschte in die Hände. »Willst du auch tanzen?«

Herrgott noch mal. Sie waren beide sturzbesoffen. »Nein, Süße. Ich bringe dich nach Hause zu Tru.«

»Oh. Okay, danke! Ich vermisse ihn. Und ich vermisse meine Kleinen. Ich sollte zu Hause bei meinen Babys sein.« Gemma reckte den Hals und sah sich auf der Tanzfläche um. »Wir müssen Finlay und Penny finden!«, brüllte sie. »Da ist Fin! Bei diesem Typen!«

Wie durch ein Zielfernrohr an einem Gewehr visierte er Finlays blondes Haar und ihren verführerischen zierlichen Körper an. Sie tanzte viel zu eng mit irgend so einem Mistkerl. Verdammt noch mal! Bullet starrte den Mann wütend an, während er auf die beiden zustürmte. Als der Kerl ihn bemerkte, stolperte er rückwärts und ging auf Abstand zu Finlay. Bullet schlang Finlay einen Arm um die Taille. »Komm schon, Lollipop. Zeit zu gehen.«

»Bullet? Was machst du denn hier?«, schrie sie und deutete auf ihr Ohr. »Ich kann dich nicht verstehen.«

Er hielt den Mund dicht an ihr Ohr und sie schlang ihm die Arme um den Hals und verlangte: »Tanz mit mir!«

Grundgütiger. Bist du etwa auch betrunken? So viel zu den Shirley Temples. »Wir fahren jetzt.«

Er machte einen Schritt, doch sie entwand sich ihm.

»Ich will noch nicht gehen. Ich will tanzen!« Sie streckte eine Hand nach dem Typen aus, mit dem sie getanzt hatte, aber

Bullet warf ihm einen warnenden Blick zu. Sofort hob der Mann die Hände und verschwand in der Menge.

»Du hast ihn verscheucht! Jetzt musst du mit mir tanzen.« Sie drückte sich an ihn. Penny schwankte an ihnen vorbei, und er erwischte sie am Ärmel, zog sie neben sich und hielt sie fest, während er Finlays zarte Arme von seiner Taille löste. Er nahm sie an die andere Seite und befahl: »Gemma, Dixie. Zum Ausgang. *Sofort.*«

Stöhnend und mit den Armen rudernd schwankte Dixie vor ihm her, während Gemma lächelnd vor sich hin trällerte.

»Ich will noch nicht gehen!«, bettelte Finlay.

Bullet sah Penny fragend an und sie meinte trocken: »Sie kommt nicht oft raus.«

Er ignorierte Dixies Schmollmund und Finlays Gegenwehr, und es gelang ihm irgendwie, alle zum Ausgang zu bugsieren. Als er die Tür aufstieß, machte Finlay kehrt und marschierte zurück in die Bar. Bullet packte sie hinten am Kleid und zog sie an sich.

»Vergiss es, Lollipop. Du bist zu betrunken.«

»Ich bin nicht betrunken!«, widersprach sie und lehnte sich an ihn. »Stimmt doch, Pen? Ich kann einiges vertragen.« Sie riss die Augen auf, als er die stolpernde und schwankende Schar zu seinem Wagen steuerte. »Ich kann ordentlich was vertragen. Ich … ich will nicht nach Hause.«

Penny vergrub das Gesicht lachend an Bullets Seite. »Ich fasse es nicht, dass wir von einem Whiskey nach Hause begleitet werden müssen.«

»Eher gegen unseren Willen entführt«, korrigierte Dixie sie, verlor das Gleichgewicht und musste sich an Gemmas Schulter abstützen.

Bullet packte Finlay wieder hinten am Kleid, damit sie

keinen weiteren Fluchtversuch unternahm, und hielt sie fest, während er den Wagen entriegelte und die Tür öffnete. Unverhofft sah sich Finlay Tinkerbell gegenüber – und auf einmal schrie sie los. Dann ging alles drunter und drüber: Penny quiekte, Tinkerbell bellte, Gemma wandte sich ab und musste sich übergeben, und Finlay versteckte sich hinter Bullet, klammerte sich an seine Hüften und drückte das Gesicht an seine Lederweste.

Das kann doch alles nicht wahr sein!

Dixie stand mit verschränkten Armen am Wagen und betrachtete die Szene mit amüsiertem Lächeln.

»Rein mit dir, Dixie. Tink, nach hinten. Auf den Boden«, befahl er und Tinkerbell sprang auf die Rückbank und legte sich davor hin. Bullet wandte sich an Gemma, half ihr hoch und musterte sie skeptisch. Sie hatte den erleichterten Gesichtsausdruck eines Menschen, der sämtliches Gift im Körper losgeworden war. Ein gutes Zeichen. »Alles okay, Süße?«

Gemma nickte.

Bullet griff hinter sich und zog Finlay nach vorn. Sie drückte sich noch immer an seine Lederweste, klammerte sich an ihn und kniff die Augen fest zu. Wenigstens lief sie nicht wieder weg. »Ich passe auf dich auf, Lollipop.«

Sie wimmerte nur.

»Finlay hat Angst vor Hunden«, erklärte Penny.

»Du auch?«, fragte er Penny.

Penny schüttelte den Kopf.

»Okay. Du und Dixie, ab nach hinten zu Tinkerbell.«

Finlay lachte an seinem Bauch. »Tinkerbell? Der große, böse *Brutus* hat einen Hund namens Tinkerbell?«

Er fluchte leise. Dixie stapfte um den Wagen herum und stieg auf der anderen Seite ein, während Bullet Finlays Arme von seinem Körper löste und ihr auf den Vordersitz half. »Rutsch ganz rüber.«

»Du willst mich bloß neben dir haben«, fauchte Finlay, kam der Aufforderung jedoch nach.

Allerdings hätte er sie in diesem Moment nicht mal mit der Kneifzange angefasst. Bullet half Gemma beim Einsteigen und vergewisserte sich, dass es ihr gut ging. Truman, Gemma und ihre Kinder waren zwar nicht Bullets Blutsverwandte, aber für ihn gehörten sie zur Familie. Und da die Mädels Finlay offenbar in ihren Kreis aufgenommen hatten, gehörte sie jetzt ebenfalls dazu, was bedeutete, dass Bullet von nun an auf sie aufpassen würde, selbst wenn sie ihn keines Blickes mehr würdigte. Denn so lief das bei den Whiskeys. *Liebe, Loyalität und Respekt für jeden*, der Leitspruch der Dark Knights, war nicht nur ein Satz, vielmehr richteten sie ihr Leben danach aus. Und wenn man in den Kreis der Whiskeys aufgenommen wurde, gehörte man zur Familie.

»Anschnallen, Mädels.« Sie waren alle in Reichweite. *In Sicherheit.* Bullet atmete auf. »Dann bringen wir euch mal nach Hause.«

»Sie hat ein hübsches rosa Halsband, Fin!«, sagte Penny, die Tinkerbell streichelte. »Ooooh, guck mal, wie niedlich.«

Finlay schlug sich die Hände vor das Gesicht und krümmte sich vor Lachen. »Tinkerbell.«

Bullet zog den Sicherheitsgurt über Finlays Schoß. Sie spreizte die Finger, spähte dazwischen hindurch und flüsterte: »Entschuldige. Es ist ein guter Na...« Der Rest ging in Lachen unter.

Die nächste Stunde verbrachte Bullet damit, Gemma, Penny und Dixie nach Hause zu fahren und bis vor die Tür zu bringen, und die ganze Zeit über kommentierte Finlay den

Abend äußerst ausführlich. Mit zusammengebissenen Zähnen lauschte er den Beschreibungen von so vielen Kerlen, dass er fast würgen musste. Nachdem er Dixie abgesetzt hatte, die ihn trotz ihres Herumgezickes im Whispers umarmte und sich bei ihm bedankte, stieg er wieder in den Wagen.

Finlay legte den Kopf an seine Schulter und stieß einen lang gezogenen Seufzer aus. »Du bist irgendwie schon ein Held.«

»Ganz im Gegenteil. Wo wohnst du, Lollipop?«

»Lolli.« Sie lachte schnaubend und stimmte ein Lied über Lollipops an, das er seit seiner Kindheit nicht mehr gehört hatte.

Selbst sturzbetrunken war sie einfach zum Anbeißen. Er rieb sich das Gesicht, konnte sich das Lächeln jedoch nicht verkneifen. »Wo wohnst du, Fin?«

»*His kiss is sweeter than a cherry pie, and he's shakin', rockin', dancin', ploppin'…*«

»Den Song kenne ich aber anders. Ich bin mir ziemlich sicher, dass du den Text falsch in Erinnerung hast. Komm, bringen wir dich nach Hause.«

Sie hörte nicht auf zu singen und wandelte den Text lustig weiter ab, nur dass sie jetzt außerdem mit den Schultern wackelte und mit den Händen wedelte. »*Oh, lolli, lolli, kiss, kiss, candy stick.*«

»Grundgütiger«, murmelte er und bog auf die Hauptstraße ein. »Wohin, Fin?«

»Zum Whispers!«, trällerte sie viel zu vergnügt. Dann sang sie: »*Lolli, lolli, POPP!*«

»Vergiss es.«

»Nein, ich meine, fahr erst mal in die Richtung. Ich wohne ganz in der Nähe.« Sie setzte sich aufrechter hin, presste die Knie zusammen und faltete die Hände im Schoß.

Anscheinend versuchte sie, die übermütige Person, die der Alkohol entfesselt hatte, wieder zurückzupfeifen. Manche Menschen brauchten Alkohol, um den Stock aus dem Hintern zu bekommen, während andere tranken, um vor dem Leben davonzulaufen. Dass Finlay den Alkohol nicht für Ersteres brauchte, wusste er, und er hatte den Eindruck, dass sie ihr Leben so liebte, wie es war, deshalb fragte er sich, wovor sie zu fliehen versuchte.

»Trinkst du häufiger so viel?«

»Nie«, antwortete sie beschwingt und fing an zu summen.

»Warum hast du dann heute so viel getrunken?«

»Ich bin nicht betrunken«, erklärte sie nachdrücklich, summte weiter und wackelte im Takt dazu mit dem Kopf.

»Meinetwegen sing ruhig weiter«, sagte er und wurde mit einem strahlenden Lächeln belohnt.

Finlay sang und summte und sang noch ein bisschen, bis sie mit einem tiefen Seufzer gegen ihn sackte. Sie roch nach warmer Vanille, Zucker und frisch gebackenen Keksen und er hätte sie verdammt gern vernascht. Jetzt schmiegte sie sich an ihn, und das gefiel ihm viel besser, als vermutlich gut für ihn war, wenn man bedachte, dass sie sich am nächsten Morgen höchstwahrscheinlich an nichts erinnern würde.

Ihre Hand fiel auf seinen Oberschenkel, was sie zu dem geträllerten Reim »*Starker Mann, halt dich ran*« inspirierte, während das Whispers in Sicht kam. »Bieg an der nächsten Ampel rechts ab.«

Er versuchte, ihre Hand auf seinem Oberschenkel zu ignorieren, aber sein Körper sah das anders. Als er um die Kurve fuhr und auf ein Wohngebiet zuhielt, fragte er: »Du wohnst gleich um die Ecke vom Whispers? Warum hast du mir das nicht gesagt, bevor ich dich kreuz und quer durch die Stadt gefahren habe?«

Sie grinste ihn an und drückte sein Bein, was eine Hitzewelle in seine Lendengegend schickte. »Und den ganzen Spaß verpassen? Außerdem haben wir diese Zeit zu zweit gebraucht.«

Da hatte sie allerdings recht, jedoch nicht, wenn sie sturzbetrunken war.

Sie fuhr die Tätowierungen auf seinem Arm nach und trällerte leise: »*Call me Baby Pop, Lollipop, Lollipop.*« Summend dirigierte sie ihn durch zwei weitere Straßen in eine ruhige Sackgasse. »Ich habe das Haus ganz am Ende gemietet. Warum bist du immer so schroff, wo dich doch alle für einen Helden halten?«, fragte sie aus heiterem Himmel.

Er schaltete den Motor aus und hätte zu gern gewusst, wer ihr diesen Quatsch in den Kopf gesetzt hatte. »Ich sagte doch schon, ich bin niemandes Held.« Er löste ihren Sicherheitsgurt. Sie legte die Finger um seinen Unterarm und sah ihm eindringlich in die Augen. Ihre Haare waren zerzaust, ihre Wangen gerötet. Bullet wünschte, sie würde seinetwegen so aussehen. Es kostete ihn seine gesamte Selbstbeherrschung, sich nicht vorzubeugen und sie zu küssen.

Tinkerbell hob hinter ihnen den Kopf und bellte und Finlay klammerte sich vor Schreck an Bullet. Wenn sie so auf Hunde reagierte, sollten sie vielleicht mal dem Tierheim einen Besuch abstatten.

»Leg dich hin, Tink.«

»Danke«, flüsterte Finlay, als könnte sie Tinkerbell schon durch lautes Sprechen nach vorn locken. »Du hast mir nicht geantwortet«, fuhr sie dann leise fort und sah ihn verführerisch unschuldig an. Sie strich mit der Hand über seinen Unterarm, ganz langsam und sanft. »Warum bist du so schroff?«

Er war Frauen wie sie nicht gewohnt, die so rein und ehrlich waren. Sie weckte in ihm den Wunsch, zu reden, und das war ihm so fremd, dass er sich zwang, aus dem Wagen zu steigen, anstatt es auch nur in Erwägung zu ziehen. Als sie zur Tür rutschte, bauschte sich ihr Rüschenkleid um die Hüften. Um den Hals trug sie eine glänzende Kette mit einem goldenen Herzchen, und ihr Blick war so traurig, dass er ihn beinahe in die Knie gezwungen hätte.

»Rede mit mir«, bat sie. »Du kannst dich nicht für immer hinter deiner Körpergröße verstecken.«

Wollen wir wetten? »Wie wär's, wenn wir dich ins Haus bringen?«

Er half ihr beim Aussteigen und stützte sie, als sie schwankte. Dann holte er ihre Handtasche von der Sitzbank, streckte den Kopf nach hinten und sagte: »Du hältst die Stellung, Tink. Bin gleich wieder da.«

Während er das Fenster für Tinkerbell einen Spaltbreit öffnete, betrachtete er das unfassbar kleine Haus. Die überdachte Veranda war kaum breiter als die Haustür. Ein kleines Panoramafenster ging auf einen noch kleineren Garten hinaus und in der Mitte des Giebels befand sich ein einzelnes Fenster. Es wirkte auf ihn eher wie ein Puppen- denn wie ein Wohnhaus.

»Du erinnerst mich an diesen Typen aus dieser Serie«, murmelte sie, während sie über den schmalen Weg zum Haus gingen. »Diesen großen Kerl, den keiner mochte.«

Als sie die Stufen zur Veranda hinaufstiegen, legte er den Arm um sie, um sie zu stützen. Er hatte keine Ahnung, wen sie meinte, aber das wusste sie vermutlich nicht mal selbst.

Bullet hielt ihr die Handtasche und sie holte den Schlüsselbund heraus. Dann ließ sie ihn vor ihren Augen baumeln, als wüsste sie nicht, wie er da hingekommen war. Bullet nahm ihr die Schlüssel ab und schloss die Tür auf.

Finlay lehnte sich an die Wand und spielte mit der kleinen Schleife an ihrer Taille. »Warum hilfst du betrunkenen Frauen und öffnest ihnen die Tür? Das passt eigentlich gar nicht zu deinem Bad-Boy-Image.«

Sie stieß sich von der Wand ab und torkelte nach vorn. Er fing sie auf, ehe sie stürzen konnte, und schwelgte in ihrer Weichheit und ihrem himmlischen Duft. Es war viel zu lange her, dass er zuletzt mit einer Frau im Bett gewesen war, was ihm sein Körper sofort deutlich zu verstehen gab.

»Hoppla!« Sie schlang ihm die Arme um den Hals und legte den Kopf an seine Brust. »Deine Brust ist so *hart*.«

Er verkniff sich eine schlüpfrige Erwiderung, trug sie ins Haus und schloss leise die Tür. Dann sah er sich in dem Raum um: ein flauschiger weißer Teppich, ein beigefarbenes Sofa, weiche Kissen mit rosa, lila und geblümten Bezügen und ein Couchtisch mit Glasplatte, auf dem ein ordentlicher Stapel Notizbücher und ein gewaltiger Terminkalender lagen. An der Terrassentür stand ein runder Küchentisch, der mit Kladden, bunten Haftnotizen, einer Tasse voller Stifte und diversen Kochbüchern übersät war. Die Wände waren mit Fotos von Finlay, Penny und, wie er annahm, ihren Eltern geschmückt, dazwischen fröhliche Sinnsprüche wie *Mach den heutigen Tag schön!* und *Glaube daran, dann schaffst du es.*

Bullet ging auf die Couch zu, aber sie deutete in den Flur. »Schlafzimmer. Bitte.«

Er biss die Zähne zusammen und zögerte. Finlay Wilsons Schlafzimmer. Der Ort, von dem er träumte, seit er sie bei Trumans Hochzeit kennengelernt hatte. Er hatte sich ausgemalt, diese feminine Schönheit hätte eine wilde Seite, die im Schlafzimmer zum Vorschein käme. Und dass sie in einem weichen Rüschenbettzeug miteinander schliefen, das perfekt zu Finlay passte.

Sie richtete sich auf, strich mit dem Finger über seinen Bart und flüsterte: »Ins Schlafzimmer, Brutus.«

Brutus. Warum törnte ihn das nur noch mehr an? Wider besseres Wissen trug er sie durch den Flur.

Ihre Hand glitt an seinem Hals hinab und fuhr am Ausschnitt seines T-Shirts entlang. »Warum hast du dir eine Schlange tätowieren lassen? Was für Tattoos hast du sonst noch?« Sie zupfte an seinem Ausschnitt, spähte darunter und schnappte nach Luft. »Brusthaare! Ich liebe Brusthaare.«

Schon fuhr sie mit der Hand unter sein T-Shirt und streifte seine Brustwarze. *Großer Gott!* Sie machte ihn völlig fertig.

»Männliche Models haben nicht mal mehr Haare auf der Brust.« Ihre Finger glitten über seinen muskulösen Oberkörper. »Ich wette, die rasieren sich *überall.*« Als er ihr Schlafzimmer betrat, hob sie den Kopf und flüsterte: »Du rasierst dich bestimmt *nirgendwo.*«

Er versuchte, sein wachsendes Verlangen zu bändigen, trotzdem entfuhr ihm ein Stöhnen. Ihr Schlafzimmer wirkte genauso weich und unschuldig wie sie. Geblümte Kopfkissen lehnten am gesteppten weißen Kopfteil des Betts und überall stand kitschiger Schnickschnack in hellen Farben herum.

Wieder spähte sie unter sein T-Shirt. »Ich sehe Tattoos. Was stellen sie dar? Zeigst du sie mir?«

Er setzte sie auf die Bettkante, und sie packte den Saum seines T-Shirts und zog ihn so dicht an sich heran, dass er ihren süßen Atem riechen konnte.

»Finlay«, warnte er sie.

»Brutus«, sagte sie kichernd und schob sein T-Shirt hoch.

Ihre warmen Hände auf seinem Bauch jagten Schauder durch seinen Körper. Er packte ihre Handgelenke und schüttelte den Kopf.

»Der Kerl in dem Film war auch tätowiert. Du könntest er sein, weißt du. Du bist groß und stattlich, und ich wette, du machst auch nackt eine gute Figur, genau wie er.« Sie schlug sich die Hand vor den Mund. »Hoppla! Hab ich nackt gesagt?«

Er zog eine Augenbraue hoch.

»Ich meinte … *nackt*«, säuselte sie mit verführerischer Stimme.

Verdammt. Sofort war er hart wie Stein. »Hör auf, Finlay. Du bist betrunken, und ich will nicht, dass du morgen irgendwas bereust.«

Sie funkelte ihn an. »Zu deiner Information: Ich bin nicht betrunken.«

»Willst du ernsthaft behaupten, dass du nüchtern bist?«

Finlay beugte sich vor, sodass er einen Blick auf ihre herrlichen Brüste in einem rosa Spitzen-BH erhaschte. Sie presste die Lippen aufeinander. »Nein, das nicht, aber ich bin nicht betrunken. Ich bin beschwipst.«

»Okay, wir werden ja sehen, was hiervon du morgen noch weißt.«

Finlay stand auf, wobei sie sich an seiner Hüfte abstützen musste. »Glaubst du, ich weiß nicht mehr, was ich sage? Tja, jetzt pass mal auf, Brutus.« Sie unterstrich das, was sie daraufhin hervorsprudelte, indem sie ihm an den entscheidenden Stellen einen Finger in die Brust bohrte. »Ich weiß genau, was ich sage. Ich *wollte* heute zu viel trinken, damit ich nicht mehr an dich und deine anmaßenden Sprüche denke. Ich *will* dich ohne T-Shirt sehen. Ich *will* deine Tattoos sehen, weil ich wissen will, warum du sie hast und was sie bedeuten und wie das

Tätowieren mit den Haaren auf der Brust ging. Haben sie sie abrasiert? Und ich finde wirklich, dass du wie dieser Schauspieler aussiehst, Jason Mammoth oder wie der Typ heißt. Und ich *will* dich nackt seh...«

Ein träges Lächeln breitete sich auf seinen Lippen aus.

Finlay schlug sich die Hand vor den Mund und riss die Augen auf. »Ich glaube, du gehst jetzt besser«, sagte sie, ohne die Hand wegzunehmen, und ließ sich wieder aufs Bett sinken.

»Kommst du denn zurecht?«

Sie nickte.

»Nur, um das klarzustellen ...«

Sie schloss die Augen und hob eine Hand, um ihn zum Schweigen zu bringen.

»Ich will dich auch nackt sehen«, gab er ganz offen zu.

Sie riss die Augen wieder auf, wurde puterrot und starrte ihn mit offenem Mund an. Er legte ihr einen Zeigefinger unters Kinn und klappte ihren Mund wieder zu.

Dann deutete er mit dem Daumen über die Schulter. »Ich gehe dann jetzt. Schließ hinter mir ab.«

Leise lachend verließ er das Haus und ging zum Auto. Zum ersten Mal seit Jahren konnte er es nicht erwarten, am nächsten Tag zur Arbeit zu gehen.

Vier

»Ich bringe dich um!«, fauchte Finlay, als sie am nächsten Nachmittag mit Penny telefonierte, während sie in der Küche an der Arbeitsplatte stand und Eier in eine Schüssel schlug.

»Was denn? Du musstest mal ein bisschen über die Stränge schlagen und es ist doch nichts passiert.«

»Ach nein?« Sie machte sich daran, die Eier zu verquirlen. »Wie würdest du das denn bezeichnen, wenn man Bullet Whiskey sagt, dass man ihn nackt sehen will? Du weißt, dass ich nichts vertrage. Du bist meine Schwester. Du hättest mich davon abhalten sollen, dass ich mich danebenbenehme.«

»Dann hast du dummerweise die falsche Schwester, weil ich mich nämlich sehr darüber gefreut habe, dass du endlich mal Spaß hast, Fin. Seit Aaron tot ist, gehst du nicht mehr aus, um dich zu amüsieren.«

Finlay gab weitere Zutaten in die Schüssel und rührte sie energisch zusammen. Sie wollte nicht an Aaron denken oder daran, wie lange es her war, dass sie Interesse für einen Mann gezeigt hatte. Endlich hatte sie ein bisschen Abstand zu Aarons Tod gewonnen. Und darüber zu reden, dass sie nach dem Verlust nur selten ausgegangen war, würde auch nichts ändern. Sie wollte einfach wissen, wie sie Bullet heute im Whiskey Bro's unter die Augen treten sollte, ohne sich splitterfasernackt zu fühlen, nachdem sie ihm ihre geheimsten Gedanken offenbart hatte.

»Du backst«, erkannte Penny.

»Natürlich backe ich! Hast du mich nicht gehört? Ich habe *Bullet* gesagt, dass ich ihn *nackt* sehen will. Und ich war mir dabei vollkommen bewusst, welche Worte mir da gerade über die Lippen kamen. Es war nicht etwa so, dass ich zu betrunken gewesen wäre, um klar zu denken. Ich war bloß betrunken genug, um klar denken *und* die Wahrheit sagen zu können.« Finlay hatte schon immer Zuflucht in der Küche gesucht, wenn sie aufgewühlt war. Nach Aarons Tod hatte sie an einem einzigen Wochenende fünf neue Rezepte ersonnen, und nachdem ihr Vater gestorben war, hatte sie in den ersten Tagen so viel gebacken, dass sie damit drei Obdachlosenasyle hatte versorgen können. Es glich einem Wunder, dass sie nicht längst hundert Kilo wog.

Penny lachte leise. »Betonst du nicht immer, wie wichtig Ehrlichkeit ist?«

»Schon, aber ich arbeite für seine Familie, und er gehört zu der Art von Mann, die Frauen vermutlich vernascht wie andere Männer Chips. Und so eine Frau bin ich nun mal nicht, wie du genau weißt.«

»Mag sein, aber woher willst du wissen, dass er so ist? Ich bin übrigens sehr froh, dass du wieder nach Hause gezogen bist. Du hast dich der wirklichen Welt viel zu lange entzogen. Das Leben besteht aus mehr als nur Arbeit, Fin. Und außerdem solltest du aufpassen, was du sagst. Vielleicht bin ich ja so eine Frau. Schließlich bin ich keine Heilige.«

»Entschuldige.« Finlay stellte die Schüssel beiseite und ließ sich auf einen Stuhl sinken. Sie wusste, dass Penny keine war, die mit ständig wechselnden Männern schlief, aber ein aktiveres Sexleben als sie hatte ihre Schwester durchaus. Andererseits galt das vermutlich auch für die meisten geselligen Frauen zwischen zwanzig und dreißig.

»Es ist Jahre her, dass du Aaron verloren hast, Fin. Warum probierst du nicht mal ein bisschen was aus?«

»Ich habe was ausprobiert, schon vergessen? Letztes Jahr?« Finlay hatte Ende vergangenen Jahres zuletzt mit einem Mann geschlafen und das war kein schönes Erlebnis gewesen. Sie hatte kein Vergnügen daran gehabt und sich auch in keiner Weise mit dem Mann verbunden gefühlt. Diese Erfahrung war der Auslöser für ihre Entscheidung gewesen, zurück nach Hause zu ziehen. Trotz Isabels Freundschaft war sie einsam gewesen. Wenn sie schon nicht dazu in der Lage war, einen Mann zu lieben, dann konnte sie wenigstens in der Nähe ihrer Schwester sein, die sie bedingungslos liebte.

»Ich weiß, aber ein unschönes Erlebnis bedeutet doch nicht, dass du keine Beziehung zu einem anderen Mann aufbauen kannst. Hör mal, Fin, ich habe mehr Erfahrung als du, dabei bin ich vier Jahre jünger. Vielleicht solltest du ihm einfach alles erzählen. Sag Bullet die Wahrheit, nämlich, dass du darüber nachdenkst, mit ihm zu schlafen. Geh mit ihm aus. Herrgott, steig mit ihm ins Bett, wenn du das möchtest. Es ist dein Leben, und es ist dein Körper, niemand wird dich verurteilen, falls dir das Sorgen macht.«

»Ich mache mir keine Sorgen, was andere über mich denken könnten. Es ist bloß … Ich kann ihm das nicht sagen. Ich weiß ja nicht mal, ob ich wirklich mit ihm schlafen will. Ich weiß nur, dass er mich verwirrt und erregt. Und wie er mich erregt. Aber deswegen muss ich doch nicht gleich über ihn herfallen.«

»Dann lüg einfach und behaupte, es sei ein kleiner Aussetzer unter Alkoholeinfluss gewesen, oder tu einfach so, als könntest du dich an nichts erinnern. Das glaubt er dir wahrscheinlich. Und ich weiß, dass es dir peinlich ist, aber das ist völlig unnötig. Er weiß doch gar nicht, dass die Seite von dir, die er gestern Nacht zu Gesicht bekommen hat, zum ersten Mal seit Jahren zum Vorschein gekommen ist.«

»Ach, Penny. Warum klingt das aus deinem Mund alles so einfach?«

»Weil es das ist. Du hast die Wahl. Lüge oder sei ehrlich. Ich persönlich finde, du solltest mal einen Proberitt wagen und dich dann entscheiden. Was hast du denn schon zu verlieren?«

»Nur den Verstand. Ich fasse es nicht, dass meine kleine Schwester mir rät, mit einem Biker zu schlafen.«

»Hey, du bist die, die ihn nackt sehen will. Ich stärke dir nur den Rücken. Außerdem mag ich die Whiskeys. Ich würde jederzeit mit einem von ihnen ausgehen.«

»Sind wir wirklich Schwestern?« Finlay lachte auf. »Du springst mit geschlossenen Augen ins kalte Wasser, während ich nicht die geringste Ahnung habe, was ich will. Ich weiß nur, dass er mich auf eine Art ansieht, die mich ganz kribblig macht, aber auf gute Art, verstehst du? Zwischen Aaron und mir hat es gefunkt, aber das hier ist wie ein Blitzschlag. Und ich verstehe es nicht; ich weiß nicht, was ich davon halten soll. Er ist genau das, was ich niemals wollte. Du kennst mich. Ich hatte immer nur anständige Jungs. Aber seit ich ihn bei Trumans und Gemmas Hochzeit mit den Kindern gesehen habe, muss ich ständig an ihn denken. Weißt du noch, wie er mich da so peinlich angebaggert hat?«

»Das werde ich nie vergessen. Ich sag's dir, allein, um rauszufinden, ob er es wirklich so draufhat, wünschte ich, du würdest mit ihm schlafen.«

Sie mussten beide lachen.

»Hör mal«, sagte Penny in diesem Finlay so vertrauten Tonfall der kleinen Schwester, die Antworten auf alle Fragen hat. »Du bist neugierig, weil er tough, selbstbewusst und stark ist. Aber all das bist du auch …«

»Was? Hast du den Verstand verloren? Ich bin nichts davon. Ich bin wie eine Blume und er ist der Rasenmäher.«

»Da irrst du dich. Du bist eine der stärksten Frauen, die ich kenne. Als Dad starb, warst du mein Fels in der Brandung. Und jetzt bist du hier. Ist dir klar, wie viel Mut es erfordert, alle Zelte abzubrechen und noch mal von vorn anzufangen?«

»Ist dir klar, wie viel Mut es erfordert, seine gesamte Erbschaft für die Eröffnung einer Eisdiele auszugeben, ohne zu wissen, ob man damit Erfolg haben oder untergehen wird?«

»Siehst du?«, erwiderte Penny. »Wir sind eindeutig Schwestern, denn du machst das Gleiche mit deinem Catering-Unternehmen. Bringst du mir was von dem vorbei, was du gerade backst?«

»Klar. Ich mache Kekse. Nachher werde ich noch neue Elektrogeräte für die Bar aussuchen, und wenn ich diesmal da reingehe, werde ich nicht wie ein verängstigtes Kätzchen in die Küche huschen. Ich werde mir einfach einreden, die Gäste wären meine Catering-Kunden, damit ich nicht so nervös bin.«

»Mit anderen Worten, du willst sie mit leckerem Essen von deinem Image der tugendhaften, blauäugigen Blondine ablenken.«

»So in etwa. Aber eigentlich geht es darum, *mich* abzulenken, nicht die anderen.«

»Zieh Jeans und Stiefel an. Dann passt du da besser rein.«

»Es geht darum, dass *ich* mich wohlfühle, und das tue ich nun mal in Röcken und Kleidern. Ich kriege das schon hin. Du wirst schon sehen. Ich komme vorbei, bevor ich zur Bar fahre.«

Sobald sie das Gespräch beendet hatte, bemerkte sie eine Benachrichtigung auf dem Display und scrollte zu den Textnachrichten. Die Telefonnummer war ihr unbekannt, aber als sie die Nachricht öffnete und las – *Ich bin hier, falls du mich brauchst. B –*, durchzuckte sie blitzartig die Erkenntnis, dass Bullet ihr diese Nachricht in der vergangenen Nacht geschickt haben musste.

Sie starrte aufs Display und erinnerte sich, wie er gestern in den Club marschiert war und sie alle ohne viel Federlesens rausgezerrt hatte. War das der Stil der Whiskeys? Oder war es nur Bullets Art? Was wäre passiert, wenn sie nicht beschwipst gewesen wäre? Hätte er sie dann bleiben und später allein nach Hause fahren lassen?

Hätte ich das denn gewollt?

Sie fügte ihn zu ihren Kontakten hinzu und widmete sich dann wieder den Keksen. Konzentriert rührte und knetete sie den Teig, rollte und stach ihn aus, bis sie Dutzende von Keksen in Form von Motorrädern, Lederjacken und Stiefeln hatte. Sie freute sich schon auf die Gesichter der Gäste, wenn sie ihr Spezialrezept kosteten. *Ja, den Gästen sollen sie schmecken. Nicht Bullet. Nichts da. Nicht ihm.*

Na klar. Das kann ich ja nicht mal mir selbst weismachen!

Während die Kekse im Ofen waren, recherchierte sie online Küchengeräte, verglich Preise, Maße und Garantiezeiten. Sie rief bei den Anbietern an und handelte Preisnachlässe für ihre drei Top-Kandidaten aus, druckte die Datenblätter aus und steckte sie in die Mappe mit dem Budget, das Dixie und sie festgelegt hatten. Freitagmorgen wollte sie sich wieder mit Dixie treffen, um die Küchenrenovierung zu besprechen.

Als die Kekse abgekühlt waren, nahm sie sich viel Zeit fürs

Verzieren. Nach Abbildungen aus dem Internet gestaltete sie die einzelnen Teile wie die Sitzbank und den Tank (sie hatte bis dato keine Ahnung gehabt, dass es sich dabei um das große Ding vor dem Sitz handelte), die Radspeichen und die Schutzbleche. Dabei lernte sie gleichzeitig, wo sich die Stoßdämpfer und andere mechanische Teile befanden, und nahm sich vor, die nächsten Motorrad-Kekse größer zu machen, damit sie mehr Details unterbringen konnte. Für die Kekse, die Jacken und Stiefel darstellten, verwendete sie schwarze Glasur, dann verpasste sie den Jacken noch silberne Reißverschlüsse und den Stiefeln Sohlen. Auf jeden Keks schrieb sie »Whiskey Bro's« oder »WB's« und für Bullet machte sie einen ganz besonderen Keks. Zu guter Letzt legte sie das Gebäck behutsam auf ihre rosa Catering-Tabletts, schlug diese in Papier ein und versah sie mit rosa Schleifen mit dem Schriftzug »Finlay's« darauf. Dann zog sie ein hübsches korallenfarbenes Kleid an und – weil Penny vielleicht doch recht hatte – kniehohe braune Lederstiefel.

Sie verstaute ihre Mappen und das Handy in der Handtasche, hängte sie sich über die Schulter und sah sich ein letztes Mal im Wohnzimmer um. Ihr Blick fiel auf den Terminkalender, in dem eine gelbe Haftnotiz klebte. Sie nahm ihn vom Couchtisch und las lachend und kopfschüttelnd, was nur eine Nachricht von Bullet sein konnte, mit roter Tinte geschrieben und bei kommendem Freitag eingeklebt: *Da brauchst du mich.*

Unterwegs zu Pennys Eisdiele schwankte Finlay zwischen Freude und nervöser Aufregung. Als sie parkte, war ihr gerade mal wieder nach Lächeln zumute. Sie schwebte durch die Tür, dass die Glöckchen klirrten, und ihre Schwester brauchte keine dreißig Sekunden, um zu der Erkenntnis zu gelangen: »Grundgütiger! Entweder hattest du gerade Sex oder du wirst gleich welchen haben.« Penny sah auf die Uhr. »Es ist halb sechs. Ich tippe auf Letzteres.«

Finlay rümpfte die Nase. »Küsst du deine Mutter mit diesem Mund?« Sie reichte ihr eine Tüte voller Kekse.

»Mom ist viel zu weit weg zum Küssen, aber ich mache alle möglichen versauten Sachen mit dem Mund.« Sie streckte die Zunge raus und wackelte damit. Ihre Mutter war vor zwei Jahren nach Montana gezogen und hatte wieder geheiratet.

»Igitt! Pen!«

Penny lugte in die Tüte und atmete tief ein. »Ah, süße Köstlichkeiten. Bin ich froh, dass du wieder da bist.«

»Du hast eine Eisdiele und kannst nach Lust und Laune naschen.«

Penny stieß sie mit der Hüfte an. »Aber keine mit Liebe gebackenen Kekse von meiner Lieblingsschwester. Und was den Sex angeht ...«

»Vergiss es. Ich bin bloß gut gelaunt, das ist alles.«

»Weil ...?«

Finlay wusste nicht genau, was Bullet damit meinte, dass sie ihn am Freitag *brauchen* würde, aber ihr war klar, wenn sie Penny davon erzählte, würde ihre Schwester sie nur drängen, ein bisschen was *auszuprobieren*, deshalb sagte sie: »Es macht mich zwar ganz nervös, aber irgendwie ist jetzt doch alles einfacher, wo er weiß, dass ich ihn nicht nur für irgendeinen zudringlichen Kerl halte.«

»Du warst immer dafür, die Dinge beim Namen zu nennen. Das hast du von Dad. Weißt du noch, was er immer sagte, wenn wir ausgingen und ihm nicht genau erzählt haben, wo wir hinwollten?«

»Wie kann ich für eure Sicherheit sorgen, wenn ich nicht weiß, wo ihr seid?«, sagten sie wie aus einem Mund.

»Ich vermisse ihn«, bekannte Penny. »Er würde sich bestimmt freuen, wenn er wüsste, dass wir beide hier in Peaceful Harbor sind und dass es uns gut geht.«

»Das weiß er.« Finlay umarmte Penny. Sie war schon immer der Ansicht gewesen, dass ihr Vater über sie wachte. Die Schwestern hatten ihren Eltern sehr nahegestanden, und als ihre Mutter weggezogen war, weil sie in Peaceful Harbor zu viel an ihren Mann erinnerte, hatten sie das verstanden. Und als sie sich wieder verliebt hatte, waren sie beide froh darüber gewesen. Auch wenn die Schwestern nicht glaubten, dass ihre Mutter jemals einen Mann so lieben würde wie ihren Vater. Er war witzig und liebevoll gewesen und hatte hart gearbeitet, um seine Familie zu ernähren. Ihr Vater war einer der fleißigsten Arbeiter im Kraftwerk gewesen.

»Jetzt muss ich aber los. Ich habe noch eine Menge zu tun.« Finlay ging zur Tür. »Ich muss mit der Planung der Speisekarte anfangen.«

»Dann viel Spaß. Hauptsache, du lässt noch Platz für das Dessert.« Penny zwinkerte ihr zu. Als Finlay hinausging, rief sie ihr hinterher: »Damit meine ich Sex!«

In diesem Augenblick ging eine Frau an der Eisdiele vorbei und musste Penny gehört haben. Finlay war das furchtbar peinlich und sie wirbelte herum. »Penelope Anne!« Wütend funkelte sie ihre Schwester an.

Penny schob die Hüften vor, reckte die Arme nach hinten und machte ein Gesicht, als hätte sie gerade einen Orgasmus.

Na toll. Jetzt musste Finlay an Bullet *und* an Sex denken.

Auf der Fahrt zur Bar fragte sie sich unwillkürlich, wie Bullet, der nichts als Kraft und Tatendrang ausstrahlte, wohl im Bett sein mochte. *Bestimmt weiß er, was er tut.* In ihrem Bauch kribbelte es und ihr Herz schlug schneller. *Nein, nein, nein.* Sie versuchte, an die Arbeit zu denken, an Kekse, an die Autos auf der Straße. Hauptsache, nicht an Bullet. Aber sein verführerischer, fordernder Blick verfolgte sie. Und dank Penny musste sie jetzt auch an alles andere an ihm denken.

Ich will dich ohne T-Shirt sehen … Und ich will dich na…

Ihr lief ein Schauder den Rücken herunter.

Das darf doch nicht wahr sein!

Bullets raue Stimme stahl sich in ihre Gedanken. *Kämpf nicht dagegen an, Finlay. Du willst diesen Rodeo-Ritt doch auch.*

Sie schob eine Hand unter das Papier, nahm sich einen Motorradkeks und steckte ihn sich in den Mund. *Hundert Kilo, ich komme!*

Bullet schob Lance »Crow« Burke, einem anderen Dark Knight, ein Glas Bier über den Tresen. Crows Familie gehörte der Baumarkt Mid-Harbor Supply and Renovation und Bullet kannte Crow schon seit Kindertagen. Er hatte pechschwarzes Haar und kantige Gesichtszüge, fast schon zu markant, sodass er aussah wie ein Model – seinem Aussehen verdankte er auch seinen Bikernamen Crow. Bullet hatte ihn hergebeten, weil er mit ihm reden musste, was jedoch nicht gerade einfach werden würde, denn Crow galt als Schürzenjäger und war schon immer scharf auf Dixie gewesen. Sowohl Dixie als auch ihre Mutter Red kellnerten heute Abend, was Crow für Bullets Geschmack viel zu sehr genoss.

»Wegen dieses Projekts, von dem ich dir erzählt habe«, sagte Bullet, um Crow von seiner Schwester abzulenken. Er hatte gehofft, Finlay würde irgendwann auftauchen, aber entweder war sie sauer auf ihn oder sie schlief ihren Kater aus, denn sie hatte nichts von sich hören lassen. Was ihn jedoch nicht davon abhielt, in jeder verdammten Minute an sie zu denken.

»Es geht um die Küche, richtig?« Crow trank einen Schluck Bier. »Dixie hat mir vor ein paar Wochen davon erzählt.« Er drehte sich kurz zu Dixie um und wandte sich dann wieder Bullet zu. »Sie sagte, ihr wollt die Küche ein bisschen renovieren, aber sie wusste nicht genau, was ihr braucht. Außerdem meinte sie, ich soll nichts tun, ohne es mit ihr abzusprechen.«

»Sie hat zu tun«, erwiderte Bullet. Er hatte zugestimmt, Dixie die Organisation der Renovierung, die Personalsuche und das ganze Drumherum zu überlassen, aber nachdem er gesehen hatte, dass Finlay bereits alles ausmaß und plante, wollte er sicherstellen, dass langsam alles in die Gänge kam und sie bei ihren Plänen nicht aufgehalten wurde.

»Das mag ja sein, Bullet. Mit dir ist nicht zu spaßen, aber diese Kleine?« Er warf Dixie mit einem anerkennenden Pfiff einen schnellen Blick zu. »Sie hat solche Hummeln im Hintern, dass man sich besser nicht mit ihr anlegt.«

Bullet stützte die Hände auf die Tresen, beugte sich vor und sah Crow direkt in die Augen. »Ihre Körperteile sind für dich tabu, verstanden?«

Crow lachte auf und trank noch einen Schluck.

Dixie kam zu ihnen herüber. »Mach mir bitte zwei Whiskey Sour, ein Heineken und ein Coors fertig, Bullet.« Sie stemmte eine Hand in die Hüfte, und als sie sich Crow zuwandte, wurde ihre Miene weicher. »Hallo. Hast du mal über die Renovierung nachgedacht, von der ich erzählt habe?«

Crows genüssliches Grinsen wirkte auf Bullet wie ein Schlag ins Gesicht. »Du weißt doch, dass deine Worte bei mir immer auf fruchtbaren Boden fallen.«

Dixie verdrehte die Augen.

»Lass den Scheiß, Crow«, warnte Bullet.

Crow zog etwas aus der Tasche und reichte es Dixie. »Hier hast du alles, was du brauchst, Babe. Alles, worum du gebeten hast. Preise, Zeitrahmen.« Während er sein Bier an die Lippen hob, sah er Bullet an, als wollte er sagen: *Reg dich ab. Ich weiß, dass es ein schmaler Grat ist. Kein Grund, mich gleich zusammenzuschlagen.*

Bullet konterte Crows Grinsen mit einem finsteren Blick und kümmerte sich um Dixies Getränkebestellung. Er hätte diese unsägliche Liste gern gesehen, aber dies war nun mal Dixies Zuständigkeitsbereich, und er wollte sie nicht noch mehr verärgern, als er es ohnehin schon getan hatte.

»Komm mal runter, Bullet«, schimpfte Dixie und stolzierte davon, um einen weiteren Gast zu bedienen.

Die Sicherheit seiner Familie zu garantieren, war eine ewig währende Aufgabe, die Bullet mit Bravour bewältigte, selbst wenn er seinen Verwandten damit manchmal auf die Nerven ging. Er konnte nichts daran ändern, dass Dixie Skinny-Jeans, Hotpants, Miniröcke, bauchfreie oder eng anliegende T-Shirts und Stiefel trug, all das, worauf Kerle abfuhren, aber er konnte die Männer zurückpfeifen, wenn es sein musste.

Er bearbeitete diverse Getränkebestellungen und unterhielt sich mit den Stammgästen und mit Crow, behielt dabei aber den Eingang im Auge für den Fall, dass Finlay auftauchte.

»Hab gehört, Pennys Schwester hilft euch, die Küche ans Laufen zu bringen«, meinte Crow. »Wie ist sie denn so?«

Wie aufs Stichwort stieß Finlay in einem ihrer scharfen kurzen Kleider die Tür zur Bar mit dem Rücken auf, in beiden Händen je ein Tablett und eine große Tasche über der Schulter.

»Wer ist denn *das*?« Crow verschlang sie förmlich mit Blicken.

»Pass auf, dass dir nicht die Augen rausfallen. Das ist Finlay.« Bullet kam hinter der Theke hervor, als sie sich gerade so schwungvoll umdrehte, dass sich ihr Kleid um die Hüften bauschte. Beinahe wäre sie mit ihm zusammengestoßen. Er schnappte sich die Tabletts, ehe sie zu Boden fallen konnten.

Die Aufmerksamkeit aller in diesem vermaledeiten Laden ruhte auf ihr, natürlich auch Bullets.

»Hoppla!« Sie lächelte Bullet an. »Entschuldige. Ich hab dich da gar nicht stehen sehen.«

Ihre Augen funkelten fröhlich, und er glaubte, in ihrem Blick zu versinken. Um sich nicht zum Affen zu machen, konzentrierte er sich auf die Tabletts. »Was ist das alles?«

»Kekse«, antwortete sie vergnügt, ging um ihn herum und nahm ihm ein Tablett ab. Sie stellte es auf den Tresen, holte das zweite und platzierte es neben dem ersten. Dann ließ sie ihre Tasche auf einen Barhocker neben Crow fallen und holte alles Mögliche heraus: rosa Servietten und Teller mit dem Aufdruck »Finlay's« in geschwungenen weißen Lettern, dazu mindestens ein Dutzend kleine rosa Notizblöcke mit dem gleichen Logo.

»Was soll das werden, Lollipop?«, fragte Bullet, während sie die rosa Schleife von einem Tablett löste.

Zu seiner Überraschung stellte sie sich dicht vor ihn und bedeutete ihm, sich hinunterzubeugen. Der Duft von warmer Vanille und Zucker stieg ihm in die Nase und er kam eindeutig nicht von den Keksen.

»Ich muss mich hier wohlfühlen und außerdem euren Kundenstamm besser kennenlernen, damit ich die bestmögliche Speisekarte zusammenstellen kann. Mit Keksen kann man wunderbar das Eis brechen.« Sie nahm ein in rosa Seidenpapier eingeschlagenes Päckchen vom Tablett und reichte es ihm. »Das ist deiner. Ich hoffe, er gefällt dir! Aber wenn nicht, ist das auch okay. Ich habe ein dickes Fell.«

Sie wirbelte auf ihren sündhaft scharfen hochhackigen Stiefeln herum, ging von Tisch zu Tisch und verteilte ihre Köstlichkeiten.

An Finlay Wilson war überhaupt nichts *dick*. Bullet spannte die Kiefermuskeln an, als er sie so herumschwirren sah. Lächelnd plauderte sie mit den Leuten und berührte sie am Arm oder an der Schulter, wenn sie sich zu ihnen beugte, um sie besser verstehen zu können. Die Männer genossen die Aufmerksamkeit. Die Stilleren mutierten zu Quasselstrippen, während die Blödmänner sie auf peinliche Weise anstarrten. Mit den Frauen freundete sich Finlay im Nu an. Unwillkürlich ballte Bullet die Fäuste und hätte dabei um ein Haar ihr Geschenk zerdrückt.

Er hatte keine Zeit für Geschenke. Hier mussten ein paar sehr klare Grenzen gezogen werden, allerdings wäre dafür am besten gleich ein Bagger angebracht.

Den Blick fest auf Finlay gerichtet, marschierte er durch den Raum. Zu *seiner* Finlay. Er mochte vielleicht nicht das Recht haben, sie für sich zu beanspruchen, doch das war ihm egal. In seinem Kopf war sie bereits die Seine, ob sie es nun wusste oder nicht. Er ging um einen Tisch herum und wie aus dem Nichts tauchte seine Mutter Red vor ihm auf.

In einem schwarzen Whiskey-Bro's-T-Shirt, schwarzen Jeans und mit einem Lächeln, das besagte: *Ich hab dich lieb, aber ...*, stand sie vor ihm, packte ihn am Arm und befahl: »Komm mit, Schatz.« Seine Mutter nannte ihre Kinder nie bei ihren Bikernamen. Bei vier kleinen Wildfängen war es vermutlich leichter gewesen, sie einfach alle mit den Kosenamen zu rufen, die ihr noch heute so mühelos über die Lippen kamen: *Schatz, Liebling, Süßer.* Und wenn sie sie doch einmal mit ihren Taufnamen ansprach, wusste man, dass es ernst wurde.

Sie machte einen Schritt Richtung Tresen, aber Bullet stand wie angewurzelt da. Sein Blick zuckte wieder zu Finlay, die jetzt am Billardtisch stand, wo sie mit zwei Männern redete und ihnen einen Pappteller mit Keksen reichte.

Diese verdammten Kekse.

Seine Mutter seufzte schwer und tätschelte ihm mit besorgter Miene den Arm. »Brandon Whiskey, eine Sache kannst du mir glauben: Du willst das eigentlich gar nicht tun, was du dir da vorgenommen hast.«

»Red«, erwiderte er, auch wenn er genau wusste, dass seine Mutter genau wie sie alle war und man sie nicht von einer Sache abbringen konnte, wenn sie sich einmal etwas in den Kopf gesetzt hatte. Schon als Kinder hatten sie ihre Mutter Red genannt, seit Bear einmal gehört hatte, wie ihre Freundinnen sie bei ihrem Namen Wren gerufen hatten, er aber Red verstand. Dieser Name war hängen geblieben.

»Komm mit, Liebling. Unterhalten wir uns einen Moment.«

Er wollte sich räuspern, aber es kam stattdessen ein Knurren heraus, was sie zum Lachen brachte.

»Na, das ist neu.« Sie steuerte ihn von den Tischen weg, aber er ließ Finlay nicht aus den Augen. »Sieh mich an, mein Junge.«

Er begegnete ihrem amüsierten Blick.

»Ich dachte, deine Brüder würden sich was einbilden, als sie mir erzählt haben, du hättest bei Trus und Gemmas Hochzeit ein Auge auf Finlay geworfen. Aber offensichtlich war ich da wohl ein bisschen schwer von Begriff.«

»Worauf willst du hinaus?«

»Ich will darauf hinaus« – sie hob seine Hand, mit der er Finlays Geschenk umklammerte – »dass das süße Ding da drüben keine Bikerbraut ist. Du kannst sie nicht dazu zwingen, dir ihr Herz zu öffnen, oder jeden anderen Mann, der sie ansieht, in der Hoffnung vertreiben, dass sie dann nur noch dich wahrnimmt.«

»Ich kann's versuchen.« Das sagte er nur halb im Scherz.

»Schon, aber damit würdest du sie schneller vertreiben, als du hinterher bei ihr zu Kreuze kriechen kannst.«

Er strich sich über den Bart und ließ sich ihre Worte durch den Kopf gehen, auch wenn sie ihm samt und sonders gegen den Strich gingen. »Ich gebe sie nicht auf.«

»Habe ich das verlangt?« Sie zog eine schmale rote Augenbraue hoch. »Ich weiß nicht, ob du dazu überhaupt in der Lage wärst. Auf dieses Feuer in deinen Augen warte ich schon ewig.«

»Du sagst doch immer, ich wäre schon mit Feuer in den Augen auf die Welt gekommen.«

»So ist es auch. Das Feuer, mit dem du geboren wurdest, hat dich zu dem Mann gemacht, der du heute bist.« Seine Mutter schaute kurz zu Finlay hinüber, dann sah sie ihn wieder mit ihren grünen Augen an. »Aber dieses Feuer jetzt wird dich zu dem Mann machen, der du sein sollst.« Sie hielt inne, als wollte sie ihre Worte erst einmal sacken lassen.

Und sie drangen bis tief in seine Knochen.

Sie lächelte ihn an. »Wirb nicht mit Muskelkraft um deine Liebste, sondern umwirb sie mit dem Herzen. Es ist das Größte und Beste an dir und das, was dich von jedem anderen harten Kerl da draußen abhebt.«

Sie schlenderte davon, um einen Gast zu bedienen, und er sah ihr hinterher und fragte sich, warum sich Frauen immer so rätselhaft ausdrücken mussten. Was zum Teufel meinte sie damit, dass er mit dem Herzen um Finlay werben sollte? Er sah zu Finlay hinüber, die sich gerade über einen Tisch beugte, wodurch er eine erstklassige Aussicht auf ihren Hintern genießen konnte. Er spürte, wie seine Hose eng wurde. *Reg dich ab. Ich soll auf mein Herz hören und nicht auf dich.*

Als er zurück hinter den Tresen ging, erschien Jed, dessen Schicht jetzt anfing, und schnappte sich als Erstes einen Keks.

»Die sind ja toll.« Jed wischte sich mit dem Unterarm den Mund ab. Sein dichtes blondes Haar fiel ihm in die Augen. Es war nicht auf den ersten Blick ersichtlich, dass er der Bruder der schwarzhaarigen Crystal war.

Jed hatte schon wegen Diebstahls im Gefängnis gesessen, aber vor Kurzem hatte Bullet auch von Jeds und Crystals schwerer Vergangenheit erfahren. Jed hatte gestohlen, um seiner Familie zu helfen, und das hatte bei Crystal einen totalen Sinneswandel bewirkt.

Bullet fiel das Geschenk in seiner rechten Hand wieder ein. »Du kannst dir heute Abend freinehmen.«

»Nein, Mann. Ich bin eingeteilt und es ist viel los.«

»Kleine Programmänderung. Ich brauche dich Freitagabend. Geht das in Ordnung?« *Sag gefälligst, dass es in Ordnung geht.*

»Im Ernst? Ich hab dir doch gesagt, dass ich arbeiten kann, wann immer du mich brauchst. Wenn du willst, kann ich heute Abend trotzdem bleiben.«

»Das ist nicht nötig. Hau ab und amüsier dich. Halt dich bloß aus Schwierigkeiten raus. Und danke wegen Freitag.«

Jed zog sich die Lederjacke wieder an und klopfte Bullet auf die Schulter. »Danke für heute Abend. Jetzt kann ich mit Quincy zu diesem Lagerfeuer am Strand gehen.« Auf dem Weg zur Tür schnappte er sich noch einen Keks von dem fast leeren Tablett.

Quincy war Trumans kleiner Bruder und Jeds Mitbewohner. Auch er hatte eine miese Kindheit gehabt. Leider war er in die Fußstapfen seiner drogenabhängigen Mutter getreten. Aber mittlerweile war er clean und auf einem guten Weg. Und Bullet würde alles in seiner Macht Stehende tun, damit das auch so blieb.

Nachdem Jed gegangen war, kamen jede Menge Bestellungen rein. Bullet legte sein Geschenk hinter sich ins Regal und kümmerte sich um die Gäste. Finlay war noch immer auf ihrer Keks-Mission und ging von einem Gast zum anderen, doch jetzt verteilte sie kleine Notizblöcke und rosa Minibleistifte und bat die Leute, ihr liebstes Kneipenessen aufzuschreiben. In die Mitte jedes Tischs stellte sie ein Schälchen, in das die Gäste ihre Vorschläge legen konnten. Sie war im Handumdrehen von einem Reh im Scheinwerferlicht eines LKWs zu dessen Fahrerin geworden. Ihr Selbstvertrauen und ihre Zielstrebigkeit waren ebenso unwiderstehlich wie ihre Unschuld und ihre Schönheit.

Als endlich mal keine Bestellungen kamen und Bullet eine Pause machen konnte, wandte er der Bar den Rücken zu und wickelte sein Geschenk aus. Zum Vorschein kam ein Keks, der ihm verteufelt ähnlich sah, vom Bart und den Tattoos bis hin zu den schwarzen Lederstiefeln. Doch während auf allen anderen Keksen »Whiskey Bro's« oder »WB's« stand, stand auf seinem »Rodeo-Bullet«.

Fünf

Am nächsten Tag war Finlay schon früh im Whiskey Bro's. Die Bar würde erst in einigen Stunden öffnen, daher würde sie in Ruhe die Speisenvorschläge, die die Gäste am Vorabend abgegeben hatten, durchgehen können, bevor sie sich wegen der Elektrogeräte mit Dixie traf. Sie konnte es kaum glauben, dass es ihr gelungen war, so viele Gäste kennenzulernen, ohne als Nervenbündel zu enden. Dafür hatte allerdings gleich zu Anfang Bullet gesorgt, als sie fast mit ihm zusammengestoßen wäre. Nachdem sie ihm ihre geheimsten Gedanken über ihn verraten hatte, war sie vor der nächsten Begegnung äußerst nervös gewesen. Doch aus irgendeinem Grund war er nach ihrem Beinahezusammenstoß den Rest des Abends auf Abstand geblieben. Als sie Feierabend gemacht hatte, war er mit anderen Gästen beschäftigt gewesen, und so war sie ohne einen weiteren Wortwechsel mit ihm in die Küche gegangen.

Als sie sich nun an den Tresen setzte und die Speisenvorschläge der Gäste durchsah, wandten ihre Gedanken sich wieder der Nacht zu, in der Bullet sie in ihr Schlafzimmer getragen hatte. Er hatte ihr nicht verraten, warum er immer so schroff war oder warum er sie abgeholt hatte. Dixie hatte ihr erzählt, dass Bullet noch einmal zusammen mit Bear zum

Whispers gefahren war, um Crystals Wagen zu holen, nachdem er die Frauen Mittwochnacht nach Hause gebracht hatte. Finlay fand es merkwürdig, dass er immer alles stehen und liegen ließ, um seiner Familie zu helfen. Hatte er denn kein Privatleben? Sie war davon ausgegangen, dass er von morgens bis abends mit dem Motorrad unterwegs war, Frauen aufriss und Gott weiß was trieb. Aber bisher war er bei jeder ihrer Begegnungen stocknüchtern gewesen, auch der Hochzeit, und das war mehr, als sie in den letzten achtundvierzig Stunden von sich selbst sagen konnte.

Sie faltete einen Zettel auseinander und las einen weiteren Vorschlag: *Mehr Kekse und Chicken Wings.* Sie lächelte und war sehr erfreut über diese Antwort. Kekse wünschten sich noch diverse andere Leute, außerdem Sandwiches, Burger, Salate – was sie überraschte – und eine Menge anderer leicht zuzubereitender Speisen. Finlay fragte sich, was Bullet von seinem Keks gehalten hatte. War ihm aufgefallen, dass er anders aussah als die anderen? Interessierte ihn das überhaupt? Dann dachte sie an die Haftnotiz, die er beim heutigen Datum in ihren Kalender geklebt hatte. *Da brauchst du mich.* Wie war das gemeint?

Wie hätte ich es denn gern?

Sie war nicht bereit, diese Frage zu beantworten, daher verdrängte sie sie und arbeitete sich weiter durch die über hundert Zettel. Als Bullet durch die Küchentür hereinkam, war sie so in ihre Arbeit vertieft, dass sie zusammenschrak und diverse Zettel zu Boden flattern ließ. Sie hielt sich eine Hand vor die Brust, als könnte sie ihr rasendes Herz auf diese Weise beruhigen.

»Grundgütiger, Bullet. Hast du mich erschreckt. Wie bist du unbemerkt in die Küche gekommen?«

Heute trug er nicht wie üblich seine Lederweste und sah sogar noch imposanter aus. Sein verwaschenes schwarzes T-Shirt spannte über der Brust, sodass sich jeder einzelne Muskel deutlich darunter abzeichnete. An der linken Schulter hatte es einen Riss und die Säume an den Ärmeln waren ausgefranst. Bei jedem anderen hätte das möglicherweise verlottert gewirkt, aber an Bullet sah es irgendwie stimmig aus. Seine dunkle Jeans war ausgeblichen und an den Oberschenkeln fast durchgescheuert, wie eine alte Lieblingsjeans, und seine abgestoßenen schwarzen Lederstiefel ließen ihn draufgängerisch wirken – und *heiß*.

»Durch die Hintertür«, unterbrach er ihre verstohlene Musterung.

Mit drei langen Schritten stand er neben ihr und sah sie wieder auf diese Weise an, die ihr Herz noch schneller schlagen ließ.

»Was soll dieser Blick?«, fragte sie.

Seine Augen zuckten, doch er sagte keinen Ton, sondern überflog bloß die Speisenwünsche in ihrem Notizbuch, dann musterte er ihre Tasche und die übrigen Gegenstände, die sie auf dem Tresen ausgebreitet hatte. Schließlich bemerkte er die Zettel am Boden. Als er den Kopf wieder hob, sah er ihr tief in die Augen, als würde er nach etwas Ausschau halten. Die Intensität seines Blicks raubte ihr den Atem.

»Weißt du noch, was du vorgestern gesagt hast?«, fragte er.

Es wäre so einfach gewesen, zu behaupten, sie könnte sich nicht erinnern, aber sie wollte ihn nicht anlügen. »Natürlich. Ich habe dir doch gesagt, dass ich nicht betrunken war.« Sie legte den Stift auf den Tresen und verschränkte die Arme, um ein wenig Distanz zu schaffen, denn je länger er sie ansah, desto faszinierter war sie.

»Alles, was du gesagt hast?« Er stützte eine Hand auf die

Platte, die andere auf die Lehne des Barhockers, sodass sie dazwischen festsaß. »Manchmal redet man sich um Kopf und Kragen.«

Sie hielt seinem Blick stand. »Jetzt übertreib mal nicht. Ich erinnere mich an jedes Wort.«

»Dann sind wir ja beide auf dem gleichen Stand«, meinte er mit leiser, rauer Stimme.

Ob er nach dem Sex auch so klang?

Sie schluckte schwer, denn jetzt fiel ihr das Letzte ein, was er Mittwochnacht zu ihr gesagt hatte: *Um das klarzustellen … Ich will dich auch nackt sehen.*

»Du weißt, dass du mit mir ausgehen willst, Finlay.« Er legte den Arm um sie, und – verdammt noch mal! – ihr ganzer Körper fühlte sich auf einmal kochend heiß an, als hätte man sie in Brand gesteckt. »Kämpf nicht dagegen an, Lollipop. Heute ist unser Abend.«

In ihrem Kopf überschlugen sich die Gedanken, Wünsche, Sorgen. Sie erhob sich, um zur Ablenkung auf und ab zu gehen, aber er gab sie nicht frei und ragte über ihr auf. Er war ihr so nahe, dass sie weiche Knie bekam.

Dann wurde seine Miene sanfter, und als sie gerade glaubte, sie könne wieder frei atmen, musste sie daran denken, wie sich sein Verhalten nach ihrer ersten Begegnung mit Tinkerbell von einem Moment zum anderen komplett verändert hatte. Er hatte sie festgehalten und gesagt: *Ich passe auf dich auf, Lollipop.* So viel zum freien Atmen.

»Möchtest du mit mir ausgehen, Finlay? Oder spielst du hier irgendwelche Spielchen?«

»Ich weiß es nicht«, gab sie aufrichtig zu und warf die Hände in die Luft, weil sie so frustriert über ihre eigene Verwirrung war. »Ja … Halt, nein. Ja …«

Verdutzt legte er den Kopf schief.

»Entschuldige, aber ich bin total verwirrt. Du bringst mich völlig durcheinander. Und das schon seit der Hochzeit. Aber es ist nicht deine Schuld. Und jetzt schwafele ich, aber ich will dir gegenüber ehrlich sein. Tatsache ist, ich bin neugierig, was dich betrifft. Vielleicht mehr als neugierig«, fügte sie hinzu und ging um ihn herum, damit sie in Bewegung bleiben konnte. »Aber ich habe keine Ahnung, was du von einer Frau erwartest, und über deinen Biker-Lebensstil weiß ich auch nichts. Eine Bikerbraut bin ich jedenfalls nicht, würde ich mal behaupten. Sicher bin ich mir da allerdings nicht. Mir ist jedoch klar, dass ich vermutlich anders als die Frauen bin, die du gewohnt bist, und Motorräder machen mir Angst. Und manchmal fürchte ich mich auch ein bisschen vor dir. Na gut, nicht unbedingt vor dir, sondern vielmehr vor dem Bild, das ich von dir habe, denn ich weiß ja nicht genau, wer du wirklich bist. Aber du törnst mich auch an und das macht alles noch verwirrender.«

Ganz langsam verzog er den Mund zu einem Lächeln.

»Siehst du? Bei diesem Lächeln macht mein Bauch lauter verrückte Sachen.«

»Ich mag mich da irren, aber ich glaube, das ist was Gutes, Fin.«

Auch bei diesem Kosenamen regten sich Schmetterlinge in ihrem Bauch. Aber nichts davon war so intensiv wie die Befürchtungen, die sie überkamen, als dieser große, selbstbewusste Mann, der sich immer um alle kümmerte, jetzt dastand und an ihren Lippen zu hängen schien. Ohne es auch nur beabsichtigt zu haben, sprudelte die Wahrheit auch schon aus ihr heraus. »Ich war noch nicht mit vielen Männern zusammen und weiß wie gesagt nicht, was du erwartest. Du strahlst pure Kraft und« – sie versuchte, ihre Gedanken mit Gesten zu veranschaulichen, aber am Ende sah das so aus wie ein Bär mit ausgestreckten Klauen – »Erotik aus, so, als würdest du dich gleich auf mich stürzen und mich verschlingen. Aber ich weiß nicht, ob ich damit umgehen kann, weil es so lange her ist, dass ich einen Mann auch nur geküsst habe, und vielleicht …«

Er trat langsam auf sie zu und legte ihr eine Hand auf die Hüfte. Sie war wie gebannt von dieser sanften Annäherung und der Berührung, mit der er ihr das Haar nach hinten strich. Dabei sah er ihr so eindringlich in die Augen, dass es ihr die Sprache verschlug. Sanft ließ er die Hand in ihren Nacken gleiten, dann in ihr Haar, um schließlich ihren Hinterkopf zu umfassen. Den anderen Arm schlang er ihr um die Taille und zog sie an sich.

»Ich habe ganz vergessen, wie …«, hauchte sie.

Er gab ihr reichlich Zeit, sich von ihm zu lösen oder Nein zu sagen, aber ihr rasendes Herz und das Verlangen, das ihren Verstand umnebelte, ließen sie verstummen. Als er sich zu ihr herabbeugte, stellte sie sich auf die Zehenspitzen und wappnete sich für einen wilden, besitzergreifenden Kuss. Doch er legte den Mund nur ganz leicht auf ihren, woraufhin ihr ein sanfter Seufzer entfuhr. Seine Lippen waren warm und weich, seine Hände fest und heiß, und ihr ganzer Körper war in völligem Aufruhr. Als sein Bart über ihre Haut kratzte, regte sich ein Strudel des Begehrens in ihrer Mitte. Bullet drückte sie fester an sich, bog ihren Kopf nach hinten und küsste sie fordernder. Er fuhr ihr mit der Zunge über die leicht geöffneten Lippen und sie gab sich seiner meisterlichen Verführung hin. Sein ganzer Körper schien zu pulsieren und aus irgendeiner vergessenen Stelle in ihrem Inneren stieg eine Woge der Lust auf. Sein Kuss wurde tiefer, er erforschte ihren Mund und stieß dabei ein tiefes, kehliges Stöhnen aus. Wow, wie sehr sie das genoss! Noch nie war sie so innig geküsst, so verzweifelt begehrt worden. Sie hätte nicht gedacht, dass dieser Mann, der normalerweise nichts als konzentrierte Energie ausstrahlte, diese Kraft so gezügelt und dennoch leidenschaftlich einsetzen konnte. Unwillkürlich reckte sich Finlay noch höher und bohrte die Fingernägel in seine Schultern, um noch mehr von diesem süßen, sündhaften Verlangen zu kosten. Bullet kam ihr entgegen, legte die Hände um ihre Taille, hob sie hoch und drückte sie an sich, sodass ihre Füße über dem Boden baumelten, während er sie küsste, bis sie völlig außer Atem war.

Finlay verlor sich im Spiel ihrer Zungen, in seinem unverfälscht männlichen, ganz und gar einzigartigen Geschmack und die Zeit hörte auf zu existieren. Sie hätten sich schon seit Stunden oder sogar Tagen so küssen können. Als Finlays Füße wieder den Boden berührten, hatte sie butterweiche Knie, aber ihre Beine mussten sie auch gar nicht tragen. Bullet hielt sie noch immer fest, küsste sie jetzt sanfter und bahnte sich eine Spur aus Küssen zu ihrem Ohr, was von einem leichten Kratzen seiner Barthaare begleitet wurde.

»Ich würde behaupten, du weißt noch sehr gut, wie man küsst. Geh mit mir aus, Lollipop. Ich brauche nicht unbedingt eine Bikerbraut. Sei einfach an meiner Seite«, flüsterte er und sein warmer Atem strich ihr sinnlich über die Haut.

»Okay.« Peinlicherweise klang ihre Stimme belegt.

»Na endlich, Lollipop!«, sagte er etwas lauter.

Sie staunte noch über seinen triumphierenden Tonfall, da küsste er sie erneut, diesmal heftiger, mit der ganzen Wildheit, auf die sie beim ersten Kuss vorbereitet gewesen war. Die Sinnlichkeit von eben wich einer ungestümen, überschwänglichen Leidenschaft, die ihren Körper vom Kopf bis zu den Zehenspitzen in Schwingungen versetzte.

Mussten sie wirklich damit aufhören? Mussten sie sich von der Stelle rühren ... jetzt oder irgendwann? Konnten sie einander nicht weiter umschlungen halten und sich in den siebten Himmel küssen, und das für immer? Sie hatte nicht gewusst, dass ein Kuss so intensiv und elektrisierend und zugleich so sanft und hinreißend sein konnte. Selbst ihre wildesten Träume konnten mit der ungezügelten Gewalt seiner Küsse nicht mithalten.

Als sie sich schließlich voneinander lösten, um Luft zu holen, glaubte sie, keinen festen Knochen mehr im Körper zu haben und nur noch aus Begierde zu bestehen.

Wie sollte sie nach diesem Kuss sprechen? Sie umklammerte noch immer sein T-Shirt, dabei konnte sie sich nicht erinnern, sich irgendwann hineingekrallt zu haben, und aus irgendeinem Grund konnte sie die Finger nicht davon lösen. Sie lachte nervös auf. Guter Gott, er hatte sie um den Verstand geküsst!

Sie stützte die Stirn an seine Brust. Er legte ihr die großen Hände an die Wangen und zwang sie sanft, den Kopf zu heben, doch da musste sie erst recht lachen.

»Entschuldige«, stieß sie hervor. »Das war ein ziemlich unglaublicher Kuss. Wie soll ich danach arbeiten und normal denken können?« Wenn er sie schon mit seinen Küssen um den Verstand brachte, was würde erst passieren, wenn er sie berührte? Wenn sie ihn berührte? Oh Gott, sie wollte es unbedingt herausfinden.

»Die Arbeit kann warten«, riss er sie aus ihren Gedanken.

Seine Augen waren kohlschwarz und seine Stimme klang ganz heiser vor Verlangen. Sie senkte den Blick, konzentrierte sich auf das Loch in seinem T-Shirt und rief sich in Erinnerung, dass sie keine dieser Frauen war, die wegen eines Mannes den Kopf verloren. Aber dann musste sie ihn doch noch einmal ansehen und er verzog die Lippen zu einem lasziven Lächeln. Tief unten in ihrem Bauch regte sich heiße Lust.

Okay, vielleicht bin ich doch so eine, die nicht mehr klar denken kann wegen … Bullet. Wäre das denn so schlimm?

Nein, entschied sie. Das war nicht schlimm. Es war sogar sehr, sehr gut.

»Alles in Ordnung? Sollen wir uns erst amüsieren und danach arbeiten?« Er fragte das in neckischem Ton, und darüber war sie froh, denn die selbstsichere, tugendhafte Frau, die sie normalerweise war, schien sich aus dem Staub gemacht zu haben und eine lüsterne, wilde Seite an ihr kam zum Vorschein.

»Ja, alles gut, aber nein, wir ›amüsieren‹ uns jetzt nicht. Du wolltest heute Abend richtig mit mir ausgehen, schon vergessen? Auch wenn ich vorübergehend den Kopf verloren habe, bin ich trotzdem keine Frau, die nach dem ersten Kuss gleich mit jemandem ins Bett hüpft. Außerdem kommt Dixie bald, um die Renovierungspläne mit mir durchzusprechen. Und dir will ich auch ein paar Sachen zeigen.«

Sein Blick wurde lodernd und sie schlug ihn auf den Arm. »Nicht das! Grundgütiger, Bullet, ein paar heiße Küsse, und schon denkst du, du hast grünes Licht und hättest den Preis bereits sicher?«

»Ich mag nun mal grünes Licht und Preise.«

Warum fand sie jetzt alles, was er sagte, aufregend statt unangemessen?

Weil ich jetzt weiß, wie viel Spaß es machen kann, auch mal unangemessen zu sein.

»Reg dich ab, Brutus. Wir haben zu arbeiten.« Sie ging einen Schritt auf den Hocker zu, dann drehte sie sich wieder um. Jetzt sah sie ihn mit neuen Augen. Nachsichtiger und weniger wertend. Sie stellte sich auf die Zehenspitzen, legte ihm die Hände auf die muskulöse Brust und drückte einen Kuss auf das Schlangentattoo an seinem Hals, weil sie nicht viel höher kam. Ohne ein weiteres Wort zu sagen, nahm sie abermals auf dem Hocker Platz und fühlte sich zum ersten Mal seit Tagen eigenartig ruhig und konzentriert.

Finlay beugte sich über einen großen Stapel aus Papieren und erklärte Dixie die technischen Unterschiede zwischen verschiedenen Elektrogeräten, mit denen sie ihrer Einschätzung nach »das Beste für ihr Geld« bekommen würden. Sie schien dabei eine mentale Checkliste abzuarbeiten und erläuterte dann, warum es ein paar Tausend Dollar zusätzlich wert war, sich für einen Herd mit zwölf statt acht Kochstellen zu entscheiden. Obwohl Bullet mit einer Bestandsaufnahme der Vorräte beschäftigt war, fesselte ihn die leidenschaftliche Begeisterung, mit der sie über etwas so Langweiliges wie Küchengeräte sprach. Je länger sie alles aufschlüsselte, desto deutlicher wurde, dass ihr die Zukunft der Bar seiner Familie wirklich am Herzen lag.

»An den Vorschlägen der Gäste kann man deutlich erkennen, dass sie eigentlich hauptsächlich Fingerfood wie Sandwiches, Pommes und Chicken Wings essen möchten, also das übliche Kneipenessen«, sagte sie zu Dixie. »Aber es kamen auch zahlreiche Wünsche nach anderen, komplizierteren Gerichten, daher denke ich, ihr solltet bei der Renovierung schon die Voraussetzungen für die weitere Entwicklung des Whiskey's schaffen.«

»Das klingt vernünftig, aber wie weit überschreiten wir damit unser Budget?«, erkundigte sich Dixie.

Finlay reichte ihr eine Tabelle, in der sie alles aufgeschlüsselt hatte. »So viel ist es eigentlich nicht.«

Dixie studierte die Zahlen. »Nicht mal siebentausend Dollar? Das dürfte nun wirklich kein großes Problem darstellen.«

»Darauf hatte ich gehofft«, erwiderte Finlay. »Und mit dem höheren Gewinn aus der Küche solltet ihr das relativ schnell wieder reinholen. Ich bin froh, dass du damit einverstanden bist, zwei Köche und zwei Tellerwäscher einzustellen, wenn auch nur in Teilzeit, für den Fall, dass jemand krank wird. Ich habe noch ein paar andere Ideen. Wenn wir hier und da auch dekorative Veränderungen vornehmen, würdet ihr eine völlig neue Zielgruppe ansprechen.«

Bullets Begeisterung erhielt einen empfindlichen Dämpfer. »Dekorative Veränderungen?«

»Nur ein paar Kleinigkeiten«, erläuterte Finlay. »Zum Beispiel die schwarze Farbe von den Fenstern entfernen und vielleicht die Fassade ein bisschen auffrischen, damit die Bar von der Straße aus nicht wie eine Spelunke aussieht. Die Außenwirkung macht viel aus und mit ein bisschen Liebe …«

»Immer schön langsam, Süße. Wir wollen keine neue Zielgruppe. Das Whiskey's ist eine Bikerbar. Das ist schon seit mehreren Generationen so und das soll auch so bleiben. Ich dachte, Dixie hätte dir das alles erklärt.«

»Das habe ich auch. Wolltest du nicht unsere Bestände kontrollieren? Finlay und ich sind durchaus in der Lage, allein damit fertigzuwerden.« Dixie funkelte ihn wütend an.

»Schon gut, Dixie«, meinte Finlay. »Ja, Dixie hat mir das alles erklärt, aber wollt ihr denn nicht zu einer Location werden, die mehr Leute anzieht, darunter beispielsweise Biker, die neu in der Gegend sind?«

»Ähm, eigentlich nicht«, antwortete Dixie. »Das kann hier in der Gegend zu einer heiklen Angelegenheit werden.«

»Wie meinst du das?«

Bullet kam um den Tresen herum. »Das erste Problem bei deiner Idee ist, dass das Whiskey's keine *Location* ist. Es ist eine *Bar*. Eine *Spelunke*. Ein Laden, den Männer nach einem anstrengenden Arbeitstag aufsuchen, um zu quatschen, ein paar Bierchen zu zischen, einige Runden Pool zu spielen, eine heiße Braut aufzureißen. Wir wollen kein hipper Laden wie das Whispers werden. Und was neue Biker angeht; da musst du erst mal mehr über unsere Welt erfahren, bevor du solche Vorschläge machen kannst, Babe.«

»Weißt du was? Du hast völlig recht«, stimmte Finlay ihm begeistert zu. Sie nahm einen Stift und machte sich Notizen. »Ich werde mir andere Bikerbars hier und in den Nachbarstädten ansehen. Dadurch kann ich mir einen Über- blick über eure Konkurrenz verschaffen und mir auch gleich die Speisekarten ansehen.«

Bullet hielt ihre Hand fest, damit sie nicht noch mehr Quatsch aufschrieb. »Den Teufel wirst du tun.«

Dixie starrte ihn wütend an.

Finlay entriss ihm ihre Hand. »Was hast du denn? Erstens mache ich, was ich für richtig halte, und zweitens ist die Marktanalyse wirklich wichtig.«

»Deinen hübschen Hintern in Gefahr zu bringen, ist einfach nur bescheuert. Mehr Marktanalyse als die Geschichte dieser Bar brauchen wir nicht. Ich gebe absolut gar nichts darauf, was andere Bars machen. Mich interessiert nur unsere und die verändert sich *nicht*.«

Finlay schnappte nach Luft und riss entgeistert die Augen auf. »Bloß, weil ich zugestimmt habe, mit dir auszugehen, hast du noch lange nicht das Recht, mich runterzuputzen und bescheuert zu nennen. Offen gesagt frage ich mich, was ich mir dabei gedacht habe.« Sie sprang auf, und als ihr eben noch empörter Blick einem verletzten Ausdruck in ihren Augen wich, versetzte ihm das einen Stich mitten ins Herz.

»Du hast zugestimmt, mit Bullet auszugehen?«, hakte Dixie nach.

Finlay musterte ihn verächtlich. »Ja, aber so langsam glaube ich, dass das vielleicht ein Fehler war.«

Bullets Magen zog sich zusammen. »So ein Unsinn!«

Er nahm ihre Arme, ließ sich auf einen Hocker sinken und stellte sie so zwischen seine Beine, dass sie sich direkt in die Augen sehen konnten. Jetzt kapierte er endlich, was seine Mutter gemeint hatte, als sie gesagt hatte: *Wirb nicht mit Muskelkraft um deine Liebste, sondern umwirb sie mit dem Herzen.* Finlay zu verletzen, war das Letzte, was er wollte, aber genau das hatte er gerade getan. Er hatte nicht viel Erfahrung darin, sich zu entschuldigen. Genau genommen vermied er es um jeden Preis. Er lebte so, wie er es wollte, ohne dass man ihm vorschrieb, was er tun oder fühlen sollte. Als er jetzt jedoch mit der Kränkung konfrontiert wurde, die er Finlay zugefügt hatte, wollte er sich nicht nur entschuldigen, sondern musste es sogar tun. Ihr trauriger Blick würde ihn bis in seine Albträume verfolgen.

»Oh Gott«, flüsterte Dixie. »Penny hatte recht.«

Bullet wusste beim besten Willen nicht, was zum Henker Penny damit zu tun hatte, aber das war im Augenblick auch nebensächlich. Er bedauerte, Finlays Gefühle verletzt zu haben, auch wenn er inhaltlich hinter seiner Aussage stand.

»Bitte entschuldige, Finlay. Ich meinte damit nicht, dass *du* bescheuert bist, sondern dass es unklug wäre, wenn eine süße

Braut wie du in Bikerbars geht. Du hast keine Ahnung, in welche Gefahr du dich dadurch begeben würdest.«

»Tja, vielleicht solltest du erst nachdenken, bevor du den Mund aufmachst.« Finlays Blick wurde ein kleines bisschen freundlicher, aber die Verstimmung war ihr noch deutlich anzumerken.

»Das kannst du laut sagen«, murmelte Dixie und diesmal funkelte Bullet sie wütend an.

»Ich bin nicht besonders gut darin«, räumte er ein, »aber ich kann versuchen, mehr auf meine Wortwahl zu achten.«

Das schien sie ein wenig zu besänftigen, aber von nun an musste er wirklich vorsichtiger sein.

»Danke«, sagte sie höflicher, als er es verdient hatte. »Ich glaube, damit habe ich bewiesen, dass ich mit Bikern zurechtkomme.«

Er mahlte mit dem Kiefer und verkniff sich eine Reflexreaktion à la *So ein Blödsinn. Du hast keinen blassen Schimmer.* »Babe, du hast bewiesen, dass du mit *meiner* Sorte Biker zurechtkommst, und zwar in *meiner* Bar, wo jeder weiß, dass ich ihn windelweich prügele, wenn er einer Person aus meinem Umfeld krumm kommt. Aber nicht alle Biker sind gleich gestrickt.«

»Aber gehören die meisten von ihnen nicht deiner Gang an?«, fragte sie. »Mir gegenüber waren sie nicht aggressiv.«

Sie strich sich das Haar hinters Ohr und sah so süß aus, dass er sie am liebsten in eine schützende Hülle gesteckt und rund um die Uhr bewacht hätte, um alles Schlechte von ihr fernzuhalten. Dass er eben selbst etwas sehr Hässliches von sich gegeben hatte, ohne auch nur zu merken, welchen Fehler er damit beging, war ihm dabei durchaus bewusst. Er war ein Teil dieser schlimmen Welt, und er wusste, dass er sich verdammt schnell etwas einfallen oder sie gehen lassen musste, denn sie noch einmal so vor den Kopf zu stoßen wie eben, das war eindeutig keine Option.

»Die Dark Knights sind keine Gang, Finlay. Wir sind ein Motorradclub, also eine Gruppe von Leuten, die sich für die Bikerkultur interessieren. Wir machen Ausfahrten und organisieren Veranstaltungen, die familienfreundlich sind und in unserem Fall der Gemeinschaft helfen. Gangs sind etwas völlig anderes. Da gibt es jede Menge Drogen, Gewalt und Partys, über die du wirklich nicht mehr wissen willst, das kannst du mir glauben. Bei dem ganzen Mist, der da läuft, willst du garantiert nicht mitmachen. Dass so eine Gang hier durch die Stadt fährt und denkt, sie wäre in unserer Bar willkommen, ist das Letzte, was wir gebrauchen können.«

Ihre Miene wirkte angespannt, ihr Blick nachdenklich. »Aber woran erkenne ich den Unterschied? Ihr Jungs seht doch alle gleich aus.«

»Das stimmt doch gar nicht«, widersprach Dixie.

Das hörte er schon sein ganzes Leben lang. *Ihr seht doch alle gleich aus.* In seiner Kindheit und Jugend im Umfeld des Clubs waren ihm solche Bemerkungen und Fragen häufig begegnet. Wie oft war es vorgekommen, dass sein Vater, der wie Bullet eins fünfundneunzig groß war und deshalb den Bikernamen Biggs trug, bei Familienausflügen einen ungehobelten Biker gesehen und daraufhin Bullet und seine Geschwister mit ihrer Mutter zum Auto oder in ein Geschäft geschickt hatte? Oder jemand hatte mitten in der Nacht bei ihnen an der Tür geklopft, und dann tauchte ein Clubmitglied auf, blutüberströmt und wütend, und sein Vater war daraufhin stundenlang weggeblieben. Bullet hatte alles über Loyalität gelernt, und als er älter und dämlicher wurde, hatte er seine eigenen Fehler gemacht und seiner Familie einiges an Ärger eingebrockt. Zum Militär zu gehen, war seine Rettung gewesen, aber auch sein Untergang. Immer, wenn er daran dachte, krampfte sich sein Magen zusammen. Finlay brauchte nichts davon zu erfahren, aber sie musste begreifen, dass sie in fremden Bikerrevieren nichts zu suchen hatte.

»Du kennst doch die Lederweste, die ich sonst trage?«, fragte Bullet. »Das Abzeichen auf dem Rücken steht für die Dark Knights. Jeder Club und jede Gang hat eigene Abzeichen, die den Club und den Mitgliedsstatus im Club repräsentieren.«

Finlay atmete tief durch. »Ja … und? Kennt ihr die etwa alle auswendig?«

»So ziemlich«, bestätigte Dixie.

»Hör mal, Finlay«, versuchte es Bullet auf andere Weise, »ich finde es ja toll, dass du etwas für die Bar unserer Familie tun möchtest, aber es gibt gute Gründe dafür, dass das Whiskey's so ist, wie es ist.«

Sie presste die Lippen aufeinander, und ihm wurde klar, dass er nicht ohne deutlichere Erklärung davonkommen würde.

»Weißt du, warum unsere Bar am Stadtrand liegt? Warum Peaceful Harbor nicht von Gangs und dem ganzen Scheiß überrollt wird, der in anderen Städten läuft?«

»Ich kann mir Peaceful Harbor gar nicht mit Gangs vorstellen.« Finlays Blick wanderte zwischen ihm und Dixie hin und her. »Ich hab's kapiert. Du willst nicht, dass ich etwas an der Bar ändere. Aber ich halte das immer noch für einen Fehler. Ihr wollt, dass ich euer Angebot erweitere, aber außer euren Stammgästen wird niemand was davon merken.«

»Sieh mich an, Finlay.« Er wartete, bis er ihre volle Aufmerksamkeit hatte. »Ich war von Anfang an gegen diese Erweiterung, aber ich verstehe, warum alle anderen dafür eintreten, warum wir mehr Umsatz machen müssen und dass man dafür hier und da was ändern muss. Das kann ich alles mittragen. Aber es gibt Dinge, die dürfen sich nicht ändern. Wenn du erst die ganze Geschichte verstehst, wirst du begreifen, dass ich dir nicht bloß wie ein unverschämtes Arschloch in die Parade fahren will.«

Sie zuckte zusammen. »Das ist ein scheußliches Wort.«

»Tja, wahrscheinlich findest du meinen halben Wortschatz scheußlich, und der wird sich genauso wenig ändern. So bin ich nun mal, Finlay. Ich habe eine derbe Sprache und ich beschütze meine Familie und diese Stadt um jeden Preis. Punkt.«

Ihr Blick zuckte zu Dixie, die daraufhin nickte. »Das ist die Art der Dark Knights. Und die derbe Sprache? Das ist Bullets Art. Er ist eben ehrlich, Fin. Ich glaube, er kann gar nicht anders.«

Die Worte seiner Schwester wärmten sein Herz. »Es gibt nie einen guten Grund, zu lügen. Wir wurden zu Geradlinigkeit erzogen, und ich werde nicht so tun, als wäre ich etwas, was ich nicht bin. Ich bin ein Whiskey, und ich bin stolz darauf, ein Whiskey zu sein. Unser Urgroßvater hat diese Bar eröffnet und die Dark Knights gegründet und er hat diese Stadt beschützt. Das Whiskey's steht am Stadtrand, um Schwierigkeiten gar nicht erst nach Peaceful Harbor reinzulassen. Wenn der Ärger erst mal die Brücke überquert hat, kann er nur eine Richtung nehmen – und die Stadt überschwemmen –, und dann ist womöglich die Hölle los, bevor er am anderen Ende wieder aus der Stadt verschwindet. *Falls* er das überhaupt tut.«

»Das klingt in deinen Ohren bestimmt drastisch über-trieben, Fin«, warf Dixie ein, »aber Peaceful Harbor ist nur deshalb unser friedlicher Hafen, weil das Gesindel von vornherein draußen gehalten wird.«

»Unsere Vorfahren und die Bruderschaft der Dark Knights haben Jahre damit verbracht, diese Stadt für sich zu beanspruchen und ihr Revier abzustecken«, erklärte Bullet. »Und seither beschützt jede neue Dark-Knights-Generation die Stadt. Und wir werden es weiterhin tun. Würde eine Gang hierherkommen und versuchen, dieses Revier für sich zu beanspruchen oder auch nur hier zu operieren, Drogen zu verkaufen oder was auch immer, dann würde unsere Familie – die Dark Knights – alles Nötige tun, um es zu verteidigen.«

Finlay sah nervös zu Dixie. »Okay, ihr wollt mir nur Angst machen, oder? Das klingt ja beinahe so, als könnte sich mein malerisches Heimatstädtchen jeden Augenblick in einen Albtraum verwandeln.«

Bullet und Dixie wechselten einen wissenden Blick. Sie wussten, wie real diese Möglichkeit war. Aber sie wussten auch, dass jeder Gruppe, die sich gegen die Dark Knights auflehnen wollte, ein Wahnsinnskampf ins Haus stehen würde.

Er nahm Finlays Hand. »Du musst dir deswegen keine Sorgen machen. Wir passen auf diese Stadt auf. Keiner wird sich mit uns anlegen.«

»Aber …« Flehentlich sah sie Dixie an. »Du hast eben gesagt, ihr würdet alles tun, was erforderlich ist. Heißt das, ihr würdet auch kämpfen? Du hast mir doch gerade erst erklärt, dass ihr anders seid als die Gangs.«

»Das sind wir auch«, bestätigte Dixie. »Von uns ist keiner auf Ärger aus.«

»Aber wenn der Ärger zu uns kommt, werden wir entsprechende Maßnahmen ergreifen.«

Angst spiegelte sich in Finlays Augen wider. »Also auch kämpfen … und *töten*?«

»Meinst du, ich würde zulassen, dass meiner Familie

Schaden zugefügt wird?«, fragte Bullet.

»Nein.«

»Oder Trus Familie? Gemma? Crystal? Dir oder Penny oder irgendjemand anderem aus dieser Stadt? *Unserer* Stadt? Der Stadt, für die meine Vorfahren gekämpft haben, die sie zu dem gemacht haben, was sie heute ist?«

Finlay schüttelte den Kopf.

»Es macht dir Angst und das verstehe ich. Mir wäre es lieber, wenn du gar nicht darüber nachdenken würdest«, gestand er aufrichtig. »Aber ich fürchte mich nicht davor. Aus diesem Grund bin ich hier – um andere Menschen zu beschützen.«

»Du sagst das so, als wäre es deine Berufung«, erwiderte Finlay beklommen.

Er zuckte mit den Achseln. »So ist es auch.« *Nur, weil man das Militär verlassen hat, hört man noch lange nicht auf, Soldat zu sein.*

Dixie nickte zustimmend. »Verstehst du jetzt, warum er nicht will, dass du in andere Bikerbars gehst?«

»Ja. Aber wie kann diese ganze Unterwelt existieren ohne irgendeine Art von … Ich weiß auch nicht. Ohne dass jemand davon weiß?«

Bullet lachte in sich hinein. »Die Leute wissen davon. Weitaus mehr, als du denkst. Nimm zum Beispiel den Direktor der Highschool. Er gehört zur Familie.«

»Mr. Martin? Der ist doch kein Whiskey«, entgegnete Finlay.

»Unser Motorradclub ist auch unsere Familie«, erklärte Bullet.

»Dieser friedfertige Mensch ist in eurem Motorradclub?«

Bullet nickte. »Der Inhaber des Blumenladens, der

Geschäftsführer der Peaceful Harbor Bank, mehrere Ärzte, der Apotheker bei CVS. Ich könnte dir noch viele weitere Mitglieder nennen.«

Finlay setzte sich auf einen Barhocker. »Wow. Ich hatte ja keine Ahnung.« Sie runzelte die Stirn. »Aber dann könnte ich mir die Bars der anderen Clubs doch ansehen, oder nicht? Ich gehöre eurem Club nicht an, und Clubs sind nicht wie Gangs, also müssten Nachforschungen auch erlaubt sein.«

Dixie schmunzelte.

»Kein Wunder, dass du sie angeheuert hast«, meinte Bullet zu ihr. »Sie ist genauso hartnäckig wie du, nur netter.«

»Ich bin auch nett.« Dixie grinste selbstgefällig. »Ich verberge es nur gut.«

»Ich finde dich sehr nett«, sagte Finlay. »Tough, aber auch lieb und nett und witzig.«

»Danke.« Dixie sah Bullet an und klimperte mit den Wimpern.

»Sei's drum. Wenn du unbedingt in eine Bikerbar gehen willst, dann führe ich dich ins Snake Pit aus«, gab Bullet nach. »Das liegt am anderen Ende der Stadt und gehört zwei Dark Knights. Ihr Laden ist nobler als unsere Bar, das muss reichen.«

»Danke. Das hilft mir bestimmt schon weiter.«

Dixie stand auf. »Ich gehe mir kurz die Hände waschen, bin gleich wieder da. Und dann können wir uns deine anderen Ideen ansehen. Wir sind irgendwie vom Thema abgekommen.«

Sobald Dixie außer Hörweite war, steckte Bullet die Hände in die Hosentaschen und bemühte sich sehr, nicht wie ein arroganter Mistkerl zu klingen. »Ich wollte dich nicht runterputzen und ich werde diesen Fehler nicht noch einmal machen. Darauf gebe ich dir mein Wort, Lollipop. Ich bin ein sturer Bock, benehme mich aber nicht absichtlich so daneben.«

Sie senkte den Blick und machte eine nachdenkliche Miene.

Er beugte sich vor, bis sein Kopf tiefer war als ihrer, schaute zu ihr hoch und wurde mit einem süßen Lächeln belohnt, das den Kummer über sein Verhalten linderte. »Lass mich das zu etwas Lollipop-Geeigneterem umformulieren.«

Wieder lächelte sie, und dieses warme, aufrichtige Lächeln schenkte ihm Hoffnung, dass sie ihm seine Bemerkung verzeihen würde.

»Ich bin rau und ungehobelt. Manche behaupten sogar, es wäre nicht einfach, mich zu mögen«, sagte er entschuldigend. »Wir stammen aus zwei völlig unterschiedlichen Welten und aus mir wird niemals ein Yuppie im schicken Hemd, aber ich würde dir in einer Million Jahren nicht absichtlich wehtun.«

»Ich glaube dir«, sagte sie leise.

»Meinst du, du hältst es mit mir aus? Kannst du mir beibringen, wie ich auch mal den Mund halte?«

»Ob ich es mit dir aushalte? Ja. Aber dir helfen, den Mund zu halten?« Sie schüttelte den Kopf und lachte leise. »Wann holst du mich heute Abend ab?«

Er beugte sich vor und streifte ihre Lippen mit seinen. Sie tat einen zittrigen Atemzug und er flüsterte: »Um halb acht.«

»Kein Motorrad.«

»Kein Motorrad«, stimmte er zu.

»Keine Tinkerbell.«

»Keine Tink. *Noch* nicht.« Er küsste sie, schwor sich, in Zukunft erst zu denken und dann zu reden, und hoffte, er würde herausbekommen, wie man seine Liebste mit dem Herzen umwarb. Denn er wusste besser als jeder andere, dass eine zweite Chance ein unfassbar wertvolles Geschenk war.

Sechs

»Was trägt man bei einer Verabredung mit einem *Rodeo-Typen?*«
Isabels Stimme drang aus Finlays Laptop, den sie auf ihrem Bett
abgestellt hatte.

Finlay stand vor ihrem Kleiderschrank, stemmte die Hände
in die Hüften und zermarterte sich genau deswegen gerade das
Hirn.

»Er braucht ein Ziel«, sagte Isabel. »Deshalb ist ein Slip
ouvert eigentlich ein Muss.«

»Izzy!« Finlay lachte los, wurde jedoch gleichzeitig rot.

»Was denn? Für einen wie ihn ist das doch bestimmt genau
das Richtige.«

»Nein, ganz bestimmt nicht. Bitte bleib ernst«, bat Finlay.
»Ich bin so nervös. Irgendwas, das sexy ist, aber auch nicht zu
sexy? Bloß, weil wir uns geküsst haben, soll er nicht glauben,
dass ich ihn einfach so ranlasse, verstehst du? Aber er soll auch
nicht denken, dass er überhaupt keine Chance bei mir hat.«

»Ich hab's!« Isabel wedelte wild mit den Händen und hatte
die haselnussbraunen Augen amüsiert aufgerissen. »Du brauchst
eins von diesen Leuchtshirts, wo auf jeder Brust eine gelbe
Ampel drauf ist. Das gibt ihm zu verstehen: *Halt nicht an, aber
drück auch nicht auf die Tube. Geh es einfach schön langsam und*

gelassen an.«

Finlay verdrehte die Augen. »Das ist echt nicht hilfreich. Hast du überhaupt eine Ahnung, wie nervös ich bin?«

»Da ich mir anhören musste, dass du viermal die Unterwäsche gewechselt hast, habe ich eine ziemlich gute Vorstellung davon. Aber ich bin froh, dass du dich für weiße Spitze entschieden hast. Das passt am besten zu dir, und sogar der brutale Brutus würde sich vermutlich fragen, welche anderen sexy Geheimnisse du vor ihm verbirgst, wenn er schon beim ersten Date auf essbare Unterwäsche stößt.«

»Die weiße Spitze wird er heute auch noch nicht zu sehen bekommen!«

»Penny ist da«, erklärte Isabel schlicht. Sie band ihr dunkles Haar auf dem Kopf zu einem Dutt und sog die Wangen nach innen. »Meinst du, ich sollte mich gesünder ernähren, damit ich irgendwann aussehe wie diese absurd mageren Models, die abends nur Luft essen?«

»Was? Nein! Und was war das mit Penny?«

»Sie ist da. Drei, zwei, eins …«

Es klopfte an Finlays Haustür. »Du hast sie nicht wirklich angerufen!«

»Okay, belassen wir es einfach bei dieser These. Mach bitte die Tür auf.«

»Dass Penny mich auch noch unter Druck setzt, kann ich heute Abend wirklich nicht gebrauchen!« Sie stapfte aus dem Schlafzimmer und öffnete die Haustür.

»Hi, Schwesterherz. Nettes Outfit. Zielst du auf den Hausfrauen-Look ab?« Penny hatte den Arm voller Kleider und eine gewaltige Tasche über der Schulter und marschierte schnurstracks an Finlay vorbei. »Wo ist Isabel?«

»Im Schlafzimmer.« Finlay folgte ihr durch den Flur. »Was

stimmt mit meinem Bademantel nicht?«

»Nichts, wenn man im Jahr 1950 lebt oder zweiundachtzig Jahre alt und vertrocknet ist und Nietnägel hat.«

»Ich hasse euch zwei gerade.« Finlay betrat hinter Penny ihr Schlafzimmer. »Was soll das Ganze hier überhaupt? Konspiriert ihr etwa hinter meinem Rücken gegen mich?«

»Hi, Iz.« Penny warf einen Handkuss in Richtung Laptop und schleuderte die Klamotten aufs Bett. Die Tasche stellte sie auf den Boden. »Wir sind deine Retterinnen. Jetzt zieh diesen unfassbar unerotischen Bademantel aus, und dann gucken wir mal, ob wir ein Outfit zusammenstellen können, bei dem er den Blick nicht von deinem Ausschnitt lassen kann.«

»Und ihm die Hose eng wird«, fügte Isabel lachend hinzu.

»Oh jaaa, das ist noch besser. Vielleicht kommt es ja doch noch zu ein bisschen Rodeo-Action heute.« Penny kramte im Kleiderhaufen und hielt ein schwarzes T-Shirt mit dem Aufdruck »Brave Mädchen kommen in den Himmel, böse auf den Bock« hoch. »Hm? Was meinst du? Wenn du das anziehst, kannst du ihm dieses hier geben.« Sie hob ein riesiges Herren-T-Shirt hoch und zeigte ihnen die Rückseite, auf der zwei rot-weiße Zielscheiben und der Spruch »Hier andrücken und dann festhalten« aufgedruckt waren.

Isabel fiel lachend zur Seite.

»Was ist nur los mit euch?«, fragte Finlay, die sich das Lachen jedoch auch nicht verkneifen konnte, und riss Penny das T-Shirt aus der Hand. Sie warf es auf den Stuhl in der Zimmerecke. »Nein, nein, und noch mal nein. Ist denn da nichts Vernünftiges dabei?« Sie zog ein kurzes schwarzes Kleid aus dem Haufen, das aussah, als würde es einer Siebenjährigen passen. »Wie kommst du da rein? Du bist fünfzehn Zentimeter größer als ich.«

Penny, die mit ihren blauen Augen und dem walnussbraunen Haar wie Zooey Deschanel aussah, kam nach ihrem Vater. Sie war groß und schlank und so unbekümmert, wie es eine Frau nur sein konnte. »Das liegt am Stretch«, erklärte sie und strich sich über die mit einer eng anliegenden Jeans bekleideten Hüften.

»Das Ding bekomme ich nicht mal bis über den Po. Wie um alles auf der Welt machst du das?«

»Probier's an«, schlug Isabel vor.

»Ja, zieh's an, dann siehst du es selbst.« Penny griff nach dem Gürtel von Finlays Bademantel. »Gib mir Omas Bademantel, damit wir dir ein sexy Outfit verpassen können.«

Als Finlay sich auszog, pfiff und johlte Isabel und Penny sagte anerkennend: »Süße, du musst doch deinen Körper nicht verstecken. Bei dem Anblick wird sich jeder Kerl die Finger lecken.«

Finlay warf ihr einen eisigen Blick zu.

»Mir gefällt's«, meinte Isabel.

»Hübsche Spitzenunterwäsche, Schwesterherz.« Penny reichte ihr das kleine Schwarze. »Und jetzt bedecken wir diese unschuldigen Dessous mit etwas Verruchtem.«

»Trägt man das Verruchte normalerweise nicht *unter* dem Unschuldigen?«

Penny stemmte eine Hand in die Hüfte. »Nur, wenn du seinen Steuerknüppel niemals berühren willst.«

»In diesem Kleid fühle ich mich wie ein Würstchen in der Pelle.«

»Würstchen sind lecker!«, rief Isabel. »Außerdem siehst du scharf aus, auch von hinten …«

Finlay riss sich das Kleid vom Leib und warf es aufs Bett. »Nichts da. Kommt nicht in Frage.«

»Dunkelblaues Etuikleid?« Penny zog ein mitternachtsblaues Kleid hervor, das kaum größer als das kleine Schwarze war.

»Nein.«

»Lederminirock?« Penny suchte ihn heraus. »Ich habe meine Nimm-mich-gleich-Schnürstiefel im Auto.«

»Leder passt gut zum Motorrad«, warf Isabel ein. »Und der da ist süß!«

»Kein Leder. Warum könnt ihr mir nicht einfach helfen, ich selbst zu sein, nur in besser?«

Isabel machte Kussgeräusche. »Hab dich lieb, Finny. Du weißt doch, dass ich dich nur ein bisschen auf den Arm nehme.«

Penny legte sich seitlich aufs Bett und nahm sich die mitgebrachten Kleidungsstücke genauer vor. »Es ist unsere Aufgabe, dich sexy aufzubrezeln, egal, wie sehr du dich dagegen wehrst.«

»Warum?«

»Weil du eines Tages vielleicht mal so aussehen möchtest und dich dann nicht traust zu fragen«, antwortete Penny.

»Wir wissen, wie nervös du bist, weil du mit Bullet ausgehst«, fügte Isabel hinzu. »Daher wollen wir nur die Stimmung ein bisschen auflockern.«

»Mit Leder und nuttigen Stiefeln?« Finlay ließ sich rücklings neben Penny fallen. »Warum ziehe ich nicht einfach eins meiner leichten Sommerkleider an?«

Pennys Gesicht tauchte über ihr auf. »Weil deine Schwester dich nie hängen lassen würde. Und Izzy auch nicht. Wir waren heute shoppen und haben was gefunden, was dir bestimmt gefällt.«

»Ihr wart shoppen?« Finlay sah auf den Laptop und Isabel hob ihr Telefon.

»Per FaceTime. Und wir haben genau das richtige Outfit für

dich gefunden! Penny war mit mir bei Chelsea's. Oh Mann, Fin, wenn ich zu euch ziehe, werden wir Stunden in dieser Boutique verbringen. *Tage!* Vielleicht bleiben wir für immer da!«

Finlay schöpfte wieder Hoffnung. Isabel und Penny hatten eigentlich einen hervorragenden Geschmack, wenn sie es nicht übertrieben. Sie setzte sich auf. Penny griff in ihre rote Tasche und holte einen mit einer großen rosa Schleife geschmückten Geschenkkarton heraus. Vor lauter Rührung hatte Finlay einen Kloß im Hals. Zu Lebzeiten hatte ihr Vater jedes große Ereignis in Finlays und Pennys Leben mit einem Geschenk mit großer rosa Schleife gefeiert. Dabei handelte es sich gar nicht um Momente, die ihnen beiden irgendwie denkwürdig erschienen waren – der erste BH, die erste Periode, der erste Kuss –, aber jetzt waren dies mit ihre schönsten Erinnerungen.

»Penny …«

»Nimm es.« Ihre Schwester reichte ihr den Karton und umarmte sie. »Als du wegen Aaron Herzchen in den Augen hattest, war ich nicht für dich da, deshalb freue ich mich jetzt umso mehr, dass du mich an diesem ersten Date teilhaben lässt.«

Finlay spürte, wie ihr die Tränen kamen. Sie schaute auf den Laptopbildschirm und Isabel warf ihr einen Handkuss zu. Ihr Herz war schon jetzt zum Bersten voll, dass sie sich nicht vorstellen konnte, wie der Abend das noch toppen sollte. »Ich bin euch beiden so dankbar. Es gefällt mir bestimmt, wenn es sich nicht gerade um ein verruchtes Sexspielzeug handelt.«

»Ich kann nichts versprechen«, sagte Isabel lächelnd.

Finlay löste die Schleife, nahm den Deckel ab und schnappte nach Luft, als sie den hübschen rosa und beige gemusterten Stoff sah. »Oh, das ist ja wunderschön.«

Sie nahm das Kleid aus dem Karton, ging zum Spiegel und hielt es sich an, aber dann konnte sie nicht länger warten, drehte den beiden den Rücken zu, zog den BH aus und streifte sich das wunderschöne Kleid über den Kopf, bis weiche Baumwolle federleicht ihre Füße streifte.

»Lass mich dir helfen.« Penny legte Finlays Haar über eine Schulter und schloss das Nackenband.

Finlay drehte sich um und staunte darüber, wie gut die beiden sie doch kannten. Verzückt betrachtete sie sich im Spiegel und konnte gar nicht fassen, wie hübsch sie aussah und wie perfekt das Kleid saß. Das schulterfreie Oberteil war mit Spitze besetzt und an der Taille und oberhalb der Knie befand sich ein breiter gehäkelter Streifen. Dadurch sah das Kleid sexy aus, ohne dass es übertrieben wirkte.

»Finny«, murmelte Isabel, »du siehst hinreißend aus. Bullet und jeder andere Mann da draußen werden dir zu Füßen liegen.«

Finlay sah Penny an. »Ich dachte wirklich, ihr wollt mich überreden, etwas zu tragen, was nicht zu mir passt.«

»Ach, wo denkst du hin. Ich liebe meine große Schwester genau so, wie sie ist. Aber wenn du mal so richtig aufgebrezelt um die Häuser ziehen willst, dann wende dich vertrauensvoll an uns.« Penny umarmte sie. »Ich bin froh, dass du wieder zu Hause bist. Du siehst entzückend aus und dazu noch verdammt sexy.«

»Bullet wird beides zu schätzen wissen«, warf Isabel ein. »Und jetzt die Accessoires!«

In den nächsten zwanzig Minuten führte Finlay Sandalen, Ohrringe, Armreife und Halsketten vor und wurde dabei immer nervöser. Am Ende entschied sie sich für ein Paar niedlicher beigefarbener Sandalen, lange roségoldene Ohrringe und ein schlichtes rotes Doppelarmband mit Herzanhänger. Als Finlay fertig ausgestattet war, verabschiedete sich Penny, um sich mit Freunden zum Abendessen zu treffen, und Finlay beendete das Videotelefonat mit Isabel und blieb mit ihren Gedanken allein zurück. In den letzten Jahren war sie ein paar Mal ausgegangen, aber das waren die typischen Männer und die typischen Verabredungen gewesen. Zugegeben, sie war auch damals nervös gewesen, wie es nun einmal jede Frau vor einem ersten Date war, allerdings hatten diese Männer sie nicht schon mal nach Hause gebracht, nachdem sie zu viel getrunken hatte. Sie hatten sie nicht völlig enthemmt erlebt, hatten sie nicht wie einen albernen Teenager lächerliche Songs trällern und beim Anblick eines Hundes aufschreien hören. Sie hatten sie auch nicht durch genau das Wohnzimmer getragen, in dem sie jetzt saß und nervös den weichen Stoff ihres Kleids befühlte. Und ganz bestimmt hatte sie diese Männer nicht nackt sehen oder ihre entblößte Brust berühren wollen, und keiner von ihnen hatte ihr mit einem einzigen Kuss weiche Knie beschert.

Grundgütiger, das war wirklich eine peinliche Vorstellung gewesen. Warum um alles auf der Welt wollte Bullet trotzdem mit ihr ausgehen?

Sie hielt es nicht mehr aus und sprang auf, um dann unruhig auf und ab zu laufen. Es war Punkt halb acht und mit jedem Ticken der Uhr schlug ihr Herz schneller. Sie kannte die Bar nicht mal, in die er mit ihr gehen wollte. War sie dafür möglicherweise overdressed? Trug Bullet jemals etwas anderes als Jeans und T-Shirt? Vielleicht sollte sie auch lieber eine Jeans anziehen. Sie ging ins Schlafzimmer, aber bei der Vorstellung, eine Jeans zu tragen, wurde sie noch nervöser. Penny war das Jeansgirl der Familie. Wie ihre Mutter hatte Finlay schon immer femininere Kleidung bevorzugt. Manche Frauen fühlten sich in engen Jeans sexy, in denen sich alles abzeichnete, aber Finlay gefiel sich in Kleidern am besten, und in diesem Kleid fühlte sie sich durch den Häkeleinsatz an der Taille besonders sexy. Nein, in Jeans wäre sie nicht weniger nervös.

Sie ging zurück ins Wohnzimmer und überlegte, was Bullet für ihr Date wohl geplant haben mochte, doch jedes Mal, wenn sie sein Gesicht vor sich sah, musste sie abermals an etwas denken, was er gesagt hatte. *Kämpf nicht dagegen an, Lollipop. Heute ist unser Abend.*

Mitten im Wohnzimmer blieb sie wie angewurzelt stehen. Was erwartete er von diesem Abend? Hatte sie ihm den Eindruck vermittelt, dass sie miteinander schlafen würden? Was, wenn die Küsse, die sie als etwas Besonderes, als magisch empfunden hatte, für ihn nur ein paar beliebige Küsse gewesen waren? *Er hat bestimmt viel Erfahrung mit Frauen. Vielleicht küsst er sie alle so.*

Bei diesem Gedanken wurde ihr ein bisschen mulmig.

Finlay ging hinaus auf die Veranda. Die Septemberluft war kühl, und sie verschränkte die Arme, während sie die Bäume betrachtete, die ihren Garten vor den Blicken Außenstehender abschirmten. Sie wollte für niemanden nur eine x-beliebige Frau sein, aber wie stand sie dazu, mit Bullet intim zu werden? Ein elektrisierender Impuls durchzuckte sie.

Sie stützte sich aufs Geländer, atmete die salzige Meeresluft tief ein, schloss die Augen und genoss das Herzflattern bei dem Gedanken daran, dass sie gleich mit Bullet ausgehen würde. Offenbar hatte sie ganz vergessen, wie aufregend es war, wirklich mit jemandem ausgehen zu wollen. Andererseits war sie vermutlich auch deshalb so nervös, weil sie nicht wusste, was Bullet eigentlich vorhatte.

Als sie schließlich wieder ins Haus ging, stellte sie zu ihrer

Überraschung fest, dass es schon fast acht Uhr war. Wurde sie etwa versetzt? Sie sah auf ihr Handy, doch es war keine Nachricht gekommen. Vermutlich war er bloß in der Bar aufgehalten worden und sie sollte nachsichtiger sein. Nicht jeder war so pünktlich wie sie. Finlay setzte sich auf die Couch, stand auf und lief hin und her, setzte sich wieder und sah dabei ständig auf die Uhr. Jede verstreichende Viertelstunde kränkte sie ein bisschen mehr.

Es macht mir auf jeden Fall Spaß, dich zu reizen, und ich kann ein ziemlicher Mistkerl sein.

Ihre Nachsicht verwandelte sich in Gereiztheit.

Als es beinahe halb neun war, machte sich eine warnende Stimme in ihrem Kopf bemerkbar und sie bekam rote Wangen, weil sie sich so gedemütigt fühlte. Falls er ein solches Verhalten für akzeptabel hielt, irrte er sich gewaltig, und falls er so spät kam, um sie zu ärgern, dann hatte er sein Ziel erreicht. Erneut ging sie hinaus, denn sie brauchte etwas frische Luft, um sich zu beruhigen. Finlay wollte einfach nicht glauben, dass er sie versetzte. Nicht nach dieser berauschenden Verbundenheit zwischen ihnen bei ihrem innigen Kuss und den süßen Worten, die er ihr danach gesagt hatte, sobald Dixie hinausgegangen war. *Ich würde dir in einer Million Jahren nicht absichtlich wehtun.*

Sie ging wieder ins Haus und schaltete den Fernseher ein, um sich abzulenken, nur um ihn wenige Minuten später wieder auszuschalten, aufs Handy zu starren und mit sich zu ringen, ob sie ihn anrufen sollte. Wenn er sie versetzt hatte, wäre es peinlich, ihm hinterherzulaufen. Außerdem würde sie ihm dann wahrscheinlich ordentlich die Meinung geigen und hätte keine Lust mehr, noch länger in der Bar zu arbeiten, was Dixie und dem Rest der Familie gegenüber nicht fair wäre. Aber war das hier ihr gegenüber fair? Dass sie sich so für ihn zurechtmachte und dann vergessen wurde?

Dass er ihr das absichtlich antat, konnte sie sich beim besten Willen nicht vorstellen. Es passte einfach nicht zu dem, was sie über ihn wusste. Auch das, was sie in ihrem Herzen für ihn empfand, sprach dagegen, und ihr Herz hatte sie noch nie in die Irre geführt. Aber wenn etwas passiert wäre, hätte er dann nicht angerufen?

Ihr Magen zog sich schmerzhaft zusammen. Bullet und Dixie schienen die Einstellung, dass sie die Stadt beschützen mussten, völlig normal zu finden, aber für Finlay war das unbegreiflich. Auch ihr Vater war hart im Nehmen gewesen. Er hatte viel und schwer gearbeitet und sich nie etwas gefallen lassen, aber Finlay konnte ihn sich nicht in einem richtigen Kampf vorstellen. Passierte das, was Bullet und Dixie ihr über Revierkriege erzählt hatten, tatsächlich im richtigen Leben und nicht nur in Romanen? War die ganze Welt in Reviere und Territorien aufgeteilt, die insgeheim von Gruppen wie den Dark Knights beschützt wurden? Wollte sie sich auch dann noch mit Bullet einlassen, wenn das stimmte? Falls etwas passiert war, würden dann auch die Nachrichten darüber berichten?

Womöglich kam so etwas ja laufend vor?

Konnte sie ständig mit dieser Sorge leben?

Sie schaltete den lokalen Fernsehsender ein, verschränkte die Arme und wippte nervös mit den Beinen. Nachdem sie eine Viertelstunde lang Berichte über das bevorstehende Herbstfestival und andere Gemeindenachrichten gesehen hatte, schaltete sie wieder ab.

Das war ja absurd. Sie umklammerte ihr Handy und zwang sich, Bullets Nummer zu wählen. Es klingelte endlos lange, und als die Mailbox ansprang, bekam sie beim Klang seiner tiefen, rauen Stimme eine Gänsehaut, obwohl er sie vielleicht gerade willentlich warten ließ. Sie würde eine kurze Nachricht hinterlassen und konnte nur hoffen, dass sie nicht so verwirrt, gereizt und verletzt klang, wie sie sich fühlte.

»Hi, Bullet, hier ist Finlay …« Jetzt kam sie sich blöd vor. Was sollte sie sagen? *Hast du etwa vergessen, dass wir verabredet waren? Ich hoffe, es geht dir gut? Rufst du mich an?* Falls er ihr einen Korb gegeben hatte, wollte sie nicht, dass er sie anrief, und andernfalls …

Der Gedanke, dass ihm etwas zugestoßen sein könnte, ließ ihr das Herz schwer werden. Sie fand ihre Stimme wieder und sagte einfach die Wahrheit: »Ich mach mir Sorgen, dass was passiert sein könnte, oder vielleicht hast du ja einfach deine Meinung geändert.« Mehr brachte sie nicht zustande, denn wenn er auf einmal nicht mehr mit ihr ausgehen wollte und sich zu keinem Anruf herablassen konnte, dann war er ein echter Mistkerl.

Sie überlegte, ob sie ihre Schwester anrufen sollte oder Isabel, aber die beiden hatten sich so für sie gefreut, und wenn sie jetzt mit ihnen sprach, würde sie sich nur noch schlechter fühlen. Vielleicht sollte sie es bei Dixie probieren. *Aber wie peinlich wäre das denn?*

Mann! In einer solchen Situation war sie noch nie gewesen. Was taten andere Frauen, wenn ihnen so etwas passierte? Es kam ihr nicht richtig vor und es machte sie wütend. Kein Mann dürfte die Macht haben, sie derart zu verunsichern, dass sie sich fragte, ob sie einen Anruf wert war. Sie legte das Telefon auf den Couchtisch, schleuderte die Sandalen von den Füßen und rollte sich auf der Couch zusammen. Aber das war noch nie ihre Art gewesen, mit schwierigen Situationen umzugehen. Eine Minute später stand sie in der Küche, stellte Zutaten auf die Arbeitsfläche, reihte andere auf der Arbeitsplatte auf und ging ihre Lieblingsrezepte durch. Dann legte sie eine Schürze an wie ein Boxer seine Handschuhe, und sofort wandten sich ihre Gedanken vertrautem, sicherem Terrain zu, bei dem es um Mengen und Temperaturen ging, nicht um Bikerstiefel aus schwarzem Leder.

Straßenlaternen erhellten die dunklen Fenster der Häuser entlang der ruhigen Straße, an der Bullet mit seinem Pick-up parkte. Auf der Hauptstraße blinkten unterdessen Ampeln in Endlosschleife, und leere Autos säumten die Straßen wie Soldaten, die auf ihren nächsten Einsatz warteten, während ihre Eigentümer schliefen, geschützt vor den Elementen und ohne etwas von den Tragödien und Verbrechen zu ahnen, die an jeder Ecke lauerten. Die Bäume an der stillen Straße wiegten sich im Wind und erinnerten Bullet daran, dass der Herbst der letzten Sommerwärme bald den Garaus machen würde. Als Teenager war er oft durch diese Straßen gelaufen oder mitten in der Nacht hindurchgefahren, immer auf der Suche nach Antworten. Antworten, die er Jahre später gefunden hatte, als das Militär ihn nach Übersee schickte, an den idealen Ort, um seine Dämonen zu entfesseln. Er war als anderer Mensch zurückgekehrt, und nun fuhr er durch dieselben Straßen seiner Stadt mit dem einzigen Antrieb, Ärger auszumerzen.

Doch heute Abend war er zum ersten Mal in seinem Leben nicht auf der Suche nach etwas gewesen. Er war nicht auf Antworten, Sinn oder irgendwelchen Ärger aus. Bullet umklammerte das Lenkrad mit blutigen Fingern und schluckte den metallischen Geschmack hinunter, der nicht verschwinden wollte. Sein Brustkorb zog sich zusammen und er atmete ganz flach und abgehackt, während die Erinnerungen rasend schnell und unerbittlich wie ein Hurrikan auf ihn einstürmten. Als er wieder die Babys weinen und die Mutter schreien hörte, das Gurgeln des Jungen in den Ohren hatte, der versuchte, zu seiner Familie zu gelangen, kniff er die Augen zu und wandte die Methoden an, die er gelernt hatte, um nicht durchzudrehen, wenn etwas die seltenen Flashbacks aus dem Krieg auslöste und sie wie Dämonen aus der Dunkelheit über ihn herfielen. Er tastete nach dem Radio und stellte es so laut, dass er etwas hatte, worauf er sich konzentrieren konnte, bevor sie ihn völlig beherrschten. Dann ließ er die Bässe durch seinen Körper wummern und die Wut, die Angst und den gottverdammten Geschmack und Geruch des Todes auslöschen.

Die auf den Trigger folgenden Minuten zogen sich wie Stunden in die Länge, vergingen quälend langsam, aber die Musik und seine mentale Stärke hielten die Flashbacks erfolgreich in Schach. *Diesmal.* Wenn er nur in der richtigen Verfassung gewesen wäre, um ihnen früher Einhalt zu gebieten.

Bullet drehte das Radio leiser und nahm sein Handy vom Beifahrersitz. Das Display war übersät mit Meldungen und blinkte wie verrückt, wie es das schon die ganze Zeit tat, seit er zurück zum Unfallort gefahren war, um sein Telefon zu holen. Er musste nicht nachsehen, um zu wissen, dass die süße Finlay versucht hatte, ihn zu erreichen. Er musste auch nicht ihre Stimme hören, um zu wissen, dass sie vermutlich wütend und gekränkt war. Er schuldete ihr eine Erklärung und eine Entschuldigung, aber damit würde er einen neuerlichen Flashback riskieren. Finlay brauchte keinen Mann mit Dämonen, die er nicht besiegen konnte.

Er legte das Handy wieder auf den Beifahrersitz neben den

Blumenstrauß, den er ihr mitgebracht hatte, ließ den Motor an und sah ein letztes Mal zu Finlays Haus hinüber. Sein Herz raste noch immer, und die Erinnerung an ihren getroffenen Blick heute Nachmittag nagte an ihm wie ein wildes Tier, das sich in seine Seele zu graben versuchte. Er schlug mit der Faust aufs Armaturenbrett und ärgerte sich über seine Verletzlichkeit. Wie oft hatte er eine Frau verlassen und war davongefahren, ohne auch nur einen Blick zurückzuwerfen? *Einmal reicht*, so lautete das Motto, nach dem er lebte, wenn es um Frauen ging. Verdammt, die Frauen, die ihm wirklich etwas bedeutet hatten, waren deutlich einfacher zu zählen.

Einmal.

Der Engel in diesem kleinen Haus war die Einzige, die zählte, und er hatte sie abermals enttäuscht. Bullet wusste, dass er jetzt besser wegfahren sollte, dass sie die Last seiner Vergangenheit, die ihm um den Hals hing wie eine Schlinge, die sich jederzeit zuziehen konnte, nicht gebrauchen konnte. Aber er konnte nicht verschwinden, ohne es ihr wenigstens zu erklären. Er durfte die Kränkung, die er ihr zugefügt hatte, nicht noch verschlimmern.

Jedenfalls sagte er sich das, als er den Motor ausschaltete, sich die Blumen schnappte und ausstieg, obwohl es viel zu spät und schon weit nach Mitternacht war. Er ging durch die Dunkelheit zum Haus und sagte sich, dass er alles, was sie ihm an den Kopf warf, hinnehmen würde, weil er es schlicht und einfach verdient hatte.

Sieben

Abgesehen davon, seine Familie zu verlieren, gab es nicht vieles, wovor Bullet Angst hatte, doch als er jetzt vor Finlays Haustür stand, spürte er die Furcht in sich aufkeimen, was verdammt lächerlich war. Er hatte Kriege durchlitten, hatte in mehr Gewehrläufe gestarrt, als er wahrhaben wollte, hatte den Tod öfter miterlebt, als ein Mann sollte. Aber bei der Vorstellung, noch einmal diesen enttäuschten Blick in Finlays schönen Augen zu sehen, wurde ihm ganz anders. Obendrein hatte er keine Ahnung, ob es einen weiteren Flashback auslösen würde, wenn er ihr die Wahrheit sagte.

Bullet beäugte die Stufen vor sich. Er konnte auch einfach wieder gehen und sich hinter den undurchdringlichen Mauern verschanzen, die er praktisch seit seiner Geburt um sich herum errichtete. Finlay morgen so eiskalt abblitzen lassen, dass sie ihn keines Blickes mehr würdigen würde. Er ballte die Fäuste und zerdrückte fast den Blumenstrauß.

Aber er war kein Feigling.

Bullet klopfte heftiger an, als er vorgehabt hatte, dann stützte er eine Hand an den Türrahmen und starrte auf seine Stiefel, die voller Blut waren.

»Bullet?«, hörte er sie durch die Tür fragen, dann rasselte die

Kette, und das Schloss klackte.

Finlay öffnete die Tür und blinzelte verschlafen. Sein Blick wanderte über ihr hübsches Kleid und sein Herz setzte kurz aus.

Sie wurde kreidebleich und riss die Tür weiter auf, bis sie an ihr Becken stieß. »Großer Gott. Du blutest ja. Geht es dir gut? Was ist passiert?«

»Nichts«, murmelte er. »Ich will mich nur entschuldigen …«

»Nichts? Bullet, dein T-Shirt ist zerrissen, du hast einen Schnitt am Arm, und es sieht so aus, als wäre überall auf deiner Kleidung Blut. Hattest du einen Unfall?«

»Nein, bitte, lassen wir das. Es tut mir leid, dass ich …«

Ihr Blick wurde eisig. »Lassen wir das? Du versetzt mich, nachdem du mir so lange in den Ohren gelegen hast, bis ich zugestimmt habe, mit dir auszugehen. Und dann tauchst du hier auf und siehst aus, als hättest du dich geprügelt, willst mir aber nichts erklären? Ich weiß nicht, ob das für andere Frauen in Ordnung wäre, für mich ist es das auf jeden Fall *nicht*.«

»Verflucht noch mal!« Er biss die Zähne zusammen. Für eine Nacht hatte er genug durchgemacht. Für mehr reichte seine Energie schlichtweg nicht aus.

»Ist das auch so eine Clubsache oder was? Denn dann will ich nichts damit zu tun haben. Ich habe nicht die geringste Lust, hier rumzusitzen und mich zu fragen, ob du womöglich verwundet oder tot bist oder einfach nur beschlossen hast, mich abzuservieren.«

»Vergiss es. Es tut mir leid, dass ich dir den Abend versaut habe.« Er reichte ihr die Blumen und ging die Stufen wieder hinunter.

»Das war's also?«, rief sie ihm hinterher. »Du gehst einfach? Ohne mir irgendetwas zu erklären?«

Er drehte sich um. Sein Innerstes krampfte sich zusammen, als würde er ausgewrungen, und er ging mit zugeschnürter Brust wieder zur Tür, wobei er jeden Muskel im Körper anspannte. »Du hast mir gerade gesagt, dass du nichts mehr mit mir zu tun haben willst. Tut mir echt leid, dass ich heute einer Familie das Leben retten musste und dir damit den Abend verdorben habe. Entschuldige, dass ich dich nicht angerufen habe, aber ich musste mich um was Dringenderes kümmern.«

Finlay klappte den Mund auf und wieder zu. »Ich … Du hast … Grundgütiger, Bullet. Entschuldige. Ich hatte ja keine Ahnung.«

»Hätte es denn etwas geändert? Es hätten ja genauso gut Clubangelegenheiten gewesen sein können, die mir dazwischengekommen sind. Ich bin kein Märchenprinz. Verdammt, ich bin nicht mal der Scheißfrosch, Lollipop. Aber ich tue immer das Richtige. Und das hieß diesmal zufälligerweise, dass ich im Krankenhaus bei einer Frau bleiben musste, deren Kinder und Bruder in Lebensgefahr schweben, bis ihre Schwester endlich an ihrer Seite sein konnte. Hätte ich anrufen sollen? Ja. Hätte ich es gekonnt? Nein. Ich hatte mein Handy fallen lassen, nachdem ich einen Krankenwagen gerufen hatte, um die Leute aus dem gottverdammten Wagen zu ziehen, bevor er in Flammen aufging. Aber ehrlich gesagt hätte ich diese Frau auch sonst nicht allein gelassen, um dich anzurufen. Um nichts auf der Welt. Das Leben ihrer Kinder und ihres Bruders hing am seidenen Faden. In so einer Situation lässt man keinen Menschen allein, selbst wenn man dadurch etwas verliert, das einem etwas bedeutet. Das mit uns …« Er deutete auf den Raum zwischen ihnen und schüttelte den Kopf. »Das mit uns wird entweder was oder nicht, aber so oder so werden wir uns mal in der Stadt über den Weg laufen. Diese Frau – Sarah

Beckley – sieht ihre Kinder vielleicht nie mehr lebendig wieder.«

In ihren tränenerfüllten Augen lagen Sorge und Bedauern. »Das tut mir leid. Die Ärmsten. Das ist ja schrecklich.«

»Ja. Das war es. Genauso wie dich hängen zu lassen. Aber du hast recht. Du brauchst keinen Kerl wie mich, der dein Leben durcheinanderbringt.« Abermals drehte er sich um.

»Warte!« Sie lief ihm nach und hielt ihn am T-Shirt fest, bevor er die Stufen hinuntergehen konnte. »Bitte geh nicht. Es tut mir leid. Ich war gekränkt und hab mir Sorgen um dich gemacht und …« Durch seine Vorwärtsbewegung geriet sie aus dem Gleichgewicht.

Ihm blieb fast das Herz stehen, und er schlang ihr rasch einen Arm um die Taille, damit sie nicht die Treppe hinabstürzte. Barfuß wirkte sie noch zierlicher, was ihn daran erinnerte, wie zart und zerbrechlich sie war, auch wenn sie Selbstbewusstsein ausstrahlte und sich Respekt zu verschaffen wusste. Durch sie wurde die Welt zu einem besseren Ort, denn sie war rein und gütig, und das auf eine Weise, die in ihm den Wunsch weckte, ihr näher zu sein und eine Möglichkeit zu finden, für sie ein besserer Mensch zu werden. Doch er war kein Träumer, und als er ihr in die Augen sah, wusste er, was er zu tun hatte.

»Du hast mir gerade gesagt, dass dir mein Lebensstil nicht behagt, Finlay, und das kann ich dir nicht übel nehmen. Sieh dich doch an, so fein rausgeputzt wie eine Prinzessin, schöner als jede Frau, die ich je gesehen habe, und *das hier* bin ich.« Er deutete auf sein blutiges, zerrissenes T-Shirt und die Jeans. »Du bist der warme Sonnenschein und ich bin ein Wintersturm. Daran wird sich nichts ändern. Es wird immer wieder irgendetwas passieren, um das ich mich kümmern muss. Selbst wenn ich das ändern könnte, würde ich es nicht tun, Süße. Ich kann andere nicht leiden sehen oder mit der Gewissheit leben, dass jemand in Schwierigkeiten steckt, ohne etwas dagegen zu tun.«

Sie senkte den Blick auf ihre Füße, und diesmal hob er ihr Kinn nicht an, versuchte nicht, sie umzustimmen, denn so sah seine nackte Realität nun mal aus. Und damit war die Sache zwischen ihnen beiden vermutlich zu Ende, bevor sie überhaupt angefangen hatte.

Finlay hatte sich immer für einen selbstlosen, großzügigen Menschen gehalten, aber Bullet Whiskey verlieh den Begriffen *selbstlos* und *zweischneidiges Schwert* eine ganz neue Bedeutung. Da war so viel Güte in ihm, wie ihr jeder längst versichert hatte, aber wenn sie mit einem Mann wie Bullet zusammen sein wollte, würde sie akzeptieren müssen, in seinem Leben nicht einmal an zweiter Stelle zu stehen, vielleicht auch nicht an der dritten oder vierten. Zudem würde sie ständig zurückstecken müssen, nicht nur wie bei den meisten Männern seinem Beruf zuliebe, sondern für eine ganze Stadt, und wer wusste, wofür noch alles. Sie hatte geglaubt, noch nie jemanden so unnahbaren getroffen zu haben, aber sie hatte inzwischen genug von seiner sanfteren Seite gesehen, um zu wissen, dass es diese Seite an ihm gab. Und jetzt begriff sie allmählich, woher diese ganze Härte kam. Wenn man sich dafür verantwortlich fühlte, dass es seiner Familie, der Bar und der ganzen Stadt gut ging und alle in Sicherheit waren, musste das seinen Tribut fordern. Ob wohl irgendjemand Bullet den Rücken so freihielt, wie er es für alle anderen tat?

»Ich weiß wie gesagt nicht viel über Männer wie dich, Bullet, und offen gesagt frage ich mich auch, ob es andere Männer wie dich überhaupt gibt. Aber deinetwegen stelle ich zunehmend in Frage, wer ich eigentlich bin, dabei hatte ich mir eingebildet, das schon lange zu wissen.«

Er zog die Augenbrauen zusammen. »Mit dir ist alles in bester Ordnung, Fin, das kannst du mir glauben. Ich bin hier derjenige, mit dem etwas nicht stimmt. Aber mach dir keine Sorgen. Ich werde dir in der Bar nicht in die Quere kommen. Solange du bei uns beschäftigt bist, halte ich mich im Hintergrund. Und jetzt geh wieder rein, Lollipop, damit ich weiß, dass du in Sicherheit bist.«

Ihr wurde erschrocken klar, dass er sie missverstanden hatte. Sie trat näher an ihn heran und hob eine Hand an seine Hüfte, doch da war so viel Blut. Erst jetzt begriff sie das ganze Ausmaß dessen, was er gerade durchgemacht hatte. Ihr kamen die Tränen, weil sie mit ihm und der Familie, der er geholfen hatte, mitfühlte.

»Finlay«, sagte er mit dieser rauen Stimme, bei der sich wieder dieses Flattern in ihrer Magengrube bemerkbar machte.

Sie blinzelte die Tränen weg und legte die Hand in seine. Seine Finger schlossen sich darum und hielten sie fest.

»Ich will nicht, dass du dich im Hintergrund hältst«, gestand sie zögernd, denn sie war unsicher, ob er sie zurückwies, weil er es sich anders überlegt hatte oder weil er sie vor sich schützen wollte. Sie hatte allerdings das Gefühl, es war Letzteres. »Ich weiß nicht, was zwischen uns passieren wird, aber du sagst, ich bin der Sonnenschein und du ein Wintersturm. Für mich macht die Gewissheit, dass der Winter naht, die drückenden Tage eines langen heißen Sommers erträglicher. Und an den kältesten Winterabenden kann ich mich auf den Sommer freuen. Sie ergänzen einander.«

»Ich kann mich nicht verändern, Lollipop. Und ich habe so das Gefühl, du bist Männer gewohnt, die das können.«

»Aber das ist es ja. Ich will dich nicht ändern, aber ich möchte dich verstehen. Ich möchte wissen, was du durchgemacht hast und wie du zu dem Mann geworden bist, der hier vor mir steht.«

Er drückte ihre Hand, aber sein Blick wanderte über ihre Schulter. Seine Züge waren angespannt, als ob er darum kämpfte, etwas sehr Schmerzliches unter Kontrolle zu halten.

Sie nahm sich ein Beispiel an seiner Art, an die Dinge heranzugehen, und stellte sich dicht vor ihn, sodass er sie ansehen musste und sie sich beinahe berührten. Als ihre Blicke sich trafen, ließ eine andere Art von Energie die Luft zwischen ihnen knistern. Sie war stärker, intensiver und zugleich auch sanfter und geschmeidiger als zuvor. »Wenn dir das unangenehm ist, dann musst du mir das sagen. Vielleicht können wir uns ja auf halbem Weg treffen? Manchmal zerrede ich die Dinge. Das ist mir bewusst.«

Sein Bart zuckte, als sich ein Lächeln auf seine Züge stahl.

Was ihre Kommunikationsfreudigkeit anging, so waren sie grundverschieden, aber Finlays Neugier hatte sich in etwas viel Stärkeres verwandelt, und sie wusste jetzt, dass sie ihn gern besser kennenlernen wollte. Allerdings war sie sich nicht sicher, ob er sich ihr jemals wirklich ganz öffnen würde. Und dann war da noch die Frage, die sie einige Zeit zu ignorieren versucht hatte und die sie ihm jetzt endlich stellen musste.

Sie schluckte schwer, weil sie sich ein bisschen davor fürchtete, dass es für ihn etwas rein Sexuelles war. »Warum magst du mich, Bullet? Ich könnte mir eine toughere Frau viel eher für dich vorstellen.«

Er schwieg so lange, dass sie schon glaubte, er würde ihr nicht antworten. Als er endlich sprach, war sein Tonfall warm und überzeugt. »Ich werde dich nicht anlügen. Zuerst war es etwas rein Körperliches. Dein süßer, zarter Körper und dein strahlendes Lächeln haben mich einfach von den Socken gehauen – und dann erst deine Augen! Weißt du, Finlay, dein Blick bringt mich um den Verstand. Und du hast echt Eier in der Hose und stehst für dich ein, und das ist unfassbar heiß.«

Ihr schoss das Blut in die Wangen und sie senkte den Blick.

Er legte ihr einen Finger unter das Kinn und hob es an, bevor er fortfuhr. »Aber dann habe ich dich in der Stadt gesehen, und du kannst mir glauben, dass deinetwegen die Straßen hell erstrahlen. Du erhellst mich von innen heraus, und es ist verdammt lange her, dass ich etwas anderes als Dunkelheit gekannt habe.« Er zuckte mit den Achseln. »Wie konnte ich das Strahlen eines solchen Engels ignorieren?«

»Bullet«, flüsterte sie und war tief gerührt von seiner Aufrichtigkeit. »Wie kannst du manchmal so hart und im nächsten Augenblick so romantisch sein?«

»Von Romantik verstehe ich nicht das Geringste. Ich spreche nur aus, was ich fühle. Erklären kann ich es nicht, weil ich einfach nicht gut mit Worten umgehen kann, aber als du mir da in der Bar Paroli geboten hast und es dir im Gegensatz zu den meisten Leuten egal war, wie groß ich bin oder was ich für dich tun kann, hast du dir meinen Respekt erworben. Das ist bestimmt nicht das, was du hören wolltest, aber ich bin nicht daran gewöhnt, dass es Frauen auch nur ansatzweise interessiert, warum ich etwas tue oder was ich wirklich will. Ehrlich gesagt, muss ich normalerweise überhaupt nicht reden. Ein Blick reicht und …« Er zuckte abermals mit den Achseln und sah kurz zum Himmel hinauf. Dann wandte er sich wieder ihr zu. »Ich hab dich zweimal unabsichtlich gekränkt, Finlay. So etwas tut der Mann, den du verdienst, der Mann, der ich sein will, schlichtweg nicht.«

»Das war nicht okay, ja, aber du hast mir doch schon heute Nachmittag erklärt, dass ich dich missverstanden hatte. Dass du nicht mich als bescheuert bezeichnet hast. Und heute Abend warst du offenbar ein Held, wie kann ich dir da nicht verzeihen?«

»Ich bin kein Held. Das habe ich dir schon gesagt.«

Er war frustrierend bescheiden, und das war noch so ein Punkt, den sie verstehen wollte, aber den hob sie sich für ein andermal auf. Zuerst musste er begreifen, worauf sie hinauswollte. »Ich weiß nicht, ob ich damit leben kann, dass ich erst an zweiter Stelle stehe oder an siebzehnter oder ganz am Ende einer langen Reihe von Menschen, die dich brauchen. Dieses Konzept ist schwer fassbar, ein bisschen so, als hätte man aus Versehen Salz statt Zucker in die Schlagsahne getan. Es könnte ein K.-o.-Kriterium sein, aber das läge dann an mir, nicht an dir. Und ich werde es nicht wissen, wenn wir es nicht ausprobieren. Auf der anderen Seite willst du vielleicht nicht mit einer Frau zusammen sein, die Angst vor Hunden und Motorrädern hat.« Beunruhigende Gedanken machten sich in ihrem Kopf breit. »Wir zwei, das ergibt eigentlich nicht viel Sinn.«

Er legte die Arme um sie und küsste sie so zärtlich, dass es sich wie ein Traum anfühlte.

»Nichts in meinem Leben ergibt Sinn, Finlay, aber du machst mich völlig fertig. Ich weiß nicht, ob ich dir die Erklärungen geben kann, die du dir wünschst, was dann wiederum meine Schuld wäre.« Er schenkte ihr ein scheues Lächeln, bei dem ihr ganz warm wurde. »Und ich würde es lieber mit dir probieren, als vorher aufzugeben.«

Sie sahen einander lange in die Augen, was Finlays aufgewühlten Verstand ein bisschen beruhigte. Da fiel ihr auf, dass sie noch immer vor ihrem Haus standen – und dass sich an einem einzigen Abend alles geändert hatte. Sie nahm seine Hand und zog ihn mit sich auf die Veranda. »Zuerst werden wir dich mal verarzten und vielleicht können wir unser erstes Date danach ja noch retten.«

Er trat über die Schwelle, und sie spürte sein Zögern und bemerkte das Unbehagen in seiner Miene, das sich wie ein Schleier über ihn legte. Ihr Tisch und die Arbeitsflächen waren unter Keksen, Cupcakes und Törtchen begraben. »Wenn es mir nicht gut geht, koche und backe ich«, erklärte sie ihm, während sie mit dem Blumenstrauß, den er ihr mitgebracht hatte, Richtung Küche ging. Sie füllte eine Vase mit Wasser, und als sie die Blumen hineinstellte, fiel ihr auf, dass er noch immer an der Tür stand und den Türknauf wie eine Rettungsleine umklammerte. »Was hast du?«

Er räusperte sich und sah sich hastig im Raum um. »Ich halte es hier drin nicht aus, Finlay. Tut mir leid, aber ich bekomme einfach keine Luft. Ich brauche Platz.«

Ihr Herz setzte kurz aus, aber konnte sie es ihm nach allem, was er durchgemacht hatte, verdenken? »Okay, dann …«

Er eilte an ihr vorbei, öffnete die Terrassentür und ging hinaus. Dann umklammerte er das Geländer, wie sie es vor ein paar Stunden auch getan hatte, und ließ den Kopf hängen. Im bläulichen Mondlicht wirkte seine Silhouette sogar noch imposanter, und zugleich nahm sie etwas Besiegtes an ihm wahr, das sie an ein verletztes Wildtier erinnerte.

»Alles in Ordnung?«, fragte sie und folgte ihm ins Freie. »Hör mal, Bullet, wenn das, was du eben gesagt hast, nicht der

Wahrheit entspricht, oder du es nur gesagt hast, damit ich nicht sauer bin, würde ich das verstehen. Du brauchst mir nichts vorzumachen; sag es einfach, wenn ich nicht das bin, was du willst. Du kannst einfach gehen, ich wäre dir nicht böse.«

Wortlos zog er sie an sich, legte die Arme wie einen Schraubstock um sie und hielt sie fest. Er sagte kein Wort und legte nur die Wange auf ihren Scheitel. Sie wurde nicht aus ihm schlau, aber sie spürte im Herzen, dass dies seine Art war, ihr zu sagen, dass er es ernst gemeint hatte. So hielt er sie fest, während das Licht durch die Terrassentür nach draußen fiel und sie den rauen Bodenbelag unter den nackten Füßen und die kühle Nachtluft im Rücken spürte. Doch sie empfand es nicht als kalt oder unangenehm, sondern nahm das alles einfach zur Kenntnis, und dann fiel es von ihr ab, geriet in Vergessenheit, weil es für sie nur noch seinen Herzschlag, seinen markanten Duft und seine starken Arme gab.

»Nichts in meinem Leben hat sich je echt angefühlt«, sagte er und hielt sie so fest, als würde er befürchten, dass sie gleich weglief. »Nur du.«

»Dann öffne dich mir«, bat sie sanft.

Das Schweigen zwischen ihnen dehnte sich aus. Sie versuchte, sich ein Stück von ihm zu lösen, damit sie ihm ins Gesicht sehen konnte, aber er drückte sie an sich, umfing sie mit den Armen und drückte das Kinn auf ihren Kopf.

»Ich möchte es ja tun«, sagte er schroff, »aber das wird mich in den Wahnsinn treiben. Ich ertrage es nicht, eingeengt zu sein.«

»Mit eingeengt … meinst du … von mir oder …«

»Nicht von dir. Ich brauche Abstand, aber nicht zu dir. Ich brauche Luft und Raum zum Atmen, damit ich damit fertigwerden kann.«

Wieder versuchte sie, sich seinen Armen zu entwinden, aber er ließ sie nicht los. »Lass mich dich ansehen, Bullet«, sagte sie mit fester Stimme und widerstrebend lockerte er seinen Griff. Sie sah seinen aufgewühlten Blick. »Geht es dir hier draußen auf der Terrasse besser?«

Er legte ihr die Finger um die Taille. »Du solltest mich am besten rauswerfen.«

»Das sagst du zwar, aber du hältst mich so fest, dass ich dir das nicht abnehme.«

»Damit hast du recht. Aber es wäre verdammt noch mal richtig, wenn du es tun würdest.«

Unwillkürlich musste sie lächeln. »Du bist ganz schön bestimmend. Wie wäre es, wenn du mir die Entscheidung überlässt, mit wem ich meine Zeit verbringe? Zieh das blutige T-Shirt aus. Das kommt in die Wäsche. Ich hole was, damit wir dich sauber machen können. Denn wenn du schon mein Wohnzimmer nicht erträgst, dann wirst du es in meinem winzigen Bad garantiert nicht aushalten.«

Sein Blick fiel auf ihr Kleid und er fluchte leise. »Du hast überall Blutflecken auf dein Kleid bekommen. Ich kaufe dir ein neues.«

Sie hatte ganz vergessen, was sie anhatte, und so wichtig ihr das am frühen Abend noch gewesen war, jetzt erschien es ihr fast bedeutungslos. Sie konnte sich ein neues Kleid kaufen, doch er würde die Tragödie, die er heute mit angesehen hatte, nie wieder vergessen. »Schon gut. Gib mir dein T-Shirt.«

Er ließ ein großspuriges Lächeln aufblitzen.

»Musst du eigentlich immer und überall an Sex denken?«, neckte sie ihn, als er sich das T-Shirt über den Kopf zog und den Hintern ans Geländer lehnte.

Als er sie ansah, wirkten seine Augen auf einmal dunkel und

ernst. Sein Blick war irgendwie … gequält? Ihr blieb keine Zeit, sich darüber klar zu werden, denn sie war gefesselt von den Tätowierungen und Narben, die seinen Körper bedeckten. Gleich darauf fiel ihr Blick auf die frischen Schnittwunden an Bauch und Oberarm und sie schnappte nach Luft.

»Warum hast du nicht …?« Sie brach ab, denn sie brauchte nicht zu fragen, warum er seine Verletzungen nicht im Krankenhaus hatte versorgen lassen. Instinktiv wusste sie, dass er zu sehr auf die Familie, die er gerettet, und die weinende Frau, die er zu trösten versucht hatte, konzentriert gewesen war, um sich Gedanken über seinen eigenen Zustand zu machen.

Obwohl die Tattoos teilweise von seiner Brustbehaarung verdeckt wurden, kam es Finlay so vor, als wetteiferten sie um ihre Aufmerksamkeit und wollten sie zugleich abschrecken. Seine linke Brustseite war mit Schriftzügen bedeckt. Es mussten Hunderte von Namen sein, die da zusammenliefen, einander überlappten und sich überkreuzten, manche völlig unleserlich. Auf der rechten Seite waren zwei blinde Augenpaare von wogendem Rauch umgeben; sie ähnelten Mardi-Gras-Masken, einschließlich der schwarzen Bänder. Durch die dunkleren Grauschattierungen dahinter hatte man den Eindruck, dass die gequälten Männer gar keine richtigen Köpfe hatten, sondern nur diese maskenartigen Gesichter. Finlay ließ den Blick über einen Vogelschwarm wandern, der die Masken wie ein Heiligenschein umgab und bis zum Schlüsselbein reichte, wo auf der einen Seite *Gesegnet* und auf der anderen *Zerstört* eintätowiert war. Jedes dieser Tattoos versetzte ihr einen schmerzhaften Stich, der ihr durch Mark und Bein ging.

Ohne nachzudenken, berührte sie das Tattoo einer dunklen Höhle auf dem Brustbein. Sonnenstrahlen verliefen von den Schultern und den Seiten unter den anderen Tätowierungen hindurch und vereinten sich in der Finsternis. Davor stand wie ein Fels in der Brandung eine hünenhafte Gestalt mit ausgebreiteten Armen und einem dämonischen Gesicht auf dem Rücken bis zur tief auf der Hüfte sitzenden Hose: dunkle Augen, Fangzähne und spitze Augenbrauen. An den Schulterblättern der Gestalt hingen zwei abgebrochene Engelsflügel.

Als Nächstes erkundete sie mit bebenden Fingern das Tattoo eines Adlers auf Bullets Bauch, der über Wasser und Land flog und einen schlaffen Körper in den Krallen hielt. Auf der anderen Seite berührte sie Vogelkäfige, in denen Menschen kauerten und die sich über seinen gesamten Brustkorb erstreckten. Sie fuhr verworrene Muster unter seinem Bauchnabel nach, und über dem Bund seiner Jeans prangte das Wort *Familie*, umgeben von Schilden und Gewehren, Herzen – gebrochenen wie ganzen – und überraschenderweise einem Blumenbeet. Das einzig Farbige auf seinem Rumpf waren die roten Rosen und grünen Ranken, die sich unten um die Buchstaben des Wortes rankten.

Bullets unglaublich intensiver Blick ging ihr unter die Haut und verjagte den Schmerz, den die Bilder in ihr heraufbeschworen hatten. Doch Finlay war zu fasziniert von dem beängstigenden Gemälde vor ihren Augen, um darauf zu reagieren. Sie schluckte schwer und zwang sich, ihre Aufmerksamkeit den unregelmäßigen Narben gleich unterhalb seiner rechten Schulter und in der Nähe der Rippen zuzuwenden. Als sie den Blick weiter nach unten wandern ließ, fielen ihr an seiner Seite noch weitere Narben auf.

Was musste er durchgemacht haben! Es zerriss ihr das Herz. Nicht nur die Erlebnisse an diesem Abend, die schon schlimm genug gewesen sein mussten, sondern das, was zu diesem Abbild der Qualen geführt hatte. Sie versuchte, sich nichts anmerken zu lassen, doch er musste ihren Ausdruck bemerkt haben, ebenso gequält wie die Gesichter auf seiner Haut.

»Ich schmeiße das eben in die Wäsche.« Sie wollte nach seinem T-Shirt greifen, aber er hielt ihre Hand fest und schleuderte das T-Shirt auf einen Liegestuhl.

»Mein T-Shirt ist reif für die Tonne.«

Sanft schob er ihr eine warme Hand unters Haar und in den Nacken und zog sie zu sich heran. Er stellte sich breitbeinig hin, nahm sie zwischen die Beine und lehnte die Stirn an ihre. »Das ist ein heftiger Anblick.«

»Ist schon gut«, erwiderte sie rasch, obwohl das gelogen war.

»Ich sehe dir doch an, dass es dir Angst macht, Finlay.«

»Okay«, gab sie nach. »Es ist nicht gut. Nichts daran ist gut. Es macht mir Angst, aber ich fürchte mich nicht vor dir. Ich habe Angst *um* dich, denn was immer du durchgemacht hast, muss so schlimm gewesen sein, dass du es bis in alle Ewigkeit auf der Haut tragen wolltest. Das schmerzt mich tief im Inneren.« Sie legte sich eine Hand aufs Herz.

»Du musst keine Angst um mich haben«, erklärte er ernst. »Es gibt nichts, was ich nicht überleben kann.«

Das vergrößerte ihren Schmerz nur noch mehr. Sie sah ihm in die Augen, die jetzt kühler wirkten, da er die Barriere um sich wieder aufbaute. »Überleben und leben – glücklich sein –, das sind zwei grundverschiedene Dinge.«

Als Finlay ins Haus ging, empfand Bullet den Zusammenprall ihrer beider Welten wie eine schwere Last. Er stieß sich vom

Geländer ab, lief hin und her und versuchte, sich einen Reim auf das zu machen, was er in ihren Augen gesehen und was sie gesagt hatte, nachdem sie seine Narben und Tattoos betrachtet hatte. Er hatte noch nie darüber nachgedacht, was Frauen über seine Tätowierungen denken mochten, aber Finlays Gesicht war wie ein offenes Buch und sämtliche widersprüchlichen Gefühle waren dort zu lesen gewesen. Er hatte darin eine Mischung aus Schock, Angst und Sorgen bemerkt, und nun fragte er sich zum ersten Mal, wie die Dämonen auf seinem Oberkörper auf andere wirken mochten. Als wäre es nicht schon schlimm genug, dass er durch die Hintertür auf die Terrasse gestürzt war, weil es heute Abend so viele Trigger gegeben hatte, dass er hart am Limit war. Beengte Räume erhöhten die Wahrscheinlichkeit eines Flashbacks noch zusätzlich, falls er ihr tatsächlich mehr über den Unfall erzählen würde.

Er wollte sie nicht noch mehr Dunkelheit aussetzen, als sie bereits gesehen hatte, und hoffte, es ihnen beiden ersparen zu können.

Finlay kam in einem rosa Sweatshirt, auf dem in weißer Schrift »Finlay's« prangte, und grauen Shorts aus dem gleichen weichen Material mit dem Logo quer über dem linken Oberschenkel wieder auf die Terrasse. Ihm wäre es lieber gewesen, wenn da »Whiskey's« gestanden hätte – oder wenn es schwarz und ohne diese mädchenhafte Schrift gewesen wäre, denn dann hätte er es anziehen können. Denn wenn es ihres war, hätte es sich vermutlich himmlisch angefühlt.

Sie stellte einen Teller mit Keksen und Cupcakes auf den Tisch, hob einen Finger und sah dabei selbst unfassbar köstlich und süß aus. Welches Wunder hatte dafür gesorgt, dass er diese Chance bei ihr bekam? Er gehörte zwar nicht zu den Männern, die glaubten, sie hätten nichts Gutes verdient, aber er konnte die Sorge nicht loswerden, dass er drauf und dran war, ihr seine Altlasten aufzubürden.

»Ich muss noch Wasch- und Verbandszeug holen, aber ich dachte, du hast vielleicht Hunger, und deinetwegen habe ich das ganze Haus voller Leckereien.« Sie ging zur Terrassentür, drehte sich dort noch einmal um und schenkte ihm ein strahlendes Lächeln. »Was kann ich dir zu trinken bringen? Bier habe ich nicht da, aber Weinschorle.«

»Ich trinke, was immer du trinkst, aber das kann ich doch holen.« Er ging aufs Haus zu, doch sie hob die Hand.

»Nein. Du bleibst schön hier und isst was von dem Hüftgold, das ich nur deinetwegen gebacken habe.«

Er beobachtete, wie sie auf dem Weg ins Haus ihre herrlichen Hüften in diesen heißen Shorts schwang, und ihm wurde ein bisschen leichter zumute. Dann beäugte er die Süßigkeiten, aber das Einzige, wonach ihm im Moment der Sinn stand, trug gerade eine Schüssel Seifenwasser nach draußen und hatte sich eine Rolle Papiertücher unter den einen und Handtücher unter den anderen Arm geklemmt. Er nahm ihr alles ab und stellte es auf den Tisch.

»Ich kann mich in deinem Bad waschen, Fin. Du musst dir nicht noch mehr Arbeit machen. Es geht mir schon besser.«

Sie verdrehte die Augen. »Kommt nicht in Frage. Ich habe doch schon alles hier. Du setzt dich jetzt auf den Hintern und lässt dich von mir verarzten.«

»Verdammt, Babe. Diese Seite an dir gefällt mir.«

Mit einem scheuen Lächeln, das im Widerspruch zu ihrem herrischen Auftreten stand, hob sie noch einmal den Finger und flitzte wieder ins Haus. Diesmal kehrte sie mit zwei Dosen Weinschorle zurück. Er hatte das Zeug noch nie getrunken, aber als sie es ihm mit diesem scharfen Lächeln reichte, war er davon so gebannt und so dankbar, in diesem Moment bei dieser Frau zu sein, dass er auch Feuerzeugbenzin getrunken hätte, wenn sie es ihm angeboten hätte.

Sie stellte ihr Getränk auf den Tisch und deutete auf den Stuhl. »Setz dich, und lass zu, dass sich zur Abwechslung mal jemand um dich kümmert.«

Er mahlte mit den Zähnen. Einerseits sehnte er sich nach ihrer Berührung, andererseits hatte sich schon so lange niemand mehr um ihn kümmern müssen, dass er sich unwillkürlich dagegen sträubte. Mit einem süßen Lächeln legte sie den Kopf schräg und tunkte einen Waschlappen in die Schüssel. Ihm wurde mulmig und er ließ sich auf den Stuhl sinken.

Finlay wrang den Waschlappen aus und stellte sich zwischen seine Beine. »Du musst mir sagen, wenn es wehtut, okay?«

»Du kannst mir nicht wehtun.« Doch zugleich wusste er, dass das nicht stimmte. Hätte sie ihn heute Abend gehen lassen, hätte er gelitten wie ein Hund.

»Okay, du zäher Bursche.« Sie beugte sich vor und wusch sanft den Bereich um die Verletzung an seinem Arm. Ihr Blick zuckte kurz zu seinem Gesicht, dann zurück zur Wunde. Sie spülte den Lappen aus und fuhr vorsichtig mit der Reinigung der Schnittwunde fort. »Alles gut?«

Er nickte.

»Aber du bist total verspannt. Tue ich dir auch wirklich nicht weh? Der Schnitt ist ziemlich tief.«

»Ich spüre ihn gar nicht.«

»Und warum bist du dann so verkrampft?« Sie hielt inne und beäugte ihn. »Du hast die Fäuste geballt. Ist das Wasser zu warm?«

Bullet blickte auf seine Fäuste und öffnete sie. »Nein, aber du bist in diesen kurzen Shorts total heiß.« Er strich ihr mit der

Hand über den Oberschenkel. Ihre Haut war warm und weich und die perfekte Ablenkung.

Sie machte mit leisem Lächeln weiter und sah zwischendurch verstohlen auf seine Brust. »Was ist mit dir passiert?«

»Das habe ich dir doch schon erzählt. Es gab einen Unfall und ich musste diese Familie retten.«

»Nein, ich meine nicht den Unfall. Was ist mit *dir* passiert? Woher hast du die vielen Narben?« Sie legte den Waschlappen hin und tupfte seinen Arm mit einem Papiertuch trocken. Als er nicht antwortete, hakte sie nach: »Bullet?«

Er hob eine Schulter. »Militär eben.«

»Ach, Bullet …« Sie seufzte und ließ die Schultern hängen.

»Du willst das nicht hören, Finlay.« Er wich ihrem flehenden Blick aus.

»Doch«, entgegnete sie so ernst, dass er ihr wieder in die Augen sehen musste. »Ich will verstehen, was du durchgemacht hast. Warum fühlst du dich im Haus eingeengt? Woher soll ich wissen, was dich sonst noch stören könnte, und wie soll ich dir helfen, es zu überwinden? Wie kannst du es überhaupt überwinden, wenn du alles in dich hineinfrisst?«

Er presste die Hände auf die Oberschenkel und lenkte die ganze dunkle Energie dorthin.

Sie legte ihre zarten Hände auf seine. »Redest du überhaupt darüber?«

Er antwortete nicht und erkannte an ihrem Gesichtsausdruck, dass das auch nicht nötig war. Sie schloss die Finger um seine Hände.

»Hast du überhaupt schon mal darüber gesprochen?«

Er schluckte den sauren Geschmack herunter, der ihm die Kehle hinaufstieg. »Bones weiß eine ganze Menge, aber niemand braucht in allen Einzelheiten zu hören, was das da drüben für eine Hölle ist.«

»Wie lange warst du beim Militär?«, fragte sie vorsichtig.

»Zu lange und nicht lange genug.«

»Bullet«, flüsterte sie zum gefühlt hundertsten Mal. »Wie lange warst du im Einsatz?«

»Sieben Jahre.«

»Und über das Schlimmste hast du außer mit Bones mit niemandem gesprochen?«

»Finlay … Du willst das alles nicht wissen.«

»Was du alles gesehen haben musst. So viel Tod und Zerstörung, das wird dich bei lebendigem Leibe auffressen, wenn du es dir nicht von der Seele redest, oder etwa nicht?« Sie drückte seine Hände. »Du solltest mit jemandem darüber sprechen. Das muss nicht ich sein, aber du musst nicht weiter die Last der Welt auf deinen Schultern tragen.«

»Ich mache das verdammt gut.«

»Nein, das tust du nicht. Du hast es in meinem Haus nicht ausgehalten, Bullet. Ich weiß nicht, ob das am Schock wegen des Unfalls und allem, was da passiert ist, lag oder …« Sie besah sich die Narbe auf seiner Brust.

Die Narbe, die durch seine Albträume geisterte.

Er atmete geräuschvoll aus. »Was willst du von mir, Finlay? Was willst du hören?« Er drängte sich an ihr vorbei und marschierte über die Terrasse. »Dass ich manchmal diese Scheiß-Flashbacks habe? Dass ich mir unbesiegbar vorkomme, bis sie über mich hereinbrechen? Dass ich dann nur weg von allen will, damit ich niemandem das Leben ruiniere? Dass ich allein darauf konzentriert war, diese Kinder zu retten, und wusste, dass ich auch zu den Leuten in den anderen Fahrzeugen gelangen muss, bevor sie in Flammen aufgehen, die gellenden Schreie der Mutter mich aber zurück aufs Schlachtfeld versetzt haben? Dass ich mir halb gewünscht habe, der Unfall wäre auf der anderen Seite der Brücke passiert statt am Ende meiner gottverdammten Straße? Oder dass es mich meine ganze Kraft gekostet hat, wieder in dieses Auto zu klettern und die Leute in Sicherheit zu bringen, ohne völlig auszuflippen?« Er lief auf und ab und wurde unwillkürlich lauter. »Dass ich Angst hatte, ich könnte versagen und wegen meiner Aussetzer müsste jemand sterben?«

Sie ließ sich auf den Liegestuhl sinken, und erst da sah er, dass ihr Tränen über die Wangen liefen. Er stürzte zu ihr und sank auf die Knie. »Scheiße. Bitte entschuldige, Finlay. Ich wollte nicht brüllen und das alles an dir auslassen.«

Sie schloss die Augen und er nahm sie in die Arme. »Tut mir leid. Verdammt. Es tut mir so leid.«

»Das ist nicht deine Schuld«, stieß sie hervor. »Es ist der Krieg. Es ist …«

Sie konnte nicht weiterreden, weil sie so heftig schluchzte, und er drückte ihren Kopf an seine Brust. »Sch. Schon gut. Schon gut, Baby.«

»Nein, es ist *nicht* gut.«

»Ich hätte nichts sagen sollen. Du brauchst diese Dunkelheit nicht in deinem Leben.«

Sie löste sich von ihm und der Kummer in ihrem Blick war so greifbar wie die Gespenster in seinem Inneren.

»Die ist längst da. Vor einigen Jahren war ich mit einem Mann zusammen, der beim Militär war und in seinem zweiten Kriegseinsatz ums Leben kam. Es war schrecklich.«

Er zog sie wieder an sich. »Das tut mir leid. Ich wünschte, ich könnte dir deinen Kummer nehmen.«

»Das ist lange her. Jetzt tut es nur noch weh, wenn ich mir vorstelle, dass er da draußen allein war, als er starb.« Sie atmete zittrig durch. »Krieg ist scheiße.«

»Allerdings.«

»Aber du hast überlebt«, sagte sie sanft, richtete sich auf und wischte sich die Tränen von den Wangen. »Lass nicht zu, dass der Krieg dir noch mehr vom Leben raubt. Gibt es nichts, was du tun kannst, um die Flashbacks abzuwehren?«

»Bones hat mich einem seiner Kumpel vorgestellt, von dem ich ein paar Techniken gelernt habe, und sie helfen mir meistens, aber manchmal, wenn ich so wie heute Abend nicht auf Trigger gefasst bin, ist das, als ob ich auf eine Mine trete.«

»Als ich dich auf Trus und Gemmas Hochzeit sah, dachte ich, wir beide wären grundverschieden. Aber so sehr unterscheiden wir uns eigentlich gar nicht.«

Es ärgerte ihn gewaltig, dass die Gräuel des Krieges auch ihr Leben berührt hatten. »Wir sind verschieden, Lollipop. Du bist so kostbar wie ein seltener Edelstein.«

»Du wirst es vermutlich abstreiten, aber dasselbe kann man über dich sagen.«

Er zog die Augenbrauen hoch. »Ich wüsste nicht, dass schon mal jemand diese Worte im Zusammenhang mit mir benutzt hat.«

Sie lächelte und strich mit einem Finger über sein Schlüsselbein. »Das liegt daran, dass die meisten Personen nur den großen, bösen, tätowierten *Brutus* sehen, den einschüchternden Kerl, der niemanden an sich ranlässt. Ich wäre fast auch so eine gewesen.«

»Fast?«

»Als du bei der Trauung mit Lincoln an der Hand nach vorn gegangen bist, hat er zu dir aufgeschaut, als wärst du sein Ein und Alles, und ich weiß noch, wie ich dachte, dass kleine Kinder von Natur aus gute von schlechten Menschen unterscheiden können und das etwas bedeuten muss. Ich habe schon immer geglaubt, dass wir als Kinder ein ganz deutliches Gespür für so etwas haben, aber je älter wir werden und je mehr uns die Gesellschaft beeinflusst, desto schwammiger wird es.«

»Willst du damit sagen, dass du mich gar nicht für einen knallharten Typen gehalten hast, als du zum ersten Mal ins Whiskey's kamst, um dich mit Dixie zu treffen? Dann müsste ich nämlich an meinen Einschüchterungsskills arbeiten.«

»Oh nein, du warst definitiv knallhart. Aber trotzdem hatte ich irgendwie immer das Bild von dir und Lincoln bei der Hochzeit im Hinterkopf. Und da waren noch andere Momente, an die ich denken musste, zum Beispiel wie du mit Kennedy und dann mit deiner Mutter getanzt hast. Und wie dein Blick ständig über die Leute geschweift ist, als müsstest du dich vergewissern, dass all deine Hühner im Stall sind.«

»So ähnlich war es auch«, gab er zu.

»Sie können von Glück reden, dass sie dich haben, und ich glaube, ich auch.« Ihr Blick wanderte zu der klaffenden Wunde an seinem Bauch. »Wir sollten dich endlich verarzten. Ich habe die Wundsalbe und die Pflaster vergessen. Warte kurz.«

Sie stand auf und wandte sich zur Tür.

Ein warmes Gefühl der Dankbarkeit erfüllte ihn. Er hielt sie am Sweatshirt fest, damit sie nicht weggehen konnte. »Danke.«

»Wofür?«

»Dafür, dass es dich kümmert.«

Sie zog zuerst nur die Mundwinkel hoch, dann erreichte das Lächeln auch ihre schönen Augen. »Jeder, der dich kennt, würde garantiert das Gleiche tun, wenn du ihn nur ließest.« Sie drehte sich um und ging ins Haus.

Sie hatte ja keine Ahnung, wie sehr sie sich irrte. Als er das letzte Mal verarztet worden war, hatte er flach auf dem Rücken neben einem sterbenden Soldaten gelegen, zu einem dunklen Himmel hochgeschaut, der von Geschossen erhellt wurde, und war davon überzeugt gewesen, ebenfalls sterben zu müssen.

Er ließ sich auf einen Stuhl sinken, stützte die Ellbogen auf die Knie, vergrub das Gesicht in den Händen und zwang diese Erinnerungen wieder in den hintersten Winkel seines Verstands.

Acht

Bullet spürte Finlays Hand auf der Schulter, setzte sich auf und atmete tief ein und aus, während sie schweigend die Salbe auftrug und ein Pflaster auf die Wunde klebte.

»Fällt dir das schwer? Zuzulassen, dass ich mich um dich kümmere?«, fragte sie und wusch mit dem Lappen das getrocknete Blut von seinem Oberkörper.

»Ein bisschen.«

»Weil du der Beschützer bist?« Sie ließ ihm keine Zeit zum Antworten. »Heb das Kinn an. Du hast Blut am Hals.«

Sanft wischte sie ihm das Blut von den Armen, den Händen, der Brust und dem Bauch, und mit der Zeit fiel es Bullet leichter, sich zu entspannen. Ihre Berührung war Balsam für seine Seele, ihre liebevolle, fürsorgliche Art heilte die Wunden, die die heutigen Flashbacks geschlagen hatten.

»Wenn mein Dad erkältet oder krank war, hat er alles getan, um sich nicht ausruhen zu müssen«, erzählte sie und wusch den Lappen aus. »Und meine Mutter hat dann immer zu ihm gesagt, es gehöre mehr Stärke dazu, Hilfe anzunehmen, als dazu, jemandem zu helfen.« Sie sah Bullet in die Augen. »Ich denke, das gilt auch für Sie, Mr. Whiskey.«

»Im Moment fühle ich mich nicht besonders stark«,

murmelte er mehr an sich selbst als an Finlay gerichtet.

»Charakterstärke übertrumpft Muskelkraft. Das ist noch so ein Spruch meiner Mutter. Du besitzt beides, und was du heute Abend getan hast, beweist, wie stark du wirklich bist.«

Er zog sie näher zu sich heran und hätte sie gerne geküsst, aber er wollte nicht, dass sie glaubte, er würde ihre Freundlichkeit ausnutzen. »Stehst du deinen Eltern nahe?«

»Ja. Aber mein Vater ist vor ein paar Jahren gestorben. Mom ist danach zurück in ihre Heimat nach Montana gezogen. Sie bildete sich ein, meinen Vater in allem zu sehen, was ich nachvollziehen kann, denn ich spüre ihn auch manchmal um mich. Dann hat sie wieder geheiratet. Ich freue mich für sie, und es ist ja nicht so, als hätte sie Penny und mich verlassen. Sie brauchte einfach einen Neuanfang und hier ging das nicht.«

»Tut mir leid, dass du deinen Vater verloren hast.« Er strich ihr mit dem Daumen über die Wange. »Das muss schlimm gewesen sein.«

»Ja. Am meisten habe ich bedauert, dass ich damals in Boston gelebt habe. Er hat im Kraftwerk gearbeitet und es kam zu irgendeinem elektrischen Problem. Es wurde als Arbeitsunfall eingestuft. Wahrscheinlich war es reines Glück, dass nicht noch jemand verletzt wurde.«

Er zog sie in die Arme und wünschte, er hätte damals für sie da sein können. »Ist es denn okay für dich, wieder hier in der Stadt zu sein?«

»Ja. Ich wollte hier und in Pennys Nähe sein.« Sie löste sich von ihm, nahm den Lappen wieder zur Hand und wusch ihm weiter das Blut und den Schmutz ab, aber nun hatte sich ihre Technik verändert.

Jetzt nutzte sie nicht mehr nur eine Ecke des Lappens, sondern breitete ihn über ihrer Hand aus und wusch ihn mit langsamen, sinnlichen Bewegungen von Schulter zu Schulter, um die Hand dann mit einem verstohlenen Blick in sein Gesicht über seine Brust weiter nach unten wandern zu lassen. Ihre Lider wurden schwerer, und er wusste nicht, ob sie es merkte, aber sie kam ihm immer näher, bis sie kaum noch eine Handbreit trennte. Verlangen lag zwischen ihnen in der Luft und wurde mit jeder Bewegung stärker, aber in ihrem Gesicht las er, dass sie mit sich rang – möglicherweise wusste sie nicht, ob sie dem nachgeben oder es ignorieren sollte, da war er sich nicht sicher. Aber er konnte den Blick auch nicht von ihr abwenden. Und als er ihr die Hände auf die Hüften legte, biss sie sich auf die Unterlippe und kam ihm noch näher.

Nach dieser verräterischen Geste waren ihre Lippen nur noch ein Flüstern voneinander entfernt. Sie sahen sich tief in die Augen und die Sehnsucht vibrierte zwischen ihnen wie eine Trommel. Er wollte ihr sagen, dass es in Ordnung war. *Lass dich gehen. Gib dich mir hin.* Der Drang, sie zu *nehmen*, war stark, aber noch stärker war der Wunsch, diesmal alles richtig zu machen.

Sie fuhr sich mit der Zungenspitze über die Lippen und er mahlte mit dem Kiefer.

»Wir sollten ...« Wieder knabberte sie an der Unterlippe. »Ähm. Sehen wir uns die Verletzung an deinem Bauch doch mal an.«

Sie ging vor ihm in die Hocke, und heilige Mutter Gottes, der Anblick seines blonden Engels in dieser Position vertrieb sämtliche hässlichen Kriegserinnerungen und Flashbacks. *Diese* Methode hatten die Therapeuten ihm offensichtlich verschwiegen. Finlay Wilson zu begehren, war heilende Magie. Als sie ihm eine Hand auf den Bauch legte und sich mit der anderen auf seinem Oberschenkel abstützte, während sie die

Wunde untersuchte, biss er die Zähne noch fester aufeinander.

Sie kniff die Augen zusammen und verzog nachdenklich den Mund. »Darum müssen wir uns definitiv kümmern.«

Auf jeden Fall! Sie hatte keine Ahnung, wie schmutzig seine Gedanken sein konnten.

Finlay griff nach dem Waschlappen und Bullet nahm ihre Hand. Ihre Blicke begegneten sich und die Hitze zwischen ihnen nahm noch weiter zu. Finlays Augen wurden mitternachtsblau und er konnte ihre Halsschlagader heftig pulsieren sehen. Zum Teufel mit den Verletzungen. Er wollte den Mund auf diese Stelle pressen und ihre Pulsfrequenz noch weiter in die Höhe treiben.

Wieder leckte sie sich die Lippen. Da legte er die andere Hand an ihren Oberschenkel und zog sie näher an sich heran. Um sie herum schienen Funken zu sprühen, die Luft knisterte regelrecht, aber keiner von ihnen gab auch nur einen Ton von sich. Er kämpfte gegen das Bedürfnis, sie zu küssen, wollte diesen Höhenflug mit ihr ausdehnen, für immer vom Rest der Welt abgeschnitten bleiben.

Wortlos nahm sie den Waschlappen und reinigte behutsam seine Wunde. Die Energie zwischen ihnen änderte sich erneut und wurde noch intensiver, noch elektrisierender, so, als hätten ihre Geständnisse ein Band zwischen ihnen geschmiedet, einen ganz eigenen Impuls geschaffen. Jede Bewegung des Waschlappens über seine Haut ließ ihn etwas Neues wahrnehmen: ihren beschleunigten Atem, die verstohlenen Blicke, ihre Beine, die die Innenseiten seiner Oberschenkel streiften. Er wollte ihre Beine auf der nackten Haut spüren, ihre heißen, kleinen Hände, die seine zerrissene Seele heilten, überall auf seinem Körper haben.

»Okay«, flüsterte sie, legte den Lappen zur Seite und tupfte den Bereich mit einem Papierhandtuch trocken. In ihrem Gesicht spiegelte sich nichts als liebevolle Fürsorge wider.

Als sie nach der Salbe griff, strich er mit den Fingern über ihren Arm und ließ ihn vom Ellbogen bis zum Handgelenk wandern. Sie hielt dicht über der Salbe inne und nur ihr leiser Atem war noch zu hören. Er presste die Schenkel fester gegen ihre Beine und folgte mit der anderen Hand der Wölbung ihrer Hüfte. Zuerst versteifte sie sich, doch sie wandte den Blick nicht ab. Ein Wirbelwind der Gefühle tobte zwischen ihnen. Wortlos griff Finlay erneut nach der Salbe.

Bullet wünschte, sie würde die Initiative ergreifen, doch er wusste, dass das nicht ihre Art war. Sie glich eher einem verschreckten Kaninchen, das ein Stückchen aus seinem Bau kam, sich wieder zurückzog, erneut herauslugte und schnupperte, um sich zentimeterweise näher heranzuwagen, bis es ihm endlich vollständig vertraute.

Er verfolgte, wie sie Salbe auf die Wunde auftrug, und bewunderte sie aus so vielen verschiedenen Gründen. Sie war nicht wütend auf die Welt, weil sie ihr den Vater und den Mann genommen hatte, und sie errichtete auch keine Mauern um sich aus Angst, wieder verletzt zu werden.

»Wie machst du das?« Die Frage entfuhr ihm einfach so.

Sie nahm ein Pflaster. »Deine Wunden säubern?«

»Nein, Finlay. Wie hast du die Trauer hinter dir gelassen? Du bist immer so fröhlich.«

»Jetzt vielleicht. Aber damals? Ich habe viel geweint und meiner Freundin Izzy und Penny ein Ohr abgekaut. Ich habe so viel gekocht und gebacken, dass ich eine kleine Armee hätte versorgen können, und ich habe viel gebetet. Ich bin nicht religiös, aber ich dachte, wenn ich dem Universum positive, liebevolle Gedanken schicke, dann kommen sie irgendwie auch bei Aaron und Dad an. Und ich war bei Aarons Tod noch so jung, gerade mal einundzwanzig, und mein Vater ist zwei Jahre später gestorben. Die Zeit mag keine Wunden heilen, aber sie schafft Abstand. Ich bin dankbar, dass die beiden Teil meines Lebens waren.«

Sie legte das Pflaster wieder hin. »Ich traue mich nicht, es auf die Wunde zu kleben.«

Anscheinend war sie ebenso geschickt wie er darin, das Thema zu wechseln. Das konnte er verstehen. Manchmal reichte es einfach. Immer weiter darauf herumzureiten, brachte die Menschen auch nicht zurück.

»Es wird an deinen Haaren festkleben und höllisch wehtun, wenn du es abreißt.« Dann riss sie die Augen auf. »Ich könnte den Bereich um die Wunde rasieren.«

»Echte Männer rasieren sich nur für Tattoos und Blowjobs. Setz dich hierher.« Er deutete auf seinen Schoß.

»Na, na, na, Mr. Whiskey, werden wir jetzt etwa aufdringlich?«

Er hob sie auf seinen Schoß, legte sich ihre Beine um seine Hüften und strich mit beiden Händen über die Außenseite ihrer Oberschenkel. Sie errötete und das gefiel ihm. Die Frauen, mit denen er bisher zusammen gewesen war, waren nie rot geworden. Sie hatten sich auch nie echt angefühlt. Vielmehr waren sie nur ein Mittel zum Zweck gewesen, eine kleine Flucht, reine Entspannung, während Finlay ... Sie war die einzige Realität, der er nicht entfliehen wollte.

»Keine Sorge, Lollipop.« Er vergrub die Finger in ihrem Haar, zog sie näher an sich und flüsterte ihr direkt ins Ohr: »Du musst nicht auf die Knie gehen oder Rodeo reiten.« Er leckte über den Rand ihrer Ohrmuschel und entlockte ihr ein lustvolles Stöhnen. »Ich will dich nur schmecken, einen kleinen

Zuckerschock bekommen, der uns durch die Nacht trägt.«

Er drückte den Mund auf die empfindliche Stelle an ihrem Hals und saugte lustvoll daran. Finlay stieß ein sehr scharfes leises Keuchen aus und schnappte mehrmals nach Luft, als er ihren Hals weiter mit Küssen bedeckte.

»Du bist so süß, so perfekt, Lollipop, aber ich muss deinen Mund spüren.« Bei diesen Worten ermahnte er sich, es langsam angehen zu lassen, doch sie hauchte: »Ja«, und brachte seine Gedanken vollständig zum Schweigen.

Sie beugte sich zu ihm und presste ihre süße Mitte gegen seinen harten Schaft. Er schob eine Hand an ihrem Oberschenkel hinauf, und als sie sich heftiger an ihm rieb, ließ er die langen Finger in ihre Shorts gleiten. Sobald er Spitze ertastete, entfuhr ihm ein Stöhnen, und er umfing ihren verlockenden Hintern mit der anderen Hand. Er betastete, küsste, saugte und geriet in solche Ekstase, dass die reale Welt aufhörte zu existieren. Seine Hände waren überall zugleich, gefangen in der Spirale des Begehrens, einzig darauf aus, so viel wie möglich von ihr zu spüren. Er schob die Hände unter ihr Sweatshirt und streichelte ihre Brüste, die sich bei jedem ihrer schweren Atemzüge hoben und senkten. Ihr Stöhnen und Wimmern brachte ihn um den Verstand. Er bewegte die Hüften und sie schob die Hände in sein Haar, rieb sich wilder an ihm, und ihre Küsse wurden leidenschaftlicher. Sie war zu viel, zu gut, zu *willig* und erfüllte ihn mit ihrer Süße.

Er löste sich von ihr, denn er musste ihr schönes Gesicht sehen, musste sich vergewissern, dass er sich ihre Begierde nicht einbildete, dass er nichts erzwang und nahm, sich nicht so sehr in seiner Lust verlor, dass er irgendwelche Signale übersah. Ihre Lippen waren leicht geschwollen, ihre Wangen gerötet und von seinem Bart zerkratzt. Das war wahrscheinlich nicht gerade nett von ihm, aber er genoss die Gewissheit, dass sie seinen Mund auch morgen noch auf sich spüren würde.

»Küss mich«, bat sie und beugte sich wieder zu ihm.

Der Kuss begann sanft und süß, doch innerhalb von Sekunden verschlangen sie einander gierig, nahmen und gaben gleichermaßen. Verlangende Geräusche entschlüpften ihnen, als hätten sie jahrelang auf diese Begegnung gewartet – ihm war, als hätte er sie sich ein Leben lang herbeigesehnt. Er widmete sich wieder ihrem Hals und genoss es, wie sie jedes Mal erbebte, wenn er über ihre Haut leckte.

»Ich muss dich ganz spüren, Fin.« Er stand mit ihr in seinen Armen auf, legte sie auf den Liegestuhl und sich auf sie.

Sie war so klein, so zierlich, was seinen Beschützerinstinkt aktivierte, denn er befürchtete, sich von seiner Lust mitreißen zu lassen. Er zwang sich zur Besonnenheit und legte sich neben sie. Dann sahen sie einander lächelnd an und küssten sich. Himmel, er wusste gar nicht mehr, wann er beim Küssen das letzte Mal gelächelt hatte. Oder wann ihn das überhaupt interessiert hatte.

Bullet strich über ihr Bein und ihm kamen die Worte einfach so über die Lippen. »Ich liebe deine Beine. Deine weiche Haut.«

Er legte ihr angewinkeltes Bein auf seines, sodass ihr Knie auf seiner Hüfte ruhte. Oh ja, das fühlte sich gut an! All ihre Weichheit wurde so an ihn gedrückt. Sie bog den Rücken durch, rieb sich an seiner Härte, und er drehte sie auf den Rücken und sah ihr in die Augen, war völlig überwältigt von dem Vertrauen und der Zuneigung, die er darin sah – und die allein *ihm* galten.

Er wollte der Mann sein, auf den sie zählte, und dieses Vertrauen jetzt und für alle Zeit in ihren Augen sehen. Er wollte der Mann sein, der für sie da war, wenn es ihr schlecht ging und wenn sie sich freute. Und er hatte so das Gefühl, dass Finlays Leben voller Freude sein würde, denn sie suhlte sich nicht im Unglück und ließ sich nicht von den dunklen Seiten des Lebens überwältigen. Sie war offen und fürsorglich, und ihr Vertrauen überwältigte ihn beinahe. Bullet wusste alles über Vertrauen. Es war die Grundlage seines Wesens. Seine Kampfgefährten hatten unerschütterliches Vertrauen zueinander gehabt und für die Clubmitglieder und seine blutsverwandte Familie war es so wichtig wie die Luft zum Atmen. Er wollte genau dasselbe auch mit Finlay haben und spürte deutlich, dass sie dafür soeben den Grundstein legten.

»Sag mir, wenn ich aufhören soll, Fin, und ich ziehe mich sofort zurück. An diesem Abend bestimmst allein du.«

Sie hob den Kopf und presste die Lippen auf seinen Mund. »Ich will nicht, dass du aufhörst, und ich will nicht bestimmen. Ich möchte das mit dir teilen.« Ihre ernste und aufrichtige Stimme entfesselte sein Begehren vollends.

Er erforschte ihre Kurven, während sie sich küssten, als hätten sie ihr Leben lang aufeinander gewartet und mussten diese Gelegenheit ausnutzen, weil sie möglicherweise keine weitere bekamen. Sie bog stöhnend den Rücken durch und presste den ganzen Körper an ihn. Er schob eine Hand ihr Bein hinauf, in ihre Shorts und ihren Slip und suchte ihre feuchte Hitze. Sie zog das Knie an und bewegte es zur Seite, damit er ihre seidige Haut besser liebkosen konnte. In seiner Brust wallten überwältigende Gefühle auf, als er auf diese Weise spürte, wie sehr sie ihn begehrte. Sie war so feucht, so unglaublich warm und süß. Er drang mit den Fingern in sie ein und brachte sie zärtlich bis kurz vor den Höhepunkt, während er sie leidenschaftlich küsste.

Dann krümmte er einen Finger und sie ließ den Kopf mit

einem langen, hingebungsvollen Stöhnen nach hinten fallen. Als sie ihm das Becken entgegenreckte, zog er ihr Sweatshirt hoch, hakte ihren BH auf und befreite ihre prachtvollen Brüste aus der Spitze. Verstohlen betrachtete er ihre geschlossenen Augen und ihre gerötete Haut und nahm sich vor, diesen Anblick nie zu vergessen, ebenso wenig wie diese Nähe und Offenheit. Sanft fuhr er mit der Zunge wieder und wieder über ihre Brustwarze, woraufhin sie das Becken vorstieß und immer flacher und begieriger atmete. Sie umklammerte seine Schultern und bohrte ihm die Nägel in die Haut, und ihm ging durch den Kopf, dass er diese Kratzspuren mit Stolz tragen würde.

Als er den Mund auf ihre Brust drückte und daran saugte, schrie sie auf. »Ja! Das ist gut!« Sie hob das Becken immer weiter, und als er fester saugte, bog sie den Rücken durch und schrie noch einmal auf, während ihre Mitte pulsierte und sich um seine Finger zusammenzog.

»So ist es gut, Baby! Himmel, du bist so wunderschön!«

Er eroberte abermals ihren Mund, ließ den Daumen um ihre empfindlichste Stelle kreisen und zog ihren Orgasmus genüsslich in die Länge. Sie wimmerte und keuchte in seinen Mund. Als sie gleich noch einmal kam und zuckend neben ihm lag, stieß sie seinen Namen wieder und wieder hervor, zuerst laut und verlangend, bis schließlich nur noch ein Flüstern über ihre Lippen kam. Erst als sie am ganzen Körper zitternd in sich zusammensank, ließ er von ihr ab.

Er zog sie an sich und küsste jedes Fleckchen Haut, an das er herankam.

»Bullet«, stieß sie keuchend hervor. »Grundgütiger. Du bist ein Geschenk des Himmels.«

»Eher des Teufels. Mir gehen gerade sehr sündige Sachen durch den Kopf, Lollipop.« Er küsste sie. Oh, wie er ihren

Mund liebte.

Für einen Augenblick löste er sich von ihr, um ihr schönes Gesicht zu betrachten, dann kehrte er wieder zu ihrem köstlichen Mund zurück und widmete sich ihm ausgiebig. Er küsste sie innig und tief, stieß immer wieder mit der Zunge in ihren Mund, so wie er es am liebsten auch mit einem anderen Körperteil tun wollte. Dabei legte er ihr die Hände an die Wangen, damit er spüren konnte, wie sich ihre Zungen in ihrem Mund umgarnten. Weitere sündige Laute drangen über ihre Lippen. Küssend wanderte er an ihrem Körper herunter und hielt an den Brüsten inne, um sie genüsslich mit den Händen und dem Mund zu liebkosen. Dann wischte er mit den feuchten Fingern über ihre Brustwarzen und leckte sie quälend langsam, um zum ersten Mal ihren Geschmack zu kosten.

»Bullet ...«, stieß sie verzweifelt hervor.

Großer Gott, sie war noch sein Untergang. Sie hatte die Augen geschlossen und atmete ganz flach. Das zerzauste Haar hing ihr ins süße Gesicht. Sie war das schönste Geschöpf, das er je gesehen hatte, so rein, liebenswürdig, und vielleicht eine der stärksten Frauen, denen er je begegnet war. Am liebsten hätte er sich nie von der Stelle gerührt und sie bis zum Morgengrauen geliebt.

Aber das war nicht möglich, deshalb sagte er: »Mach die Augen auf, Süße.«

Finlay schlug die Augen auf. Ihr Körper prickelte noch immer von Kopf bis Fuß. Bullet betrachtete sie mit gequälter, aber zugleich auch irgendwie befriedigter Miene. Er fuhr mit der

Zunge über ihre Unterlippe und ließ es sofort wieder bleiben, als wäre er sich nicht sicher, ob das klug gewesen war. Ihr entfuhr ein gieriger Laut, den sie nicht unterdrücken konnte. Noch nie im Leben war sie so begierig gewesen, aber Bullet strahlte eine Energie, eine Lust aus und erfüllte damit die Leere in ihr. Er war so wild, intensiv und meistens so verschlossen, aber wenn er sich öffnete, kam ein warmherziger und leidenschaftlicher Mensch zum Vorschein. In dieser Nacht hatte er ihr einen Einblick in seine komplexe Psyche gewährt und die Verbindung zwischen ihnen über das rein Körperliche hinaus vertieft. Sie zweifelte nicht daran, dass er ihr eine Seite von sich gezeigt hatte, die lange eisern verschlossen gewesen war. Und je mehr sie über ihn erfuhr, je mehr Seiten sie an ihm entdeckte, desto vielschichtiger und realer wurde er.

Er legte ihr die Hände an die Wangen und sah ihr tief in die Augen. »Hi, meine Schöne.«

»Hi.«

»Wir nähern uns der Stunde, in der sich die Männer in Werwölfe verwandeln.«

»Du willst jetzt gehen? Direkt, nachdem wir …« Ein mulmiges Gefühl machte sich in ihrem Bauch bemerkbar.

»Im Leben nicht«, unterbrach er sie, und in seiner rauen Stimme schwang so viel Gefühl mit, dass sie beruhigt war.

Er küsste sie auf den Hals, hakte vorsichtig ihren BH zu und zog ihr Sweatshirt herunter, was so unerwartet süß war, dass es sich intim und sehr besonders anfühlte. Dann nahm er sie in seine starken Arme und sie kuschelte sich an ihn. Sie fühlte sich völlig sicher und geborgen, obwohl sie nicht die geringste Ahnung hatte, wohin die Reise für sie beide gehen würde oder was eine Nacht wie diese für einen Mann wie ihn bedeutete. Zum ersten Mal seit der Beziehung mit Aaron schlug ihr Herz noch für etwas anderes als für ihre Arbeit, und es fühlte sich zu gut an, um zu analysieren, was das zu bedeuten hatte.

Er hob ihr Kinn an und küsste sie. »Ich muss bloß die Bremse anziehen, damit eine gewisse Sache *nicht* passiert.«

»Ich wusste gar nicht, dass man beim Rodeo abbremsen kann«, neckte sie ihn.

»Damit wären wir dann schon zwei«, murmelte er.

Unbehagen stieg in ihr auf. »Heißt das, du hörst sonst nie auf, ohne bis zum Äußersten zu gehen?«

Er drückte ihr einen Kuss auf den Scheitel, antwortete aber nicht. Sie lehnte sich nach hinten, damit sie ihm ins Gesicht blicken konnte, und war nicht überrascht, seine übliche ernste Miene vor sich zu haben. Die, mit der er sie – und alle anderen – aufforderte, ihn in Ruhe zu lassen. Aber sie waren gerade so weit gegangen, wie sie es seit einer gefühlten Ewigkeit mit keinem anderen Mann getan hatte, daher fiel es Finlay schwer, nicht weiter in ihn zu dringen.

»Ernsthaft?«

Er setzte sich auf. »Das willst du nicht wissen, Finlay.«

»Ich sollte es nicht wissen wollen, aber ich tu's trotzdem.«

»Warum willst du dir das antun? Wieso kümmert es dich, was ich mit anderen gemacht habe, wenn ich bei dir nicht so bin?« Er stand auf und lief auf und ab, wobei seine schweren Schritte auf der Terrasse widerhallten und seine hünenhafte Gestalt in der Dunkelheit aufragte.

Finlay erhob sich ebenfalls. In ihrem Kopf überschlugen sich die Gedanken. Ihr Verstand sagte ihr, dass es keine Rolle spielen dürfte, was er mit anderen tat. Sie waren nicht einmal ein Paar. Aber sie wollte es wissen. Sie musste es wissen, musste ihn verstehen.

»Das weiß ich nicht«, gestand sie. »Ich habe das Gefühl, dass ich verstehen sollte, wie du sonst bist, damit ich weiß, ob du dich mir gegenüber anders verhältst. Immerhin hast du aufgehört, also ist es für dich offensichtlich vollkommen anders als sonst, oder? Wenn du so viele Frauen hast – schützt du dich denn auch?«

»Ich mache es nicht ohne Gummi und ich habe mir noch nie irgendwas eingefangen«, entgegnete er wie aus der Pistole geschossen. »Es gibt da eine Handvoll Frauen, die ich vögele, wenn ich es brauche. Sie sind sauber. Sie kennen mich. Und es ist ihnen egal, wenn ich hinterher gehe.« Genervt warf er die Arme in die Luft. »Was willst du sonst noch wissen? Ich ziehe mich dafür nicht mal ganz aus. Es ist mir sogar völlig egal, ob sie kommen. Die ganze Sache verläuft schnell und schmutzig.« Er sah sie an und verkrampfte die Kiefermuskeln. »Es ist nicht wie mit dir. Nichts in meinem Leben war jemals so, wie es mit dir ist. Nicht mal annähernd.«

Finlay verschränkte die Arme, ließ sich wieder auf den Liegestuhl sinken und versuchte zu begreifen, wie sie sich derartig zu einem Mann hingezogen fühlen konnte, der so etwas sagte, geschweige denn tat. *Eine Handvoll Frauen? Schnell und schmutzig?* »Dann benutzt du sie?«

Er blieb stehen, steckte die Hände in die Taschen und zuckte mit den Achseln. »Wir benutzen uns gegenseitig.«

Dann atmete er langsam aus und beobachtete, wie sie das aufnahm. Er kniete sich vor sie und seine Miene wurde sanfter. »Nichts an mir entspricht der Art von Mann, die du dir für dich vorstellst, Finlay. Darüber haben wir doch schon gesprochen.«

»Ich weiß, aber wenn ich bei dir bin, wäre ich nirgendwo sonst lieber. Aber es ist eine Sache zu glauben, dass du so unterwegs bist, und eine ganz andere, die Bestätigung dafür zu bekommen. Ich will kein One-Night-Stand sein oder eine von den Frauen, die du nur benutzt.«

»Sag nicht so was!« Zornig kniff er die Augen zusammen. »Das würde ich dir niemals antun. Ich habe aufgehört, anstatt weiterzumachen. Sagt dir das nicht alles, was du wissen musst? Meinst du, ich wäre stolz darauf, dass ich keine normale Beziehung führen kann? Dass ich aus Angst vor Albträumen nicht ohne meinen Hund neben mir schlafen kann? Dass es mich meine ganze Kraft gekostet hat, nicht einfach wegzufahren, sondern zu dir rüberzukommen, um mich zu entschuldigen?«

»Du kannst nicht ohne Tinkerbell schlafen?« Es zerriss ihr förmlich das Herz.

»Tink kann auch nicht ohne mich schlafen. Sie wird winselnd am Fenster kratzen, bis ich nach Hause komme.« Er lachte schnaubend auf. »Sie hat noch nie allein geschlafen, seit sie bei mir ist. Irgendein Unmensch hat sie mit einer Ladung Müll auf die Straße gekippt und da habe ich sie gefunden. Sie steckte in einem grünen Müllsack, war klapperdürr und zu Tode verängstigt. Ich habe sie direkt zu meinem Kumpel gebracht, der Tierarzt und auch Clubmitglied ist, und es hat Wochen gedauert, bis sie wieder auf den Beinen war. Seitdem ist sie an meiner Seite. Sie versteht mich. Wenn ich ganz selten wieder mal einen Albtraum habe, weckt sie mich, bevor es mich zu tief runterzieht.«

Finlays Liebe zu Bullet und seiner Hündin nahm immer weiter zu. Da war es ja kein Wunder, dass er sie nicht allein lassen wollte.

»Wir sind beide völlig kaputt«, sagte er, »aber es funktioniert. Ich brauche sie und sie braucht mich.« Die Zuneigung in seinem Blick war fast greifbar.

»Und du hast ernsthaft in Erwägung gezogen, gar nicht

mehr vorbeizukommen? Mich einfach sitzen zu lassen?«

Er nahm ihre Hand und sein Blick war ebenso entschuldigend wie aufrichtig. »Ich habe überlegt, es dir zu ersparen, einen Mann wie mich in deinem Leben zu haben. Ich hatte kurz zuvor ein paar üble Flashbacks. Dieser Anblick heute Abend hat allen möglichen Scheiß an die Oberfläche geholt. Jeder hat Altlasten, Finlay, und ich weiß, dass ich eine ganze Wagenladung davon habe. Mir ist vollkommen klar, was ich bin, und ich schäme mich nicht dafür. Ich bin ein Überlebender. Mein Leben ist so, wie es sein muss, damit ich durch den Tag komme. Ich bin gut darin, andere zu beschützen. Aber hierin« – er hob ihre verschränkten Hände – »bin ich ein Loser. Schon als Junge hatte ich keine Dates. Ich habe einem Mädchen zugenickt und dann sind wir in die Kiste gehüpft. Etwas anderes kannte und wollte ich nicht. Und dann bist du wie eine Sternschnuppe vom Nachthimmel in mein Leben gekommen, und alles, was ich wollte, war, dich aufzufangen.«

Seine Aufrichtigkeit glich einer Droge, die seinem Bekenntnis die Schärfe nahm. »Am Anfang war es rein körperlich«, rief sie ihm in Erinnerung.

»Auf jeden Fall. Du bist traumhaft schön.«

»Und wenn ich die Einladung zum Rodeo-Ritt angenommen hätte, wär's das gewesen?« Diese Vorstellung bedrückte sie.

»Das werden wir nie mit Sicherheit wissen, aber ich glaube nicht eine Sekunde lang, dass ich dich gevö… dass ich das durchgezogen oder dich danach gehen lassen hätte. Jedenfalls nicht, wenn wir uns auch nur zehn Minuten lang richtig unterhalten hätten. Du bist einfach was Besonderes. Es besteht ein Unterschied zwischen überleben und leben, hast du gesagt, und da hast du recht. Das erkennt man allein daran, wie du bist und wie du lebst. Wenn ich bei dir bin, geht es mir gleich viel besser, denn du öffnest mir die Augen und weckst meine Gefühle. Weil du nun einmal so bist und weil ich deiner würdig sein will, habe ich dir Blumen aus meinem Garten mitgebracht, vor unserem Date geduscht und mich rasiert ...«

Sie musterte seinen Bart. »Du hast dich rasiert?«

Er senkte den Blick auf seinen Schritt.

»Grundgütiger. Du hast wirklich geglaubt, wir würden miteinander schlafen!« Doch zugleich erkannte sie, dass sie schon seit einiger Zeit wissen wollte, wie er wohl im Bett war.

»Ich kann mich nicht erinnern, gesagt zu haben, dass echte Männer sich rasieren, bevor sie mit einer Frau schlafen.«

Sie schnappte nach Luft. »Du hast gedacht, ich würde ... beim ersten Date? Gut, ich habe zugelassen, dass du mich anfasst, und das habe ich noch nie bei einem ersten Date getan, aber ich hätte nicht ...« *Oder doch? Großer Gott! Womöglich hätte ich es tatsächlich getan.*

Er zog die Augenbrauen hoch und sie mussten beide lachen.

»Das, was zwischen uns ist, ist eindeutig neu für uns beide«, erkannte er mit einem Hoffnungsschimmer in den Augen. »Ich hab dich gerade erst gefunden, Finlay. Bitte lass dich von meinem kaputten Leben nicht abschrecken. Zum ersten Mal seit sehr, sehr langer Zeit möchte ich nicht nur überleben. Ich möchte *leben*.«

»Bullet.« Sie war ein bisschen atemlos und versuchte, nicht völlig dahinzuschmelzen. »Ich habe auch nicht richtig gelebt. Es wirkt vermutlich anders, aber ich bin nicht nur wieder hergezogen, weil ich Penny vermisst habe. Ich bin zurückgekommen, weil ich einsam war. Nach Aarons Tod habe ich versucht, wieder etwas für einen Mann zu empfinden. Ich war ein paarmal mit Männern aus und wollte auch mit ihnen intim werden, aber ich war innerlich zu zerbrochen, um etwas zu empfinden, selbst letzten Winter noch. Ich bin zurückgekommen, weil ich geglaubt habe, ich könnte vielleicht nie wieder einen Mann lieben oder von einem geliebt werden. Aber immerhin habe ich noch Penny, und die Liebe zwischen Schwestern ist besser als gar keine.«

»Das tut mir so leid. Du bist zu süß, um für immer allein zu bleiben.«

»Aber heute Nacht habe ich etwas empfunden«, gestand sie ihm. »Eine Menge. So viel, dass es ein bisschen beängstigend ist.«

»Du musst keine Angst haben. Sei einfach bei mir. Gib uns eine Chance.«

Das wollte sie nun mehr denn je, obwohl sie wirklich sehr verschieden waren. Nie zuvor hatte sie einen Mann getroffen, der so ehrlich oder so selbstlos war, aber unterm Strich erwartete sie ein gewisses Maß an Respekt. Sie nahm ihren ganzen Mut zusammen und hüllte sich wie in einen Umhang darin ein. »Das kann ich nicht tun, wenn du dich mit anderen Frauen triffst. Ich will dich nicht teilen. Andere zu beschützen, ist eine Sache, aber mit ihnen zu schlafen, kommt einfach nicht in Frage.«

»Ich werde dich nicht teilen«, erklärte er mit diesem fordernden Tonfall, den sie aus irgendeinem verrückten Grund so mochte. »Und ich würde niemals erwarten, dass du mich teilst.«

»Dann ist ja gut.«

Erleichtert stieß er ein lang gezogenes »Ah, Lollipop« aus, zog sie auf seinen Schoß und küsste sie, bis sie keine Luft mehr bekam.

»Morgen«, murmelte er mit den Lippen an ihrem Hals, »mache ich den heutigen Abend wieder gut und führe dich richtig aus.«

»Wirklich?« Sie konnte es nicht erwarten, ihn wiederzusehen.

»Was hast du tagsüber vor? Ich muss um vier arbeiten und will vormittags im Krankenhaus vorbeischauen und sehen, wie es den Beckleys geht, aber hinterher könnte ich dich abholen.«

Seine Rücksichtnahme ging ihr zu Herzen. »Wie wär's, wenn du mich vormittags abholst, und ich komme mit? Ich muss die Elektrogeräte für die Bar bestellen und wollte auch ein bisschen an der Speisekarte arbeiten, aber das kann ich nach vier machen, wenn du hinter dem Tresen stehen musst. Vielleicht bringe ich auch ein bisschen was von dem mit, was ich heute Abend gebacken habe. Die Kekse sind bei euren Gästen gut angekommen.«

»Das hat mir gerade noch gefehlt, dass noch mehr Kerle wegen deiner Köstlichkeiten ausflippen.« Er stöhnte und grinste zwar dabei, aber sie war sich ziemlich sicher, dass er keinen Witz machte. Dann wurde sein Tonfall wieder ernst. »Aber du brauchst bei dieser traurigen Sache im Krankenhaus nicht dabei zu sein. Ich komme hinterher vorbei.«

Sie schlang ihm die Arme um den Hals. »Lassen Sie mich Ihnen eine kleine Lektion in Sachen Beziehung erteilen, Mr. Whiskey. Es ist in Ordnung, Menschen, denen man wichtig ist, zu erlauben, für einen da zu sein. So funktioniert das mit Zweierbeziehungen. Es mag ja sein, dass du mich da nicht brauchst, aber wenn du mich lässt, wäre ich trotzdem gern dabei. Nur für den Fall, dass du in den Arm genommen werden möchtest, denn sogar große, toughe Beschützer brauchen das manchmal.«

»Was ist, wenn ich geküsst werden möchte?« Seine Augen loderten und er drückte die Lippen auf ihren Hals.

Sie erschauerte. »Hm. Das ließe sich arrangieren.«

»Und berührt?« Er knabberte an ihrem Kinn.

»Vielleicht hinterher«, entgegnete sie kokett.

Er fuhr federleicht mit den Lippen über ihre. »Aha, du willst mir also doch an die Wäsche.«

Neun

Zum zweiten Mal in nicht einmal vierundzwanzig Stunden saß Bullet mit einem Strauß Blumen aus seinem Garten in seinem Wagen vor Finlays Haus. Nur hätte ihn diesmal nichts auf der ganzen Welt dazu bringen können, einfach wieder zu fahren. Und sicherheitshalber hatte er letzte Nacht noch Bones angerufen, um über die Flashbacks zu reden, die durch den Unfall ausgelöst worden waren. Bones hatte ihm all das in Erinnerung gerufen, was er von seinem Kumpel, dem Therapeuten, gelernt hatte. Als Bullet nun den Motor ausstellte, telefonierte er wieder mit seinem jüngeren Bruder. Bones hatte ihn angerufen, um sich zu vergewissern, dass alles im grünen Bereich war.

»Alles gut, Kumpel. Entschuldige, dass ich dich heute Nacht zu so einer verrückten Zeit angerufen habe.«

Bones war fünfzehn Monate jünger als Bullet, und auf den ersten Blick waren die beiden so verschieden, wie es Brüder nur sein konnten. Bones war nicht nur Akademiker mit gepflegter Erscheinung – im Gegensatz zu dem immer ein bisschen abgerissenen Bullet – und bodenständigem Beruf, zudem hielt er seine Tätowierungen auch penibel vor den Augen seiner Patienten und Kollegen verborgen, indem er sie auf die

Schultern, den Oberkörper und den Bereich oberhalb der Knie beschränkte, während Bullets ganzer Körper Zeugnis ablegte von der Hölle, die er durchlebt hatte. Aber so verschieden sie auch in Aussehen und Verhalten waren, die Überzeugungen und Grundsätze, an denen sie ihr Leben ausrichteten, waren dieselben.

»Kein Problem«, erwiderte Bones. »Ich war gerade erst von einer Party draußen in Pleasant Hill nach Hause gekommen. Letzte Nacht hast du gesagt, du willst nicht über Finlay reden, aber Bullet, wenn du mit ihr zusammen sein willst, dann musst du sie über deine Vergangenheit aufklären.«

»Sie weiß schon mehr als du«, bekannte Bullet.

»Sag mir einfach, wenn ich die Klappe halten soll, aber das kannst du mir nicht weismachen. Vergiss nicht, mit wem du gerade redest.«

Bullet schaute zu Finlays Haus hinüber und dachte beklommen an den Blick, mit dem sie seinen Oberkörper betrachtet hatte, und an den Schmerz und die Verwirrung in ihrer Stimme, nachdem er ihr von seinen Frauengeschichten erzählt hatte. »Es stimmt aber, Mann. Ich habe keine Ahnung, was mich dazu bewogen hat, ihr von meinen ganzen Macken zu erzählen, aber sie ist nicht schreiend davongelaufen und sie hat mich auch nicht zum Teufel gejagt.«

Bones schwieg einen Herzschlag zu lange.

»Spuck's aus, Bones«, verlangte Bullet zornig. »Du glaubst, wenn ich sie heute abhole, hatte sie genug Zeit zum Nachdenken und wird mich abblitzen lassen?« Diese Befürchtung geisterte ihm auch schon im Kopf rum, seit er heute Morgen aufgestanden war.

»Nein, Mann. Ganz im Gegenteil. Du lässt sonst niemanden an dich ran. Ach, Bullet, du musstest dem Tod ins

Auge sehen, bevor du mich um Hilfe gebeten hast, und dem Rest der Familie hast du auch noch nicht die Wahrheit darüber gesagt, was es mit deiner Entlassung aus medizinischen Gründen wirklich auf sich hatte.«

Unbewusst rieb sich Bullet die Brust und die Seite, wo zahlreiche Narben an das Ende seiner militärischen Laufbahn erinnerten. »Worauf willst du hinaus?«

»Ich will darauf hinaus, dass du verdammt viel für Finlay übrighaben musst, wenn du sie an dich ranlässt. Du bist ein unglaublich kluger, fähiger, großherziger Mann, und es klingt ganz danach, als hättest du eine Frau gefunden, die diese Qualitäten genau wie wir in dir erkennt.«

»Das hört sich an, als wäre ich ein ziemliches Weichei.«

»Nein. Es hört sich vielmehr so an, als wärst du ein Mensch, und das kannst du nicht ertragen.« Lachend fügte Bones hinzu: »Wie willst du die Sache mit Tinks Schlafgewohnheiten angehen?«

Bei Bullets Heimkehr letzte Nacht war Tinkerbell völlig außer sich vor Freude gewesen, und er hatte mit ihr einen langen Spaziergang über sein Grundstück gemacht, während er mit Bones telefonierte. »Tink gehört genauso zu meinem Leben wie du. Daran wird sich nichts ändern.«

»Das ist keine Antwort.«

Bullet lachte auf. Er konnte sich immer darauf verlassen, dass sein kleiner Bruder ihn nicht mit ausweichenden Antworten davonkommen ließ. Aber dies war eine Frage, auf die Bullet vorbereitet war. »Na ja, Finlay weiß noch nichts davon, aber ich habe vor, sie heute Nachmittag mit zu mir nach Hause zu nehmen, damit sie Tink kennenlernt. Ich vermute, sie hat keine panische Angst vor Hunden, schließlich konnte sie im Truck sitzen und albern singen, obwohl Tink auf der Rückbank lag. Aber sie fürchtet sich eindeutig, und wenn ich mich mit etwas auskenne, dann damit, wie man sich behutsam an etwas gewöhnt, wovor man Angst hat.«

»Viel Glück damit. Vielleicht könnt ihr ja zusammen eine Therapie machen – du wegen deiner Flashbacks und Finlay wegen ihrer Angst vor Hunden.«

»Blödmann«, brummte Bullet lächelnd. »Dann machst du aber auch mit.«

»Weil …?«

»Weil du immer die Stadt verlässt, wenn du mal mit einer Frau schlafen willst.« Während Bullet eine ganze Reihe von Frauen an der Hand hatte, die er Tag und Nacht anrufen konnte, und es ihm egal war, wer davon wusste – jedenfalls bis jetzt –, ging Bones bei seinen amourösen Abenteuern sehr diskret vor. Als angesehener Onkologe musste er das auch tun, was Bullet natürlich wusste, aber das hielt ihn nicht davon ab, seinen Bruder damit aufzuziehen.

»Idiot.«

»Trottel.« Wieder blickte Bullet zum Haus hinüber und sah Finlay durchs Wohnzimmer gehen. »Ich muss Schluss machen, Bruder. Hab dich lieb.«

»Hab dich auch lieb, Bullet. Und übrigens, ich fand Finlay sehr sympathisch, als ich sie bei der Hochzeit kennengelernt habe, und Mom hat gesagt, die Männer in der Bar seien ganz verrückt nach ihr. Vergeig es nicht.«

»Herrgott…«

»Das war ein Scherz. Mom hat gesagt, die Leute würden gar nicht aufhören, davon zu schwärmen, wie umgänglich und fröhlich sie ist – und von ihren Keksen. Ich freue mich für dich, Bruder. Und jetzt gehe ich laufen.«

Auf dem Weg zur Haustür erhaschte Bullet durchs

Wohnzimmerfenster einen weiteren Blick auf Finlay, was ein ungewohntes Flattern in seiner Brust auslöste. Er erstarrte und fürchtete schon, sie wäre nach seinem Besuch bei ihr so kurz nach dem Unfall ebenfalls zu einer Art Trigger geworden. Dann atmete er tief durch. Finlay stellte gerade die Vase mit den Blumen, die er ihr gestern mitgebracht hatte, auf einen Beistelltisch. Dann drehte sie sich um. Ihre Blicke begegneten sich und das Flattern verwandelte sich in überwältigendes Begehren. Finlay schenkte ihm ein strahlendes Lächeln und eilte zur Tür, wobei ihr das kurze grüne Kleid um die Beine schwang. Sie trug braune Schnürboots, in denen ihre herrlichen Beine erstaunlicherweise noch besser zur Geltung kamen. Verflixt, dieses Lächeln und diese Beine würden ihn noch umbringen.

Die Tür flog auf und Zimtduft stieg ihm in die Nase. Ein mulmiges Gefühl beschlich ihn, denn sie hatte ihm ja erzählt, dass sie immer kochte und backte, wenn ihr etwas an die Nieren ging. Aber ihre Augen strahlten vor Freude, und seine ganze Welt wurde heller, als wäre die Sonne endlich hinter den Wolken hervorgekommen.

»Hi«, sagte sie fröhlich.

»Hey, Lollipop.« Er trat zu ihr, während sie sich auf die Zehenspitzen stellte und ihn begeistert mit einem Kuss empfing.

Sie schmeckte nach Zimt und Zucker und jeder Menge guter Laune, und all seine Sorgen, sie könnte doch schreiend davonlaufen, lösten sich in Luft auf. Am liebsten hätte er den Besuch im Krankenhaus vergessen, sie schnurstracks ins Schlafzimmer getragen und den Tag damit verbracht, ihren nackten Körper andächtig zu erkunden.

Als sie sich voneinander lösten, stellte er leise fest: »Vielleicht muss ich ab jetzt jeden Morgen bei dir vorbeikommen.« Er küsste sie noch einmal, diesmal inniger, langsamer und sinnlicher, bis sie einen dieser verträumten Seufzer ausstieß, die er so liebte.

»Weißt du was? Du hast mir gefehlt.« Als er merkte, was er da gesagt hatte, richtete er sich erschrocken auf.

»Ich habe dich auch vermisst«, gab sie mit einem scheuen Lächeln zu. »Aber du hattest dich in meinem Kopf festgesetzt und ich habe die ganze Nacht von dir geträumt.«

Da wurde ihm ganz warm und weich ums Herz. »Nackt, hoffe ich.«

»Nein!« Ihre Wangen röteten sich. »Vielleicht.«

»Das ist gut.« Er beugte sich zu ihr hinab und flüsterte ihr ins Ohr: »Hauptsache, du träumst in voller Größe von mir.«

»Bullet!«, hauchte sie. »Ich glaube fast, du bringst mich gern in Verlegenheit.«

»Es wird mir noch viel besser gefallen, dir diese Verlegenheit abzugewöhnen.« Sie erschauerte sichtlich und er reichte ihr die Blumen. »Für dich, meine Schöne.«

»Noch mehr Blumen? Sie sind wunderschön, danke. Hast du sie auch in deinem Garten gepflückt?«

»Mh-hm.«

»Wenn du mir jedes Mal Blumen mitbringst, ist dein Garten am Ende kahl.«

»Da mach dir mal keine Sorgen.« Er hatte mehr Beete, als er leerpflücken konnte. Die Gartenarbeit war in der ersten Zeit nach seiner Rückkehr eine Form der Therapie seiner schweren posttraumatischen Belastungsstörung gewesen.

Er folgte ihr in die Küche, wo sie für zwei gedeckt hatte, inklusive Stoffservietten, Eiswasser in Weingläsern und einem Krug Orangensaft, und stellte erleichtert fest, dass die Beklemmung der letzten Nacht verschwunden war. »Erwartest du noch jemanden?«

»Nur dich.« Sie tippte ihm an die Brust. Dann lehnte sie sich an die Arbeitsplatte und stellte sich auf die Zehenspitzen, um eine Vase aus dem obersten Regal eines Küchenschranks zu holen.

Er half ihr, doch dabei streifte er sie, und sofort sprang der Finlay-Radar-Detektor in seiner Hose an. Finlay schnappte hörbar nach Luft, gerade laut genug, um sein Herz schneller schlagen zu lassen.

»Du hättest dir nicht solche Mühe machen müssen.« Er stellte die Vase auf die Arbeitsplatte.

Sie nahm die Vase, drehte sich aber nicht zu ihm um. »Das war keine Mühe. Du hattest einen anstrengenden Abend, und wir sind uns so nahegekommen, da wollte ich etwas Besonderes für dich machen.«

An ihrer zittrigen Stimme erkannte er ihre Erregung. Sie drehte den Wasserhahn auf, und er griff um sie herum und zog sie an sich, während er die Vase mit Wasser füllte und die Blumen hineinstellte. Dann drückte er ihr einen zärtlichen Kuss in den Nacken, aber diese Zärtlichkeit genügte ihm nicht, und so öffnete er die Lippen, damit er sie besser schmecken konnte. Er spürte, wie sie erschauerte, und drehte sie in seinen Armen um.

»Du bist schon etwas Besonderes.« Er streifte ihre Lippen mit seinen. »Du bist alles, was ich zum Frühstück brauche.«

»Bullet«, stieß sie atemlos hervor.

Er hob ihr Kinn an und küsste sie leidenschaftlich, rieb das Becken an ihrem Bauch und wusste, dass sie seine Härte deutlich spüren konnte. »Du sollst nicht denken, ich würde so was bei einem Besuch bei dir erwarten.«

»*So was* ist gut«, flüsterte sie.

»Himmel, Finlay, ich bekomme einfach nicht genug von dir.« Er hob sie auf die Arbeitsplatte, schob sich zwischen ihre Beine und eroberte so gierig ihren Mund, als wäre er kurz vor dem Verhungern.

Sie vergrub die Hände in seinem Haar und lenkte seine Lippen wieder nach unten zu ihrem Hals. Wie er es genoss, dass sie nicht zu schüchtern war, um ihm zu zeigen, was ihr gefiel. Er drückte den Mund auf ihre warme Haut und biss gerade so fest zu, dass er ihr einen lüsternen Laut entlockte, der ihn elektrisierte. Da zog er sie vor an die Kante der Arbeitsplatte, sodass sie die stahlharte Erektion in seiner Jeans spürte, und bewegte das Becken.

»Grundgütiger, Bullet«, stieß sie hervor und drückte ihn ihrerseits fest an sich.

»Wenn du meinen Namen ständig so aussprichst, werde ich nicht aufhören können, Baby.« Er schob die Hände unter ihren Seidenslip und umfasste ihren Po. »Du fühlst dich so verdammt gut an.«

»*Bullet, Bullet, Bullet*«, flüsterte sie gierig.

Er küsste sie leidenschaftlich, grob und fordernd. Sie bog den Rücken durch und …

Piep! Piep! Piep!

Bullet zuckte zusammen und sah sich panisch in der Küche um.

»Das ist der Timer am Backofen«, erklärte Finlay schnell. »Die *Sündhaft klebrigen Zimtschnecken* sind fertig.«

Er konnte einen kehligen Laut nicht unterdrücken und umfing abermals ihre Pobacken. »Ich kann dafür sorgen, dass bei dir auch so einiges sündhaft klebrig wird, Babe.«

Kichernd rutschte Finlay von der Arbeitsfläche, bevor der Timer erneut klingeln konnte.

»Deine Küsse schaffen das schon ganz von allein«, gab sie leise zu, zog einen Ofenhandschuh über und bückte sich, um ein Backblech aus dem Ofen zu holen.

Seine Hand wurde von der Rückseite ihres Oberschenkels angezogen wie Metall von einem Magneten. Er strich ihr das Haar über eine Schulter und küsste sie auf den Hals. »Himmel, Lollipop, du machst mich fertig.«

Immer noch mit dem Rücken zu ihm, zog sie den Ofenhandschuh aus, stützte sich mit beiden Händen an der Arbeitsplatte ab und drückte sich mit einem Seufzer gegen ihn. Er ließ die Hände auf die Vorderseiten ihrer Schenkel wandern und seine Finger schlichen sich hinauf zwischen ihre Beine. Doch dann stieg ihm warmer Zimtduft in die Nase, und als er die frisch gespülten Schüsseln und Messbecher betrachtete, die neben der Spüle trockneten, bekam er ein schlechtes Gewissen. Sie hatte sich solche Mühe gegeben, um etwas Besonderes für ihn zu backen, und er konnte an nichts anderes denken als daran, *sie* zum Frühstück zu vernaschen.

Er überließ dem Organ in seiner Brust die Führung und küsste sie auf die Wange. »Kann ich bei irgendwas helfen?«

Nach einem Frühstück, bei dem sie einander so viele heiße Küsse stahlen, dass Finlays *Sündhaft klebrige Zimtschnecken* durchaus feuergefährdet waren – und einem raschen, heimlichen Wechsel des Slips, was Finlay von nun an wohl häufiger einplanen musste, wenn Bullet in der Nähe war –, fuhren sie ins Krankenhaus, um nach den Beckleys zu sehen. Bullet zog sie auf der Sitzbank eng an sich, und sie dachte nicht im Traum daran, von ihm abzurücken. Sie hatte ihn in den wenigen Stunden, die sie getrennt gewesen waren, tatsächlich vermisst, was sie ebenso erschreckte wie erregte.

Nachdem Bullet sich verabschiedet hatte, war sie so aufgedreht gewesen, dass sie sämtliches Gebäck, auch ein Mitbringsel für Mrs. Beckley, in hübsche Schachteln verpackt hatte und erst gegen halb vier ins Bett gefallen war. Ihr war völlig schleierhaft, wie sie überhaupt hatte einschlafen können nach allem, was zwischen ihr und Bullet vorgefallen war und worüber sie gesprochen hatten. Aber irgendwie war sie doch eingedöst und hatte tief und fest geschlafen. Ihre Träume waren überaus erotisch gewesen. Zuerst hatte Bullet auf ihr gelegen und sich groß und tief in ihr bewegt, gleich darauf war sie auf den Knien gewesen und hatte ihn mit dem Mund verwöhnt. Finlay war erst mit vier Männern intim gewesen und für keinen davon war sie auf die Knie gegangen. Sie hatten stets in der Missionarsstellung miteinander geschlafen, was durchaus lustvoll für sie gewesen war. Abgesehen von diesem letzten Mal nach Aarons Tod, bei dem sie es überhaupt nicht genossen hatte. Auch mit Oralsex hatte sie ihre Erfahrungen, doch das war immer eher aus Pflichtgefühl denn aus Lust geschehen. Bullet hingegen begehrte sie nicht nur in ihren Träumen, sondern auch bei Tageslicht, wenn sie hellwach und er weit von ihr entfernt war, und umso mehr, wenn sie seine Lippen spürte.

Nachdem sie vor dem Krankenhaus geparkt hatten, legte er ihr einen Arm um die Taille und hob sie aus dem Wagen. Als sie an seinem Körper hinabglitt, um wieder auf eigenen Beinen zu stehen, wurde ihr ganz heiß. So etwas hatte sie noch nie erlebt, dass schon eine Berührung, ein Blick, ein einziger Kuss ihren Puls in die Höhe trieben und sie vor Verlangen erbeben ließen. Hätte er die Gedanken lesen können, die ihr beim ersten

Blick auf ihn an diesem Tag durch den Kopf geschwirrt waren, dann wären sie nie aus dem Haus gekommen. Bullet war ein unwiderstehlicher Leckerbissen und füllte seine Jeans auf eindrucksvolle Weise aus. Peinlicherweise waren Finlay sämtliche Wölbungen seines Körpers aufgefallen, von den muskulösen Schenkeln bis zu dem beeindruckenden Prachtstück in seiner Hose. Und seine Brust? Wie gern hätte sie die Zunge vom Bauchnabel bis hinauf zu den Brustwarzen wandern lassen – wobei sie eigentlich noch viel weiter unten anfangen wollte.

Und über seinen Bart müssen wir gar nicht erst reden. Das Kratzen bereitete ihr gleichzeitig Lust und Schmerz, was überaus verführerisch war, und sie konnte es kaum erwarten, ihn an ihren Schenkeln zu spüren.

Bullet musterte sie fragend. »Alles in Ordnung? Du warst eben völlig weggetreten.«

Ach herrje! »Ja, entschuldige, ich hab nur nachgedacht.« Wenn sie nicht sofort mit dem Fantasieren aufhörte, würde sie künftig auch in der Handtasche Unterwäsche zum Wechseln dabeihaben müssen!

»Kannst du das bitte nehmen?« Er reichte ihr die Schachtel mit ihrem Geschenk für Mrs. Beckley. »Ich hab auch ein paar Sachen dabei.«

Er ging um den Wagen herum und holte zwei riesige Teddybären hinter dem Beifahrersitz hervor, einen mit einer blauen und einen mit einer rosa Schleife um den Hals. Da verliebte sich Finlay gleich noch mehr in ihn.

Sie gingen zum Eingang. »Machst du dir Sorgen, dass du einen Flashback bekommen könntest, wenn du die Familie wiedersiehst?« Finlay hatte schon letzte Nacht danach fragen wollen, aber nachdem er ihr schon so viel anvertraut hatte, war sie besorgt gewesen, dadurch abermals dunkle Gedanken bei ihm auszulösen. Stattdessen hatte sie ein bisschen im Internet recherchiert, weil sie wissen wollte, ob es etwas gab, womit sie ihm helfen konnte, falls er je einen Flashback bekommen sollte, während sie zusammen waren.

Er blieb stehen und sein Blick verdüsterte sich. »Ich bin keine wandelnde Zeitbombe, Finlay.«

»Das behaupte ich ja gar nicht. Ich will nur vorbereitet sein, damit ich helfen kann, falls etwas passiert.«

Irgendein intensives Gefühl blitzte in seinen Augen auf. Es war kein Zorn, aber auch keine Freude.

»Komm her.« Er nahm sie in die Arme, wobei er sie zwischen den riesigen Plüschbären einquetschte, und sein Blick wurde zärtlich. »Das kommt nicht mehr so häufig vor. Vor dem Flashback gestern Abend hatte ich fast ein Jahr lang Ruhe. Es war eine Verkettung unglücklicher Umstände. Ich war gerade erst auf die Hauptstraße abgebogen. Es war dunkel und die Geräusche, die Gerüche, die Funken beim Zusammenstoß haben genau die richtigen Knöpfe gedrückt. Und dann fiel mir das Leck im Tank des einen Wagens auf und mich überkam Panik. Aber ich möchte nicht, dass du auch nur eine Sekunde lang denkst, ich könnte dich nicht beschützen. Egal, was um uns herum los ist.«

Ihr wurde klar, dass er ihre Sorge um ihn irgendwie missverstanden hatte. »Daran zweifle ich nicht. Du hast trotz deiner Flashbacks eine ganze Familie gerettet. Du bist der stärkste Mann, den ich je kennengelernt habe. Aber du darfst auch mal zulassen, dass jemand *dir* den Rücken stärkt. Nur vorsichtshalber. Wenn ich gestern Abend dabei gewesen wäre, hätte ich dir vielleicht irgendwie helfen können.«

Er schüttelte den Kopf. »Ich will nicht, dass du jemals in

eine so gefährliche Situation gerätst, und meine Familie steht immer und jederzeit hinter mir.«

Sie versuchte, sich nicht anmerken zu lassen, wie sehr seine Worte sie kränkten, was ihr offenbar nicht wirklich gelang, denn er drückte sie zwischen den beiden plüschigen Bären an sich. »Mit Familie meine ich die anderen Clubmitglieder und meine Brüder. Aber das sollte nicht heißen, dass du dich nicht um mich kümmern sollst. Das ist reiner Reflex.«

Sie atmete auf. »Du bist es nicht gewohnt, dass eine Frau sich um dich kümmert.«

»Abgesehen von Red und Dixie.«

»Tja, dann wird es Zeit, dass du ›Finlay‹ in diese Liste aufnimmst. Außerdem bin ich mir ziemlich sicher, dass du noch mehr Namen vergessen hast: Gemma, Crystal, Penny …«

»Jetzt lass mal die Kirche im Dorf«, unterbrach er sie streng und fügte in leichterem Tonfall hinzu: »Wie wär's, wenn ich erst mal daran arbeite, *dich* in die Liste aufzunehmen, und du hilfst mir, indem du mich küsst, bevor wir da reingehen und ich jeden Mann niederstarren muss, der dir nachschaut?«

Sie stellte sich auf die Zehenspitzen, spitzte die Lippen und wappnete sich für einen seiner dekadenten Küsse, die das Flattern in ihrem Bauch nur noch heftiger werden ließen – und so einen Kuss bekam sie dann auch.

Als sie das Krankenhaus betraten, straffte sich Bullet und sah sich um, als würde er Ausschau nach Anzeichen für irgendwelchen Ärger halten. Mehrere Personen drehten sich zu ihnen um. Einige starrten sie sogar regelrecht an, vor allem Bullet. Eine leise Stimme in Finlays Kopf fragte sich, ob das abschätzige oder faszinierte Blicke waren, vor allem die der Frauen. Sie war eifersüchtig, verspürte zugleich jedoch den Drang, ihn zu beschützen, und erwog, den Frauen einen verächtlichen Blick zuzuwerfen. Aber das war nicht ihre Art. Stattdessen schob Finlay stolz ihre Hand in seine, was Bullet eines seiner seltenen – und schönen – Lächeln entlockte.

»Du hast dich geirrt«, erklärte sie in der Fahrstuhlkabine. »Alle haben dich angesehen, nicht mich. Und zwar wirklich alle.«

Er zuckte mit den Achseln. »Ich falle immer auf, Babe. Das ist nicht weiter ungewöhnlich. Aber glaub mir, da waren auch ein paar Kerle, die dich taxiert haben. Ich habe das nur sehr schnell unterbunden.«

»Wenn das nicht ritterlich ist.« Sie strahlte ihn an. Da öffnete sich die Aufzugtür, und ein Arzt im weißen Kittel trat ein, der sich voll und ganz auf das Klemmbrett in seiner Hand konzentrierte.

»Hey, Bruderherz«, sagte Bullet.

Als der Mann überrascht den Kopf hob, begriff Finlay, dass es Bones war.

»Hey, Bullet.« Er musterte Finlay mit seinen dunklen Augen, während sie den Namen las, der auf die Tasche an seiner Brust gestickt war: Dr. Wayne Whiskey. »Freut mich, dich wiederzusehen, Finlay«, ergänzte er mit einem freundlichen Lächeln.

»Mich auch. Ich hab dich in dem Kittel und mit der Nase in deinen Unterlagen gar nicht erkannt.« Das letzte Mal hatte sie ihn vor ein paar Wochen in der Stadt gesehen, als sie Penny in der Eisdiele besucht hatte. Bullet, Bones und drei andere Männer auf Motorrädern hatten vor einem Geschäft ein Stück die Straße runter gehalten. Bones hatte ein schwarzes Muskelshirt getragen, bei dem man die Tätowierungen an Schultern und Rücken sah, und sein Haar war zerzaust gewesen, nicht wie jetzt ordentlich frisiert.

»Das passiert mir häufiger.« Er deutete mit dem Kinn auf die Bären in Bullets Händen. »Wollt ihr die Beckleys besuchen?«

Bullet nickte.

»Ich dachte mir schon, dass du vielleicht vorbeikommst. Ich habe heute Morgen nach ihnen gesehen. Sarah ist wirklich tapfer. Bradley, ihr Dreijähriger, erholt sich gut. Der Zustand von Lila, dem Baby, ist immer noch kritisch. Sie steht wegen ihrer Kopfverletzung unter Beobachtung. Und Sarahs Bruder Scott liegt noch auf der Intensivstation, aber die Prognose ist gut.« Der Aufzug hielt auf der nächsten Etage. Bones blieb in der Tür stehen. »Hast du die Zeitung von heute schon gesehen, Bullet?«

»Nein. Wieso?«

Bones grinste verschmitzt. »Das wirst du schon noch herausfinden. Wir sehen uns später. Finlay, unsere Mutter meinte, deine Kekse wären der Hit gewesen. Heb mir nächstes Mal welche auf, ja?« Er zwinkerte ihr zu.

Bullet starrte ihn bedrohlich an, während die Aufzugtüren wieder zugingen.

Auf der Kinderstation kam eine propere brünette Krankenschwester, die Ende fünfzig oder Anfang sechzig sein musste, hinter dem Empfang hervor, sobald sie sie bemerkte. »Na, wenn das nicht unser Lokalheld ist.«

Bullet drehte sich verwirrt um.

»Ach, komm schon, Bullet.« Die Frau trat zu ihm und umarmte ihn. »Deine Mama muss sehr stolz auf dich sein.«

»Ich hab nicht die geringste Ahnung, was du damit meinst, Cindy. Kannst du mir bitte einfach sagen, in welchem Zimmer der kleine Beckley liegt?«

»Du warst schon immer so bescheiden.« Cindy lächelte

Finlay an. »Aber wir kennen die Wahrheit, nicht wahr? Unser tapferer Soldat hat diese Familie gerettet.« Sie holte eine Zeitung hinter dem Tresen hervor und deutete auf die Schlagzeile. »Hier steht es schwarz auf weiß: *Lokalheld rettet Familie nach Dreifachzusammenstoß.*«

Beim Anblick des Unfallfotos drehte sich Finlay der Magen um und sie bekam weiche Knie. Sie musste sich an Bullets Arm festhalten. Ein Pick-up lag mit zerknautschter Schnauze auf der Seite, daneben ein dunkler Metallhaufen, den man fast schon nicht mehr als Fahrzeug erkennen konnte, der mit eingedrückter Seite und schiefen Rädern aufs Wagendach geschleudert worden war. An der Stelle, an der dieser in einen anderen Wagen verkeilt war, drang Rauch hervor. Finlay blickte zu dem tapferen Mann auf, der mit distanzierter, fast kalter Miene neben ihr stand, und vermutete, dass sie gerade einen seiner Bewältigungsmechanismen miterlebte.

Am liebsten hätte sie ihn in die Arme genommen und versucht, einen Zugang zu ihm zu finden, damit sie ihm helfen konnte, mit den Gefühlen fertigzuwerden, die ihn eindeutig von innen heraus auffraßen.

»In dem Artikel steht, du hast sie da rausgeholt, bevor der Wagen in Flammen aufging«, hob Cindy hervor. »Also nimm jetzt bitte die Heldenkrone an und trag sie voller Stolz.«

Bullet zuckte sichtlich zusammen. »Hör jetzt endlich auf damit, Cindy. Wo liegt der Junge?«

»Bullet«, tadelte Finlay ihn leise. Ihr war klar, dass er sich nur schützte, trotzdem war es ihr unangenehm, dass er so unhöflich zu dieser Frau war, die ihn offensichtlich sehr respektierte. Konnte er denn nicht einfach zugeben, dass er der Held war, den viele Menschen in ihm sahen? Würde es weitere Flashbacks auslösen oder wäre es eher heilsam, wenn er über das sprach, was er gesehen und erlebt hatte?

»Schon gut, Schätzchen«, meinte Cindy. »Hunde, die bellen, beißen nicht. Ich kenne Brandon, seit er ein altkluger kleiner Junge war. Seine Mutter und ich waren zusammen auf der Schwesternschule.« Sie deutete auf ein Patientenzimmer. »Bradley liegt in Zimmer 412. Die arme Mutter des Jungen rennt die ganze Zeit von einer Etage zur anderen. Ich befürchte, sie hat noch nicht mal etwas gegessen.«

»Danke, Cindy. Verbrenn die Zeitung, okay?« Er drückte Finlay einen der Stoffbären in den Rücken und schob sie durch den Flur.

»Bullet, du stehst in der Zeitung. Das ist eine große Sache. Jetzt ist auch klar, warum dich in der Eingangshalle so viele Leute angestarrt haben. Ich weiß, dass du das nicht gern hörst, aber du solltest stolz darauf sein, wie du diesen Leuten geholfen hast.«

»Die wollen nur ihre Zeitung verkaufen. Das ist doch alles totaler Quatsch. Hier geht es doch nicht um mich.« Als sie vor dem Zimmer standen, beäugte er sie kritisch.

»Ich finde trotzdem, dass es eine große Sache ist, und ich bin stolz auf dich.« Sie versuchte, ihn ein bisschen aufzuheitern. »*Brandon.*«

Mit finsterem Gesicht öffnete er die Tür.

Bradley Beckley schaute zu ihnen herüber, als sie eintraten. In dem Krankenbett mit dem weißen Bettzeug wirkte der kleine Junge noch winziger. Auf seiner linken Stirnseite prangte ein Verband und an seinem Hals waren mehrere Prellungen zu sehen. Seine Mutter Sarah saß auf der Bettkante und hielt einen Plastikdinosaurier in der Hand. Sie hatte langes rotblondes Haar, braune Augen, unter denen sich tiefe Ringe abzeichneten, und einen kleinen blauen Fleck auf einer Wange.

»Bullet«, sagte sie und stand langsam auf.

Erst da bemerkte Finlay, dass sie schwanger war. Sie ließ Bullets Arm los, als er ans Bett des süßen kleinen Jungen trat, der ihn offensichtlich wiedererkannte.

»Ich hoffe, es ist okay, dass ich einfach vorbeikomme, Sarah«, sagte er mit heiserer Stimme, womit er nur seine Gefühle verbergen wollte, was Finlay genau wusste. Er sah zu ihr rüber. »Das ist meine Freundin Finlay.«

Seine Freundin. Durfte man da einfach so dahinschmelzen, obwohl man von so viel Leid umgeben war? Sie schob diese zarten Gefühle vorerst beiseite.

Sarah lächelte sie mit Tränen in den Augen an. »Ich freue mich, dass Sie beide gekommen sind.«

»Ich kenne dich«, krächzte Bradley. »Du hast meine kleine Schwester und meinen Onkel gerettet.«

»Er hat uns alle gerettet«, sagte Sarah.

Bullets Blick glitt über den Jungen hinweg und er holte tief Luft. Dieser Besuch war für sie alle schwer, auch für Finlay, der die tiefen Gefühle in den Augen von Sarah und ihrem Sohn und auch Bullets Emotionen nicht entgingen. Ihr fiel auf, dass Sarah keinen Ehering trug, und sie fragte sich, wo der Vater der Kinder wohl steckte. Doch sie war zu taktvoll, um danach zu fragen.

Bullet setzte den Bären mit der blauen Schleife neben die Beine des Jungen aufs Bett. »Hey, Kumpel. Wie geht's meinem tapferen Kameraden?«

Bradley reckte grinsend einen Daumen in die Höhe und Bullet seufzte erleichtert.

»Ist der Bär für mich? Und der mit der rosa Schleife für Lila?«

»Ganz genau. Du wirst mir wieder ganz gesund, hörst du?«

Bradley streckte die Arme nach dem Bären aus und Bullet schob ihn etwas höher. Freudig schlang der Junge die Arme um den Teddy, grinste wie ein Honigkuchenpferd und deutete auf die Schachtel in Finlays Händen, die sie ganz vergessen hatte. »Was ist das? Ist das für Mommy?«

»Ja. Nur ein paar Süßigkeiten«, antwortete Finlay. Als Sarah ums Bett herumkam und Finlay ihr die Schachtel reichte, empfand sie ihr Mitbringsel als zutiefst belanglos. Sie wünschte, sie hätte daran gedacht, ihr eine richtige Mahlzeit oder etwas anderes Sinnvolles zu besorgen. »Es tut mir sehr leid, dass Sie und Ihre Familie das alles durchmachen müssen. Die Krankenschwester sagte, Sie hätten nicht viel gegessen. Ich gehe gern runter in die Cafeteria und hole Ihnen etwas.«

»Wie lieb von Ihnen, vielen Dank. Aber ich habe so viele Nahrungsmittelallergien, dass ich hier lieber nichts esse.«

»Mommy ist gegen alles allergisch«, erklärte Bradley. »Milch, Eier, Erdnüsse …«

Finlay betrachtete die Schachtel mit ihrem Gebäck und hakte im Stillen die potenziellen Allergene darin ab. »Ich möchte nicht, dass Sie von meinem Gebäck eine allergische Reaktion bekommen. Was halten Sie davon, wenn ich das zur Schwesternstation bringe und Ihnen stattdessen etwas hole, was Sie essen können?«, bot Finlay an. »Wogegen sind Sie noch allergisch?«

»Das ist nicht nötig.« Sarah legte sich eine Hand auf den Bauch. »Ich trinke Proteindrinks. Das reicht fürs Erste.«

»Bitte«, beharrte Finlay. »Ich würde Ihnen gern helfen und Ihr Baby braucht mehr als Proteingetränke.«

Bullet setzte den anderen Teddy auf einen Stuhl und legte einen Arm um Finlay. »Sie hat recht, Sarah. Sie brauchen Ihre Kraft, besonders jetzt.«

Nach etwas gutem Zureden nannte Sarah ihr eine Liste mit allem, worauf sie allergisch reagierte, und Finlay stellte im Kopf schon mal ein allergenfreies Menü zusammen. Bullet erkundigte sich derweil nach dem Baby und Sarahs Bruder.

»Sie behalten Lila zur Beobachtung hier, weil sie sehr viel schläft, aber sie sagen mir immer wieder, ich soll mir keine Sorgen machen, das wäre nicht ungewöhnlich und könnte sich von allein wieder geben. Aber wenn sie mir raten, ich soll mich nicht um mein Baby sorgen, können sie auch gleich von mir verlangen, das Atmen einzustellen. Und bei Scott ist infolge der mehrfachen Beinbrüche eine Embolie aufgetreten – oder besser gesagt, aufgrund eines gebrochenen Knochens. Zusammen mit der kollabierten Lunge geht es ihm somit momentan richtig schlecht. Allerdings meinen die Ärzte, es würde ganz gut aussehen, also versuche ich, mich daran festzuhalten.«

Finlay fühlte mit der armen Frau.

»Ich habe im Aufzug meinen Bruder, Dr. Whiskey, getroffen. Weil wir nicht zur Familie gehören, konnte er uns keine Einzelheiten verraten, aber er meinte, die Prognose sei gut, sowohl für Scott als auch für Lila.«

»Ja. Als er hier war, erwähnte er, dass er Ihr Bruder ist. Er hat eine sehr beruhigende und vertrauenerweckende Art. Dank ihm habe ich auch verstanden, dass es sich bei der Embolie offenbar um eine Art Fettgerinsel handelt.«

Die Tür ging auf und ein schlanker Mann im Anzug trat ein. »Sarah? Ich bin Arnie Carmichael aus der Finanzabteilung. Wir haben gestern bei der Aufnahme kurz miteinander gesprochen.«

»Ja, ich erinnere mich.«

»Ich habe mir die Versicherungsunterlagen und die Selbstbehalte angesehen. Wenn Sie kurz Zeit haben, würde ich das gern mit Ihnen durchgehen.«

»In Ordnung.« Als sich Sarah an Bullet wandte, sah man, dass sie etwas blasser geworden war. »Mein Ex war dagegen, dass ich arbeiten gehe, und jetzt hat sich herausgestellt, dass er die Versicherung für die Kinder nicht bezahlt hat. Es kommt mir beinahe so vor, als würde eine graue Wolke über unseren Köpfen schweben. Wir sind erst letzte Woche nach Peaceful Harbor gezogen und waren auf dem Heimweg von einem Abendessen, bei dem wir Scotts neuen Job gefeiert haben, als der Unfall passiert ist. Jetzt wird er diese Stelle wohl nicht antreten können. Die Ärzte haben gesagt, die Heilung der Lunge könnte mehrere Wochen in Anspruch nehmen, und bei den Beinbrüchen reden sie von weiteren Operationen, wochenlangem Gips und Physiotherapie. Ich fürchte, wir werden in Arztrechnungen ersticken, aber dank Ihnen sind wir wenigstens noch alle am Leben.« Sie seufzte schwer und blinzelte die Tränen weg. »Ich weiß nicht, wie ich Ihnen das jemals vergelten kann.«

Bullet sah ihr direkt in die Augen. »Vergelten Sie es mir, indem Sie sich um Ihre Familie und Ihr ungeborenes Kind kümmern. Ruhen Sie sich aus. Essen Sie etwas. Und wenn Sie irgendwas brauchen, können Sie mich jederzeit anrufen.«

»Wir müssen ihr helfen«, stellte Finlay fest, als sie auf dem Weg zum Wagen waren, während Bullet im selben Moment sagte: »Ich zahle für die Lebensmittel, wenn du sie mit Essen versorgst, solange ihre Familie im Krankenhaus ist.«

»Ich wollte gerade vorschlagen, dass wir unser erstes echtes Date mit Einkaufen und Kochen verbringen, damit Sarah nicht verhungert.«

Er beugte sich zu ihr hinab und küsste sie. »Ich glaube, ich liebe dich, Lollipop.«

Zehn

So langsam war Bullet davon überzeugt, dass Finlay Wilson zaubern konnte. Alles, was sie dazu brauchte, waren ein Handy, ein riesiger Einkaufswagen und eine voll funktionstüchtige Küche. Sie wischte, tippte und navigierte sich durch so viele Websites, dass ihm vom bloßen Zusehen schwindlig wurde. Dann fiel sie wie eine zehnköpfige Armee im Supermarkt ein, kaufte neue Kochtöpfe, die auch ganz sicher allergenfrei waren, prüfte Zutaten und Preise und konsultierte ihr Telefon, als wäre das Ganze ein Auftrag vom Präsidenten höchstpersönlich. Bullet hatte nicht einmal gewusst, dass es so etwas wie Reismilch gab. Nach einem Abstecher in den Bioladen und einem weiteren in die Buchhandlung, weil sie sich »für Sarah einlesen« musste, landeten sie mit acht Einkaufstüten schließlich wieder bei Finlay zu Hause, wo sie sich sogleich eifrig ans Werk machte. Vorsichtshalber wischte sie alle Arbeitsflächen ab und hielt nur kurz inne, um den Artikel über den Unfall zu lesen. Dann legte sie die Zeitung beiseite und legte los. Sie befand sich auf einer heiligen Mission der Großzügigkeit für die Beckleys und erstellte ein Notizbuch mit Rezepten für drei Wochen. Bullet verfiel ihr von Minute zu Minute mehr.

Wie auf Speed wuselte sie durch die Küche und sah

sündhaft sexy aus in den Schnürstiefeln und ihrem grünen Kleidchen, über dem sie eine rosa Schürze mit der Aufschrift »Finlay's« auf der Brust trug. Sie ließ Bullet Hähnchen und Gemüse schneiden, während sie einen Schongarer mit Fleisch, Zwiebeln, braunem Zucker und weiteren Gewürzen füllte.

»Was hast du denn vor, Fin?«, fragte er, als sie sich vom Schongarer ab- und dem Zerdrücken von Bananen zuwandte. »Ich dachte, wir schmieren schnell ein paar Sandwiches und stellen ein Abendessen für heute zusammen, und dann bringen wir ihr morgen noch ein paar …«

Sie verzog das Gesicht, als hätte er sie beleidigt. »Machst du Witze? Sarah sitzt im Krankenhaus fest und sorgt sich, weil alle in ihrer Familie mehr oder weniger schwer verletzt sind. Sie braucht Trostessen und zwar jede Menge davon. Außerdem ist sie schwanger. Wie konntest du mir dieses kleine Detail nur verschweigen?«

»Es ist mir gestern Abend nicht aufgefallen. Ich war zu sehr darauf konzentriert, sie zu beruhigen. Ich habe sie einfach für rundlich gehalten, bis du was über ihr Baby gesagt hast.«

Finlay lehnte sich mit der Hüfte an den Küchenschrank und musterte ihn lange. »Du hast mir auch nicht gesagt, wie schlimm der Unfall war oder dass dich ein Reporter interviewt hat.«

»Jeder Unfall ist schlimm und ich habe kein Interview gegeben.«

»Sie haben dich aber in der Zeitung zitiert. Der Name des Reporters lautet Walt Norsden.«

»Walt? Das war der komische Typ, der mir im Warteraum auf die Nerven gegangen ist, während ich bei Sarah war. Er hat uns immer wieder angesprochen, bis ich ihm irgendwann gesagt habe, wenn er nicht endlich verschwindet, breche ich ihm die

Beine.«

»Bullet!« Sie lachte auf. »Das erklärt, warum er schreibt, die Nerven aller Beteiligten hätten blank gelegen.«

»Das ist alles nur Medienhype, Lollipop. Der Artikel ist Quatsch, die wollen damit nur Zeitungen verkaufen.«

Sie nahm ihm das Messer aus der Hand, schlang ihm die Arme um die Taille und sah mit zuckersüßem Lächeln zu ihm hoch. »Vielleicht ist es aber auch Lokaljournalismus, der die Einwohner auf dem Laufenden halten soll, damit sie zusammenkommen und helfen können. So, wie wir es tun.«

»Hast du heute noch andere Leute bei Sarah gesehen?«

»Nein, aber wir waren immerhin da.« Sie stellte sich auf die Zehenspitzen und er kam ihr auf halbem Weg entgegen. Ihr Kuss war erstaunlich kurz, denn gleich darauf drehte sie sich um und murmelte etwas davon, dass alles gleichzeitig in den Ofen müsse.

»Sie ist gegen so vieles allergisch. Bist du sicher, dass es keine Probleme geben wird? Du hast unglaublich viel Geschirr hier rumstehen.«

»Ich werde einen Teil für später einfrieren, aber ja, das wird alles klappen. Ich habe dreimal nachgeprüft, ob auch alles gluten-, soja-, laktose- und nussfrei ist.« Sie deutete auf das Hühnchen, das er zerteilte. »Das wird ein Toskana-Hühnchen in Sahnesoße. Ich habe sogar ein tolles Rezept für Käse-Makkaroni gefunden, das allergenfrei ist. Die meisten Kinder lieben Käse-Makkaroni, deshalb hoffe ich, dass es Bradley schmeckt. Und das« – sie deutete auf die zerdrückten Bananen – »ist für ein Bananenbrot, denn Bananenbrot ist eines der besten Trostessen, die es gibt.«

»Wie bist du zum Kochen gekommen?«, erkundigte er sich, während er weiter Hühnchen und Gemüse klein schnitt.

»Mom ist eine fantastische Köchin und sie hat immer irgendwas Köstliches zubereitet. In unserem Haus duftete es ständig nach frischem Gebäck und das war immer so schön heimelig. So hat Penny gelernt, selbst Eis herzustellen. Sie war das Dessertmädchen, aber ich habe immer schon gern gekocht und gebacken und mich über das Lächeln der Leute gefreut, wenn sie den ersten Bissen kosten. Das klingt jetzt vielleicht befremdlich, aber Beerdigungen gehören zu den Veranstaltungen, für die ich am liebsten das Catering übernehme. Das sind zwar auch die anstrengendsten Events, weil manche Menschen so tief trauern, dass sie nicht wissen, wie sie überhaupt weitermachen sollen, und es ist manchmal hart, das mit anzusehen. Aber wenn sie dann einen Klacks Kartoffelpüree, eine herzhafte Hühnersuppe mit Klößen oder köstliche Blätterteigteilchen vorgesetzt bekommen, ist das wie eine Umarmung von innen, und man kann förmlich mit ansehen, wir ihre Lebensgeister zurückkehren – wenn auch nur vorübergehend. Die Wärme und der Duft eines sahnigen Auflaufs oder eines frisch gebackenen Kuchens, einer Rinderbrust oder eines Eintopfs können schöne Erinnerungen hervorrufen, was für jemanden, der gerade einen schweren Verlust erlitten hat, oftmals einen großen Unterschied macht. Ein bestimmtes Gericht kann einen Menschen in glücklichere Zeiten zurückversetzen und ihm helfen, die nächsten Stunden oder Tage zu überstehen.«

»Das ist …« Er wusste nicht, nach welchem Wort er suchte, und dann kam einfach »schön« dabei heraus.

»Danke. Das finde ich auch.«

»Also warst du auf der Kochschule?«

Sie nickte. »Zuerst auf dem College, weil mein Vater darauf bestanden hat, und dann bin ich auf die Kochschule gegangen und habe mich zur Köchin und danach noch zur Konditorin ausbilden lassen, weil ich alles lernen wollte. Eine Zeit lang habe ich in einem Restaurant gearbeitet und dann Finlay's Catering gegründet. Meine Freundin Izzy aus Boston hat mir dabei geholfen.«

Sie rührte den Teig für das Bananenbrot an und stellte ihn neben die anderen Bleche am Ofen. Dann holte sie das von Bullet vorbereitete Gemüse und Hühnchen und ließ auch hier ihren Zauber wirken. Sie schnitten Kartoffeln und Würstchen klein und legten sie in einen zweiten Schongarer, zusammen mit einer ganzen Reihe anderer Zutaten, aus denen sie irgendeine Suppe kochen wollte. Noch nie hatte er jemanden so viele Gerichte auf einmal zubereiten sehen.

»Würdest du die Nudeln für mich abgießen?«, bat sie ihn und stellte ein großes Abtropfsieb in die Spüle. Während er der Bitte nachkam, fragte sie: »Was ist mit dir? Wann bist du zum Militär gegangen?«

»Kurz vor meinem zwanzigsten Geburtstag.«

Sie holte eine große Schüssel unter der Arbeitsplatte hervor, und er half ihr, die Pasta umzufüllen, die sie um weitere Zutaten ergänzte. »Hast du immer schon gewusst, dass du zum Militär willst?«

»Das war mir schon sehr früh klar. Die Special Forces waren die ultimative Möglichkeit, Stärke und Loyalität für unser Land zu zeigen. Ich wollte mich beweisen.«

»Und warum hast du dich dann erst so spät gemeldet?« Sie reichte ihm einen großen Holzlöffel. »Kannst du das bitte verrühren, während ich das Hühnchen für den Backofen vorbereite?«

»Ich bin geblieben, um meinen Eltern zu helfen und um bei meiner Familie zu sein«, antwortete er und rührte emsig weiter.

»Es war eine verwirrende Zeit.« Bullet verspürte großen Respekt vor seinem Vater, doch als junger Mann hatte er auch eine Menge Groll gegen ihn gehegt. Heute war ihm klar, dass es nicht die Schuld seines Vaters gewesen war, doch damals hatte er nicht gewusst, wie er dem Vorbild seines Vaters nacheifern sollte, bei dem alles so mühelos ausgesehen hatte.

Finlay tunkte die Hühnchenteile in eine selbst angerührte Marinade und bestreute sie mit einer Gewürzmischung. »Inwiefern?«

»So lange ich zurückdenken kann, wurde von mir erwartet, dass ich meine Brüder und Dixie beschütze und mich darauf vorbereite, das Oberhaupt der Familie zu sein, falls meinem Vater etwas passiert. Ich habe über sie gewacht, ihnen allen beigebracht, sich zu verteidigen, Bones und Bear gezeigt, wie man seinen Mann steht, und Dixie gelehrt, sich nichts bieten zu lassen, denn ich hatte immer im Hinterkopf, dass mir auch etwas zustoßen könnte, wenn selbst mein alter Herr nicht unsterblich war. Und dann hat Bones die Highschool vorzeitig abgeschlossen und ist aufs College gegangen und das war ja auch richtig so. Er ist der klügste Mann, den ich kenne. Aber ich konnte nur daran denken, dass Bear und Dixie mich brauchten. Ich hatte immer das Gefühl, über einen schmalen Grat zu wandeln. Einerseits wurde uns beigebracht, uns von niemandem was gefallen zu lassen, andererseits sollten wir aber auch keinen Ärger machen, keine Prügelei anfangen, nicht auf Sauftouren gehen. Für einen testosterongesteuerten jungen Mann war es schwer zu begreifen, warum wir nicht einfach jeden, der Ärger machte, windelweich prügelten.«

»Das war bestimmt sehr verwirrend.« Sie legte die Hühnchenteile auf ein Backblech und schob es in den Ofen.

»Kommunikation war noch nie meine Stärke, ganz anders

als bei dir, Fin. Schon damals konnte ich nicht ausdrücken, was in meinem Kopf passierte. Ich lief rum und hielt Ausschau nach Ärger, damit ich ihn abstellen konnte, bevor er meine Familie erreichte. Das Problem war nur, dass ich nicht alles in den Griff bekam, und so wurde ich selbst zum Problem.«

»Das klingt irgendwie logisch. Du hast so unter Druck gestanden, dass du nicht wusstest, wie du damit umgehen sollst.«

Sie schob die restlichen Bleche in die Backöfen und stellte den Timer, der ihm heute Morgen die Tour vermasselt hatte. Erstaunt nahm er zur Kenntnis, dass er größere Lust darauf hatte, mit Finlay über seine Vergangenheit zu reden, als mit ihr zu schlafen.

»Ich war immer geladen und entsichert, im wahrsten Sinne des Wortes *Bullet*, eine Kugel auf der Suche nach einem Ziel. Bones hat mir dann irgendwann gesagt, ich soll zusehen, dass ich Land gewinne, und mich verpflichten. Ich weiß noch, dass wir uns sogar geprügelt haben, weil er einfach nicht lockerließ. Er war auf dem College, mich machte meine Loyalität blind, sodass ich drauf und dran war, den falschen Weg einzuschlagen. Letzten Endes hat er mir klipp und klar gesagt, wenn ich nicht abhaue, zerstöre ich entweder unsere Familie oder mein Leben. Ich verdanke ihm verdammt viel.«

»Für mich klingt das ganz so, als würden auch deine Geschwister dir eine ganze Menge verdanken.«

Sie wusch sich die Hände und er nahm sie in die Arme. »Ich habe das alles noch nie jemandem erzählt. Warum fällt es mir so leicht, mit dir darüber zu reden?«

»Weil du weißt, dass du mir wichtig bist. Oder vielleicht bist du es auch einfach leid, alles für dich zu behalten? Jeder braucht von Zeit zu Zeit ein Ventil. Und um das mal festzuhalten: Du magst ja normalerweise kein Mann vieler Worte sein, aber du hast mir alles sehr eindrucksvoll und verständlich vermittelt.«

»Du hast mich verzaubert, Lollipop, und ich hoffe wirklich, dass du diesen Zauber nie aufhebst, weil ich dich nämlich wirklich mag, und das ist längst nicht nur die rein körperliche Anziehungskraft. Wobei …« Unwillkürlich musste er grinsen. Dann küsste er sie, schob ihr eine Hand unter das Kleid, legte sie auf ihren Hintern und bekam dafür ein überraschtes Quieken zu hören.

»Was findest du an meinem Po eigentlich so toll?«

»Das weiß ich nicht genau.« Er knabberte an ihrem Hals. »Warum drehst du dich nicht um, damit ich ihn mir genauer ansehen kann? Vielleicht kann ich's dir dann erklären.«

Er spürte, wie ihr Gesicht heiß wurde.

»Du hast ein ziemlich schmutziges Mundwerk«, flüsterte sie, als er mit der Zunge zu ihrem Ohr hinaufwanderte, und schlang ihm die Arme um den Hals. »Warum zeigst du mir nicht, was du mit deinem Mund noch so alles anstellen kannst?«

»Mmm, Baby, mach dich bereit für einen wilden Ritt.« Er hob sie hoch.

Als er sie gerade küssen wollte, rief sie: »Der Timer! Nimm den Küchenwecker da auf der Arbeitsplatte mit. Wir dürfen das ganze Essen nicht verbrennen lassen.«

Er nahm den Wecker und trug Finlay durch den Flur ins Schlafzimmer, wo er die Uhr auf die Frisierkommode stellte. »Wir müssen uns mal über dich und deine Timer unterhalten.« Daraufhin schlug er die hübsche Decke zurück und legte Finlay in die Bettmitte.

Lachend zog sie ihn zu sich hinab. »Wir haben vierzig Minuten Zeit. Möchtest du reden oder lieber …«

Bullet fiel ihr mit einem wilden Kuss ins Wort, sie spürte seine Zunge und wie er sein Becken kraftvoll gegen ihres drückte. Den ganzen Tag über hatte sie an diesen Kuss vom Vormittag denken müssen, als sie auf der Arbeitsplatte gesessen hatte und er drauf und dran gewesen war, sie zu nehmen, während sie sich ihm bereitwillig hingegeben hätte. Schon seit Stunden kämpfte sie gegen den überwältigenden Drang an, ihm näher zu sein. Jedes Mal, wenn er in ihre Nähe kam, ihr sein männlicher Geruch in die Nase drang und er die Hände auf ihre Hüften legte, geriet sie in Versuchung. Sie fühlte sich wie ein Topf voller Wasser kurz vor dem Siedepunkt, und es war ihr ausgesprochen schwergefallen, sich aufs Kochen zu konzentrieren. Doch jetzt, wo sein herrlicher Mund sie um den Verstand brachte und er seinen harten, muskulösen Körper in einem berauschenden Rhythmus an ihrem rieb, gab es für sie kein Halten mehr.

Er wanderte zielstrebig an ihrem Körper herunter und ließ die großen Hände über ihre Beine gleiten. An ihren hochhackigen Stiefeln hielt er inne und verzog den Mund zu einem lüsternen Grinsen. »Die lassen wir an, aber der Stoff hier muss weg.« Er schob ihr Kleid hoch, doch an den Hüften hielt sie ihn auf.

»Warte«, stieß sie hastig hervor und er hob verwirrt die Hände. »Ich habe ebenfalls Narben.«

»Baby, du könntest noch so viele Narben haben, mir wäre das völlig egal.«

Sie schluckte schwer. Dann zog sie ihr Kleid langsam ein paar Zentimeter weiter hoch und wartete auf den entsetzten

Blick, den sie bei den meisten Männern, mit denen sie zusammen gewesen war, gesehen hatte. Aaron war der Einzige gewesen, der nicht schockiert reagiert hatte. Da hatte sie gewusst, dass er sie wirklich mochte. Es war natürlich albern, die Tiefe der Anziehungskraft an der Reaktion auf eine Narbe zu messen, aber sie konnte es nun mal nicht ändern. Als Bullet nun die Narben betrachtete, war sein Blick mitfühlend.

»Ach, meine Schöne. Wir sind wirklich füreinander geschaffen.« Er drückte die Lippen auf die Vertiefung in ihrem Unterbauch und küsste dann jede der kleinen Narben an ihrer Seite. »Was ist meinem Mädchen passiert?«

»Ich war fünfzehn. Penny und ich waren shoppen. Wir haben auf den Bus gewartet, als urplötzlich dieser Hund auftauchte und über die Straße gestürmt kam. Weil er so zielstrebig angerannt kam, dachte ich, er läuft zu seinem Herrchen. Als mir klar wurde, dass er auf mich zuhielt, war es schon zu spät. Penny versuchte noch, mich aus dem Weg zu schubsen, aber da hatte mich der Hund längst erwischt.«

»Baby«, sagte er leise und voller Mitgefühl. Er legte die Wange auf die Narben und spreizte eine Hand auf ihrem Bauch. Dann küsste er sie mehrmals hauchzart dort, während sein Bart sie an der Seite kitzelte, und flüsterte: »Kein Wunder, dass du Angst vor Tinkerbell hattest. Ich wünschte, ich hätte das gewusst.«

»Sie ist nun einmal sehr wichtig für dich. Es war schon okay, ich hatte mich nur erschrocken. Und jetzt geht's mir bestens.«

Sie fuhr mit den Fingern durch sein dichtes Haar, während er ihren Bauch zärtlicher liebkoste, als sie das von einem Mann seiner Größe je erwartet hätte. Seine rauen Hände fuhren warm und stark über ihre Haut, streichelten ihre Flanken, um dabei ihr Kleid bis über ihre Brüste hochzuschieben und es ihr vorsichtig auszuziehen. Er ging auf die Knie und ließ den Blick kühn über ihren ganzen Körper wandern. Sie spürte, wie sie feucht wurde, und war sich des tickenden Küchenweckers in der Nähe vage bewusst, während er sein T-Shirt auszog, sodass sie seinen herrlichen Oberkörper bewundern konnte. Wie anders sie ihn jetzt sah. Die vielen Tätowierungen waren für sie kein schauriger Anblick mehr, sondern das Fundament dieses bewunderungswerten Mannes.

Bullet kniete über ihr und eroberte wild und leidenschaftlich ihren Mund und sie erwiderte seinen Kuss voller Verlangen. Er legte ihr eine Hand ans Kinn und umspielte ihre Zunge mit seiner, bis sie leise stöhnte, das Becken an seiner Härte rieb und gierig nach mehr verlangte.

»Genau das werde ich mit dir machen, Baby. Ich werde so tief in dir sein, dass du nie vergisst, wie gut sich das anfühlt.«

»Ja«, stieß sie hervor, während er sich mit heißen Küssen einen Weg hinunterbahnte und dabei immer wieder innehielt, um an ihr zu saugen und zu knabbern und sie um den Verstand zu bringen.

Er ließ die Hände über ihren Körper gleiten, umfasste ihren Brustkorb, während er sich zuerst an der einen, dann an der anderen Brust gütlich tat, die Brustwarzen zwischen die Zähne nahm und daran zupfte, was lustvolle Explosionen zwischen ihren Beinen hervorrief. Sie schrie auf und er drückte ihre Brüste zusammen, küsste sie und leckte die durch seine Liebkosungen empfindlichen Knospen. Finlay konnte nur noch die Finger ins Laken krallen und seine Berührungen genießen, die sie in neue Sphären der Lust beförderten. Dann ging sein heißer Mund wieder auf Wanderschaft, kostete jeden Zentimeter Haut von ihren Brüsten bis zum Bauch, erforschte den Nabel, umkreiste ihn und bedeckte ihre Narben mit Küssen.

Die kühle Luft auf den feuchten Spuren, die er hinterließ, ließ sie erzittern. Er hakte die Finger in ihren Slip, und sie hob den Po von der Matratze, damit er ihn ihr ausziehen konnte. Es hätte sie befangen machen sollen, bis auf die Stiefel nackt vor ihm zu liegen, während er noch die Jeans trug, aber jeder Gedanke an Verlegenheit ging in dem wilden, verlangenden Pulsieren ihres Körpers unter, der um seine Berührung, seinen Mund, seinen nackten Körper bettelte.

Erneut legte er sich auf sie, und grober Denim rieb an ihrer empfindlichen, geschwollenen Mitte, während er ihre Lippen mit einem gnadenlos wilden Kuss in Besitz nahm, der eine Spirale der Lust in ihr entfesselte. Ihre Welt schien auf dem Kopf zu stehen und ihre Oberschenkel kribbelten vor lauter Lust. Plötzlich löste Bullet die Lippen von ihren, und sie hob den Kopf von der Matratze, flehte um mehr, doch er war bereits auf dem Weg nach unten. Schon spürte sie seine Hände auf den Innenseiten ihrer Oberschenkel, die er auseinanderdrückte, um den Kopf zu senken, dicht vor ihrer Spalte innezuhalten und tief einzuatmen. Verlangen loderte in seinem Blick, dann drückte er den Mund federleicht auf ihre Haut. Er drang mit der Zunge in sie ein, kostete und neckte sie. Sein Bart schabte über ihre Mitte und ihre Schenkel, und als er diesen empfindlichsten Nervenknoten in seinen Mund saugte, wurde auch dieses Kratzen erregend und entlockte ihr lang gezogene flehende Laute.

»Bullet ...«

Ihre Hüften bebten unter seinen starken Händen, mit denen er sie auf die Matratze drückte, während sein Mund auf ihr lag und er sie mit roher, ungezügelter Leidenschaft verwöhnte. Sie krallte die Finger in die Laken, aber das reichte nicht, sie wollte *ihn*. Und so nahm sie seine Hände, denn nur an die kam sie heran, und grub die Finger in seine heiße Haut. Sie presste die Absätze tief in die Matratze und hob den Kopf, war jedoch völlig in diesem Strudel der Lust gefangen. Seine Zunge drang noch tiefer vor, und – *großer Gott!* Sie versuchte, die Stromschläge zu unterdrücken, die sie durchzuckten und verhinderten, dass sie auch nur einen zusammenhängenden Gedanken fassen konnte, aber das Gefühl seiner Zunge in ihr, der Druck seiner Hände und seines Körpers und die kehligen, wonnigen Laute, die er ausstieß, während er sie liebkoste, kollidierten und ließen ihr Inneres in Zuckungen explodieren, die ihr den Atem nahmen und sie nur willenlos bebend unter ihm zurückließen.

Als sie gerade wieder klarer denken konnte, lockerte er den Griff und hob ihr Becken an, und seine Augen wurden kohlrabenschwarz und wild wie die eines Löwen, der gerade seine Beute erlegt hat. Im nächsten Augenblick drang er mit den Fingern tief in sie ein, während er zugleich ihre empfindlichste Stelle zwischen die Zähne nahm und sie zum nächsten Höhepunkt brachte.

Noch lange, nachdem die letzten Zuckungen abgeebbt waren, lag sie keuchend auf der Matratze, während Bullet die Innenseiten ihrer Schenkel mit zärtlichen Küssen übersäte. Dann drückte er den Kopf wieder zwischen ihre Beine und leckte und küsste sie, als wollte er ihre Erregung bis zur Neige auskosten. Erst nach einiger Zeit wanderte er an ihrem Körper nach oben, küsste noch einmal ihre Narben, ihre Flanken, die Haut zwischen ihren Brüsten, und sie wollte sich einprägen, wie sich das anfühlte, diese langsamen, sinnlichen Liebkosungen seiner Zunge, die Zärtlichkeit seiner Berührungen. Er hatte es nicht eilig, riss sich nicht die Hose vom Leib, um sich zu nehmen, wonach es ihn verlangen musste. Stattdessen fuhr er mit den Händen an beiden Seiten ihres Körpers nach oben und schob ihr die Arme über ihren Kopf. Dann küsste er ihren Hals, wobei sein Bart sie kitzelte und ihr der Duft ihrer Erregung, der wie ein Parfum an ihm haftete, in die Nase stieg.

Der Timer klingelte und Bullet hielt inne und schloss für einen Moment die Augen. Sie wollte sich nicht bewegen, wollte nicht, dass diese Nähe endete, und als er sich neben sie legte, ihren befriedigten Körper an sich zog und sie sanft küsste, bat sie: »Lass uns einfach liegen bleiben.«

Sein Blick wirkte so zärtlich, so glücklich – so wollte sie ihn häufiger sehen. Sie wollte wissen, dass er mit sich im Reinen war, und genau das schien sein hinreißendes Lächeln auszudrücken. Sie beugte sich vor, legte die Lippen auf seine und küsste ihn sanft und liebevoll.

Er fuhr ihr mit der Hand durchs Haar und drückte ihr zum leisen Ticken des Timers im Hintergrund Küsse auf die Stirn, die Wangen, das Kinn und schließlich auf den Mund.

»Das würde ich sehr gern tun, Finlay, aber ich muss nach Hause und mich für die Arbeit fertig machen, und du hast so viel Mühe in dieses Essen gesteckt, dass es mir schrecklich leidtun würde, wenn es verbrennt.«

Sie hauchte ihm einen Kuss auf den Hals. »Na gut.«

»Sehen wir uns morgen?«

Sie nickte und wünschte, sie könnte jetzt die Augen schließen und wenn sie sie wieder aufschlug, wäre es wie durch Zauberei der nächste Morgen und sie läge immer noch hier in Bullets Armen.

Elf

Der durchdringende Klang einer E-Gitarre gellte durchs Whiskey Bro's und zerrte zum ersten Mal, seit sich Bullet erinnern konnte, an seinen Nerven. Er mochte die Rebels, eine lokale Band aus Mitgliedern der Dark Knights. Sie gehörten zu den besten Bands der Gegend, und ihre Interpretationen der Songs klassischer Rockbands waren die besten, die er je gehört hatte. Ihre Musik war rau und ungekünstelt. Die Tonlagen und Riffs wurden tief, dumpf oder schrill gespielt, immer zu laut und zu dramatisch, was normalerweise genau Bullets Stimmung entsprach. Aber seit er sich von Finlay verabschiedet hatte, war er völlig durch den Wind. Als er ihr geholfen hatte, dieses scharfe kurze Kleid wieder anzuziehen, war sie so verdammt lieb und verständnisvoll gewesen, aber er hatte das Verlangen in ihrem Blick gesehen, das die neuen Gefühle sehr gut widerspiegelte, die ihn innerlich zerrissen. Was zum Henker war nur mit ihm los? Finlay hatte ohnehin zu tun. Sie wollte Sarah das Essen bringen, die Elektrogeräte für die Bar bestellen und mit Dixie den Zeitplan für die Renovierung ausarbeiten. Aber während sich der Abend dahinschleppte, sah er sie ständig vor sich, wie sie nackt in seinen Armen gelegen hatte, konnte die Erinnerung an ihren warmen Atem auf seiner Haut nicht unterdrücken und hatte permanent diese süchtig machenden Laute im Ohr, die sie von sich gegeben hatte und die jetzt mit den Klängen der Band konkurrierten.

Er hielt es kaum noch aus. Jeder Akkord brachte ihn dem Wutausbruch ein Stück näher, zu dem er es jedoch auf keinen Fall kommen lassen wollte. Zum ersten Mal, seit er sich aus den Fängen seiner PTBS befreit und begonnen hatte, im Whiskey Bro's zu arbeiten, wollte er nicht hier sein. Und mit jeder Sekunde, die er hier ausharren musste, wuchs der Drang, etwas gegen die Wand zu knallen.

»Was meinst du, Bullet?« Bones trank einen großen Schluck Bier und sah Bullet erwartungsvoll an. Er und Bear hingen seit einer Stunde in der Bar ab. »Sonntagsausflug? Raus zum Riker's?«

Der Riker's Point war volle zwei Stunden von Peaceful Harbor entfernt und der Weg dorthin eine richtig schöne Tour. Aber Sonntag war Bullets einziger freier Tag, und er wollte verdammt sein, wenn er ihn nicht mit Finlay verbrachte. Da er nun wusste, warum sie Angst vor Hunden hatte, war er sich nicht mehr so sicher, ob er sie wirklich mit zu sich nehmen sollte, damit sie Tink besser kennenlernte. Weshalb sie Angst vor Motorrädern hatte, wusste er zwar noch immer nicht, aber er hatte so das Gefühl, dass der Umgang mit ihren Ängsten ein Minenfeld für sich darstellte.

»Ich kann nicht.« Ohne auf Bears und Bones' Kommentare zu achten, ging Bullet ans andere Ende des Tresens, um eine Bestellung aufzunehmen. Nachdem er sie bearbeitet und ein verschüttetes Bier aufgewischt hatte, kehrte er zurück und stellte sich den neugierigen Blicken seiner Brüder.

»Du lässt nie einen Sonntagsausflug aus«, stellte Bear fest. »Was ist los?«

Ein Mann hob sein leeres Glas. »Hab zu tun«, meinte Bullet nur und brachte dem Gast etwas zu trinken. Er war sich selbst nicht sicher, warum er seinen Brüdern nicht einfach sagte, dass er Finlay sehen wollte, nahm aber an, dass es etwas mit seinem Widerwillen, heute Abend zu arbeiten, zu tun hatte. Es hatte in seiner Familie gerade erst Stress wegen der Bar gegeben, als Bear die Arbeit hier aufgegeben hatte. So etwas konnten sie nicht schon wieder gebrauchen und das machte Bullets Schuldgefühle nur noch schlimmer.

»Was hast du denn vor?«, bedrängte Bear ihn und kniff die Augen zusammen. »Was ist wichtiger als eine Ausfahrt?«

»Lass gut sein«, warnte Bullet seinen Bruder.

»Was für eine Laus ist dir denn über die Leber gelaufen?«, fragte Bear. »Du bist ja noch schlechter drauf als sonst. Bist du länger nicht mehr zum Zug gekommen?«

»Lass mich in Ruhe. Ich will heute Abend einfach nicht hier sein«, gestand er ihnen.

Bear und Bones wechselten einen verdutzten Blick, was ihn erst recht reizte. Allein dieser Blick machte den Unterschied zwischen Bullet und seinen Brüdern deutlich erkennbar. Hätte einer der beiden diese Worte zu ihm gesagt, hätte er ihn vor die Wahl gestellt, sich seine Sorgen entweder von der Seele zu reden oder das Maul zu halten.

»Warum nicht?«, fragte Bones. Er war der ausgeglichenste von ihnen allen, klug, vorsichtig, methodisch. Zwar wäre er sofort zur Stelle, um seinen Brüdern beizustehen, wenn es Ärger gab, doch er dachte instinktiv immer zuerst nach, bevor er handelte.

Bullet war überrascht, dass Bones nicht zwei und zwei zusammengezählt hatte, aber andererseits hatte es noch nie eine Frau gegeben, mit der Bullet lieber Zeit verbrachte, als in der

Bar abzuhängen.

»Das spielt keine Rolle«, brummte er. Es war ja nicht so, als würde er Finlay nicht morgen schon wiedersehen, und genau aus diesem Grund begriff er auch nicht, warum es ihn so wurmte, dass er sie heute hatte verlassen müssen, um an dem Ort zu sein, der seit Jahren sein sicherer Hafen war. Vor Finlay war Bullets Leben einfach gewesen. Schwarz oder weiß. Entweder war alles bestens oder es war beschissen und musste in Ordnung gebracht werden. Aber Finlay hatte eine ganz neue Welt an Gefühlen und Mittelwegen in sein Leben gebracht, mit der er nicht zurechtkam.

»Wo warst du denn vorher?«, wollte Bear wissen. »Was hast du gemacht, bevor du hergekommen bist? Vielleicht finden wir es ja raus.«

Bear war ebenso kommunikationsfreudig wie Finlay. Wenn es anderen schlecht ging, litt Bear mit ihnen, wohingegen Bullet in solchen Fällen einschritt und die nötige Muskelkraft einsetzte, um die Dinge in Ordnung zu bringen.

Bones trank noch einen Schluck, dann grinste er. »Er war bei einer gewissen Blondine mit einem Talent für köstliche Kekse.«

»Ah, Finlay«, erkannte Bear und grinste. »Alle fragen sich, wann sie wieder Nachschub vorbeibringt.«

Die wollen wohl eher wissen, wann sie sie wieder anglotzen können. Bullet mahlte mit dem Kiefer.

»Das ist es, oder?«, fragte Bear. »Du hast Finlay gevögelt und wolltest nicht gehen.«

Bullet griff über den Tresen, packte Bear am Kragen und hievte ihn auf Augenhöhe, wobei mehrere Gläser zu Boden gingen und zerschellten. Die anderen Gäste wichen unauffällig ein paar Schritte zurück. Sie wussten, dass man besser nicht zwischen Bullet und seinen Gegner geriet.

»Bullet!« Bones sprang auf und hielt unbeholfen einen Arm zwischen seine Brüder.

»Red nie wieder so über sie«, verlangte Bullet gepresst. »Kapiert?« Ehe Bear antworten konnte, stieß er ihn von sich.

Bear stolperte, fing sich wieder und lachte auf. »Mann, dich hat's echt erwischt. Krieg dich wieder ein.«

Die Musik trat wieder in den Vordergrund und Bullet sah Red schnurstracks auf sie zumarschieren. Sie kniff die Augen zusammen und ihre schwarzen Stiefel donnerten bei jedem entschlossenen Schritt über den Boden. Ihre Miene ließ deutlich erkennen, dass mit ihr nicht zu spaßen war. Sie verkörperte den Inbegriff einer Biker-Lady: zäh wie Leder und ohne Furcht, in die Schusslinie zu treten. Doch sie zog die Mundwinkel hoch, was Bullet ein leises Lachen entlockte. Sie hatte sie schließlich großgezogen und kannte die Reibereien zwischen den Geschwistern. Wie Bear redete sie gern und viel. Sie kannte die meisten ihrer Dämonen – über Bullets wusste allerdings nur Bones Bescheid.

Sein Blick wanderte wieder zu dem Bruder, der für ihn da gewesen war, als sein Leben nur noch am seidenen Faden gehangen hatte. Als er sich vor dem Rest der Familie versteckt hatte und zu beschämt gewesen war, um ihnen ins Gesicht zu sehen.

»Was sollte denn das, Bullet?« Bones stand jetzt zwischen Bullet und Bear und sah ihn auf seine unverwechselbare Art an.

Sein Blick ging Bullet durch Mark und Bein. Er wusste sofort, dass sein Bruder wissen wollte, ob seine Dämonen zurückgekehrt waren oder es bloß der ganz normale Zwist zwischen zwei Brüdern war. Bullet beäugte Bear. »Alles gut?«

»Klar, aber was zum Henker soll das?« Bear las Glasscherben

vom Boden auf und legte sie auf den Tresen.

»Hattest du heute Morgen keine Milch mehr für deine Cornflakes?«, fragte Red, als Bullet gerade mit einem Besen um den Tresen herumkam, um die Scherben zusammenzufegen. Sie musterte Bear kopfschüttelnd, der hinter den Tresen ging, um ihn abzuwischen. Dann suchte sie erneut Bullets Blick. »Oder hat dein kleiner Bruder sich das Maul über den Artikel in der Zeitung zerrissen? Ich hab ihm gesagt, er soll dich damit in Ruhe lassen.«

»Schon gut, Red.« Er beäugte Bear, der Kussgeräusche von sich gab. Bullet holte aus und tat so, als wollte er sich gleich auf ihn stürzen, und sie mussten beide lachen.

»Ich bin übrigens sehr stolz auf dich, weil du dieser Familie geholfen hast, Schatz.« Sie ließ den Blick ihrer grünen Augen über Bones schweifen, der am Boden kauerte und Bullet das Kehrblech hielt, und dann über Bear, der sich gerade mit einem Gast unterhielt. Als sie sich wieder Bullet zuwandte, sah ihre Miene sanft und besorgt aus. »Ich liebe euch alle, aber wenn ich sehe, wie ihr die Fäuste ballt, bleibt mir jedes Mal das Herz stehen.«

Bullet hatte alles aufgefegt und reichte den Besen an Bones weiter, der alles hinter den Tresen trug. Sobald er außer Hörweite war, trat Bullet näher an Red heran und sagte leise: »Dieses ›Mit dem Herzen Umwerben‹. Muss einen das so höllisch verwirren?«

Ein warmherziges Lächeln ließ ihre Augen strahlen. »Nur wenn du es richtig machst, Schatz.«

Mehrere Stunden später – er hatte die Bar abgeschlossen und wollte eigentlich nach Hause fahren – fand er sich mit seinem Wagen vor Finlays Haus wieder und starrte sein Handy an. Die Vorhänge waren zugezogen und im Haus war alles dunkel und ruhig. Ihm war klar, dass er eigentlich abwarten und sich bis morgen gedulden sollte, wie sie es verabredet hatten. Aber er sehnte sich danach, sie im Arm zu halten, ihr liebes Gesicht zu sehen, und er wollte hören, wie ihr Abend verlaufen war.

Er ließ seine Hand erschöpft auf sein Bein sinken und fragte sich, seit wann er derart weich geworden war. Wärme breitete sich in seinem Körper aus, als ihm bewusst wurde, dass er sich irrte. Das hier war bedeutsamer als alles, was er je empfunden hatte. Größer als das Leben selbst. Und er wusste nicht, wie er mit dem Gefühlschaos in seinem Inneren umgehen sollte.

Scheiß drauf. Er musste ihre Stimme hören. Bullet wählte ihre Nummer und hielt sich das Telefon ans Ohr.

»Hi«, meldete sie sich schläfrig.

»Hey, Lollipop.«

Er lauschte ihrem Atem und sah beinahe vor sich, wie sie mit schläfrigen blauen Augen zu ihm hochsah und die Lippen zu einem Lächeln verzog, spürte fast ihre Wange an seiner Brust ...

Finlay lag auf dem Rücken, blickte in der Dunkelheit ihres Schlafzimmers zur Decke und wartete darauf, dass Bullet noch etwas sagte. Schon den ganzen Abend über hatte sie sich irgendwie ablenken müssen. Sie hatte das Essen ins Krankenhaus gebracht und auch ein paar Gebäckstücke für die Krankenschwestern mitgenommen, die ihr daraufhin gern gestatteten, mehrere Mahlzeiten für Sarah in ihrem Gefrierschrank zu lagern. Von dort aus war Finlay direkt zu ihrem Treffen mit Dixie in Pennys Eisdiele gefahren, um bei einem Eisbecher die letzten Entscheidungen wegen der Küchenrenovierung zu treffen. Dixie hatte mit Crow vereinbart, dass er sich diese Woche um das Aufstellen der Elektrogeräte und das Anpassen der Arbeitsflächen kümmern würde, was bedeutete, dass Finlay Zeit hatte, an der Speisekarte zu arbeiten und die ersten Bewerbungsgespräche zu führen. Hinterher wäre sie fast zur Bar gefahren, um Bullet zu sehen, aber sie wollte nicht zu anhänglich wirken. Stattdessen hatte sie den Rest des Abends versucht, nicht an ihn zu denken, und ein langes heißes Bad genommen, das ihr jedoch nicht im Geringsten geholfen hatte. Und auch auf der Terrasse war sie nur daran erinnert worden, wie nahe sie sich hier gekommen waren. Seit einer Stunde lag sie jetzt im Bett und versuchte zu schlafen, aber sie vermisste ihn zu sehr, und als die Stille in der Leitung weiter anhielt, machte sie sich doch ein wenig Sorgen.

»Willst du nicht mit mir reden?«, fragte sie und lächelte, weil Bullet ja schon von Angesicht zu Angesicht kein Mann vieler Worte war. Sicher fiel ihm das Reden am Telefon noch schwerer, da ein Großteil seiner Kommunikation aus Blicken bestand. Wenn sie sein Gesicht sehen konnte, wusste sie immer sofort, ob er traurig, wütend, besorgt oder erregt war.

»Ich wollte nur deine Stimme hören«, gestand er ihr schließlich. »Habe ich dich geweckt?«

»Nein. Ich habe hier gelegen und an dich gedacht.« Wieder schwieg er eine Weile. Sie schloss die Augen und ihr Puls raste wie noch nie zuvor. »Vielleicht solltest du vorbeikommen? Übers Telefon kann ich nicht erkennen, was in dir vorgeht.«

Er legte einfach auf. Verwirrt starrte sie ihr Telefon an. Hatte sie ihn verärgert?

Doch die Antwort folgte auf dem Fuß, denn es klopfte an

der Haustür. Sie sprang aus dem Bett, tappte idiotisch grinsend barfuß durch den Flur und spähte durch den Spion. Bullet hatte eine Hand im Nacken und den Blick gesenkt. Finlay konnte die Haustür gar nicht schnell genug aufreißen. Dann setzte ihr Herz kurz aus, denn er ließ den Blick rasch an ihren nackten Beinen entlang und bis hinauf zu der Aufschrift auf ihrem Shirt wandern: »Brave Mädchen kommen in den Himmel, böse auf den Bock«. Sie spürte, wie ihr das Blut in die Wangen schoss.

Er zog die Mundwinkel hoch und nahm sie in die Arme. »Ich dachte, du hast Angst vor Motorrädern«, neckte er sie und drückte ihr einen verführerischen Kuss auf die Wange, bei dem sein Bart sie kitzelte.

»Hab ich auch.« Sie umarmte ihn, während er ihren Hals und ihr Kinn mit Küssen bedeckte und sie fast in den Wahnsinn trieb. »Das hat mir Penny geschenkt«, stieß sie hervor. »Es erinnert mich an dich.«

»Oh, Finlay.« Seine Stimme klang ganz rau.

Er presste sie an sich, nahm ihren Mund in Besitz und weckte ein brennendes Verlangen, ein quälendes Begehren in ihrem Inneren. Als er mit der Hand über ihre Taille bis zu ihrem nackten Oberschenkel fuhr, entfuhr ihnen beiden ein gieriges Stöhnen. Dann küsste er sie so leidenschaftlich, dass sie es bin in die Fingerspitzen spürte. Ihr Stöhnen wurde lauter und durchfuhr ihrer beider Körper wie eine berauschende Einladung in eine Welt, die Finlay unbedingt erforschen wollte. Er legte ihr eine gespreizte Hand auf den Po und sie keuchten immer heftiger.

»Ich fühle Spitze«, stieß er zwischen zwei Küssen stöhnend hervor.

Mit der einen Hand unter ihrem Po hob er sie mühelos hoch, während er die andere Hand in ihrem Haar vergrub. Er ging mit ihr ins Haus und schob die Tür mit dem Rücken zu.

»Du gehst mir nicht aus dem Kopf«, gestand er zwischen zwei wilden Küssen. »Und ich will es auch nicht.«

Seine Worte gingen ihr durch und durch. Heiß und explosiv. Sie bemerkte die Zweifel und die Lust in seinen dunklen Augen und im nächsten Moment küsste er sie fordernd. Sein harter Körper und die besitzergreifende Wildheit seiner Küsse elektrisierten sie. Sehnsucht flutete durch ihre Adern, und sie hielt ihn fest umschlungen, rieb sich an ihm, genoss das Gefühl seiner Hände überall auf ihrer Haut, als könnte er gar nicht genug von ihr bekommen.

»Schlafzimmer«, stieß sie schwer atmend hervor.

Seine Stiefel dröhnten über den Holzboden und jeder Schritt trieb die Vorfreude weiter in die Höhe. Ihre Küsse wurden wilder und ihre hungrigen Kussgeräusche hallten in Finlays Kopf wider und blendeten den Rest der Welt aus. Sie schob die Hände in sein Haar, hielt sich an ihm fest, bog den Rücken durch und drückte sich an ihn, drängte ihn, mehr von ihr in Besitz zu nehmen. Er legte sie aufs Bett und verharrte über ihr, die eine Hand noch immer an ihrem Hintern, während er die Küsse tiefer werden ließ. Seine breite Brust drückte sie auf die Matratze. Bei jeder Berührung ihrer Zungen jagte ein Prickeln durch ihren Körper, das ihre Erregung ins Unermessliche steigerte. Sie zupfte an seinem T-Shirt, und er löste sich lange genug von ihr, um es sich über den Kopf zu ziehen und zu Boden zu werfen. Sofort küsste er sie abermals leidenschaftlich, und sie wollte nach seinem breiten Ledergürtel greifen, doch sein Körper war zu schwer und klemmte ihre Hände ein.

»Ich will, dass du dich ausziehst«, verlangte sie zu ihrer eigenen Überraschung. Aber sie wollte ihre Wünsche nicht verleugnen.

Er erwiderte nichts, sondern handelte augenblicklich, zog das Portemonnaie aus der Gesäßtasche, warf sie aufs Bett und entledigte sich seiner Stiefel und Socken. Dann stand er kurz auf, öffnete die Gürtelschnalle und gleich darauf lag die Jeans um seine Knöchel. Er stieg heraus, und nun sah sie, dass auch seine kräftigen Oberschenkel und muskulösen Waden von farbigen Tätowierungen und Narben bedeckt waren. Noch vor achtundvierzig Stunden wäre sie erschüttert gewesen, aber jetzt war sie fasziniert, wollte jedes einzelne Tattoo betrachten und die Geschichte dazu hören – die er ihr vielleicht nie erzählen würde, was ihr durchaus bewusst war –, um den stillen Sturm zu verstehen, den Bullet Whiskey verkörperte.

Sie waren ganz aufeinander konzentriert, während sich um sie herum Stille ausbreitete. Finlay drehte sich auf die Seite, um diesen schönen Mann zu betrachten. Und er war wirklich schön. Sie nahm nicht länger nur seine Körpergröße und die äußere Erscheinung wahr, die sie anfangs eingeschüchtert hatte. Seine gezügelte Kraft und respektgebietende Präsenz würden immer da sein, aber jetzt sah sie auch den weichherzigen Mann, der seine schmerzlichen Erfahrungen nutzte, um den Menschen in seinem Umfeld zu helfen.

Ihr Blick wanderte zu der Stelle, an der seine mächtigen Schenkel zusammentrafen und seine gewaltige Erektion die dunkle Baumwolle ausdehnte. Hitze durchströmte sie, als er vor ihr auf die Knie ging, sich zwischen ihre Beine schob und ihr Gesicht in beide Hände nahm. In seinen Augen tobte ein Inferno: Er rang sichtlich mit den Gefühlen, die die Luft zwischen ihnen zum Knistern brachten.

»Ich brauche dich, Fin.« Seine Stimme klang heiser. »Ich kann ohne dich in meinen Armen nicht mehr atmen.«

Sie griff nach dem Saum ihres Shirts und zog es sich über den Kopf, da sie es kaum noch erwarten konnte, ihm nahe zu sein und sein Feuer zu spüren. Dabei war sie sich sicher, dass er niemals zulassen würde, dass sie sich verbrannte. »Dann komm her, damit dir niemals die Luft zum Atmen ausgeht.«

Er drückte die Lippen langsam, aber fordernd auf ihren Mund, und sie war wie gebannt von seinen meisterlichen Küssen, die sie in eine andere Dimension zu befördern schienen. Das lustvolle Pulsieren zwischen ihren Beinen wurde schneller und heftiger und zugleich fühlte sie sich leichter und in ihm verloren. Er rückte mit ihr in die Bettmitte, schob das Becken zwischen ihre Schenkel, spreizte sie weiter und drückte seinen Schaft fest und fordernd an ihre Spalte. Ihre Mitte zog sich zusammen und sie wollte einfach alles von ihm. Als er die Hände auf ihre Hüften wandern ließ, hob sie das Becken an und kam ihm entgegen, und er hielt sie fest, um sich an ihr zu reiben. Nur noch seine Boxershorts und ihr feuchtes Höschen trennten seine dralle Erektion von ihr. Er unterbrach den Kuss und drückte leidenschaftliche Küsse auf ihren Hals.

»Bullet, ich kann nicht mehr ...« *Warten ...*

Sie schnappte nach Luft und zerrte an seinen Shorts, während er an ihr saugte und leckte, mit seinem Bart und den Zähnen rasende Lust in ihr entfesselte.

Er wanderte an ihrem Körper hinab und wurde immer wilder, als könnte er nicht genug von ihr bekommen. Bei jedem stechenden Biss, jedem Lecken und Streicheln wand sie sich und bettelte um mehr. Nie hätte sie gedacht, dass Grobheit so erregend sein könnte, doch ihr Körper stand in Flammen und bebte vor Verlangen. Aber sie wollte nicht einfach genommen und mit Liebkosungen überschüttet werden. Sie wollte ihm auch etwas geben – alles, was sie hatte. Diese neuartigen

Begierden und der Verlust all ihrer Hemmungen erschreckten sie kurz, aber alles an Bullet – von seiner Intensität bis hin zu dem fürsorglichen Mann unter der rauen Schale – weckte in ihr den Wunsch, sich in seine Welt zu stürzen und die wilde Lust zu erkunden, die unter ihrer Haut summte.

Während er ihre Haut Zentimeter für Zentimeter liebkoste, stemmte sie sich schwer atmend gegen seine Schultern und kam sich sehr kühn vor. »Bullet«, flehte sie, doch er stöhnte nur und brachte sie weiter um den Verstand. »Bullet«, sagte sie schroffer und nun hob er den Kopf und runzelte die Stirn. Oh Gott, wie sie diesen eindringlichen Blick liebte. »Ich möchte …« Wieder drückte sie gegen seine Brust und er drehte sich auf die Seite und legte die Hand auf ihre Hüfte.

Schamlos streichelte und küsste sie ihn und wanderte dabei an seinem Körper abwärts, bebend vor Erregung über ihre neue Kühnheit, die es ihr ermöglicht hatte, die Kontrolle zu übernehmen. Sie küsste seinen Bauch, wobei seine Haare sie an den Wangen kitzelten. Sein männlicher Duft steigerte ihre Erregung nur noch mehr. Sie leckte über die Haut direkt über seinen Boxershorts, was ihr ein weiteres Stöhnen einbrachte. Mit wild schlagendem Herzen zog sie den Hosenbund ein Stück herunter und hatte ihn endlich in voller Pracht vor sich. Ganz langsam leckte sie über die breite Spitze und sofort spannte Bullet den gesamten Körper an.

Er stieß einen Fluch aus, griff in ihr Haar und zwang sie, ihm in die Augen zu sehen. Sie war sich deutlich bewusst, dass sie weitaus weniger Erfahrung hatte als er, aber die Leidenschaft und die tiefen Gefühle, die sie unverkennbar in seinem Blick las, gaben ihr zu verstehen, dass nichts davon eine Rolle spielte.

Rasch befreite sie seine Erektion, die begierig hervorschnellte, nun vollständig, und Bullet schleuderte die Boxershorts auf den Boden. Noch immer auf der Seite liegend, vergrub er eine Hand in ihrem Haar und durchbohrte sie förmlich mit dem Blick, während sie seinen Schaft von der Wurzel bis zur Spitze ableckte. Er stieß ein Zischen aus, das ihr unter die Haut ging.

Angespornt von dieser Reaktion tat sie es erneut und entlockte ihm einen noch dunkleren, erregenderen Ton.

Diese Laute waren wie eine Droge, von der sie gar nicht genug bekommen konnte. Sie nahm ihn in die Hand und fuhr mit der Zunge über die Eichel, um ihn dann mehrmals ganz abzulecken, bis er schön feucht war. Als sie die Faust fester um ihn schloss, bäumte sich Bullet auf und stieß sich so kräftig in ihre Hand, dass ihre Mitte sich voller Vorfreude zusammenzog. Sie drückte die Lippen auf die Spitze und entlockte ihm ein lang gezogenes, anerkennendes Knurren. Endlich gab sie mit rasendem Herzen ihrem Verlangen nach, nahm ihn tief in sich auf und saugte, so fest sie nur konnte. Seine Länge schwoll in ihrer Hand noch weiter an, und sie liebkoste ihn schneller, nahm ihn noch weiter in den Mund, bis er so prall war, dass er kurz vor dem Höhepunkt stehen musste. Leichte Panik überkam sie. Zwar *wollte* sie es – ihn um den Verstand bringen, seine Essenz schmecken –, aber noch mehr sehnte sie sich danach, in seinen Armen zu liegen, ihn in sich zu spüren, ihm so nahe zu sein, wie zwei Menschen einander nur sein können.

Sie blickte zu ihm hoch. Er legte ihr die Hände auf die Wangen und sah sie so voller Wärme an, dass sie innerlich dahinschmolz. Behutsam zog er sie neben sich, bis sie einander in die Augen sehen konnten, und küsste sie einmal, zweimal, dreimal. Bei jeder Berührung seiner Lippen wurden ihre Gefühle noch intensiver.

Flatternd schlug sie die Augen auf und er flüsterte: »Ich

brauche dich.«

Bei der Art, wie er die Worte aussprach, so nachdrücklich und leidenschaftlich, war ihr nicht ganz klar, ob er das in sexueller oder emotionaler Hinsicht meinte. Aber eigentlich spielte das keine Rolle, denn als er sie nun behutsam auf den Rücken drehte und ihr den Slip auszog, wusste sie im tiefsten Inneren, dass beides eng miteinander verknüpft war.

Bullet ging auf die Knie hoch; dieser prachtvolle, herrliche Mann, so voller Kraft und Energie, sein Körper eine Landkarte der Ängste, Tragödien und Hoffnungen. Finlays Puls beschleunigte sich, als er nach seiner Brieftasche griff und ein Kondom herauszog. Ohne den Blick von ihr abzuwenden, riss er die Verpackung auf und streifte es sich über. Als er sich auf sie legte und ihr dabei tief in die Augen sah, schien eine sinnliche Welle über sie hinwegzutosen. Unbekleidet fühlte er sich anders an. Schwerer, wärmer, *näher*.

»Sag, dass du mir gehörst«, flüsterte er und küsste sie.

Er war so bestimmend und zugleich so selbstsicher, dass er ihr gar keine Zeit für eine Antwort ließ. Sie lächelte an seinen Lippen. Das Band zwischen ihnen war so solide, so real, dass er ihre Antwort ohnehin kannte: *Ich gehöre dir, Bullet. Nur dir.*

Langsam verschmolzen ihre Körper. Während seine Arme sie umfingen, füllte er sie so vollständig aus, dass sie meinte, sich zu vergessen. Finlay presste die Hände auf sein Becken, damit er stillhielt, bis sie sich eingeprägt hatte, wie er sich in ihr anfühlte. Doch dann war der Druck in ihrem Inneren, seine Hände an ihren Schultern und ihre forschenden, tanzenden Zungen zu viel für sie und sie musste sich bewegen. Gefangen unter seinem schweren Körper, konnte sie nichts anderes tun, als ihm immer wieder die Hüften entgegenzustoßen. Rasch fanden sie in einen gemeinsamen Rhythmus und jeder seiner Stöße traf diese magische Stelle in ihr. Bullet schob ihr die Hände unter den Hintern und hob ihn ein wenig an, um den Winkel zu verändern und noch tiefer in sie einzudringen – und Grundgütiger, der Mann war ein Sexgott. Er stieß in sie, rieb sich an ihr und pulsierte in ihrem Inneren, bis sie die Finger in seinen Rücken krallte. Sie wollte die Beine um seinen Leib schlingen, doch er war zu groß, als dass es ihr gelingen konnte. Geschmeidig richtete er sich auf, klemmte sich ihre Knie unter den Oberkörper und stieß hart und schnell zu. Sie schrie auf, als sich ungezügelte Lust in ihr ausbreitete. Er legte sich wieder auf sie, bog ihre Beine auseinander, umklammerte ihren Hintern und spreizte die Pobacken so weit, dass es schon wehtat. Sie wimmerte erschrocken, weil es sich anfühlte, als würde ihre Haut gleich reißen, doch da stieß er wieder in sie, und die Leidenschaft brach in einer gewaltigen Woge über sie herein. Finlay schnappte nach Luft, und er tat es gleich noch einmal, bis Schmerz und Lust wie Glas in ihr zersplitterten und sie jede Kontrolle verlor. Sie bäumte sich auf, schrie und zuckte wild, während sich alles in ihr krampfartig zusammenzog.

»Hör nicht auf, hör nicht auf, hör nicht auf«, flehte sie. Und das tat er nicht.

Wie im Rausch vergrub er das Gesicht an ihrem Hals und versenkte die Zähne in ihrer Haut, was sie in einen neuerlichen Taumel versetzte und ihr unverständliche Laute entlockte, die so unaufhaltsam wie ihre Emotionen waren. Ihre Haut war heiß und schweißnass, ihr Atem ging abgehackt. Mit einem Mal ließ er ihren Hintern los, schob die Arme unter ihren Rücken und drückte sie so fest an sich, dass sie seinen rasenden Herzschlag an ihrer Brust spürte. Ihre Haut schien in Flammen zu stehen. Ihr gesamter Körper kribbelte, wie unter tausend Nadelstichen, während sich der nächste Höhepunkt in ihr aufbaute. Bullet verschloss ihr mit den Lippen den Mund und ihre Körper bewegten sich in einem herrlichen Einklang. Die Hitze seiner Lust versengte sie. Dann spannte er den ganzen Körper an, stieß sich noch tiefer in sie hinein, rief ihren Namen und sie kamen in völliger Harmonie.

Während sich Bullet das Kondom abstreifte, konnte Finlay zum ersten Mal einen Blick auf seinen Rücken werfen, und ihr wurde ganz weh ums Herz. Während seine Brust mit verschiedenen Tätowierungen bedeckt war, glich sein Rücken einer einzigen dunklen Maske. Das Gesicht, das sie schon vom Rücken der hünenhaften Gestalt auf seinem Brustbein kannte, vom Wächter vor der Höhle, blickte ihr entgegen. Zwei dunkle leere Kreise – eine Sonnenbrille – auf den Schulterblättern starrten sie unter spitzen Brauen blicklos an. Eine skelettartige Nase und ein Mund voller zackiger Fangzähne waren umgeben von Verzierungen, wie sie sie schon an Eisengeländern gesehen hatte. Die Innenseiten seiner Arme und die Armbeugen waren mit Kreuzen, Davidsternen und anderen religiösen Symbolen bedeckt.

Bullet kam zurück ins Bett, nahm Finlay in die Arme und die reale Welt wurde ihr langsam wieder bewusst. Er lag angespannt wie eine Feder neben ihr, was ihrem übervollen Herzen einen gewaltigen Dämpfer versetzte. Am liebsten hätte sie diese Tätowierung, die beängstigender als die anderen war, nicht angesprochen, doch sie konnte nicht anders, auch wenn sie wusste, dass es ein Leben lang dauern würde, den Mann unter den Tätowierungen vollständig zu verstehen.

»Dein Rücken«, flüsterte sie. »Er macht mir Angst.«

Er küsste sie auf die Stirn und zog sie an sich. »Lass es nicht zu. Das ist das Wappen der Dark Knights. Es gehört einfach zu mir ... Früher war es gleichzeitig meine Stärke und mein Untergang. Jetzt schenkt es mir nur noch Kraft, Baby.«

Sie atmete ein wenig auf. »Und deine Arme?«

Unerwartet verzog er den Mund zu einem Lächeln. »Es gibt so viel grundlosen Hass auf der Welt. Ich trage all diese Symbole voller Stolz und würde die Menschen, die daran glauben, gleichermaßen beschützen. Es ist einfach eine Möglichkeit, der Menschheit Respekt zu zollen. Als ob man sich diesen hasserfüllten Leuten entgegenstellt und sagt: ›Na los, versuch ruhig, jemanden zu schikanieren, wenn ich in der Nähe bin.‹«

»Du bist unglaublich«, flüsterte sie, kuschelte sich an seinen warmen Körper und wünschte sich, bis zum nächsten Morgen so zu verharren, obwohl sie genau wusste, dass er irgendwann gehen musste.

»Nein. Ich tue nur das Richtige.«

Er schien immer das Richtige zu tun, und sie fragte sich, warum ihn die Regeln seiner Familie und des Motorradclubs als Jugendlichen so verwirrt hatten. Doch jetzt schien er damit im Einklang zu sein und das freute sie für ihn.

»Es ärgert mich so, dass ich nicht über Nacht bleiben kann«, sagte er und drückte ihr einen Kuss auf die Stirn. Sie schloss die Augen. Er war deswegen ebenso unglücklich wie sie.

»Meinst du, Tink käme mal eine Nacht alleine zurecht?«, fragte sie und bereute es sofort wieder. »Entschuldige. So habe ich das nicht gemeint. Du solltest sie nicht allein lassen. Ich weiß doch, wie sehr ihr einander braucht.«

»Das ist nicht alles, Babe.« Er zog sie wieder fest an sich und legte ein Bein über ihre Hüfte.

»Albträume?«, hakte sie sanft nach.

Er antwortete nicht und da wollte sie erst recht bei ihm sein. Aber wie konnte sie je von ihm erwarten, Tinkerbell über Nacht allein zu lassen? Für manche Menschen war ein Hund nur ein

Haustier, aber Tinkerbell war offensichtlich ein ebenso wesentlicher Bestandteil von Bullets Heilung wie die Narben, die ihn tagtäglich an alles erinnerten.

Lange lagen sie so zusammen in der Stille ihres Schlafzimmers, jeder in seinen Gedanken versunken. Als sie ihren gemeinsamen Abend schließlich widerwillig für beendet erklärten, stand Bullet auf der vorderen Veranda vor ihr, legte ihr die Hände an die Wangen und sah ihr mit gequältem Blick in die Augen. »Du hast etwas Besseres verdient als einen kaputten Soldaten, aber ich kann dich nicht aufgeben. Mir ist vollkommen bewusst, wie egoistisch das ist, aber ich bringe es einfach nicht über mich, Fin. Nicht mal nach so wenigen Tagen.«

»Meine Mutter hat immer gesagt, das Beste am Streuselkuchen sind nicht die großen Stücke, die alle haben wollen, sondern die zerbrochenen, die übrig bleiben. Sie sind mit dem süßen Fruchtsaft getränkt, aber nur wenige Menschen haben das Glück, das zu begreifen. Ich gehöre dazu, Bullet. Ich will nur dich.«

Er sah sie staunend an und küsste sie. »Vergiss nicht, die Tür abzuschließen, Lollipop.«

Finlay sah die Rücklichter seines Trucks in der Dunkelheit verschwinden und wünschte sich sehnlichst, dass die Dinge anders stünden. Und während sie abschloss und seiner Duftspur zurück ins Schlafzimmer folgte, fragte sie sich, wie es sein konnte, dass sich ihr Herz zugleich übervoll und zerrissen anfühlte.

Auch in ihr war etwas zerbrochen. Nach Aarons Tod hatte sie geglaubt, nie wieder etwas für einen Mann empfinden zu können. Doch als sie nun zurück ins Bett kroch und den Kopf auf das Kissen drückte, auf dem Bullet gerade noch gelegen hatte, wurde ihr klar, dass mit ihr eigentlich alles in Ordnung war. Sie hatte bisher nur nicht den Richtigen gefunden. Sie schloss die Augen und sah sofort Bilder von Bullet vor sich. Vielleicht war ja auch er gar nicht so kaputt, wie er glaubte.

Zwölf

Am Sonntag packte Finlay nach einem kurzen Anruf bei Penny die Hundeleckerlis ein, die sie in aller Herrgottsfrühe gebacken hatte, und folgte den Anweisungen ihres Navis über eine lange, windgepeitschte Landstraße nicht weit vom Whiskey Bro's entfernt bis zu einer schmalen Einfahrt. Hohes Gras verlieh dem Grundstück etwas Verlassenes. Eine alte, heruntergekommene rote Scheune kam in Sicht, und die verwilderten Wiesen wichen prachtvollen Steingärten, zwischen denen Bäume und üppige Sträucher, Herbstblumen und andere Pflanzen standen. Die Schönheit dieser Gärten stellte einen herben Kontrast zu der verbeulten, verwitterten Scheune dar mit ihrem spitzen Blechdach, das ein Stück überstand, als wäre es für ein größeres Gebäude gebaut worden und nur versehentlich hier gelandet. Ein recht neues Doppelfenster befand sich mittig über zwei einfachen Garagentoren aus unlackiertem Holz. Die Garagentore waren noch von der alten Art, wie Finlay sie aus Western-Filmen kannte, und bestanden aus verwitterten vertikalen Brettern, auf die ein X aus zwei diagonalen Brettern genagelt war, was irgendwie den Anschein erweckte, als wäre der Zutritt dort verboten. Neben dem rechten Garagentor war eine zerschrammte Haustür zu sehen und darüber ein niedrigeres

Satteldach, das auf Höhe der Tür endete. Eine einzelne Glühbirne hing in einer schwarzen Fassung neben der Tür.

Finlay stellte den Wagen ab, warf einen Blick aufs Navi und fragte sich, ob Penny ihr die falsche Adresse gegeben hatte. Ein tiefes Wuff ließ ihr Herz schneller schlagen. Sie schnappte nach Luft und ließ das Handy fallen. Erschrocken umklammerte sie das Lenkrad und spähte durch die Fenster. *Das ist eindeutig das richtige Haus.* Sie war heilfroh, dass sie in ihrem SUV so hoch saß, denn sie wäre nicht gern auf Augenhöhe mit dem Rottweiler gewesen, der neben der Fahrertür auf und ab lief. Finlay hatte ganz vergessen, wie groß Bullets Hund war. Und dabei hatte Dixie ihr erzählt, Tinkerbell sei noch ein Welpe. *Lügnerin.* Der Kopf des schrecklichen Hundes, der sie gebissen hatte, war auch so groß wie eine Wassermelone gewesen, und er hatte ebenfalls dunkle Knopfaugen gehabt.

Finlay tastete im Fußraum nach ihrem Handy und schimpfte leise mit sich. »Das ist nur ein Hund. *Bullets* Hündin.« Endlich hatte sie ihr Telefon gefunden. »Er schläft mit ihr in einem Bett, Herrgott noch mal. Wie bösartig kann sie da schon sein?«

»Wuff!«

Vor Schreck schrie Finlay auf und das Telefon segelte abermals durch die Luft. Sie drückte die Stirn ans Lenkrad und kämpfte gegen den Drang an, einfach wieder zu verschwinden. Da hörte sie laute Motorgeräusche, und ein Blick in den Rückspiegel verriet ihr, dass sich zwei Motorräder näherten.

Na toll.

Da Bullet schon bei Sonnenaufgang wach geworden war, was für ihn mehr oder weniger den Normalzustand darstellte, bastelte er seitdem in der Garage an einer seiner Maschinen herum, als er den Klang näher kommender Motorräder hörte. Tink bellte ein weiteres Mal. Bullet wischte sich die Hände an einem Lappen ab, öffnete das Garagentor und blieb wie angewurzelt stehen, als er Finlays rosafarbenen Wagen in der Einfahrt stehen sah. Hinter ihr kamen seine Brüder auf ihren Motorrädern näher. Es war ein perfekter Tag für eine Ausfahrt, und er sehnte sich nach dem Motor unter sich, dem Fahrtwind um die Nase und diesem unglaublichen Hochgefühl, wenn ihn der Nervenkitzel durchströmte. Nur, als er letzte Nacht tief in Finlay versunken gewesen war, hatte das einen annähernd ähnlichen Zustand bei ihm ausgelöst.

Er schlenderte auf ihren Wagen zu und bemerkte erst jetzt die Panik in ihren schönen Augen. Ein scharfer Pfiff und eine Geste, und Tinkerbell legte sich auf den Bauch und hechelte vor Begeisterung, weil ein neuer Mensch hergekommen war, mit dem sie spielen konnte.

Vergiss es, Mädchen.

Als Bear und Bones von ihren Maschinen stiegen und die Helme abnahmen, verschwand beim Anblick ihres frechen Grinsens der Knoten, der sich in seiner Brust gebildet hatte, als er während der Nacht stundenlang auf und ab gelaufen war und damit auch Tinkerbell wachgehalten hatte.

Bear half Crystal vom Sitz und meinte zu Bullet: »Du siehst ziemlich mitgenommen aus.« Dann ging er in die Knie und streichelte Tinkerbell ausgiebig.

Bullet musste daran denken, wie schwer es ihm gefallen war, Finlay mitten in der Nacht verlassen zu müssen, und biss die Zähne zusammen. Er ging zu ihrem Wagen und versuchte, die

Schmetterlinge in seinem Bauch zu ignorieren, die darin offensichtlich Purzelbäume schlugen. Finlay umklammerte mit beiden Händen das Lenkrad. Ihre Knöchel zeichneten sich weiß ab, und sie hatte die Augen weit aufgerissen.

»Hey, Babe. Magst du vielleicht das Fenster runterkurbeln?«

Ihr Blick zuckte zu Tinkerbell, die auf dem Rücken lag und die Beine in die Luft streckte, während Bear ihr den Bauch kraulte. Finlay öffnete ihr Fenster etwa zwei Finger breit. Crystal trat neben Bullet, und er legte einen Arm um sie. »Wie geht's dir, Süße?«

»Besser. Mein Bauch hat sich die ganze letzte Woche komisch angefühlt, aber so langsam beruhigt er sich wohl wieder.« Sie schenkte Finlay ein Lächeln. »Wie läuft's, Fin? Willst du den ganzen Tag in dem bonbonfarbenen Ding da sitzen oder kommst du raus und sagst Hallo?«

»Gib uns eben eine Minute, okay?«, bat Bullet und ließ Crystal los.

»Hey, Bruderherz.« Bones klopfte Bullet auf die Schulter und ging zu den anderen.

Bullet legte eine Hand an den Türgriff, und abermals zeichnete sich Panik in Finlays Zügen ab. Er öffnete die Tür, stellte sich jedoch mit dem Körper in die Öffnung. »Hey, Süße. Was machst du hier?«

»Ich dachte mir, du bist nach diesem Unfall zu mir gekommen, obwohl du am liebsten abgehauen wärst. Das ist dir nicht leichtgefallen. Und deshalb habe ich meinen ganzen Mut zusammengenommen und mir eingeredet, wenn ich Tinkerbell kennenlerne, dann können wir vielleicht mehr Zeit miteinander verbringen.«

Ihm ging das Herz auf.

Sie beugte sich vor und flüsterte: »Aber ich wusste nicht,

dass du schon was vorhast, und vielleicht habe ich mich auch überschätzt. Ich glaube, ich traue mich doch nicht in ihre Nähe.«

»Ich weiß, wie wir dir helfen können, diese Angst zu überwinden.« Er beugte sich in den Wagen, nahm sie in die Arme und küsste sie. Sogleich spürte er, wie die Anspannung von ihr abfiel, und ließ nicht von ihr ab, bis sie das Lenkrad losließ und die Arme um ihn schlang. Und dann vertiefte er den Kuss noch, denn nichts – *nichts* – war besser als das hier.

»Besser?« Er drückte ihr einen sanfteren Kuss auf die Lippen.

»Jetzt bin ich scharf auf dich *und* habe Angst.«

Er lachte leise. »Vertraust du mir?«

Sie nickte.

»Ich weiß ein bisschen was darüber, wie man Ängste überwindet. Gibst du mir ein paar Minuten? Versprichst du mir, nicht abzuhauen?«

»Wenn ihr schon was vorhabt, kann ich ein andermal wiederkommen.« Sie sah zu Bear und Crystal hinüber, die beide neben Tinkerbell kauerten. Bones stand mit dem Rücken zu ihnen und hielt sich das Handy ans Ohr.

»Das haben wir nicht. Gib mir eine Sekunde.« Er schloss die Wagentür, ging unglaublich erleichtert in die Scheune und kehrte mit einer Hundeleine wieder zurück.

Als er sie in Tinkerbells Halsband einhakte, erkundigte sich Bear: »Was ist mit Finlay los?«

»Sie hat Angst vor Hunden.«

Crystal ging zum Transporter. »Tinkerbell ist wirklich lieb. Sie sieht nur gefährlich aus. Wie Bullet.«

Himmel.

Finlay sah sie flehentlich an.

»Sie wird dir nichts tun«, versicherte Crystal ihr.

Finlay öffnete das Fenster ein Stückchen weiter. »Das glaube ich dir ja, aber ich habe trotzdem Angst vor Hunden. Vor *allen* Hunden. Ich fürchte mich sogar vor Chihuahuas, was albern ist. Aber ich versuch's, denn …« Sie sah zu Bullet herüber und schon war da wieder dieses Flattern in seinem Bauch.

»Wir wollten dich eigentlich fragen, ob du wirklich nicht mitkommen willst«, erklärte Bear. »Finlay kann uns gern begleiten. Wäre es nicht schön, mal einen Tag rauszukommen?«

»Sie fährt nicht Motorrad«, sagte Bullet.

»Nicht?« Crystal musterte Finlay erstaunt.

Finlay schüttelte entschuldigend den Kopf.

»Mir ging es genauso, bis ich Bear kennenlernte«, berichtete Crystal. »Wenn Tinkerbell erst mal dein Herz erobert hat, kannst du vielleicht auch lernen, Motorrad zu fahren.«

»Das ist ein ziemlich großes Vielleicht, und ich weiß nicht, ob ich beides auf einmal schaffe. Lass mich erst mal das hier hinkriegen«, erwiderte Finlay.

Bullet reichte Bear die Leine. »Fin wurde mal von einem Hund angefallen. Meint ihr, ihr könnt so lange bleiben, bis ich sie aus dem Auto bekommen habe?«

»Klar.« Bear nahm ihm die Leine ab, hockte sich wieder hin und legte einen Arm um Tinkerbell. »Du musst jetzt ganz brav sein, Tink.« Dann wandte er sich an Crystal. »Komm her, Süße. Machen wir Bullet ein bisschen Platz, damit sein Zauber wirken kann.«

Sein Zauber! Er wünschte sich, das auch nur halb so gut wie Finlay zu beherrschen.

Bullet öffnete die Autotür und drehte Finlay zu sich um. Grundgütiger, wo kaufte diese Frau nur ein? Bei Bring-deinenMannaufTouren.com? Sie trug ein hauchdünnes, kurzes rosa Kleid und hohe Schnürstiefel aus braunem Leder, außerdem eine Art Rüschenstrümpfe, die ihr bis zum halben Oberschenkel reichten. Dazu ein Handgelenk voller Armreifen und an der rechten Hand ein Blumenring.

»Du liebe Güte, Lollipop! Hast du dich absichtlich so angezogen, damit ich dich sofort auf dem Rücksitz des Vans flachlegen möchte?«

»Was?« Sie schnappte nach Luft und sah an sich hinab. »Nein! Ich habe bloß hohe Stiefel angezogen, damit Tink nicht an meine Waden herankommt, und das ist eins meiner Lieblingskleider. Ich wollte es möglichst bequem haben und mich wohlfühlen.«

»Tja.« Er versuchte mit einer Bewegung, seine Hose zurechtzurücken. »Das kann ich von mir gerade nicht unbedingt behaupten.«

Sie kicherte leise. »Entschuldige.«

Er legte ihr die Hände auf die Hüften, zog sie zu sich heran und versuchte, sich nicht vorzustellen, was sie wohl unter diesem verführerischen Kleidchen anhaben mochte. Okay, jetzt konnte er an nichts anderes mehr denken.

»Was ist denn los?«, erkundigte sich Bones und verpasste Bullets feuchten Träumen einen herben Dämpfer.

»Fin hat Angst vor Hunden«, erklärte Bear.

Während seine Brüder sich unterhielten, sah Bullet Finlay tief in die Augen. »Tink hört auf alles, was ich sage, aber sie ist noch ein Welpe. Sie wird aufgeregt sein und vielleicht bellen oder herumzappeln, weil es ihr schwerfällt, nicht an dir hochzuspringen, verstehst du?«

Finlay schluckte schwer und nickte. Dann sah sie zu Tinkerbell hinüber, die Bear gerade das Gesicht ableckte. »Hat sie schon mal jemanden gebissen?«

»Noch nie. Und sie ist nicht darauf trainiert, jemanden anzugreifen, sondern wurde gut erzogen, Babe. Sie ist mein Mädchen. Ich würde sie nie in Gefahr bringen, genauso wenig wie dich, und das weiß sie.«

Finlays Blick wurde sanfter und ein Lächeln ließ ihr Gesicht erstrahlen. »Ich finde es rührend, wie sehr du an ihr hängst.«

»Ich kümmere mich um jeden, den ich liebe.« *Und ich möchte mich auch um dich kümmern.* »Sie ist so sanftmütig, dass sie Lincoln auf sich herumklettern lässt, und Kennedy darf sie umarmen. Aber bevor ich dich zu ihr bringe, sollst du wissen, wie viel es mir bedeutet, dass du hier bist. Ich kann das dummerweise nicht mit Worten ausdrücken, die dem auch nur ansatzweise gerecht werden, aber ich danke dir.«

»Auch ich kümmere mich um die, die ich liebe«, sagte Finlay leise.

Dreizehn

Finlay stieg aus, blieb aber an Bullets Seite. Ihr Puls raste, obwohl Tinkerbell angeleint war. Bear und Bones standen rechts und links neben dem Tier und wirkten in ihren dunklen Jeans und Lederjacken wie Biker-Bodyguards. Bullet war hochkonzentriert und beobachtete Finlay und Tink aufmerksam. Wie musste er sich in diesem Augenblick fühlen, mit einer Freundin an seiner Seite, die wie versteinert war vor Angst vor dem Tier, das ihm ein Gefühl von Sicherheit vermittelte?

Als Finlay seine Hand nahm, sah er sie besorgt an. »Ich habe ihr selbst gebackene Leckerlis mitgebracht. Könnte das helfen?«

Er schmunzelte. »Nur, wenn du möchtest, dass mein Fünfunddreißig-Kilo-Mädchen versucht, dir aus der Hand zu fressen.« Er musterte erst Tinkerbell und dann wieder Finlay. »Du hast ihr Leckerlis *gebacken*?«

Sie nickte. »Ich konnte nicht schlafen, also habe ich recherchiert, was die gesündesten Leckerlis für Welpen sind. Sie sehen sogar aus wie Knochen.« Sie warf Bones einen kurzen Blick zu und stellte klar: »Hundeknochen.« Nicht, dass er noch glaubte, sie wolle sich über seinen Spitznamen lustig machen.

Seine Brüder lachten in sich hinein.

Crystal strich sich das dunkle Haar hinters Ohr. »Och, es wäre bestimmt lustig gewesen, mit anzusehen, wie Tink lauter kleine *Bones* runterschlingt.«

Tinkerbell hob den Kopf und tat einen Schritt auf Bullet zu. Bear hielt die Leine fest und sagte: »Bleib, Tink.«

Finlay atmete langsam aus.

»Wir gehen es folgendermaßen an.« Bullet hob ihre Hand und drückte einen Kuss darauf. »Sie wird spüren, dass du dich fürchtest. Wenn Kennedy Angst bekommt, bleibt Tink immer ganz dicht bei ihr. Möglicherweise wird sie winseln oder versuchen, dich abzulecken, aber sie wird dich *nicht* beißen, okay?«

Finlay nickte. »Ich kann die Angst nicht unterdrücken.«

»Ich weiß. Das ist okay, aber dir sollte klar sein, dass sie auch Gefühle hat. Sie leidet, wenn es den Menschen, die sie liebt, nicht gut geht. Siehst du, wie sie dich beobachtet? Wie sie uns ansieht? Tink merkt, dass wir uns an den Händen halten. Sie spürt, dass du mir wichtig bist, und sie wird sich entsprechend verhalten.«

»Okay.« Das Wort kam ihr kaum lauter als ein Flüstern über die Lippen.

»Wenn wir zu ihr rübergehen, befehle ich ihr, sich hinzulegen, und dann möchte ich, dass du ihr deine Hand hinhältst, damit sie dich beschnuppern kann.« Er hob ihre Hand an seine Nase und atmete tief ein. »Sie wird merken, dass du ihr nichts tun willst, und wird dir wahrscheinlich die Hand ablecken. Wenn du dich wohlfühlst, kannst du sie streicheln, okay? Aber kein Stress. Es wäre allerdings am besten, wenn du es hinkriegst, nicht schreiend davonzulaufen.«

Finlay lächelte tapfer und erinnerte sich daran, wie sie auf dem Parkplatz vor dem Whispers ausgeflippt war. »Das mache ich nicht noch einmal. Ich glaube, ich schaffe das. Guck doch bloß, wie zutraulich sie ist – und ich brauche eine halbe Armee zum Schutz vor deinem Hund! Ich komme mir schon wie der totale Loser vor.«

»Jeder braucht mal Unterstützung«, meinte Bones.

Er und Bullet wechselten einen Blick. Finlay konnte sich gut vorstellen, dass ihm auch der Rest der Familie zur Seite gesprungen wäre, wenn er ihnen von seinen schlimmsten Erfahrungen erzählt hätte. Sie fragte sich, ob seine Albträume und Flashbacks nicht vielleicht längst vorbei wären, wenn er sich alles von der Seele geredet hätte.

»Du schaffst das«, versicherte Crystal ihr. »Übrigens, dein Outfit ist der Hammer.« Sie zückte ihr Handy und machte ein Foto. »So eins nähe ich mir auch, nur in Schwarz.«

Crystal nähte einen Großteil ihrer Kleidung selbst, ebenso wie Kostüme für Gemmas Prinzessinnenboutique. Flüchtig ließ Finlay sich von Gedanken an ihre Kleidung ablenken und das linderte ihre Nervosität ein wenig.

»Bereit?«, fragte Bullet.

»Nein.« Sie lächelte. »Aber machen wir's trotzdem.«

Ohne Finlay loszulassen, deutete er zu Boden und sah Tinkerbell in die Augen. »Leg dich hin, Tink.«

Tinkerbell ließ sich wieder auf den Bauch sinken und streckte die großen Pfoten vor sich aus. Sie hielt den Kopf weiterhin hoch und hatte die Zunge aus dem Maul hängen, als könnte sie es nicht erwarten, dass Bullet und Finlay endlich zu ihr kamen. Kopf und Körper der Hündin waren sehr breit, und ihr Fell war schwarz und nur zwischen der Schnauze und der Brust braun, was ein bisschen so aussah, als würde sie eine Maske tragen. Doch wie sie mit zuckenden Ohren und ausgestreckten Vorderpfoten dort lag, wirkte sie besorgt, aufgeregt und ein kleines bisschen verwirrt.

Willkommen im Club. Ich bin nett zu dir, wenn du auch nett zu mir bist, dachte Finlay nervös.

Bear kauerte sich hin, legte einen Arm um Tinkerbell und nickte Bullet zu. Finlay fand es toll, wie sie in allem zusammenhielten. Sogar bei etwas so Albernem wie seiner ängstlichen Freundin dabei zu helfen, seinen Hund kennenzulernen.

»Okay, Babe. Schön langsam.«

Ohne Bullets Hand loszulassen, trat sie mit wild klopfendem Herzen vor. Die andere Hand hielt sie Tinkerbell hin und fing an zu zittern, als der Hund den Hals reckte. Es kostete Finlay große Überwindung, nicht zurückzuzucken, als Tinkerbell ihre Hand mit der Schnauze berührte und mit ihrer rauen Zunge darüber leckte. Es kitzelte. Finlay lachte nervös auf. Bullet trat hinter sie und wirkte auf sie wie eine Mauer, aus der sie Kraft beziehen konnte.

»Knie dich hin, Liebling«, raunte er ihr ins Ohr.

Plötzlich überkamen sie Erinnerungen an die vergangene Nacht, an ihre ineinander verschlungenen Körper und seinen heißen Atem auf ihrem Hals. Sie bekam weiche Knie, und da fiel es ihr nicht mehr schwer, sich hinzuknien. Bullet hockte sich neben sie, legte einen Arm um sie und streichelte mit der anderen Hand Tinkerbell. Was war nur mit ihr los, dass sie jetzt daran dachte, wie nahe sie einander gewesen waren, obwohl sie noch vor fünf Minuten panische Angst gehabt hatte?

»Braves Mädchen«, sagte er in schmeichelndem Tonfall.

Finlay war sich nicht sicher, wen er damit meinte, hatte aber so das Gefühl, dass es an sie beide gerichtet war, und wusste sein großes Herz umso mehr zu schätzen. Bullet kannte nur eine Art zu lieben, und zwar mit Haut und Haaren. Zu wissen, dass er keine von ihnen je in Gefahr bringen würde, linderte ihre

Anspannung ein wenig.

»Alles in Ordnung?«, erkundigte er sich.

»Ja.« Sie atmete tief durch. »Eigentlich geht es mir sogar ziemlich gut.«

Tinkerbell robbte ein Stück vor, blieb aber auf dem Boden liegen, und der flehende Blick, mit dem sie sich verstohlen zwischen Finlay und Bullet schob und mit der Nase an Bullets Bauch stieß, ließ Finlay das Herz aufgehen. Bullet streichelte Tink und drückte ihr einen Kuss auf die Schnauze.

»Braves Mädchen.«

Finlay streckte ebenfalls die Hand aus und streichelte Tinkerbell. Ihr Fell war kurz, aber weich, und sie fühlte sich verlässlich an, genau wie Bullet. Tinkerbell hob den Kopf und Finlay zog die Hand zurück.

»Alles gut. Sie will dir nur einen Kuss geben«, versicherte Bullet ihr.

Finlay schloss die Augen. Tinkerbell leckte ihr mit der rauen Zunge über die Wange und sie mussten alle lachen. Finlay setzte sich neben Tinkerbell und spürte den kalten, rauen Beton an den nackten Beinen. Tinkerbell legte ihr den großen Kopf aufs Bein und seufzte. Finlay streichelte sie und fühlte sich immer sicherer. Als sie innehielt, winselte die Hündin und leckte ihr übers Bein.

Lange saßen sie so in der Einfahrt und lernten sich kennen, Finlay und die Hündin, die zu Bullets Rettungsanker geworden war. Finlay vergegenwärtigte sich noch einmal, wie viel Tinkerbell Bullet bedeutete, wie sehr sie ihm half und wie sehr Bullet ihr geholfen hatte, und ihre Zuneigung zu dem Tier wuchs. Im Nu unterhielten sich alle und lachten und Tinkerbell saß dicht an Finlays Seite geschmiegt. Zum ersten Mal seit Jahren fühlte sie sich in Gegenwart eines Hundes wohl.

Die Freude in Bullets Augen, das Lachen, das er so selten hören ließ, und dieses heiße Lächeln, das sie nicht oft genug zu sehen bekam, waren jede beklommene Sekunde und die schlaflose Nacht wert, in der sie ihren gesamten Mut zusammengenommen hatte, damit sie hierherfahren und ihre Ängste überwinden konnte.

Finlay betrachtete die drei großen Männer, die auf dem Asphalt saßen, als würde ihnen das überhaupt nichts ausmachen. Bear hatte einen Arm um Crystal gelegt, und beide lächelten einander an, wenn er ihr nach jedem ihrer Worte Küsse stahl. Bones und Bullet schwelgten in Erinnerungen an die Zeit, als Tinkerbell noch viel kleiner gewesen war. Die Verbindung zwischen ihnen war so tief und wahrhaftig, dass Finlay sie wie einen Puffer zwischen sich und dem Rest der Welt empfand und sich glücklich schätzte, in ihren Kreis aufgenommen worden zu sein.

»Ich bin euch allen sehr dankbar, dass ihr mir da durchgeholfen habt. Bestimmt hattet ihr heute Morgen etwas Besseres zu tun, als den Babysitter für mich zu spielen.«

Bear stand auf und zog Crystal ebenfalls auf die Beine. »Wir machen eine Ausfahrt. Willst du nicht in einem Aufwasch noch gleich deine Jungfernfahrt machen?«

»Bear!« Crystal stieß ihm den Ellbogen in die Rippen. »Ein lebensveränderndes Ereignis reicht für heute.«

»Pass bloß auf, Bruderherz«, warnte Bullet ihn, während die übrigen ebenfalls aufstanden.

Bear zuckte mit den Achseln. »Ich will doch nur helfen.«

Tinkerbell lehnte sich an Finlays Bein, während sich alle voneinander verabschiedeten und Bullets Brüder mit Crystal davonfuhren. Finlay konnte es kaum fassen, dass sie sich nach über einem Jahrzehnt gerade tatsächlich erfolgreich einer Angst gestellt hatte.

Bullet nahm sie in die Arme. »Und, wie geht's dir wirklich?«

Als sie in der Wärme seiner Umarmung schwelgte, wurde ihr klar, dass sie das ohne ihn vielleicht nie geschafft hätte. »Erstaunlich gut. Ich kann nicht versprechen, dass ich vor anderen Hunden auch keine Angst mehr habe, aber es ist immerhin ein Schritt in die richtige Richtung.«

»Ein gewaltiger Schritt.« Er strich ihr mit dem Daumen über die Wange. »Ich weiß, wie schwer es ist, sich seinen Ängsten zu stellen, und ich bin wirklich stolz auf dich.«

»Danke. Ich wusste, dass Tink mit diesen dunklen Augen und der einschüchternden Art ganz nach ihrem Herrchen kommt, aber mir war nicht klar, dass sie auch so ein großes Herz hat wie du.«

»Danke, Babe.« Mit einem Mal verdüsterte Sorge seine Züge. »Hattest du Angst vor mir, als du mich zum ersten Mal gesehen hast?«

»Nein. Ich wusste nur nicht, was ich von dir halten soll. Du sahst aus wie ein großer, gefährlicher Schlägertyp und hast dich so derb ausgedrückt. Ich bitte dich! Gleich im ersten Satz hast du mir einen heißen Rodeo-Ritt vorgeschlagen.« Sie musste lachen und er brachte sie mit einem Kuss zum Schweigen.

Es überraschte sie nicht, dass er nicht versuchte, es abzustreiten oder zu erklären. Bullet entschuldigte sich nicht für seine Art, und dies war nur einer der Gründe, aus denen sie sich so zu ihm hingezogen fühlte.

»Kannst du noch ein Weilchen bleiben? Ich möchte dir was zeigen.«

»So was Ähnliches wie das heute Nacht?«, neckte sie.

Ein tiefer, sehr erotischer Laut drang tief aus seiner Kehle, dann gab er ihr einen Kuss, der so warm und wunderbar, so *perfekt* war, dass sie sich wünschte, er würde niemals enden. Doch Tinkerbell hatte etwas anderes im Sinn und schob den großen Kopf zwischen sie, was sie beide zum Lachen brachte.

Bullet nahm Finlays Hand und führte sie in den Garten hinter dem Haus. Tinkerbell trottete zufrieden neben ihnen her. Weitere kunstvoll angelegte Beete kamen in Sicht, zwischen denen sich Schieferplattenwege dahinschlängelten. Ein Weg führte zu einem Grillplatz mit einem gemauerten Kamin, und ein anderer zum hinteren Ende des Grundstücks, wo ein Teich in der Vormittagssonne glitzerte. Grünflächen, so weit das Auge reichte, so malerisch, dass sie den Blick gar nicht davon losreißen konnte.

»Hast du Zeit für einen Spaziergang? Tink läuft gern um den Teich herum.«

»Mein einziger Programmpunkt für heute ist abgehakt. Ich gehöre dir, solange du willst.«

»Vorsicht, Lollipop. Vielleicht lasse ich dich nie mehr gehen.«

»Hältst du das etwa für eine Drohung?« Finlay stieß Bullet mit der Hüfte an, während sie über sein Grundstück schlenderten und einen Ball für Tinkerbell warfen.

»Die meisten Frauen würden das so sehen.« Er nahm Tinkerbell den Ball aus dem Maul und schleuderte ihn über die Wiese. Die junge Hündin stürmte hinterher.

»Vielleicht, wenn du ihnen androhst, sie ans Bett zu ketten …«

»Herrgott, Lollipop, du kannst nicht in so einem Kleidchen

rumlaufen und dann solche Sachen sagen, sonst endest *du* vielleicht angekettet an mein Bett.«

Sie fuhr herum und sah ihn mit einem strahlenden Lächeln und im Sonnenlicht funkelnden Augen an. »Ich denke, deinen Hund kennenzulernen, ist genug Herausforderung für einen Tag.«

Bullet zog sie an sich. »Keine Sorge, Babe. Du weißt ja, dass ich nicht darauf stehe, mich eingeengt zu fühlen, und dir würde ich das auch nie zumuten.«

Er küsste sie und schon schob Tink die Schnauze zwischen sie. Widerwillig löste Bullet sich von Finlay, nahm der Hündin den Ball aus dem Maul und warf ihn noch einmal – diesmal weiter weg. »Ich glaube, mein Mädchen ist eifersüchtig.«

»Das wäre ich auch, wenn ich mit ansehen müsste, wie du eine andere küsst.« Sie nahm seine Hand und ging weiter. »Wie lange lebst du schon hier?«

»Ein paar Jahre. In den ersten Monaten, in denen ich versucht habe, mein Leben wieder auf die Reihe zu kriegen, habe ich die Wohnung über der Autowerkstatt in Beschlag genommen. Quincy und Jed wohnen jetzt da und davor war es Trus Apartment. Mir war das jedoch zu beengt, und der Reiz, im Freien auf dem Balkon zu schlafen, hatte sich auch schnell abgenutzt. Damals habe ich viel Zeit in der Bar verbracht, statt nach Hause zu fahren. Dann habe ich eines Tages bei einer Ausfahrt dieses Grundstück entdeckt. Es wurde zwangsversteigert und ich habe es für einen Appel und ein Ei bekommen. Hier ist genug Platz für meine Motorräder. Und ich habe Luft zum Atmen.«

Sie sah zum Haus hinüber.

»Es ist nicht das, was du gewohnt bist, Lollipop. Dein Puppenhaus ist wirklich hübsch, aber ich bin eher der minimalistische Typ. Gib mir eine Matratze und ein bisschen frische Luft und ich bin zufrieden.«

Sie drückte sich an ihn. Tinkerbell kam mit dem Ball im Maul auf sie zugestürmt. »Schläfst du draußen?«

»Manchmal, aber mein Haus ist so offen, dass ich mich normalerweise nicht beengt fühle.«

Darüber schien sie nachzudenken, während er den Ball erneut warf.

»Tja, mit diesem Garten hast du jedenfalls Glück gehabt. So einen schönen habe ich noch nie gesehen.«

»Als ich hier einzog, war es ziemlich kahl.« Er steuerte auf den Teich zu und hoffte, ihr nicht erklären zu müssen, warum er so kunstvoll angelegte Beete besaß.

»Dann musst du einen tollen Gärtner haben.«

»Vor seinem Schlaganfall hat mein Vater als Gärtner gearbeitet.« Biggs hatte einen Schlaganfall erlitten, während Bullet im Einsatz gewesen war, was die Schuldgefühle, die wie ein bleierner Umhang um Bullets Schultern hingen, nur noch schlimmer gemacht hatte.

»Dann hat *er* das alles angelegt? Dixie hat mir erzählt, dass er einen Schlaganfall hatte, während du beim Militär warst, aber du hast doch gesagt, du hättest das Grundstück erst später gekauft. Gärtnert er noch? Ich weiß ja, dass er einen Gehstock braucht und eine leichte Sprachbehinderung zurückbehalten hat.«

Auch wenn er in Finlays Augen nicht schwach erscheinen wollte, sollte sie doch ein Teil seines Lebens sein, und ihm war klar, dass er dann auch vollkommen aufrichtig zu ihr sein musste. Bei der Vorstellung, sich derart verwundbar zu machen, zog sich sein Brustkorb zusammen, aber er hatte in ihrer Gegenwart schon so viele Wunden aufgerissen und sagte sich nun, dass er ihr die Trümmer seines Lebens damit eigentlich bloß aus der Vogelperspektive zeigte.

»Nicht direkt. Ich bin zwar erst Monate nach meiner Entlassung nach Hause gekommen, aber da war ich immer noch ziemlich durch den Wind. Eigentlich verabscheue ich Schubladendenken, aber eine posttraumatische Belastungs-störung steckt man nicht einfach so weg. Mir ging es lange Zeit richtig mies.« Er atmete die frische Luft ein und beobachtete Tinkerbell, die sich im Gras wälzte. »Damals hatte ich heftige Flashbacks und oft Albträume. Eines Nachmittags war ich bei meinen Eltern, und mein Vater bat mich, Moms Garten auf Vordermann zu bringen. Ich war ziemlich am Ende, Fin, wütend und unbeherrscht, und es war vollkommen unwichtig, dass ich meinem Land gedient hatte; ich fühlte mich wie ein elender Versager. Ich hab dir ja erzählt, dass ich erst so spät zum Militär gegangen bin, weil ich vorher auf meine Geschwister aufpassen wollte, und dann musste ich erst mal herausfinden, was das eigentlich bedeutet. Als ich mich schließlich meldete, hatte ich mich in Schwierigkeiten gebracht und meinem Vater und dem Motorradclub richtig üblen Ärger eingehandelt, weil ich in ein fremdes Revier außerhalb von Peaceful Harbor ein-gedrungen war. Ich war jung und dumm, aber auch mir war klar, dass ich jetzt mal die Kurve kriegen musste. Dass ich weg war, als mein alter Herr den Schlaganfall hatte, hat mich erst recht fertiggemacht. Da war ich nun, in Übersee, Jahre später, immer noch zerrissen und ohne Plan, wo ich eigentlich hingehöre und …«

Er brach ab. Von dem, was jetzt kam, hatte er nur Bones erzählt. Von dem Vorfall, der zu seiner Entlassung aus medizinischen Gründen geführt hatte. Doch dann blickte er in Finlays mitfühlende Augen und konnte ihr sein tiefstes

Geheimnis doch nicht vorenthalten.

»Du weißt ja, was für ein Scheiß im Krieg passieren kann. Ich war bei meinem dritten Einsatz, und wenn man mitten im Kampfgetümmel ist, stellt man keine Fragen, man sitzt nicht rum und überlegt, wie man aus dem Schlamassel wieder rauskommt. Man konzentriert sich ausschließlich darauf, zu überleben und dafür zu sorgen, dass seine Waffenbrüder auch lebend da rauskommen. Sogar die Überzeugung, man würde alles für einen höheren Zweck tun, geht verloren, wenn man die Männer sterben sieht, mit denen man zusammen gekämpft und gelacht hat und die man auf den Arm genommen hat.« Ein Schweißtropfen bildete sich auf seiner Stirn und er wischte ihn mit dem Unterarm weg.

»Du musst mir das nicht erzählen. Ich will dir nicht den Tag verderben.«

»Babe, du bist hier. Nichts kann mir diesen Tag verderben.«

Sie lehnte den Kopf an seinen Arm und das linderte seine Anspannung ein wenig.

»Jedenfalls wurde einer der Jungs angeschossen und ging zu Boden. Er hat stark geblutet. Also so heftig, dass ich wusste, ihm blieb nicht genug Zeit, um auf die Sanis zu warten. Ich habe ihn mir über die Schultern geworfen.« Er zeigte ihr, wie. »Ich legte mir ein Bein über die linke Schulter und drückte seine Brust an die rechte und dann rannte ich los und machte mich auf die Suche nach dem nächsten Sanitäter. Die Kugeln, die mich dabei trafen, habe ich gar nicht gespürt. Als ich irgendwann stürzte, habe ich mich so gedreht, dass der Kamerad auf meiner Brust gelandet ist. Überall war Blut und ich hatte regelrecht einen Adrenalinschock. Mir war überhaupt nicht klar, dass ich verletzt war. Mein einziger Gedanke galt dem Mann, den ich retten wollte. Als ich endlich einen Sani entdeckt habe, setzte ich mich auf und warf mir den Verletzten wieder über die Schulter. So habe ich noch ein paar Schritte geschafft, dann bin ich zusammengebrochen. Er hat stark geblutet, und erst, als ich ihn auf den Boden gelegt habe, ist mir die frische Verletzung an seiner Brust aufgefallen. Ich habe mich über ihn gebeugt, seine Hand gehalten, ihm versprochen, dass wir ihn da rausholen, wenn er nur durchhalten würde. *Herrgott*, ich hätte mein Leben gegeben, um seins zu retten. Da habe ich auf einmal bemerkt, dass meine Brust auch blutüberströmt war, weil ich mehrere glatte Durchschüsse hatte, die dann ihn getroffen hatten. Er hat lauter wirres Zeug von sich gegeben, während ich versucht hab, die Blutungen an seinem Bauch, an den Beinen, in der Brust zu stoppen. Er war so verdammt tapfer bis zum Ende und hat immer wieder von mir verlangt, dass ich mich in Sicherheit bringe. Ich habe ihn bis zu seinem letzten Atemzug festgehalten. Nie werde ich vergessen, wie sich das angefühlt hat. Und dann wurde mir schwarz vor Augen.«

Bei diesen Erinnerungen hämmerte ihm das Herz gegen die Rippen, und er wappnete sich für einen Flashback, aber die Worte sprudelten weiter aus ihm heraus und der Flashback stellte sich nicht ein. »Ich kam in einem Militärkrankenhaus wieder zu mir, habe um mich geschlagen und wollte sofort zurück aufs Schlachtfeld. Ich dachte, dass ich da hingehörte. Dass der Kampf das Wichtigste wäre. Aber ich war schwer verletzt, und sie wollten schon meine Familie benachrichtigen, weil sie nicht sicher waren, ob ich durchkomme. Ich habe ihnen gedroht, sie zu verklagen, falls sie jemanden benachrichtigen, bevor ich tot bin. Meine Familie hatte mit Dads Schlaganfall schon genug durchgemacht, und danach haben wir noch meinen Onkel verloren, dem die Autowerkstatt gehörte. Als ich verwundet wurde, führte Bear schon seit ein paar Jahren beide

Unternehmen und Dixie hat ihm geholfen. Mein Vater hatte die Physiotherapie beendet und das Leben meiner Familie normalisierte sich endlich wieder halbwegs. Da mussten sie sich nicht auch noch Sorgen um mich machen, weil ich möglicherweise nicht überleben würde oder sie für mich sorgen müssen, wenn ich nicht mehr richtig auf die Beine komme.«

»Aber was wäre gewesen, wenn du gestorben wärst? Sie hätten sich nicht von dir verabschieden können.« Finlay liefen die Tränen über die Wangen.

»Ich weiß, dass mich meine Familie liebt. Sie sollten mich als stark in Erinnerung behalten und nicht in einem Krankenhausbett und von Kugeln durchsiebt zu sehen bekommen.«

»Und du warst da die ganze Zeit allein?«

»Ja, aber das war nicht weiter schlimm.« Er wischte ihr die Tränen ab und küsste sie.

»Das ist doch furchtbar.« Sie schlang die Arme um ihn und hielt ihn so fest, dass er die Augen schloss, um seine Rührung im Zaum zu halten. »Ich finde es schrecklich, dass du das ganz allein durchstehen musstest.«

Da fiel ihm ein, was sie über ihren verstorbenen Freund gesagt hatte, und er bekam ein schlechtes Gewissen. Er hätte ihr das nicht erzählen dürfen, hätte wissen müssen, dass sie traurig werden würde.

»Hey.« Er hob ihr Kinn an und gab ihr noch einen Kuss. »Man hat sich um mich gekümmert, Fin. Ich war zwar schwer verletzt und hatte mit der posttraumatischen Belastungsstörung zu kämpfen, aber das war okay. Und ich war nicht die ganze Zeit allein.«

Er nahm ihre Hand und lief mit ihr am Teich entlang, weil er sich bewegen musste. »Sobald es mir besser ging, rief ich

Bones an, und er hat mich mit einem seiner Kumpel bekannt gemacht, mit diesem Therapeuten, von dem ich dir schon erzählt hab. Und ein paar Monate später, als ich das Gefühl hatte, dass ich wieder halbwegs klar denken kann, kam ich nach Hause. Meine Familie weiß nur, dass ich ein paar Kugeln abbekommen habe und PTBS hatte. Den Rest wollte ich ihnen nicht zumuten. Aber es war schwer, wieder zu Hause zu sein. Die ganzen verwirrenden Gefühle stiegen erneut in mir auf, und ich weiß jetzt aus eigener Erfahrung, dass eine PTBS kein Zuckerschlecken ist. Manchmal ist sie aus heiterem Himmel aufgetaucht und hat mir förmlich das Leben ausgesaugt. Deshalb habe ich diesen Garten angelegt.«

Als er den Blick über die blühenden Beete und die Wege schweifen ließ, erinnerte er sich daran, wie befreiend es gewesen war, mit den Händen zu arbeiten, und wie sehr es ihm danach geholfen hatte, sich auf die Bar zu konzentrieren, um sich noch mehr zu erholen.

»Mein alter Herr hat mich Tag und Nacht in seinem Garten arbeiten lassen und mir alles beigebracht, was er wusste. Er hat behauptet, ich müsste meiner Mutter helfen, weil seine Hände nicht mehr so wollten wie früher und der Garten in Schuss gehalten werden musste. Oft ist auch Bear vorbeigekommen und hat mit angepackt.« Er lachte leise, als er daran dachte, wie sie beide da draußen auf den Knien rumgekrochen waren und gequatscht, Unkraut gejätet und Blumenbeete gemulcht hatten. »Ich war so durch den Wind, dass ich es erst später kapiert habe, aber Biggs hat mich bei der Gartenarbeit eingesetzt, um mich vom Grübeln abzuhalten, damit ich wieder gesund werden konnte. Und Bear? Er ist so was von empathisch, dass er die ganze Zeit mit mir gelitten hat. Das war ein ziemlich guter Grund, mein Leben wieder auf die Reihe zu kriegen ...«

»Und trotzdem behauptest du, kein Held zu sein.« Finlay beobachtete Tinkerbell, die mit dem Ball im Maul auf sie zutrottete.

Vor Finlay ließ sie sich aufs Hinterteil sinken und legte den Ball auf den Boden. Finlay hob den vollgesabberten Ball mit spitzen Fingern auf. Bullet streckte eine Hand aus.

»Nein, das mache ich schon. Vor Hundesabber habe ich keine Angst, nur vor Hundebissen.« Sie holte aus, und erst als sie den Ball warf – und Tink hinterherrannte –, erkannte Bullet, dass der Ball direkt auf den Teich zuflog.

»Tink!«, brüllte er, doch die Hündin war schon in der Luft. Mit ausgestreckten Vorder- und Hinterläufen hechtete sie dem Ball hinterher. Bullet stürzte sich hinter ihr ins Wasser und war sich vage bewusst, dass Finlay seinen Namen rief.

Vierzehn

»Es tut mir leid. Ich wusste nicht, dass sie nicht schwimmen kann«, sagte Finlay, als Bullet mit Tinkerbell in den Armen völlig durchnässt aus dem Teich stapfte.

»Sie kann durchaus schwimmen«, erwiderte er, während Tinkerbell ihm die Wangen ableckte. »Aber sie dreht im Wasser völlig durch, jault und paddelt im Kreis. Sie geht eigentlich nur rein, wenn sie einem Ball oder Stock hinterherjagt.« Er setzte Tinkerbell im Gras ab und sie schüttelte sich und bespritzte Finlay mit stinkendem Teichwasser.

Finlay schnappte nach Luft, als der Hund es gleich noch mal machte, aber dann musste sie lachen.

»Tink«, schimpfte Bullet.

Tinkerbell bellte und lehnte sich an Finlay, sodass ihr Kleid vollends nass wurde. »Schon okay«, versicherte Finlay ihm. »Ihr seid ja meinetwegen nass geworden, da ist es nur fair, wenn ich mich euch anschließe.«

Die junge Hündin legte Bullet die Vorderpfoten auf den Bauch und hechelte glücklich.

»Ich glaube, sie hatte Spaß«, meinte Finlay. Bullet schnaubte und Tinkerbell ließ sich wieder auf alle viere nieder.

»Sie hält es bestimmt für ein Spiel, aber wir werden alle

fürchterlich stinken. Ich muss sie baden.« Er pfiff und deutete aufs Haus. »Tink. Ab nach Hause.«

Der Hund rannte los.

»Kann ich helfen?«, fragte Finlay.

Bullet zog die Stiefel aus, ließ das Wasser herauslaufen und zerrte sich die nassen Socken von den Füßen. »Bist du sicher? In Gewässern flippt sie zwar aus, aber Duschen und Baden liebt sie. Allerdings bist du dann klatschnass.«

Sie blickte auf ihr Kleid hinunter. »Ich glaube, das bin ich schon.«

»Dann hast du bestimmt nichts dagegen.« Er zog sein T-Shirt aus.

Für Finlay geschah es wie in Zeitlupe. Die durchnässte Baumwolle glitt über seine Haut und gab den Blick frei auf seinen Waschbrettbauch und seine muskulöse Brust. Bullet drehte sich etwas zur Seite, sodass Finlay das Spiel seiner Rückenmuskeln bewundern konnte, während er sich das Shirt über den Kopf zog. Jetzt stand er in seiner durchnässten, eng anliegenden Jeans und mit nackten Füßen vor ihr. Oh, wie sie nackte Männerfüße liebte! Bullets Füße waren groß und maskulin, wie alles an ihm. Er hielt T-Shirt und Stiefel mit einer Hand fest und streckte die andere nach ihr aus.

Seine kühle, harte Brust drückte sich an sie, als er sie leidenschaftlich küsste und sich an ihr rieb, sodass nicht nur ihre Kleider feucht wurden. Bullet stieß einen dieser wohligen Laute aus, bei denen Funken durch ihre Adern stoben, und als sich ihre Lippen voneinander lösten, blieb sie atemlos zurück.

Er gab ihr einen Kuss neben das Ohr. »Na, dann komm, meine Süße. Gehen wir mein Hundemädchen waschen, damit wir beide danach Zeit für ein paar andere Spielchen haben.«

Bullet legte ihr einen Arm um die Taille, doch ihre Beine

schienen offenbar vergessen zu haben, was sie zu tun hatten. Er warf ihr einen fragenden Blick zu, doch dann dämmerte es ihm, und er kniff die Augen leicht zusammen. Langsam ließ er die Hand tiefer wandern und drückte ihre Pobacke, was sie erst recht um den Verstand brachte. Verrückterweise musste sie daran denken, wie seine schwere Gürtelschnalle – die jetzt genau unterhalb seines Nabels im Licht der Sonne glänzte – letzte Nacht klappernd auf dem Holzboden gelandet war.

Er lachte leise, ging in die Knie, schob ihr den anderen Arm unter die Oberschenkel und hob sie hoch.

»Bullet!«, kreischte sie lachend.

Tinkerbell stürmte bellend auf sie zu und sah nicht so aus, als wollte sie rechtzeitig stehenbleiben, und da schlug Finlay das Herz erst recht bis zum Hals. Bullet warf sich Finlay über die Schulter und rannte aufs Haus zu und Tinkerbell lief neben ihm her und starrte Finlay mit ihren dunklen Augen an. Hinter dem Haus angekommen, legte Tinkerbell die Vorderbeine auf den Boden und wackelte aufgeregt mit dem Hinterteil. Bullet ließ Finlay von der Schulter in seine Arme rutschen, küsste sie und fiel in ihr Lachen mit ein. Das war das Schönste, was sie je gehört hatte.

»Ich mag dein Lachen so sehr«, sagte sie, als er sie absetzte.

Bullet wandte sich ab, doch vorher meinte sie noch, so etwas wie Verlegenheit in seinen Augen aufblitzen zu sehen. Tinkerbell leckte Finlay über das Bein, und sie streichelte die Hündin, dann folgten sie Bullet zu einer großen Außendusche hinter der Garage. Sie hatte drei Wände aus den gleichen verwitterten Brettern, aus denen auch der Rest des Hauses gebaut worden war, und einen Holzboden. An einer Wand hingen zwei Duschköpfe, einer sehr weit oben, offensichtlich nur für Bullet gedacht, und einer dreißig Zentimeter weiter links, viel tiefer und wohl für Tinkerbell angebracht. Zwei Baumstümpfe dienten als Tische, und darauf standen zwei Shampooflaschen, eine für Hunde und eine für Menschen, sowie ein Duschgel. An der rechten Wand befanden sich ein Waschbecken und eine breite Ablage, und Finlay bemerkte, dass es keine Tür zu geben schien, sodass man vom Waschraum direkt auf weitere Beete und eine große Rasenfläche blickte.

Tinkerbell rannte winselnd durch den Raum und schlug mit der Pfote nach dem Wasserhahn.

»Siehst du? Diesen Teil findet sie toll.« Bullet nahm zwei Handtücher aus dem Wandschrank über dem Waschbecken, legte sie auf die Ablage und warf Finlay einen anzüglichen Blick zu. »Vielleicht ziehst du diese scharfen Stiefel besser aus.«

»Gute Idee.« Sie setzte sich auf einen Baumstumpf und griff nach den Schnürsenkeln ihrer Stiefel.

Tinkerbell setzte sich neben sie, und Bullet kniete sich vor Finlay und machte sich wortlos daran, ihr die Stiefel aufzuschnüren. Er stellte sich ihren Fuß aufs Bein und sah sie unverwandt an, während er die Schnürsenkel löste. Dann ließ er die Hand über ihren Schenkel gleiten und ihr Atem ging sogleich ein bisschen schwerer. Sie war es nicht gewohnt, mit einem derart maskulinen Kerl zusammen zu sein, und als er sie nun mit ganz langsamen Bewegungen berührte, als ob sie alle Zeit der Welt hätten, und sie ansah, als gäbe es nichts außer ihr, sprang sein Begehren auf sie über und weckte in ihr den Wunsch, ihn ihrerseits anzufassen. Er zog ihr den Stiefel und den langen Rüschenstrumpf aus, drückte ihr einen Kuss auf den Spann und stellte den Fuß sanft auf dem Boden ab.

Tinkerbell winselte, und aus dem Augenwinkel bemerkte Finlay, dass sie den Kopf schräg legte und die Ohren aufstellte.

Jetzt nahm sich Bullet das andere Bein vor und bedachte es

ebenfalls mit seiner sinnlichen Liebkosung. Finlay umklammerte die Kante des Baumstumpfs. Die knorrige Rinde bohrte sich in ihre Finger, was nur gut war, denn mittlerweile war das Kribbeln so intensiv, dass sie schon befürchtete, ihre Gliedmaßen könnten eingeschlafen sein.

Bullet legte Stiefel und Strumpf zur Seite, rutschte weiter nach vorn und zwischen ihre Beine und umfasste ihre Schenkel. Er drückte die kräftigen Hände auf ihre Haut, wodurch ihr überdeutlich bewusst wurde, wie nahe seine Daumen ihrer sehr begierigen Mitte waren. Finlays Puls schnellte in die Höhe, als Bullet sich aufrichtete, vorbeugte und mit den Lippen über ihre Wange fuhr, wobei seine Barthaare sie kitzelten.

Tinkerbell legte den Kopf auf die andere Seite und stupste Bullets Arm mit der Pfote an. Doch Bullet wandte den Blick nicht von Finlay ab. Sie konnte es kaum erwarten, ihn abermals zu schmecken.

»Bist du bereit, nass zu werden, Süße?«, fragte er mit dieser rauen Stimme, die Hitze zwischen ihren Beinen hervorlockte.

»Ja«, hauchte sie, beugte sich vor und holte sich den Kuss, nach dem sie sich verzehrt hatte.

Sie schlang ihm die Arme um den Hals, er legte sich ihre Beine um die Taille und lehnte sich nach hinten. Leidenschaft brandete durch ihren Körper und ließ sämtliche Hemmungen in Vergessenheit geraten. Sie küsste ihn wilder, vergrub die Hände in seinem Haar und umspielte seine Zunge mit ihrer. Bullet erwiderte ihre Zärtlichkeiten genauso intensiv. Sie löste die Lippen von seinen, um mehr von ihm zu kosten, seine Wangen, seinen Bart, seinen Hals zu küssen. Dann drückte sie den Mund auf seine Schulter. Seine Haut war heiß und kalt zugleich und schmeckte salzig und ungewohnt. Bullet umfing ihre Pobacken und hielt sie fest, während sie sich an seiner

Erektion rieb.

Tinkerbell schlug mit der Pfote nach ihnen, traf Finlay am Arm und holte sie in die Realität zurück. Notgedrungen lösten sie sich voneinander, doch die Energie pulsierte weiterhin heiß zwischen ihnen.

»Du hast eine Nymphomanin aus mir gemacht«, flüsterte sie, als könnte Tinkerbell sie verstehen.

»Nein, Babe. Wir haben Seiten ineinander geweckt, an die bisher niemand herangekommen ist.«

Sie zog ihn an sich und presste die Lippen an seinen Hals. »Dann wünsche ich mir, dass sie nie wieder einschlafen.«

Tinkerbell schob ihren großen nassen Kopf zwischen sie.

»Ich glaube, Tinkerbell verlangt jetzt nach ihrem Bad.« Lächelnd stieg Finlay von seinem Schoß.

Sie wollte ihn hochziehen, doch jetzt sprang Tinkerbell auf seinen Schoß und leckte ihm das Gesicht ab, was ihm ein herzhaftes Lachen entlockte.

»Schon gut, du verwöhnte Göre.« Er drückte ihr einen Kuss auf die Schnauze, stand auf und stahl dabei auch noch einen Kuss von Finlay.

Dann badeten sie Tinkerbell, wobei sie ebenfalls jede Menge Seifenwasser abbekamen, und lachten so viel, wie Finlay lange nicht mehr gelacht hatte. Seit Bullet ihr mehr über seine Erfahrungen und die PTBS erzählt hatte, kam er ihr wie ausgewechselt vor. Finlay wollte ihn nicht ändern, das hatte sie von Anfang an nicht vorgehabt, aber die Leichtigkeit, die er jetzt, in diesem Augenblick, ausstrahlte, war wie ein Geschenk des Himmels. Eine Kostprobe des Mannes, der irgendwo tief in ihm drin gefangen war.

Tinkerbell schüttelte sich so oft, dass der Waschraum bald aussah wie nach einem Wolkenbruch. Bullet trocknete sie mit einem der Handtücher ab, dann rannte sie hinaus in den Garten.

»Sie springt nicht wieder in den Teich, oder?«, fragte Finlay, als Bullet mit loderndem Blick auf sie zukam. Sie konnte gar nicht mehr aufhören, wie eine Närrin zu strahlen, was ganz allein an ihm lag. Vielleicht brauchte sie ihn in ihrem Leben ebenso sehr wie er sie in seinem.

»Nein. Aber sie wird eine Weile beschäftigt sein.« Er bedeckte ihren Hals mit Küssen und machte sie ganz wild. »Jetzt bist du an der Reihe, gebadet zu werden.«

Er hob den Saum ihres Kleids an, aber sie hielt seine Hände fest. »Was ist, wenn jemand vorbeikommt?«

»Das hören wir schon. Hierher kommt niemand, der kein Motorrad fährt.« Er fuhr ihr mit der Zunge über eine Ohrmuschel und führte ihre Hand zwischen seine Beine.

Er war so hart, dass es sie elektrisierte.

»Du hältst die Zügel in der Hand, Lollipop. Hast du Lust auf einen Ritt?«

»Ich hab das noch nie … *im Freien* gemacht.« Ihre Stimme bebte, aber die Vorstellung, gleich hier mit Bullet zu schlafen, während die heiße Sonne ihre feuchte Haut trocknete, war unfassbar erregend.

Sie war so kribblig, dass sie kein Wort mehr herausbekam, daher drückte sie nur seine Erektion, während er ihre Lippen suchte. Hemmungslos rissen sie einander die Kleider vom Leib und er holte ein Kondom aus seiner durchnässten Brieftasche und streifte es sich über. Im nächsten Augenblick hob er sie auch schon hoch, und sein nackter Körper fühlte sich herrlich an, als er sie an sich presste und langsam auf seine Härte hinabsinken ließ. Sie seufzte leise, weil es ihr ein so unglaubliches Vergnügen bereitete, mit ihm vereint zu sein. Als er ganz tief in ihr war, hielt er sie so fest; sie rührten sich beide nicht, verharrten ganz still und wagten es kaum zu atmen.

»Ich liebe es, in deinen Armen zu sein. Lass mich niemals los«, entfuhr es ihr unwillkürlich.

»Niemals, Lollipop«, erklärte er leidenschaftlich. »Sag, dass du mir gehörst.«

Diesmal ließ sie nicht zu, dass er ihr vorzeitig den Mund verschloss, sondern lehnte die Stirn an seine. »Ich gehöre dir, Bullet. Ganz und gar dir.«

»Aah, Baby.«

Die tiefen Emotionen in seiner Stimme bahnten sich einen Weg direkt in ihr Herz, und sie küsste ihn, um ihr Gelöbnis zu besiegeln. Sie spürte, wie er sich in ihr bewegte, und er ließ Wellen der Lust durch sie hindurchtosen. Finlay ritt ihn schneller, härter, nahm ihn mit jedem Stoß seiner Hüften so tief wie möglich in sich auf. Sie umklammerte seine Schultern und schnappte zwischen ihren fieberhaften Küssen nach Luft. Ihr Stöhnen und ihre lüsternen Laute stiegen ungehemmt empor, und Finlay fühlte sich so befreit, dass sie einfach alles herausließ. Jeder ihrer Laute entlockte Bullet ein weiteres Stöhnen, einen weiteren gierigen Laut. Und jeder Ton, der ihm über die Lippen kam, den er *für* sie, *ihretwegen* ausstieß, trieb sie in noch höhere Sphären, spornte sie zu schnelleren Bewegungen an und ließ sie den Taumel der Leidenschaft, der sie erfüllte, umso intensiver auskosten, bis sie völlig außer Atem war und sich kaum noch beherrschen konnte.

»Lass los, meine Schöne. Komm mit mir, *jetzt*«, verlangte Bullet.

Das schiere Verlangen in seiner Stimme und die Intensität seiner Leidenschaft entfesselten gleich eine ganze Reihe von Explosionen in ihr.

»*Bullet* ...« Sie bohrte ihm die Fingernägel in die Schultern, während sie den Rücken durchbog und ihr Innerstes sich wieder und wieder zusammenzog.

Er ballte die Finger in ihrem Haar, als er ebenfalls heftig kam, und ihr Name kam ihm wie Gesang über die Lippen: »Finlay, Fin ... *Meine Süße.*«

Den ganzen Nachmittag über war Bullet in Hochstimmung und versuchte, dieses ungewohnte Gefühl, das ein bisschen an Kontrollverlust erinnerte, zu analysieren, während Finlay in einem seiner T-Shirts, das sie mit einem Gürtel zusammengebunden hatte, durchs Haus tigerte. Das Shirt reichte ihr fast bis zum Knie, und der Gürtel war zu lang; Bullet hatte ein neues Loch hineinbohren müssen, damit sie ihn schließen konnte. Sie sah mit ihren feuchten Haaren und ohne Make-up so verdammt sexy aus, dass er sie am liebsten während des ganzen Mittagessens nur angestarrt hätte. Im Moment schaute sie sich im Wohnzimmer um und Tinkerbell folgte ihr auf Schritt und Tritt. Inmitten seiner abgewohnten, maskulinen Einrichtung wirkte Finlay zart wie eine Feder. Sie fuhr mit den Fingerspitzen über die Rückenlehne seiner braunen Ledercouch, ließ den Blick über den Fernsehsessel schweifen, der früher seinem Vater gehört hatte, die zwei schwarzen Lautsprecher, die fast genauso groß wie sie waren, und den alten Holzschreibtisch seines Großvaters, der in einer Nische neben den Fenstern stand. Als sie um den Couchtisch herumging, warf sie einen Blick auf die Zeitschriften darauf und betrachtete dann den verfärbten, zerkratzten Holzfußboden, die unverputzten

Ziegelmauern und die unbehandelte Holzdecke. Beim Kauf des Grundstücks und des Hauses hatte Bullet das freiliegende Holz als rustikal und charmant empfunden. Doch jetzt, wo der Wäschetrockner beruhigend vor sich hin brummte, was ihm vorher noch nie aufgefallen war, erschien Finlay ihm wie ein Leuchtfeuer in seiner spartanischen Welt und er fragte sich, wie sie sein Zuhause wohl sah.

Bevor er hier eingezogen war, hatte er sämtliche Trennwände herausgerissen und nur das nackte Holz und die Stützpfeiler aus Metall im Erdgeschoss stehen lassen, das direkt an die Garage anschloss. Die Decken waren über drei Meter hoch, was Bullet das Gefühl von Weite vermittelte, das er so unbedingt brauchte. Die Wände bestanden aus Ziegelsteinen, und über die gesamte Länge der hinteren Wand verlief ein schwarzes Regal, das Familienfotos und Ersatzteile beherbergte, die irgendwie den Weg aus der Garage hierhergefunden hatten. Die Küchenmöbel aus altem Scheunenholz hatte er behalten, die Arbeitsplatten allerdings durch neue aus rostfreiem Stahl ersetzt, auf den er seine Werkzeuge werfen konnte, ohne Angst haben zu müssen, etwas kaputtzumachen. Unter der Decke hingen diverse Werkstattleuchten, dazu ein paar schwarze Schienen mit Strahlern. Dixie setzte ihm immer wieder zu, er solle sie durch etwas Hübscheres ersetzen, aber Bullet mochte diese Industrieatmosphäre.

Finlay ging zu den deckenhohen Fenstern, die auf den Garten hinausblickten und von cremeweißen Vorhängen flankiert wurden, auf die seine Mutter bestanden hatte. *Eines Tages willst du vielleicht mal ungestört sein.* Dabei war er hier vollkommen ungestört. Deshalb hatte er diese vier abgeschieden gelegenen Hektar Land mit der alten Scheune darauf ja gekauft.

Während ihr Finger über dem Einschaltknopf der

Stereoanlage verharrte, sah Finlay ihn fragend an. Bullet nickte und gleich darauf drang ein Instrumentalstück von Rag'n'Bone Man aus den Lautsprechern. Unwillkürlich bewegte sie die Hüften und ein neckisches Lächeln spielte um ihre Lippen.

Sie sah wirklich aus wie der Engel, der sie ja auch war. »Das ist eine Überraschung. Ich hatte eher mit Ozzy Osbourne oder etwas noch Härterem gerechnet.«

»Das ist die Instrumentalversion von ›Put That Soul On Me‹ von Rag'n'Bone Man. Der Text ist ziemlich heiß, aber wenn ich das Instrumental höre, komme ich immer ein bisschen runter. Ozzy und die ganzen Klassiker habe ich natürlich auch. Da musst du durch, wenn du mit mir zusammen sein willst.«

»Das Stück gefällt mir, und du gefällst mir auch, insofern kann ich mit Rockklassikern leben.« Sie deutete auf die schwarze Eisentreppe, die nach oben in sein Schlafzimmer führte. »Darf ich mal gucken?«

Er nickte und folgte ihr nach oben. Sein Bett stand auf einem schwarzen Teppich, der den alten Betonfußboden bedeckte. Auf einer Seite stand ein Whiskeyfass, das als Nachttisch diente. Zu ihrer Linken befanden sich beiderseits des Fensters mit Blick auf die Einfahrt mit Büchern und Zeitschriften vollgestopfte Regale. In einer Ecke stand ein gewaltiger rostfarbener Sessel, einer von Tinkerbells bevorzugten Schlafplätzen. In die anderen Wände waren zwei extrabreite, oben oval zulaufende Panoramafenster eingelassen. Der gesamte Raum war holzgetäfelt, mit Ausnahme der Spitzdecke, die größtenteils aus Glas bestand.

»Es ist nichts Besonderes, aber mir reicht es«, sagte er. »Ich brauchte Platz zum Gärtnern, und ich habe gern ein Dach über dem Kopf, wobei das nicht zwingend erforderlich ist.«

»Ungefähr so habe ich mir dein Zuhause vorgestellt«,

erwiderte sie anerkennend. »Bis auf das da. Wofür ist das?« Sie deutete auf die schmiedeeisernen Geländer, die an der Wand vor den beiden Panoramafenstern verliefen.

»Ich zeig's dir. Kennst du die Bradens?« Er durchquerte den Raum. »Ihnen gehört die Mikrobrauerei in der Stadt.«

»Ja. Nächsten Sonntag mache ich das Catering für die Babyparty für eine von Leesa Bradens Freundinnen. Was ich dich fragen wollte: Glaubst du, es wäre ein Problem, wenn ich die Küche in der Bar für die Vorbereitungen benutze? Da ist mehr Platz als bei mir zu Hause und die Renovierung müsste bis dahin abgeschlossen sein.«

»Nächstes Wochenende? Klar.« Es ärgerte ihn gewaltig, dass sie an seinem einzigen freien Tag arbeiten musste, was vermutlich verdammt egoistisch von ihm war, daher behielt er das lieber für sich. »Dixie ist normalerweise sonntags da und macht die Buchhaltung, aber sie hat bestimmt nichts dagegen. Ich kann dich gern begleiten.«

»Ach, das ist lieb. Du wärst mir eine große Hilfe. Danke. Was wolltest du über die Bradens sagen?«

»Ich habe ihren Cousin Beau, einen Bauunternehmer und Freund von mir aus Pleasant Hill, gebeten, diesen Raum so umzubauen, dass ich damit leben kann.«

Er löste mehrere Riegel am Boden der hinteren und seitlichen Wände, dann drückte er einen Knopf auf der Fernbedienung neben dem Bett. Die Wände fuhren nach oben und wurden nach außen geklappt, bis sie parallel wie hölzerne Markisen über dem Boden hingen.

Finlay schnappte nach Luft, trat lächelnd ans Geländer und blickte hinaus auf den Garten und den Teich. »Unglaublich! So etwas habe ich ja noch nie gesehen.«

»Das ging mir genauso.« Er schlang von hinten die Arme

um sie. »Ich war davon ausgegangen, er würde Glastüren und einen Balkon oder etwas in der Art einbauen. Aber das hier ist viel besser.« Er küsste ihren Hals. Sie roch nach seinem Duschgel, was seinen Besitzansprüchen sehr entgegenkam.

Er drehte sie zu sich um und sah in ihre strahlenden Augen. »Es ist wirklich schön, dich hier bei mir zu haben, und es tut mir leid, dass mein Haus nicht mehr hermacht.«

»Mir nicht. Dein Haus ist perfekt für dich, und …« Ihr Blick verharrte auf seinem Brustbein.

Er spürte, dass sie noch mehr sagen wollte, und obwohl er zu wissen glaubte, was das war, formulierte er seine Vermutung lieber als Frage. »Und allmählich glaubst du, dieser finstere, kaputte Biker könnte perfekt für dich sein?«

Sie sah ihm vergnügt in die Augen. »Nein.«

Ihm sackte das Herz in die Hose. Er wollte zurückweichen, doch sie hielt ihn fest.

»Ich glaube nicht, dass du kaputt bist«, sagte sie nachdrücklich.

»Doch, Lollipop. Ich war bei allem so offen zu dir, wie ich konnte. Mach dir nichts vor.«

»Tja«, erwiderte sie liebenswürdig, »meinst du denn, *ich* bin kaputt?«

»Du? Du hast dein Leben besser im Griff als jeder andere, den ich kenne. Du kannst deine Gefühle ausdrücken und sagst immer und ohne zu zögern die Wahrheit.«

»Das ist das, was ich nach außen hin preisgebe. Aber weißt du noch, wie ich dir erzählt habe, dass ich nach Aarons Tod nie mehr etwas für einen Mann empfinden konnte?« Ihr Blick wurde weich.

»Ja, daran erinnere ich mich.« Er zog sie enger an sich.

»Ich dachte, ich wäre zerbrochen, kaputt, aber jetzt denke

ich, *zerbrochen* ist das falsche Wort für Menschen wie uns. Ich glaube, wir wurden tief getroffen und verletzt, aber nicht zerbrochen. Das würde sonst bedeuten, dass wir repariert werden müssen, dass wir so nicht gut genug sind, um geliebt zu werden, oder dass uns irgendetwas fehlt. Aber je besser ich dich kennenlerne und je wichtiger du mir wirst, desto klarer ist mir, dass es bei uns gar nicht darum geht, etwas zu reparieren. Vielleicht wirst du immer Flashbacks und Albträume haben, und vielleicht willst du dich nie wieder lange in einem Haus aufhalten wollen, in dem man die Wände nicht verschwinden lassen kann.«

Sie zuckte mit den Achseln und lächelte in sich hinein. »Und ich komme vielleicht nie darüber hinweg, einen Mann verloren zu haben, der mir wichtig war. Ich hatte keine Angst davor, mich neu zu verlieben, aber bis du in mein Leben getreten bist, war ich nicht einmal ansatzweise nah dran, das zu tun. Erst du hast mich gelehrt, wieder etwas zu empfinden. Und ich hoffe, mit der Zeit begreifst du, dass ich mit dir zusammen sein will und dass du dich nicht entschuldigen musst für all das, was seinen Ursprung in deiner Vergangenheit hat. Denn es macht dich erst zu dem Menschen, der du heute bist, und es schreckt mich nicht ab. Vielmehr führt es eher dazu, dass ich für dich da sein will, wenn du einen Albtraum oder einen Flashback hast. Und jetzt mach nicht so ein Gesicht«, schimpfte sie. »Du bist trotzdem ein knallharter Typ. Vergiss nicht, ich habe dich schon nackt gesehen und weiß, wie groß und hart du wirklich bist.«

»Mein Gott, Lollipop.« Er zog sie an sich und küsste sie. »Wo warst du nur mein Leben lang?«

Fünfzehn

Am Montagabend herrschte im Whiskey Bro's nicht annähernd so viel Betrieb wie an manch anderen Tagen, aber die zwölf Dutzend Chicken Wings, die Finlay mitgebracht hatte, waren nach wenigen Minuten verspeist. Die Elektrogeräte waren geliefert worden und Crow hatte die Renovierungsarbeiten schon fast abgeschlossen. Er würde am nächsten Tag noch die letzten Dinge erledigen, dann wäre alles fertig. Es war kurz nach acht und Finlay ging mit Dixie die Bewerbungen der Köche und Tellerwäscher durch. Zwischendurch musste sie immer wieder Gäste vertrösten, die nach weiteren Chicken Wings und Keksen fragten. Sie freute sich, dass ihr neues Rezept für *Whiskey Wings* so gut ankam, aber nachdem sie in Bullets Armen aufgewacht war und später Sarah im Krankenhaus einen Besuch abgestattet hatte, fiel es ihr schwer, sich auf viel mehr zu konzentrieren.

»Warum bist du heute so zerstreut?«, erkundigte sich Dixie.

»Bin ich doch gar nicht«, log Finlay und sah verstohlen zu Bullet hinüber, der sich hinter der Theke mit Jed unterhielt. »Ich bin ganz auf Tellerwäscher und Köche konzentriert.« *Und auf deinen appetitlichen Bruder.*

Bei Finlays Eintreffen in der Bar war Bullet gerade mit den

Gästen beschäftigt gewesen und daran hatte sich seither nichts geändert. Finlay scheute davor zurück, Dixie zu erzählen, dass sie und Bullet jetzt ein Paar waren, obwohl sie sich ziemlich sicher war, dass seine Schwester sich für sie beide freuen würde. Aber als Finlay neulich zugegeben hatte, dass sie tatsächlich mit Bullet ausgehen wollte, hatte Dixie sehr überrascht gewirkt, und Finlay war sich nicht sicher gewesen, ob im positiven oder negativen Sinn. Allerdings müsste Dixie schon blind sein, um Finlays gar nicht so unauffällige oder Bullets offen anzügliche Blicke an diesem Abend zu übersehen.

»Aha. Deshalb hast du auch Salz in deinen Eistee geschüttet.« Dixie deutete auf den Salzstreuer in Finlays Hand.

»Oh, Mist!« Sie schob das Glas von sich weg und musste daran denken, wie sie heute Morgen davon wach geworden war, dass Tinkerbell ihr mit ihrer rauen Zunge über die Wange geleckt hatte. Finlay wusste nicht einmal, wann sie eingeschlafen war. Das Letzte, woran sie sich erinnerte, war, dass sie in Bullets Armen auf einer Decke gelegen und in den Sternenhimmel geschaut hatte. Immer wieder unterbrochen von hungrigen Küssen und leidenschaftlichen Liebkosungen hatten sie sich bis spät in die Nacht unterhalten. Unter anderem hatte Finlay zu ihrer Überraschung erfahren, dass Bullet nicht viele Träume hatte – abgesehen davon, dass er eines Tages auch eine *kleine Prinzessin wie Kennedy und einen kleinen Kerl wie Lincoln* haben wollte. Er arbeitete gern in der Bar seiner Familie und wünschte sich darüber hinaus nicht viel mehr als Zeit zum Motorradfahren. Als sie über dieses Thema sprachen, wurde Finlay klar, dass auch sie selbst keine besonderen Träume hegte. Sie war zurück nach Peaceful Harbor gezogen, weil sie hier Wurzeln schlagen, ihr Catering-Unternehmen wieder ans Laufen bringen und glücklich werden wollte. Ihr Glück hatte sie nun gefunden. Es sah sie in diesem Augenblick an.

»Hat das irgendwas mit dem zu tun, was da zwischen dir und Bullet läuft?«

»Ähm … zum Teil«, gab Finlay zu. Es fühlte sich an, als hätten Bullet und sie schon einen ganzen Monat miteinander verbracht, einen Urlaub, in dem sie sich kennengelernt – und Hals über Kopf ineinander verliebt – hatten. Sie waren so im Einklang miteinander, dass sie beim Frühstück beide zur selben Zeit einen Besuch bei Sarah vorgeschlagen und diesen auch gemeinsam in die Tat umgesetzt hatten, nachdem Finlay nach Hause gefahren war, geduscht und sich umgezogen hatte. Später hatten Bullet und sie zusammen überlegt, wie man Geld für Sarahs Arztrechnungen auftreiben könnte, aber außer einem Kuchenbasar war ihnen nichts eingefallen. Seitdem konnte Finlay kaum an etwas anderes denken.

»Ist es für dich okay, dass Bullet und ich zusammen sind?«, fragte sie schließlich.

Dixie warf sich lachend das lange rote Haar über die Schulter. »Ob es für mich okay ist? Machst du Witze? Als du neulich erzählt hast, dass du mit ihm ausgehst, war ich mir ziemlich unsicher, weil ihr zwei so verschieden zu sein scheint. Aber gestern Abend war ich bei Crystal und Bear, und sie haben erzählt, Bullet sei wie ausgewechselt gewesen, als du ihn gestern besucht hast. Und heute?« Dixie richtete den Blick auf den Tresen, an dem sich Bullet mit Jed und Crow unterhielt. »Der Mann macht ganz den Anschein, als wäre er von Amors Pfeil getroffen worden. Ich glaube, du bist genau das, was er in seinem Leben gebraucht hat.«

Finlay stieß einen lauten Seufzer aus. »Gott sei Dank. Ich hatte gehofft, dass es für dich in Ordnung ist, war aber schon ein bisschen besorgt. Immerhin steht ihr euch alle so nahe, und mir ist klar, dass ich nicht die Partnerin bin, die die meisten an Bullets Seite erwartet haben.« Sie sah hinab auf ihr geblümtes Kleid und musste an Bullets sehnsüchtigen Blick denken, als er sie heute Morgen darin gesehen hatte. Sie verdrängte dieses Bild, damit sie nicht rot wurde. »Er ist wirklich ein erstaunlicher Mann, Dixie. Ganz im Ernst, er ist einfach der liebevollste, gutherzigste, tapferste Mann, den ich kenne. Ich könnte ewig über ihn reden. Ich kann immer noch kaum glauben, was er alles durchgemacht hat. Und ja, er ist besitzergreifend.« Finlay lächelte versonnen. »Aber das macht einen Teil seines Charmes aus. Er …«

Dixie nahm Finlays Hände, die daraufhin verstummte. »Ich freue mich sehr für euch beide, Fin, aber wenn du weiter so über ihn redest, dann sagst du am Ende etwas, das Schwestern nicht zu hören brauchen.«

Finlay schlug sich eine Hand vor den Mund und schüttelte den Kopf. »Nein, ich schwöre dir, das wird nicht passieren.« Als sie die Hand gerade wieder sinken ließ, schlenderte Bullet mit diesem angedeuteten Lächeln auf sie zu, bei dem sie Herzrasen bekam.

»Ich freue mich so, dass du siehst, was in ihm steckt«, sagte Dixie. »Ich muss gestehen, eine meiner größten Ängste war es, dass Bullet womöglich nie eine Frau in sein Leben lässt. Ich hatte buchstäblich Albträume vor lauter Angst, dass er bis in alle Ewigkeit jeden Mann, mit dem ich ausgehe, drangsalieren wird.« Bullet kam näher und sie senkte die Stimme. »Versteh mich nicht falsch, aber das ist einfach nur super. Solange er mit dir beschäftigt ist, kann er mich nicht nerven.«

»Dix.« Bullet nickte seiner Schwester zu. »Brauchst du noch lange? Außer Jed und dir ist heute Abend niemand hier.«

»Nein, wir sind gleich fertig«, beruhigte Dixie ihn. »Wir

haben schon mehrere Bewerber für die Vorstellungsgespräche ausgewählt und kommen gerade zum Schluss. Ich habe alles unter Kontrolle, Bullet. Keine Sorge.«

Er wandte seine Aufmerksamkeit Finlay zu und sah sie mit diesem Laserblick an, den er so gut beherrschte, stützte eine Hand auf den Tisch und die andere auf ihre Stuhllehne, sodass sie dazwischen festsaß.

Sie hätte nicht für möglich gehalten, dass ihr Herz noch schneller schlagen konnte, doch genau das geschah, als er sich zu ihr herabbeugte und sein warmer Atem über ihre Haut strich. »Ich gehe rüber zum Clubhaus und treffe mich mit den Jungs. Du kommst hier doch zurecht?«

»Ja, sicher.«

»Bist du nachher zu Hause?« Er sah ihr in die Augen.

Ja! Komm zu mir! Sie nickte.

»Was dagegen, wenn ich vorbeikomme?«

»Darauf hatte ich gehofft.«

Er machte seine Besitzansprüche geltend, indem er sie auf die Beine zog und zum Abschied küsste, und sie war sich ziemlich sicher, dass er damit jede Hoffnung auf einen klaren Gedanken in ihrem Kopf zunichtegemacht hatte.

»Meine Güte, Bullet«, spottete Dixie. »Jetzt weiß hier garantiert jeder, dass sie zu dir gehört.«

Mit einem gierigen Lächeln löste er sich von ihr. »Bis nachher, Lollipop.«

Er gab ihr einen zärtlicheren, sanfteren Kuss und dann gleich noch einen und einen Klaps auf den Hintern und verließ die Bar.

»*Lollipop?*« Dixie zog eine Augenbraue hoch, während Finlay wieder auf ihren Stuhl sank. »Oh Mann, ihr zwei seid ja genauso hoffnungslos wie Crystal und Bear.«

Finlay trank einen Schluck Eistee, musste würgen und spuckte den Tee zurück ins Glas. *Das hat mir den Appetit erst mal verdorben. »Igitt!* Entschuldige. Ich habe gerade ziemlich viel um die Ohren.«

Dixie reichte ihr eine Serviette. »Damit meinst du nicht zufällig bloß die große bärtige Ablenkung, die gerade gegangen ist? Oder gibt es da noch mehr?«

»Doch, so einiges. Aber stimmt schon, er ist die größte Ablenkung. Du hast ja gesehen, wie mein Hirn aussetzt, wenn er mich küsst. Ich komme mir vor wie achtzehn, nicht wie eine gestandene Frau, die auf die dreißig zugeht.«

»Du hast gerade den Zauber der Whiskeys entdeckt«, erklärte Dixie mit einer umschweifenden Handbewegung. »Er ist eigentlich zugleich ein Fluch und ein Segen. Wir können andere mit einem einzigen Kuss in die Knie zwingen. Das Problem ist nur, dass ich niemanden finde, den ich vor mir auf den Knien sehen will.«

»Wir finden bestimmt auch einen sehr bereitwilligen Partner für dich. Crow konnte heute den ganzen Tag den Blick nicht von dir abwenden. Und was ist mit diesem Typen, mit dem du im Whispers getanzt hast, mit diesem Arzt? Du liebe Güte, Dixie, der Mann kann sich vielleicht bewegen.«

»Stimmt. Jon Butterscotch hält sich für Mr. Charming höchstpersönlich. Meine Brüder würden ihn kastrieren, wenn wir auch nur den Versuch wagen würden, was miteinander anzufangen.«

»Ach herrje. Ich kann mal mit Bullet reden, wenn du Jon wirklich magst.«

Dixie schüttelte den Kopf. »Nein danke. Ich suche mir wohl besser jemanden, der nicht aus Peaceful Harbor kommt. Das wäre für alle sicherer. Aber erzähl doch mal, was sonst noch bei dir los ist. Du hast gesagt, du hast so viel um die Ohren. Geht's um deine Catering-Firma?«

»Nein. Die habe ich erst mal größtenteils auf Eis gelegt, solange ich mich um eure Bar kümmere. Nächstes Wochenende übernehme ich das Catering für eine Babyparty, aber das war's dann auch schon, bis wir euer Küchenpersonal eingestellt und die Speisekarte entworfen haben. Ich mache mir einfach Sorgen um Sarah Beckley. Hast du mitbekommen, dass sie und ihre Familie diesen schrecklichen Unfall hatten?«

»Ja. Sehr traurig. Gott sei Dank war Bullet da und konnte helfen.«

»Stimmt. Aber bezeichne ihn bloß nicht als Helden, sonst reißt er dir den Kopf ab.«

»Ja, bei dem Wort ist er ein bisschen empfindlich. Er meint nämlich, jeder auf der Welt wäre so mutig wie er.« Dixie schüttelte den Kopf. »Tatsächlich sind zwar alle meine Brüder mutig, aber Bullet? Er setzt in dieser Hinsicht ganz neue Maßstäbe. Mom hat erzählt, als wir Teenager waren, ist er durch die Straßen gestreift und hat regelrecht nach Leuten gesucht, die Ärger machten, damit er sie davon abhalten konnte. Als wäre das sein Job gewesen. Und bevor er zum Militär ging, gab es mal Probleme mit einer Gang, die etwa fünfzig Meilen entfernt angesiedelt ist, da war er ganze vier Tage weg. Und dann kam er blutbeschmiert und völlig erschöpft wieder nach Hause. Mein Vater war stinksauer. Aber Bullet sah ihm in die Augen und sagte: ›Die machen deinen Freunden keinen Stress mehr, Pop.‹ Dann ist er nach oben gegangen und hat zwei Tage am Stück geschlafen und nie wieder ein Wort dazu gesagt.«

»Wow, Dixie, das kann ich mir lebhaft vorstellen.« Und es ängstigte sie nicht mehr so wie noch vor kurzer Zeit, dass er so etwas tat. Jetzt sorgte sie sich nur um seine Sicherheit.

»Ich hab im Moment so viel um die Ohren, weil ich Essen für Sarah koche und ihr ins Krankenhaus bringe. Heute früh waren Bullet und ich wieder bei ihr. Bradley wird morgen entlassen, aber ihr Baby und ihr Bruder sind noch auf der Intensivstation. Es werden immens hohe Arztrechnungen anfallen und Sarah hat hier in der Gegend keine Verwandten. Am ersten Abend im Krankenhaus war ihre Schwester bei ihr, aber sie konnte nicht bleiben, und Sarah will nicht, dass ihr Ex weiß, wo sie ist, auch wenn sie uns den Grund dafür nicht verraten wollte. Ich mache mir Sorgen, wie sie mit alledem fertig wird.«

»Wir sind deswegen auch ziemlich besorgt. Das ist einer der Punkte, über die die Jungs heute Abend im Clubhaus sprechen wollen.«

»Ich dachte, ich könnte einen Kuchenbasar organisieren. Vielleicht kann ich Crystal überreden, ein paar Sachen zu nähen und in der Boutique zu verlosen. Und ich möchte Penny bitten, auf ihrem Tresen ein Spendenglas aufzustellen.«

»Hey, Dix«, rief Jed ihr zu und deutete mit dem Kinn auf mehrere Männer, die Pool gespielt hatten und jetzt zu einem Tisch gingen.

»Ich mache mich lieber an die Arbeit. Lass mich mal über Sarahs Situation nachdenken, vielleicht fällt mir noch was ein.« Dixie stand auf. »Kommst du mit den Bewerbungsgesprächen zurecht?«

»Selbstverständlich. Ich sage dir hinterher, wen ich dir empfehlen würde, dann kannst du die besten Bewerber einladen und die endgültige Entscheidung treffen. Es bleibt doch dabei, dass wir zwei Köche und zwei Tellerwäscher suchen?«

Ein Mann, der Darts spielte, rief: »Wie wär's mit noch ein paar von diesen Keksen von neulich?«

»Sie ist nicht deine persönliche Köchin«, brüllte Dixie quer durch den Raum. »Wenn du lernst, bitte zu sagen, denkt sie vielleicht noch mal drüber nach.« Als sie sich wieder Finlay zuwandte, lag ein rebellisches Funkeln in ihrem Blick. »Es war ja meine Idee, die Bar zu erweitern und einen Koch und weiteres Personal anzuheuern, aber ich muss dir gestehen, die Vorstellung, Fremde hier arbeiten zu lassen, jagt mir eine Heidenangst ein. Ich kann nur hoffen, dass ich mich da nicht überschätzt habe.«

»Wir werden sehr genau darauf achten, wen wir einstellen.«

Dixie richtete sich auf und wackelte mit den Hüften. »Es wird Zeit, diesen Großmäulern ein bisschen Trinkgeld aus den Rippen zu leiern. Vielleicht solltest du mit Bullet mal über einen Motorradkorso für einen guten Zweck sprechen. So was haben wir schon ein paarmal für Leute aus der Gemeinde gemacht.«

»Ein Motorradkorso?«

»Ja, du weißt schon. Wir organisieren eine Ausfahrt, die hier vor der Bar oder in der Stadt endet, und dort findet dann auch eine Art kleiner, familienfreundlicher Jahrmarkt mit Verlosungen, Versteigerungen und all so was statt. Der ganze Erlös geht an die Familie. Ich habe diese Idee schon mal auf den Tisch gebracht, als wir über die Erweiterung der Bar gesprochen haben.«

»Oh, Dixie! Du bist ein Genie!«

»Ich bin jede Menge Whiskey-Magie in einen Traumkörper verpackt.« Dixie lachte laut los.

»Komm jetzt, Dixie«, rief der Mann von eben.

»Nur keine Hektik, sonst verwässere ich deine Drinks.« Sie zwinkerte Finlay zu und stolzierte durch den Raum.

»Ein Motorradkorso«, murmelte Finlay vor sich hin,

während sie die Lebensläufe einsammelte und in ihre Tasche steckte. Sie holte ein Notizbuch hervor und notierte sich mehrere Ideen. Eine halbe Stunde später hatte sie zwei Seiten vollgeschrieben und war so aufgeregt, dass sie Bullet sofort davon erzählen musste. Sie stopfte ihre Sachen in die Tasche und hängte sie sich um.

»Hey, Jed«, sagte sie, als sie an der Bar vorbeiging. »Wo ist das Clubhaus der Dark Knights?«

Jed deutete mit dem Daumen über die Schulter in Richtung Küche, während er einen Drink zubereitete. »Durch die Hintertür, geradeaus über den Platz, etwa dreißig Meter. Kannst du gar nicht verfehlen.«

»Danke!« Voller Vorfreude darauf, Dixies Idee mit Bullet zu besprechen, ging Finlay zur Küche.

Bullet saß im Clubhaus der Dark Knights mit Bones und Bear an einem Tisch und hörte ihrem Vater, dem Clubpräsidenten, zu, der über die Clubfinanzen sprach. Bear schrieb Nachrichten auf seinem Telefon und schmunzelte, was nur bedeuten konnte, dass er Crystal schrieb. Bones hatte die langen Beine vor sich ausgestreckt und einen Arm über die Stuhllehne gelegt, während er mit der anderen Hand eine Bierflasche zum Mund führte. Sein Haar war zerzaust, seine Jeans am Saum über den Bikerstiefeln ausgefranst, und sein schwarzes Tanktop hing halb aus der Hose. Von Dr. Wayne Whiskey war keine Spur zu sehen; an diesem Abend war er nur der gute alte Bones. Biker, Bruder, Freund.

Bear stupste Bullet an und riss ihn aus seinen Gedanken. Er

ließ sein Klugscheißergrinsen aufblitzen. »Du hast eine tolle Ausfahrt verpasst. Und heute Abend siehst du aus wie durch die Mangel genommen, was wohl bedeutet, dass Finlay dir wirklich unter die Haut geht.«

Bullet gab ein Brummen von sich. Damit hatte Bear durchaus recht, denn sie brachte ihn auf völlig verrückte Gedanken – zum Beispiel, wie er seine Stunden in der Bar reduzieren konnte. »Das kann man so sagen.«

»Wie willst du sie auf ein Motorrad kriegen?«, fragte Bear.

Bullet starrte ihn finster an. Er hatte keinen blassen Schimmer, wie er das anstellen sollte oder ob es ihm je gelingen würde, und so unerhört dieser Gedanke für ihn war, wusste er doch, dass es an seinen Gefühlen für sie nichts ändern würde. Sie ging ihm nicht nur unter die Haut, sie hatte sich auch in sein Herz geschlichen und ihre Ansprüche darauf angemeldet. Letzte Nacht waren sie unter freiem Himmel eingeschlafen, und zum ersten Mal seit seiner Kindheit hatte er eine ganze Nacht durchgeschlafen, und zwar tief und fest. Allein das war ein Wunder. Aber was er empfunden hatte, als er mit seiner Liebsten im Arm und seinem Hund neben sich aufgewacht war, ließ sich nur als das beste Gefühl der Welt beschreiben. Er wollte mehr faule Sonntage, mehr Nächte mit ihr in seinen Armen. Er wollte mehr Finlay.

Bones beugte sich vor und sah seine Brüder mit diesem strengen Blick an, der besagte: *Pop redet, also zeigt mal ein bisschen Respekt*; ein Blick, den sie anscheinend von einem zum anderen weiterreichten wie die Brötchen am Abendbrottisch.

Alle drei wandten ihre Aufmerksamkeit wieder ihrem Vater zu. Biggs war der härteste, einschüchterndste Mann, den Bullet kannte. Selbst jetzt wirkte er mit seinem dichten grauen Bart und der lederartigen, tätowierten Haut noch immer, als würde er auf ein Motorrad gehören und die Straße beherrschen. Seit dem Schlaganfall sprach er langsamer und sein linker Mundwinkel hing ein bisschen herunter. Aber seine Kleidung bestand unverändert aus Jeans – wahrscheinlich dieselbe, die er bereits seit zehn Jahren trug –, Dark-Knights-T-Shirts und Lederweste. Er trug die Clubabzeichen weiterhin voller Stolz und würde wahrscheinlich damit begraben werden, genau wie sein Vater und dessen Vater vor ihm. Doch mittlerweile war ein Gehstock sein ständiger Begleiter und Motorrad zu fahren stand für Biggs nicht länger zur Debatte. Durch diese Einschränkungen war er allerdings nicht weniger Mann. Sie alle wussten, dass ihr Vater ohne zu zögern den Stock fallen lassen und sich in einen Kampf stürzen würde, wenn das erforderlich wäre. Bullet fragte sich, was der Mann, dessen Vorbild er praktisch von Geburt an nachgeeifert hatte, denken würde, wenn er wüsste, dass Bullet überlegte, weniger Stunden in der Bar zu arbeiten, um mehr Zeit mit Finlay verbringen zu können.

Diese Frage rief Schuldgefühle in ihm hervor, die sich wie eine Schlinge um seinen Hals legten. Wenn er nicht in der Bar war, wer würde dann über Dixie und Red wachen, wenn sie kellnerten? Jed konnte wahrscheinlich einiges stemmen, aber er war eben nicht Bullet.

Biggs räusperte sich und schob einige Papiere zur Seite. »Es gibt da zwei Anwärter, über die wir reden …«

Die Tür flog auf und Finlay kam hereingestürmt. Ihre blauen Augen funkelten, als sie den Blick über die entgeisterten Mienen der Clubmitglieder schweifen ließ. *Ach du Scheiße.* Bullet sprang auf. Finlays strahlendes Lächeln erhellte das gesamte Clubhaus wie ein Regenbogen. Alle Blicke ruhten auf ihr, während sie mit wehendem blondem Haar schnellen Schrittes zu ihm kam, sodass ihr scharfes Kleidchen um ihre

Beine schwang.

»Bullet ...« Sie nahm seine Hand und bekam anscheinend gar nicht mit, dass es bis auf ein leises neugieriges Gemurmel sehr still im Raum geworden war. »Du liebe Güte. Deine Schwester ist ein Genie! Ich weiß, wie wir Sarahs Familie helfen können. Mit einem Motorradkorso!« Sie wippte auf den Zehenspitzen wie Kennedy, wenn sie aufgeregt war, nur sah Finlay dabei ziemlich heiß aus. Aber sie hatte im Clubhaus nichts zu suchen, also musste er sie trotz ihres wahnsinnig hübschen Lächelns jetzt leider wieder vor die Tür setzen.

Und das würde keinen Spaß machen.

Bear hielt sich eine Hand vor das Gesicht und versuchte, sich das Lachen zu verkneifen. Bones grinste Bullet an, der mit dem Kiefer mahlte, während Biggs die Finger auf seinen Gehstock legte und aufstand. *Verdammt!*

»Du darfst nicht hier sein, Babe.« Bei den Clubtreffen der Dark Knights waren nur Männer zugelassen. Bullet legte Finlay eine Hand auf den Rücken, um sie zurück zur Tür zu geleiten, aber sie war viel zu aufgeregt, und ihre Augen leuchteten derart, dass er es nicht übers Herz brachte, sie grob vor die Tür zu setzen.

»Ich weiß, dass ihr was zu besprechen habt, aber es ist wirklich superwichtig.«

»Nicht hier, Lollipop«, sagte er leiser und wusste, dass sich seine Brüder darüber lustig machen würden, aber er konnte einfach nicht anders. »Nicht jetzt. Du darfst nicht hier sein.« Hatte er vergessen, ihr von den Clubtreffen zu erzählen? *Mist.*

»Tut mir leid, wenn ich störe.« Sie drehte sich um und winkte den anderen zaghaft zu. »Ich weiß, dass sich Bullet wie ich Sorgen um die Familie macht, die neulich diesen schlimmen Unfall hatte. Und Dixie hat vorgeschlagen, einen Charity-

Motorradkorso mit Verlosungen und allem Pipapo zu ihren Gunsten zu veranstalten, deshalb ist es eigentlich gut, wenn ihr es alle mitbekommt.«

Sie kramte in ihrer Tasche, während sich allmählich Stimmengewirr erhob. Die Blicke, die ihnen zugeworfen wurden, waren eher neugierig – und voller Anerkennung für Finlays Schönheit – als verärgert, wofür Bullet dankbar war, denn er konnte gerade nicht klar denken und falls ihm jetzt jemand querkäme, war er sich nicht sicher, wie er reagieren würde. Es gefiel ihm, Finlay im Clubhaus zu sehen, in seiner Welt, an dem Ort, an dem er mehr schöne als schlimme Zeiten erlebt hatte, seitdem er denken konnte. Seine Clubbrüder waren zwar keine Blutsverwandten, aber sie gehörten ebenso zur Familie wie Bones und Bear. Und Finlay war nun ebenfalls in diesen Kreis aufgenommen worden. Zu wissen, dass man Finlay hier nicht duldete, ärgerte ihn mehr als der Umstand, dass sie einfach hier hereingeplatzt war. Was wiederum mit einer Menge Schuldgefühle einherging.

»Ich habe mir ein paar Notizen gemacht«, verkündete sie fröhlich.

Biggs humpelte zu ihnen und musterte Bullet ernst.

Als er seine süße Freundin zwischen sich und seinem Vater sah, während der Rest der Bruderschaft zusah und sich fragte, was gleich passieren würde, zog sich sein Magen zusammen.

»Ich kümmere mich darum, Pop«, versprach Bullet.

Als sein Vater Finlay beäugte, zuckte sein buschiger Schnurrbart. »Schön, dich wiederzusehen, Finlay.«

»Danke, Mr. Whiskey … *Biggs.* Es fällt mir immer noch schwer, dich so zu nennen.« Endlich hatte sie ihr Notizbuch gefunden, zog es mit einem erleichterten Seufzer aus der Tasche und wandte sich wieder Bullet zu. »Ich habe ein paar tolle

Ideen.«

Bear und Bones glucksten, woraufhin Bullet sie erbost anstarrte, während er Finlay am Arm nahm und zur Tür führte. »Lass uns gehen, Babe. Du hast bei einem Clubtreffen nichts zu suchen.«

»Bei einem Clubtreffen? Ich dachte, du unterhältst dich nur ein bisschen mit den anderen.« Sie fuhr herum und nahm den Pooltisch, die Dartscheiben und die rund dreißig Augenpaare, die sie beobachteten, erst jetzt richtig zur Kenntnis. »Hier sind ja gar keine Frauen.« Sie riss die Augen auf. »Warum sind hier keine Frauen? Was hat das zu bedeuten?« Sie löste sich von ihm und ging zurück in die Raummitte.

»Wir halten gerade ein Clubtreffen ab«, erklärte Biggs. »Und es tut mir leid, Schätzchen, aber da sind nur Männer zugelassen.« Biggs war von einem Hardcore-Biker großgezogen worden, einem Mann der alten Schule, der noch glaubte, Männer hätten für alles im Leben die Verantwortung – die Familie, den Club, das Geschäft. Und zu diesem Lebensstil gehörte es, Frauen um jeden Preis zu beschützen und sie unter anderem vor den düsteren Seiten des Clublebens zu bewahren.

»Tatsächlich? Das ist unglaublich sexistisch und überholt.« Sie bedachte Bear mit einem schneidenden Blick. »Und Crystal ist damit einverstanden?«

Bear nickte und versuchte – vergeblich –, sich seine Erheiterung nicht anmerken zu lassen.

»Na, das ist in der heutigen Zeit zwar ziemlich befremdlich, aber bitte«, erwiderte Finlay. »Kann ich euch Jungs wenigstens mal eben meine Ideen vorstellen?« Sie klappte das Notizbuch auf.

Einige der Männer rutschten unruhig auf ihren Stühlen herum. Bullet nahm ihr das Notizbuch aus der Hand und führte sie zur Tür. »Tut mir leid, Babe. Nicht hier und nicht jetzt.«

»Aber …«

Er wusste, dass sie ihm dafür die Hölle heißmachen würde, aber er küsste sie leidenschaftlich, hob sie dabei hoch und trug sie trotz ihres Widerstands zur Tür. Als sie sich in sicherer Entfernung zum Clubhaus befanden, löste er sich von ihr und setzte sie ab.

»Bullet!« Schnaubend strich sie ihr Kleid glatt. »Ich fasse es nicht, dass du das wirklich getan hast.«

»Da drin bist du ein Küken mitten im Hahnenkampf. Es tut mir wirklich leid, Finlay, aber im Club sind Frauen nun mal nicht erlaubt.«

»Das habe ich gehört, aber warum?« Sie verschränkte die Arme genauso überheblich wie am ersten Tag, als sie sich mit Dixie in der Bar verabredet hatte, und er bekam bei diesem Anblick immer noch dieses Flattern im Bauch.

»Weil wir über Männersachen sprechen. Clubangelegenheiten.«

»Männersachen.« Sie verdrehte die Augen. »Du hast gesagt, dein Club veranstaltet *familienfreundliche* Events, und Dixie ist auch dabei, oder nicht? Sie ist eine Frau.«

Verdammter Mist! »Das stimmt ja auch, wir haben familienfreundliche Veranstaltungen, und die Idee mit dem Charity-Motorradkorso ist richtig gut. Tatsächlich haben wir genau das in ein paar Wochen geplant. Auf den Zug können wir aufspringen«, sagte er und hoffte, sie von ihrer anderen Frage abzulenken. Er hatte nicht vor, sich in eine Diskussion über Frauenrechte oder irgend so was verwickeln zu lassen.

»Das ist ja wunderbar. Vielleicht können wir den Motorradkorso an der Bar enden lassen und im Anschluss eine

Art Einweihung der neuen Küche feiern.« Sie strahlte. »So, noch mal zurück zu eurem Männerclub. Was treibt ihr denn da so?« Sie kniff die Augen zusammen und musterte ihn mit vorwurfsvollem Blick. »Sind da überhaupt keine Frauen zugelassen oder nur keine Freundinnen?«

War sie eifersüchtig? Seinetwegen hatte noch nie eine Frau zur Eifersucht geneigt. Tja, das tat schon gut und machte ihm zugleich ein schlechtes Gewissen, daher gab er nach und beantwortete ihr die Frage. »Überhaupt keine Frauen, okay? Nicht bei den Clubtreffen.«

»Aha. So was bin ich wirklich nicht gewohnt.« Sie schüttelte den Kopf.

»Das kann ich mir vorstellen. Aber außerhalb der Clubtreffen, also bei Feiern und anderen Events, ist alles cool, da kannst du an meiner Seite sein. Und Dixie ist nicht so wie wir Männer Clubmitglied. Sie ist die Tochter des Präsidenten und damit eine Prinzessin, die alle respektieren.«

»Und Red? Wie passt sie da rein? Und Crystal?«

»Red ist Dads *Old Lady*. So heißt das bei uns. Das mag für dich merkwürdig klingen, aber für uns ist es eine sehr respektvolle Bezeichnung. Sie ist quasi die Königin, weil sie mit dem Präsidenten verheiratet ist. Und Crystal ist Bears *Old Lady*. Jeder respektiert sie.«

»Ihr Jungs habt wirklich seltsame Angewohnheiten. Du gehst doch hoffentlich nicht davon aus, dass ich in unserer Beziehung bescheiden hinter dir zurückstehe oder mich von dir herumkommandieren lasse?!«

Er zog sie an sich und sah ihr in die selbstbewusst und entschlossen dreinblickenden Augen. »Der einzige Ort, wo du hinter mir bleiben musst, ist auf meinem Motorrad. Jedenfalls hoffe ich, dass das irgendwann so sein wird. Du bist *meine*

Königin, Finlay Wilson, und ich werde dich um jeden Preis beschützen. Aber du musst die Bruderschaft im Club respektieren. Frauen können immer Ärger verursachen, wenn mehrere Männer zusammenkommen. Es finden sich Paare und dann müssen Grenzen gezogen werden und es bilden sich mehrere Lager. Es gibt gute Gründe für diese altmodische Struktur der Bruderschaft und keiner hat mit mangelndem Respekt vor Frauen zu tun. Ganz im Gegenteil.«

Ihr Blick wurde sanfter und sie verzog die Lippen widerstrebend zu einem Lächeln. »Na ja, solange ich deine *Königin* bin und nicht deine *Old Lady*, kann ich damit leben. Aber eigentlich wäre es mir lieber, du würdest mich als deine *Freundin* bezeichnen.«

»Ich bezeichne dich, wie immer du willst, Lollipop, Hauptsache, du gehörst mir.«

Sechzehn

Bullet hielt die rosa Schleife in der Hand, die er an sein Geschenk für Finlay gebunden hatte, und strich mit dem kühlen Metall leicht über ihre nackte Hüfte. Es war Donnerstagmorgen und sie schlief noch tief und fest. Tinkerbells Kinn ruhte auf seiner Wade und sie behielt mit ihren dunklen Augen Bullets Bewegungen über Finlays Taille und ihren Arm hinauf im Blick. Finlay lag an Bullets Brust geschmiegt und gab im Schlaf niedliche Geräusche von sich. Sie hatte im Moment alle Hände voll zu tun mit den Bewerbungsgesprächen mit Kandidaten für das Küchen-personal, der Arbeit an der Speisekarte und der Koordinierung des Charity- Motorradkorsos, für den Bullet am Montag die einstimmige Zustimmung erhalten hatte. Er war dankbar dafür, dass sie ihre Angst vor Hunden überwunden und sich Tinkerbell angenähert hatte, was es ihnen ermöglichte, die Nächte bei ihm zu verbringen, was sie nun auch immer taten.

Sanft fuhr er mit dem Bart über ihre Schulter und bahnte sich dann eine Spur aus Küssen zu ihrem Brustbein. Mit einem wollüstigen Seufzer drehte sie sich auf den Rücken und streckte mit geschlossenen Augen die Arme nach ihm aus. Er genoss es, dass sie ihn ebenso begehrte wie er sie, aber diesmal schob er ihre Hände sanft zur Seite, nahm eine Brustwarze in den Mund und leckte sie genüsslich. Finlay bog den Rücken durch, wimmerte und krallte die Finger ins Laken.

Tinkerbell setzte sich auf und Bullet flüsterte: »Runter, Mädchen.«

Die junge Hündin sprang vom Bett, denn sie war inzwischen an den Befehl gewöhnt, den sie in den letzten Tagen häufiger gehört hatte. Bullet legte sein Geschenk aufs Kopfkissen, damit er Finlay die Aufmerksamkeit zuteilwerden lassen konnte, die sie verdiente. Er legte sich zwischen ihre Beine und verschränkte die Finger mit ihren, denn er liebte es, auf jede nur mögliche Weise mit ihr verbunden zu sein. Finlay lächelte und blinzelte schläfrig. Er betete ihr verschlafenes Lächeln an – genauso wie das aufgeregte, das bis in ihre schönen Augen reichte, das spielerische, das für gewöhnlich von einem scheuen Klimpern ihrer langen Wimpern begleitet wurde, das verführerische, bei dem ihre Augen mitternachtsblau wurden, und – einer seiner Favoriten – ihr befriedigtes, glückliches Lächeln, das ihr selbst wahrscheinlich gar nicht bewusst war. Es zeigte sich immer dann, wenn sie sich in seine Arme kuschelte und die Haut an ihrem ganzen Körper noch gerötet und warm von ihrem Liebesspiel war. Das war das schönste Lächeln von allen. Das Lächeln, das ihm sagte, dass sie ihm ebenso verfallen war wie er ihr. Das Lächeln, das bedeutete: *Ich gehöre dir. Bitte lass mich nie wieder gehen.*

Er wusste, dass er das niemals tun würde.

»Mmm«, murmelte sie noch halb benommen. »Es geht doch nichts über einen Bullet am Morgen.«

Er streifte ihre Spalte mit seinem Schaft und sie spreizte die Beine weiter. »Ich meine mich zu erinnern, dass du mich auch mitten in der Nacht magst.«

Dann senkte er den Kopf und ließ die Zunge noch einmal um ihren steifen Nippel gleiten. Als sie sich aufbäumte, wandte er sich dem anderen zu, leckte ein paarmal leicht darüber und ließ die Zunge darum kreisen, bis Finlay keuchte. Sie hob das Becken an, und er presste sich in ihre feuchte Hitze, nahm eine Brustwarze zwischen die Zähne und zupfte sanft daran.

»Oh ...«, stöhnte sie und er tat es gleich noch einmal.

Mit jeder Liebkosung wurde sie feuchter und bewegte sich schneller. Der Sex mit ihr war ein immer wieder neues Abenteuer, entsprungen aus seinem Bedürfnis, ihr ganz nah zu sein und mehr von ihr zu bekommen. Und dieses Mehr holte er sich, wenn er an ihr knabberte, mit der Zunge und den Fingern in sie eindrang, an ihren Haaren zupfte oder ihr unanständige Worte ins Ohr raunte. Auf Fesseln oder ähnliche Fantasien stand er im Gegensatz zu manch anderen Männern nicht, und vor Finlay hatte er eigentlich keinen Gedanken daran verschwendet, was ihm im Bett am besten gefiel. Der Sex musste immer gut, hart, befriedigend sein. Eine dringend benötigte Befreiung. Aber Finlay wollte er überall berühren, er wollte hören, wie sehr sie ihn begehrte und auf welche Weise. Nicht, weil er auf Kontrolle aus war, sondern weil das Vertrauen und die Gefühle, die sie in diesen Momenten teilten, ihm so unendlich wichtig waren. Danach sehnte er sich mehr als nach dem eigentlichen Sex.

Er umschloss ihre Brustwarze mit den Lippen und saugte fest daran.

Sie bäumte sich auf. »*Bullet* ...«

»Entschuldige, Baby, war das zu fest?«

Sie schüttelte energisch den Kopf, und dieses verführerische Lächeln, das er so liebte, schickte eine Hitzewoge durch seinen ganzen Körper.

»Zu *gut*«, hauchte sie.

»Oh Gott, Lollipop, du machst mich fertig.« Er fuhr mit der Zunge über die Wölbung ihrer Unterlippe. »Sag mir, was du willst, Babe.«

»Dich«, antwortete sie atemlos.

Er rieb sich an ihr, strich mit seiner gesamten Länge über ihre Scham, wieder und immer wieder, bis er ganz von ihrer Lust benetzt war und Finlay vor Erregung zitterte.

»Willst du ihn spüren?«, fragte er an ihrem Hals. »Oder …« Er griff zwischen ihre Beine und neckte sie mit den Fingern. Sie war so feucht, dass er nicht widerstehen konnte und in ihre heiße, enge Spalte eindrang. Er versiegelte ihr den Mund mit einem leidenschaftlichen Kuss, und sie ritt seine Finger, während er die andere Hand weiterhin mit ihrer verschränkt hatte. Mit der freien Hand griff Finlay zwischen sie und umschloss seinen Schaft. Bullet bewegte sich in ihrer Hand, während er sie weiter mit den Fingern verwöhnte. Großer Gott, sie wusste genau, wie fest sie ihn umschließen und wie schnell sie ihn reiben musste, und wenn sie dann auch noch mit dem Daumen über die Eichel rieb, brachte sie ihn fast um den Verstand.

Sie stöhnte in seinen Mund und hob die Beine unter ihm an. Ihr Geschlecht zog sich um seine Finger zusammen und er vertiefte den Kuss noch mehr. Er fand die Stelle, bei der sie immer laut stöhnen musste, und bewegte den Daumen darüber, wobei er gerade genug Druck ausübte, dass sie am ganzen Körper erschauderte. Er steigerte das Tempo, verwöhnte sie schneller, küsste sie noch inniger, bis er ihr lang gezogenes, leises Stöhnen spürte, sie sich aufbäumte und ihm das Becken entgegenstieß, während sie seine Erektion fast wie ein Schraubstock zusammendrückte.

Er löste die Lippen von ihr und rang nach Atem. »Wenn du nicht aufhörst, komme ich auf statt in dir.«

Sie sah ihn blinzelnd an. Dass sie beim Sex nicht viel redete, hatte er längst gemerkt, aber sie streichelte ihn schneller, und die Liebe in ihrem Blick war die einzige Antwort, die er brauchte. Ihre Lippen trafen aufeinander wie zwei Windstöße, fordernd und sanft zugleich. Es war ein berauschendes Gefühl, sie mit dem ganzen Körper zu lieben. Ihre Zungen umgarnten sich, ihre Hände waren vereint, während er sie dem Orgasmus näher und immer näher brachte und selbst auch kurz davor war. Das Blut rauschte in seinen Ohren, ihre Herzen hämmerten in ihrem eigenen wilden Rhythmus, und dann schrien sie beide auf, ließen sich von den leidenschaftlichen Wellen, die ihre Körper und Seelen erfassten, mitreißen und verschlingen.

Er sackte auf sie, der Beweis ihrer Liebe warm und klebrig zwischen ihnen, und bedeckte ihr Gesicht mit Küssen. »Ich brauche mehr von dir, Fin.«

»Mehr?«, keuchte sie. »Du hast mich mit Haut und Haar.«

»Dann will ich, dass du mehr von mir hast.« Er griff nach der rosa Schleife und ließ das Geschenk zwischen Daumen und Zeigefinger baumeln.

»Ein Schlüssel?« Sie bekam große Augen. »Für dein Haus?«

Er drückte ihr einen Kuss auf die Lippen. »Ich will dich nicht erst anrufen müssen, wenn ich endlich Feierabend habe, und mir dann Sorgen machen, wenn du zu mir fährst.« Er arbeitete vier Tage die Woche von Mittag bis Mitternacht, donnerstags von vier bis zwölf und montags von Mittag bis um acht, damit er auch an den Clubtreffen teilnehmen konnte.

»Das macht mir nichts aus.«

»Das weiß ich, aber mir, Babe. Mit den Vorbereitungen für die Benefizveranstaltung und der Erweiterung der Bar hast du im Moment doppelt so viel Arbeit wie sonst. Du brauchst deine Ruhe, und dazu gehört auch, dich einfach mal zu entspannen, anstatt auf einen Anruf zu warten und dann mitten in der Nacht quer durch die Stadt zu fahren.« Sie hatten überlegt, ob er Tinkerbell nach der Arbeit abholen und mit zu ihr bringen sollte, da er die Hündin nicht über Nacht allein lassen konnte, aber das würde mindestens eine halbe Stunde dauern, und keiner von beiden wollte länger als nötig auf die gemeinsame Zeit verzichten.

Finlay nahm Bullet den Schlüssel aus der Hand. »Das ist sehr aufmerksam von dir, aber woher weiß ich, dass du mich hierhaben willst, wenn du mir nicht schreibst oder mich anrufst? Du willst doch bestimmt auch mal Zeit für dich allein haben und da möchte ich nicht stören.«

»Es wird nicht vorkommen, dass ich dich nicht hierhaben will.«

Wieder betrachtete sie den Schlüssel und untersuchte die beiden Anhänger daran genauer. »Das Wappen der Dark Knights? Aber Frauen können doch nicht Mitglied werden und ich fahre nicht mal Motorrad.«

»Du bist *noch* nicht gefahren.« Er küsste sie. »Nein, du kannst zwar kein Clubmitglied sein, aber jeder wird wissen, dass du zu einem Mitglied gehörst.«

»Ah, es geht um *Besitz*«, erkannte sie und ihre Miene wurde ernst.

»Nein.« *Es geht um Liebe.*

Immer schön eins nach dem anderen.

»Es geht um Schutz. Niemand wird sich mit dir anlegen, wenn er weiß, dass du mit einem Dark Knight zusammen bist.«

»Mit mir legt sich sowieso niemand an«, konterte sie frech, doch dann wurde ihr Blick sanfter. »Aber ich werde es voller

Stolz tragen und als Symbol dafür ansehen, dass ich dir gehöre.«

»Das ist gut, ich habe mir nämlich auch was besorgt.« Er nahm seinen Schlüssel vom Nachttisch und zeigte ihr den Anhänger, den er sich beim Nachmachen ihres Schlüssels gekauft hatte. Sie lachte auf.

»Ein Lollipop!«

»Du bist mein Zuckerschock, Baby.« Noch während er die Worte aussprach, wurde ihm bewusst, dass sie nicht einmal annähernd beschrieben, wie wichtig sie ihm geworden war. »Du wirst immer mein Zuckerschock sein, aber du bist noch so viel mehr. Du besänftigst meine Gespenster, sodass ich ein- und durchschlafen kann, was mir seit einer Ewigkeit nicht mehr gelingen wollte. Du bist nicht nur meine Geliebte« – er küsste sie leicht auf die Wange – »meine Freundin« – auf die Nasenspitze – »und meine geheime Beschützerin, du bist auch zu einer Erweiterung von mir geworden, weil du immer noch mehr über mich wissen und verstehen willst, warum ich etwas denke oder tue.« Er stützte die Stirn an ihre. »Ich wusste nicht, dass ich mich so öffnen kann, wie ich es bei dir tue, und ich hätte nie gedacht, dass ich so viel Gemeinsamkeit und Intimität möchte, wie wir sie haben, aber jetzt kann ich mir nicht mehr vorstellen, ohne dich einzuschlafen oder aufzuwachen, Fin. Du bist mein Engel, der Balsam auf meinen Wunden. Du bist meine andere Hälfte, von der ich gar nicht wusste, dass sie mir gefehlt hat.«

Mit Tränen in den Augen schlang sie ihm die Arme um den Hals, und das Licht, das in ihren Tränen glitzerte, entsprach dem Licht in seinem Herzen. Als sich ihre Lippen berührten, sprang Tinkerbell bellend aufs Bett, und sie lächelten, ohne den Kuss zu unterbrechen. Daraufhin legte sich die Hündin bäuchlings auf die Matratze und robbte näher heran, bis sie direkt neben ihnen lag. Sie leckte Finlay über die Wange, legte das Kinn auf die Pfoten und seufzte laut und zufrieden, als wäre ihre Welt nun völlig in Ordnung. Dann schloss sie die Augen.

Bullet hätte es selbst nicht besser ausdrücken können.

Crow hatte die Renovierungsarbeiten im Whiskey's abgeschlossen, und in der Küche lief alles so reibungslos, wie Finlay es sich vorgestellt hatte. Sie war schon sehr gespannt auf den Probelauf, den sie für diesen Abend planten. Als sie nachmittags in die Bar gekommen war, hatte sie die Gäste darüber informiert, dass es später am Abend eine Verkostung geben würde. Sie hoffte darauf, dass einige vielleicht länger blieben und dass sie mit Red und den Mädels über den Charity-Motorradkorso sprechen konnte, denn dann würde sie gleich zwei Fliegen mit einer Klappe schlagen, wenn sie schon länger in der Bar blieb. Allerdings hatte sich die Kunde von Finlays Köstlichkeiten schnell rumgesprochen und so war es nun brechend voll. Sogar Bones, Bear und Biggs waren zu diesem spontanen Event erschienen, und es sah ganz danach aus, als würde das Gespräch über die Benefizaktion warten müssen.

Auf einmal trat Chicki Redmond, Buds Frau, zu Finlay ans Büfett. Bud war schon ewig bei den Dark Knights und überdies Miteigentümer des Snake Pit. »Brauchst du bei irgendwas Hilfe, Herzchen?« Sie schnalzte missbilligend mit der Zunge und sammelte mehrere benutzte Servietten ein.

»Nein danke. Ich hab alles im Griff.«

Chicki war etwa in Reds Alter und hatte wunderschöne olivfarbene Haut und schokoladenbraune Augen. Sie trug das dunkle Haar zu einem strengen Knoten hochgesteckt und makelloses Make-up. Chicki war Kosmetikerin und hatte Reds Worten zufolge der Hälfte der Frauen in Peaceful Harbor beigebracht, wie man sich richtig schminkt. Ihre schwarze Lederhose war so eng, dass sie aussah, als wäre sie aufgemalt, und ihre Absätze waren höher als alles, was Finlay je getragen hatte. An jeder anderen hätte dieser Look übertrieben ausgesehen, doch Chicki wirkte elegant und wie ein Model, und dabei fluchte sie wie ein Seemann. Diese Kombination wirkte auf Finlay ebenso ungewohnt wie unterhaltsam. Finlay fand eigentlich alles an Chicki Redmond ziemlich ansprechend.

»Diese Blödmänner glauben wohl, ihre Mütter würden hier arbeiten«, schimpfte Chicki und musterte die achtlos hingeworfenen Servietten auf den Tischen. »Was zum Teufel soll das werden? Du bist doch nicht ihr Dienstmädchen.«

Ehe Finlay etwas erwidern konnte, drehte Chicki sich um und klatschte in die Hände. Der Lärm in der Bar erstarb und sie hielt einen Haufen benutzter Servietten in die Höhe. »Okay, ihr Chaoten, auf die Beine mit euch. Diese nette junge Dame versorgt euch hier gratis mit Essen. Sie ist nicht euer Dienstmädchen und auch nicht eure Mutter. Also benehmt euch gefälligst.«

Die Gäste stöhnten, murmelten Entschuldigungen und räumten ihr benutztes Geschirr und die schmutzigen Servietten ab.

Chicki warf die Servietten demonstrativ in den Mülleimer. »So muss man das hier machen, meine Liebe.«

Dixie kam herübergeschlendert. Mit der rechten Hand balancierte sie ein Tablett voller Gläser, mit der linken schnappte sie sich ein leeres Glas von einem Tisch. »Wirklich cool, Chicki. Können wir dich abwerben?«

»Im Leben nicht«, antwortete Chicki. »Ich hab meine Zeit im Snake Pit abgeleistet. Zehn Jahre, um genau zu sein. Gebt ihr mir aber ein paar Enkel, auf die ich aufpassen kann, so wie Babs es tut, dann bin ich sofort dabei.« Babs war die Frau von Buds Bruder Viper. Sie spielte seit einiger Zeit den Babysitter für Kennedy und Lincoln und die Kinder nannten sie inzwischen *Nana Babs.*

Dixie schnaufte. »Wenn meine Brüder da sind, komme ich nicht mal nahe genug an einen Mann ran, um ihn zu küssen, geschweige denn, um Babys zu machen.«

Sobald Dixie in der Küche verschwunden war, nutzte Finlay die Gelegenheit, um Chicki nach ihrem Lokal zu fragen. »Ich habe viel Gutes über das Snake Pit gehört. Ich weiß, dass es schicker ist als diese Bar, aber mich würde trotzdem interessieren, was ihr für Speisen serviert.«

Chicki kniff die Augen zusammen. »Nimmst du etwa die Konkurrenz unter die Lupe, kleines Fräulein?«

»Nein. Ich … ähm …«

Chicki verschränkte die Arme und verzog die Lippen langsam zu einem Lächeln. Dann legte sie einen Arm um Finlay. »Schon gut. Bullet hat mir erzählt, dass er mal mit dir vorbeikommen will, damit du die Speisekarten vergleichen kannst.«

Finlay spürte, wie sie knallrot anlief, und ärgerte sich wieder einmal, dass sie nicht wie Penny oder Isabel zu der Sorte Frau gehörte, der man die Verlegenheit nicht ansah. Die beiden brachte so schnell nichts aus der Ruhe. »Ja, das stimmt, aber das soll wirklich nur ein Freundschaftsbesuch werden.«

»Hier gibt es keine Konkurrenz, Liebes. Wir sind alle eine Familie, und da du jetzt mit Bullet zusammen bist, gehörst du ebenfalls dazu. Du kannst uns gern mal besuchen und dir die

Küche ansehen, das Personal kennenlernen, was immer du willst. Die Dark-Knights-Familien halten zusammen.«

Damit ging Chicki hinüber zum Pooltisch, wo die Frauen mehrerer Clubmitglieder zusammenstanden. Noch vor wenigen Wochen hatte Finlay sich gefragt, warum man Mitglied in einem Motorradclub sein wollte, und als sie Montagabend erfahren hatte, dass Frauen bei den Clubtreffen nicht zugelassen waren, war ihr diese Frage abermals durch den Kopf gegangen. Doch nun sah sie sich in der Bar um. Tru und Gemma tanzten neben Bear und Crystal. Biggs saß an einem Tisch mit mehreren Männern, die allesamt Dark-Knights-Abzeichen trugen, darunter auch der Direktor der Highschool. Penny stand an der Bar neben Trus Bruder Quincy, der sie seit ihrer Ankunft nicht mehr aus den Augen gelassen hatte. Die beiden Frauen neben Quincy waren mit Männern hereingekommen, die Finlay aus dem Clubhaus kannte, und beugten sich gerade vor, um Jed zu verstehen, der auf der anderen Seite des Tresens stand. Bones trat in einer Lederjacke mit dem Dark-Knights-Abzeichen auf dem Rücken zu Quincy und Penny, zwängte sich zwischen die beiden und legte die Arme um sie. Finlays Blick wanderte zu Bullet, der am anderen Ende des Tresens zwei bärtigen, tätowierten Männern, die ebenfalls Dark-Knights-Shirts trugen, Getränke servierte – Männern, die Finlay früher vielleicht ignoriert oder als mögliche Unruhestifter abgetan hätte. Einer der beiden stieß die Faust gegen Bullets, und Finlay bemerkte, dass sie eine tiefe Freundschaft verband. Jetzt verstand sie, was es wirklich bedeutete, Mitglied der Dark Knights zu sein.

Lange konnte sie diesen Gedanken nicht nachhängen, denn nun fiel ihr wieder ein, dass sie ja eigentlich Nachschub aus der Küche holen wollte. Sie stapelte die leeren Tabletts, trug sie in die Küche und machte sich an die nächste Runde der Verkostung. Als sie gerade ein Gericht zubereitete, das möglicherweise bald eine ihrer Spezialitäten werden könnte – Mini-Burger mit ihrer speziellen Whiskey-Sauce und Krautsalat, dazu Bourbon-Pommes –, kam Red herein.

»Wie schlägst du dich, Herzchen?« Red stellte ein leeres Tablett auf die Arbeitsfläche und musterte Finlay.

Seit Montagabend hatte Finlay eine Menge über die feurige Rothaarige, die sich nicht für dumm verkaufen ließ, gelernt. Red war *keine* Königin, so viel war sicher. Sie hatte keine Scheu, sich die Hände schmutzig zu machen, und war ganz eindeutig das zentrale Rad im Getriebe der Familie Whiskey wie auch des Clubs. Wenn es notwendig wurde, konnte sie eine echte Nervensäge sein, und Finlay hatte schnell begriffen, dass Red diejenige war, die die meisten familienfreundlichen Veranstaltungen der Dark Knights koordinierte.

Sie blickte auf und lächelte. »Alles gut. Lieb, dass du fragst, aber mir macht das hier Spaß. Ich kann kaum glauben, wie viele Leute gekommen sind. Zum Glück ist Jed hier und kann am Tresen aushelfen. Allmählich frage ich mich, ob zwei Köche ausreichen werden. Wir haben die Bewerbungsgespräche geführt, um Personal für zwei Schichten einzustellen. Aber wenn ich mir den heutigen Andrang ansehe, glaube ich nicht, dass zweimal zwei Mitarbeiter reichen werden.«

Red half Finlay, ein Tablett mit Mini-Burgern und Beilagen und ein weiteres mit Sandwiches zu beladen. »Tja, das sagt eine Menge über deine Kochkünste aus, findest du nicht?«

»Ich denke, es sagt mehr über den Ruf des Whiskey Bro's aus und darüber, was dieses Lokal und eure Familie den Leuten da draußen bedeuten. Aber ich mache mir wirklich Sorgen wegen des Personals. Du und Dixie, ihr könnt nicht jeden Tag zwölf Stunden kellnern, und Dixie hatte an jedem, der sich als Koch beworben hat, etwas auszusetzen.« Erst jetzt merkte sie, wie sehr sie diese Sache beschäftigte. »Ich dachte, ihr könnt das in kleinerem Rahmen aufziehen, aber jetzt bin ich mir da nicht mehr so sicher.«

Red stemmte eine Hand in die Hüfte und wirkte nicht überrascht. »Da ist was dran, Liebes. Aber irgendwann wird sich schon zeigen, was das Richtige für das Whiskey's ist. Mit der Benefizaktion und der Erweiterung haben wir eine Menge um die Ohren. Dixie kann entweder gerade nicht klar denken oder sie denkt klarer denn je. Es wird sich alles herausstellen.« Sie zuckte mit den Achseln. »Am Sonntag kommt die Familie hier zusammen, um über die Bewerber zu sprechen. Kannst du nicht auch herkommen?«

»Ich habe Sonntagvormittag einen Catering-Auftrag, aber ich werde vorher hier sein. Bullet sagte, es wäre in Ordnung, wenn ich eure Küche benutze, um alles vorzubereiten. Hast du was dagegen?«

»Ganz und gar nicht. Unsere Küche ist deine Küche.«

»Danke. Aber noch mal zur Personalfrage: Ich fürchte, die Sache könnte sich als größer herausstellen, als ihr es ursprünglich geplant hattet. Bullet arbeitet schon jetzt über sechzig Stunden die Woche und Jed ist keine Vollzeitkraft. Vielleicht müsst ihr auch bei der Bedienung aufstocken.«

Red winkte ab, als wäre das alles keine große Sache. »Bullet hätte das heute Abend auch allein geschafft«, sagte sie stolz. »Er führt dieses Lokal jetzt schon so lange, dass er das im Schlaf könnte.«

Finlay begriff nicht, warum Red sich keine größeren Sorgen machte, und nahm sich vor, das Thema am Sonntag erneut anzusprechen.

Schweigend beluden sie die Tabletts. Auf einmal hob Red den Kopf und begegnete Finlays Blick. »Apropos Schlaf, mein Junge wirkt nicht mehr so rastlos wie früher, und mein Herz sagt mir, dass er das dir zu verdanken hat.«

Finlay freute sich, dass Red die Veränderung an Bullet auch aufgefallen war. Sie wandte sich der anderen Arbeitsfläche zu, um die Beilagen zuzubereiten. »Wir unterhalten uns sehr oft. Ich glaube, es hat ihm geholfen, sich einiges von der Seele zu reden.«

»Brandon redet«, wiederholte Red staunend. »Donnerwetter, Kleines, wie hast du das nur angestellt?«

Ihre Stimme klang so ernst, dass Finlay sich ihr zuwandte. Zu ihrer Bestürzung hatte Red Tränen in den Augen. »Ähm … Gibt es da etwas, das ich wissen müsste? Sollte er besser nicht über seine Probleme reden? Er schien es zu wollen.«

Red legte sich eine Hand auf die Brust und blinzelte mehrmals. Sie sah zur Decke und betupfte sich mit einer Serviette vorsichtig die Augen, wobei es ihr irgendwie gelang, den dunklen Eyeliner nicht zu verschmieren. »Es ist gut, Liebes. Sehr, sehr gut.« Sie hielt inne und runzelte die Stirn, um dann zu seufzen. »Mein Junge ist so sensibel. Er hat sein ganzes Leben lang gekämpft und versucht, für die Sicherheit aller zu sorgen, und dadurch wurde er zu einer Art …«

»Heimlichem Beschützer?«, schlug Finlay vor. »Darüber habe ich auch nachgedacht. Er hat mir die Geschichten zu seinen Tätowierungen noch nicht erzählt, aber ich weiß, dass sie alle eine Bedeutung haben. Es ist, als würde er nicht nur versuchen, das Leid aller anderen auszumerzen, sondern auch einen Teil davon festhalten.«

»Heimlicher Beschützer«, murmelte Red. »Ich hätte es nicht besser ausdrücken können. Meine Jungs sind so verschieden.

Bobby – Bear – trägt das Herz auf der Zunge, während Wayne – Bones – schon immer fähig war, sich so weit von anderen zu distanzieren, dass er einen ungetrübten Blick bewahren und sich über seine Gefühle klarwerden kann, ohne zu früh emotional betroffen zu sein. Aber Brandon – dein Bullet – hat immer mit allem gekämpft. Schon als kleiner Junge nahm er die Schuld auf sich, wenn eins der anderen Kinder Dummheiten gemacht hat, und stand dafür gerade. Kannst du dir vorstellen, wie schwer es mir gefallen ist, eine ernste Miene zu bewahren, als er mir erzählte, er hätte ›Wayne ist der Größte‹ in den Küchentisch geritzt? Oder als ich einer Spur aus blauen Fußabdrücken folgte, die Bobby als Vierjähriger von der Terrasse über die mit Teppich ausgelegte Treppe rauf in sein Zimmer und über die Hintertreppe runter in die Waschküche hinterlassen hat, wo ich Bobby mit blauen Füßen vorfand und daneben Brandon, der sich die Füße auch blau anmalte?«

Finlay musste lachen und schlug sich die Hand vor den Mund. »Entschuldige, aber das kann ich mir wirklich gut vorstellen.«

»Ach, es wird noch besser, Herzchen. Mit Brandon war nicht zu reden. Wenn er die Schuld für etwas auf sich nahm, dann schien er selbst zutiefst davon überzeugt zu sein. Wir haben versucht, ihn für das Lügen zu bestrafen, aber immerhin hatte er gelogen, um seine Brüder zu schützen. Am Ende haben wir ihn für Fehler bestraft, die er gar nicht begangen hatte, weil wir hofften, die anderen würden lernen, dass alles Konsequenzen hat.«

»Und, haben sie es gelernt?« Finlay musste einfach lächeln, als sie sich Bullet – ihren Bullet – vorstellte, wie er sich die Füße anmalte, um Bear vor einer Bestrafung zu bewahren.

»Das weiß ich wirklich nicht, aber letzten Endes hat

Brandon es auf sich genommen, den Kleineren beizubringen, was richtig und was falsch ist. Später an jenem Nachmittag habe ich ihn mit Bobby sprechen hören, und ich werde nie vergessen, wie sehr er mich an meinen Biggs erinnert hat, als er seinem Bruder erklärte, dass man Eigentum respektieren muss und dass es falsch ist, zu lügen. Bobby wollte wissen, warum *er* dann gelogen hätte, und seine Antwort verriet mir alles, was ich über meinen Ältesten zu wissen brauchte. Er sagte: ›Weil Papa mir gesagt hat, man muss immer das Richtige tun. Und dich zu schützen, ist das Richtige.‹ An diesem Nachmittag hat es mir das Herz zerrissen und zugleich ist es mir aufgegangen. Bevor ich Kinder hatte, wusste ich nicht, dass so etwas überhaupt möglich ist.«

Finlay hatte diese Erfahrung mit Bullet gleich in der ersten Nacht gemacht, als er sich ihr geöffnet und sie seine Tätowierungen gesehen hatte, und seither war dies noch mehrfach passiert. Sie hätte Red gern davon erzählt, aber diese Augenblicke schienen ihr dann doch zu intim zu sein.

»Lass uns das mal lieber nach draußen bringen, bevor wir noch eine Rebellion am Hals haben.« Red nahm ein Tablett und eine Handvoll Servietten in die Hand. »Du hast schon einen ziemlichen Fanclub.«

»Meine Mom hat immer gesagt, wenn du willst, dass die Leute zufrieden sind, gib ihnen was zu essen und schenke ihnen ein Lächeln.« Finlay nahm ein Tablett und schmunzelte beim Gedanken an ihre Mutter. Sie hatte Red erzählt, dass ihr Vater gestorben und ihre Mutter weggezogen war, und während sie jetzt ein weiteres Tablett nahm, wurde ihr klar, warum sie Red ihr Herz ausschütten wollte: Red gab den Menschen das Gefühl, etwas Besonderes zu sein, so wie Finlays Mutter es auch tat.

Red stieß die Tür mit der Hüfte auf und ließ Finlay den

Vortritt.

»Ich glaube nicht, dass nur Eltern diese Erfahrung mit dem zerrissenen und zugleich übervollen Herzen machen«, merkte Finlay an, während sie die Speisen in die Bar trugen. »Wahrscheinlich passiert das jedem, dem ein anderer Mensch wichtig ist.«

Red beugte sich zu ihr herüber, während sie zum Verkostungsbüfett gingen. »Danke.«

»Wofür?«

»Nichts macht eine Mutter glücklicher, als wenn sie sieht, dass ihr Kind seinem Herzen die Führung überlässt«, antwortete Red mit Blick zum Tresen.

Bullet musterte Finlay und hatte ein Lächeln auf den Lippen, das man nur als albern bezeichnen konnte. Finlay schmolz innerlich dahin. Sie hätte nie für möglich gehalten, dass Bullet etwas Albernes tat, aber dieses Lächeln, das man als *Ich stehe total auf dich* interpretieren konnte, belehrte sie eines Besseren. Und noch nie zuvor hatte ein albernes Lächeln derart heiß ausgesehen!

Im Laufe des Abends wurde Bullet Zeuge, wie seine schöne Freundin die Menge im Sturm eroberte, und ihm gingen gleich mehrere Lichter auf. Er wusste, dass er sich mit dieser Eifersucht, die ihn jedes Mal überkam, wenn sie einen anderen Kerl anlächelte, dringend auseinandersetzen musste. Auch wenn er sie noch so gern für sich allein hätte, war Finlay Wilson nun mal ein kontaktfreudiger Mensch, und diese Freude würde er ihr niemals nehmen wollen. Diese Erkenntnis half ihm, seine

Eifersucht in den Griff zu bekommen. Zwar wusste er, dass er dieses Gefühl, dessen Existenz er sogar bezweifelt hatte, bis Finlay in sein Leben getreten war, niemals loswerden würde. Aber er hatte bereits genügend schmerzliche Situationen bewältigen müssen, um zu wissen, dass dies eine andere Art von Schmerz war. Ein *guter* Schmerz. Er betrachtete den Satz, der auf seine Fingerknöchel tätowiert war: *YOU'RE* auf der linken und *ALIVE* auf der rechten Hand. Die Buchstaben standen so herum darauf, dass er sie lesen konnte, denn diese Botschaft war nur an ihn gerichtet. Er hatte geglaubt, diese Ermahnung immer zu brauchen, um die Trauer darüber, dass ein Stück von ihm im Krieg zurückgeblieben war, zu überwinden, aber jetzt, wo er Finlay gefunden hatte, konnte er das auch auf andere Weise verarbeiten. Finlay förderte Seiten an ihm zutage, von deren Existenz er gar nichts gewusst hatte.

Die großen Hände seines Vaters erschienen ihm gegenüber auf dem Tresen. Die Hände, die ihn früher über die Straße getragen und ihn gelehrt hatten, einen Ball zu werfen, Fahrrad und später Motorrad zu fahren. Die Hände, die ihm gezeigt hatten, wie wichtig Umarmungen und ein kräftiger Handschlag waren. Die Hände, die jetzt runzelig und mit Altersflecken übersät waren, die ihn nie geohrfeigt oder geschlagen hatten — obwohl Bullet wusste, dass er es oft genug verdient gehabt hätte. Aber das war nicht Biggs' Art. Nein, seine Lektionen waren immer praktischer Natur. Wie oft hatte sein Vater ihn auf einen Mann aufmerksam gemacht, der gemein zu einer Frau war, und dann mit dem Finger auf Bullet gedeutet und gesagt: *Männer müssen niemanden herabsetzen, um etwas klarzustellen. Du hast was mit einer Frau zu klären? Dann hör dir an, was sie zu sagen hat. Kapiert? Sie wird häufig recht haben. Und wenn nicht, verdient sie Respekt, weil sie sagt, was sie denkt.* Rauere Lektionen folgten, als Biggs ihn zuweilen aus dem Bett zerrte, damit er einen betrunkenen Gast nach Hause fuhr, oder ihm sagte, er solle seinen Hintern auf den Bock schwingen und die Dark Knights irgendwo in der Stadt treffen, wo sie sich um irgendeine Art von Problem kümmerten.

Bullet begegnete dem ernsten Blick seines Vaters und fragte sich, wie er diesem Mann, der ihm nicht nur das Leben geschenkt, sondern ihm auch nach besten Kräften beigebracht hatte, zwischen richtig und falsch zu unterscheiden, je hatte grollen können.

»Deine Kleine ist ein richtiges Verkaufstalent«, stellte Biggs bedächtig fest. Er deutete mit dem Kinn auf Finlay, die bei Dixie, Gemma, Crystal und Penny am Tisch saß, während Red, Chicki und die Frauen zweier weiterer Clubmitglieder ihnen über die Schulter sahen. Seit es ein wenig leerer geworden war, unterhielten sie sich über die Benefizaktion. »Sie hat heute Abend mit sämtlichen Mitgliedern gesprochen und sogar die Geschäftsleute dazu gebracht, sich bei einer Aktion zugunsten der Beckleys zu beteiligen. Digger versteigert zwölf Stunden seiner Zeit, Ausrüstung inklusive. Und Bud bietet an, ein ganzes Jahr lang jeden Monat einen Blumenstrauß auszuliefern. Machst du mir ein Bier?«

»Klar, Pop.«

Während Bullet Bier in ein eiskaltes Glas einschenkte, berichtete Biggs, was Finlay sonst noch alles erreicht hatte.

»Butcher verlost eine Rinderhälfte. Und du wirst es nicht glauben, Junge, aber sie hat Rebel und zwei andere Feuerwehrleute mit ihrem süßen Lächeln dazu gebracht, sich freiwillig für das Tauchbecken zu melden, das Crow aufbauen wird. Auch Losverkäufer und mehrere andere Helfer hat sie bereits angeworben. Aber damit gibt sich deine Süße längst nicht zufrieden. Sie und die anderen Frauen wollen in den Geschäften hier in der Stadt für die Benefizaktion werben. Das könnte glatt die größte Veranstaltung werden, die wir seit Jahren in Peaceful Harbor hatten.«

»Sie ist ziemlich unglaublich«, bestätigte Bullet stolz.

Sein Vater prostete ihm zu. »Wenn du mich fragst, vollbringt sie wahre Wunder. So viel hatten wir seit Jahren nicht mehr zu tun.«

»Die Leute essen eben gern.«

Biggs' Schnurrbart zuckte, als er schief grinste. »Es heißt, der Weg zum Herzen eines Mannes führt durch seinen Magen. Aber wir beide wissen, dass das nicht stimmt. Wir haben viel gierigere Körperteile als unsere Mägen.« Er trank einen großen Schluck Bier.

Bullet lachte in sich hinein. Biggs hatte noch nie ein Blatt vor den Mund genommen.

»Nein«, fuhr sein Vater fort. »Es ist nicht das Essen, was alle heute Abend hergeführt hat. Auch wenn es natürlich nicht geschadet hat. Finlay kann unglaublich gut kochen. Aber es hat sich rumgesprochen, dass im Whiskey's ein neues Mädel arbeitet, das jedem Gast das Gefühl gibt, etwas Besonderes zu sein.«

»Sie ist nicht für immer hier, Pop. Das weißt du doch, oder?«

Sein Vater trank noch einen Schluck und seine Miene wurde wieder ernst. »Das ist mir klar. Aber vielleicht solltest du das mal organisieren.«

Bullet schüttelte den Kopf, verschränkte die Arme und wappnete sich für einen inneren Konflikt. »Meine Freundin wird ihre Abende nicht in einer Bar verbringen.« Er wollte Finlay zwar am liebsten jede Minute um sich haben, aber er wusste auch, dass das nicht das Beste für sie war. Sie träumte davon, ihr Catering-Unternehmen auszubauen, und sie war nicht nach Peaceful Harbor gekommen, um diesen Traum aufzugeben.

»Sie hat ein Catering-Unternehmen, das sie ans Laufen bringen muss. Himmel, Pop. Wir kommen am Sonntag her, damit sie die Küche nutzen und eine Veranstaltung vorbereiten kann.«

»Am Sonntag? Du machst die Tour mit deinen Brüdern nicht mit?« Biggs legte eine Hand auf seinen Gehstock und stand auf.

»Vielleicht stoße ich noch dazu, während sie bei dieser Veranstaltung ist, aber der Sonntag ist mein einziger freier Tag. Wenn sie hier ist, bin ich ebenfalls hier.«

Der Blick seines Vaters wanderte von Bullets Oberkörper auf seine Hände. »Manchmal bekommen Worte eine neue Bedeutung, und was einem zuerst wie eine Strafe vorkommt, verwandelt sich in ein Freudenfest.« Er bedeutete Bullet, sich vorzubeugen, und legte unbeholfen einen Arm um ihn. »Ich hab dich lieb, Junge, und ich bin verdammt stolz auf dich, auch wenn ich das bestimmt nicht oft genug sage. Das war ich immer.«

Bullet räusperte sich, um seiner Rührung über das Lob seines Vaters Herr zu werden. Er beobachtete, wie Biggs zu Red humpelte, sie in die Arme nahm und ihr wohl irgendein Kompliment machte, denn die Miene seiner Mutter hellte sich auf, sie streichelte seine Wange und küsste ihn. Bullet wandte den Blick ab und hatte seine Liebste sofort wieder im Auge. Die Worte seines Vaters gingen ihm noch einmal durch den Kopf: *Manchmal bekommen Worte eine neue Bedeutung, und was einem zuerst wie eine Strafe vorkommt, verwandelt sich in ein*

Freudenfest.

Er hatte wirklich allen Grund, das Leben zu feiern, und dieser Grund saß am anderen Ende des Raums und hielt ein Telefon in der Hand. Finlay und die übrigen Frauen führten ein Videotelefonat.

Im nächsten Augenblick musste er noch an einen anderen Teil ihrer Unterhaltung denken.

Sie ist nicht für immer hier. Das weißt du doch, oder?

Das ist mir klar. Aber vielleicht solltest du das mal organisieren.

Vielleicht hatte sich sein Vater gar nicht auf die Tätowierung auf seinen Fingerknöcheln bezogen.

Finlay spürte seinen Blick, sah auf und winkte ihn zu sich. »Bullet! Wir wollen dich was fragen!«

Er ging zu ihr und strich ihr übers Haar. »Was gibt's, Lollipop?«

»Lollipop!«, tönte es prustend aus dem Telefon.

Er erkannte die Stimme als die von Finlays Freundin Isabel, die ein sehr freches Mundwerk hatte. Die beiden telefonierten oft und Bullet mochte sie sehr.

»Schmeckt sie denn genauso süß?«

»Izzy!«, fiel Finlay ihr ins Wort und um sie herum mussten alle kichern.

Herrgott! Mit diesen gackernden Hühnern wollte er nichts zu tun haben. Er wandte sich ab, doch Finlay hielt ihn hinten am T-Shirt fest.

»Warte bitte, ja?« Sie funkelte Isabel an. »Ab jetzt benimmt sie sich. Sie hat nur zu viel Wein getrunken.«

Isabel hob ein leeres Weinglas. »Das könnte stimmen, aber ich hätte es so oder so gesagt, weil es witzig ist.«

»Wie wär's, wenn wir die Körperteile meiner Freundin mal

beiseitelassen?« Er sah Finlay an, die so strahlend lächelte, dass sie ihn damit ansteckte. »Was gibt's, mein Engel?«

»Wir haben nur mal überlegt. Wenn wir Küchenpersonal einstellen, werden wir auch noch einen Barkeeper und eine Kellnerin brauchen, und wir dachten daran, Izzy anzuheuern. Sie könnte halbtags in meiner Catering-Firma arbeiten und halbtags hier.«

Sofort dachte er ganz egoistisch wieder daran, Stunden zu reduzieren. Er sah erst Dixie an, dann seine Mutter, und er spürte wieder das schlechte Gewissen in sich hochkriechen. Er brauchte einen verdammten Klon, um die Menschen, die er liebte, zu beschützen, damit er mehr Zeit mit dem einen Menschen verbringen konnte, an dem ihm am meisten lag.

»Wollen wir das am Sonntag besprechen?«, schlug Red vor.

Am Sonntag. Mein einziger freier Tag und ich verbringe den Großteil davon ohne Finlay.

Der Sonntag kotzte ihn jetzt schon an.

Siebzehn

Der Sonntag begann mit einem plötzlichen Temperatursturz und stürmischem Wind. Nach der langen Zeit in Boston hatte Finlay ganz vergessen, dass in Maryland an einem Tag große Hitze und am nächsten Pulloverwetter herrschen konnte. Und so sehr sie sich auf das Catering für die Babyparty freute, hätte sie sich auch nur zu gern auf der Couch an Bullet gekuschelt, den Rest der Welt ausgesperrt und einen ganzen Tag lang alles um sich herum vergessen. Da das jedoch nicht in Frage kam, hängte sie nun ihren Regenmantel auf, zog eine Schürze über das langärmelige grau-weiße Minikleid und packte die Lebensmittel aus, die Bullet in die Küche des Whiskey Bro's getragen hatte. Seine Familie war noch nicht da, und sie hoffte, vor der Familienkonferenz den Großteil der Vorbereitungen abgeschlossen zu haben.

Danach würde Bullet mit seinen Brüdern eine Ausfahrt machen. Sie hatte so das Gefühl, dass er das brauchte, denn er war im Laufe der Woche etwas gereizter als sonst gewesen, früher aufgewacht und hatte sich über die Arbeit geärgert. Nur morgens schien er ganz im Einklang mit sich zu sein. Er fuhr erst um elf zur Bar, sodass sie mehrere ungestörte Stunden zusammen verbringen konnten. Wenn er abends nach Hause kam und sie in seinen Armen lag, vereinten sich ihre Welten wie zwei gleichzeitig ausgestoßene Seufzer; die Anspannung fiel von ihm ab, und die ganze Sehnsucht, die sich den Tag über in ihr aufgestaut hatte, verflog.

»Fährst du bei diesem Wetter?«, fragte sie, während sie sich die Lebensmittel zurechtlegte. Am Vortag hatten sie das Snake Pit aufgesucht, bevor Bullet zur Arbeit gefahren war. Wie versprochen hatte Chicki sie durch die Küche geführt, die dreimal so groß wie die im Whiskey's war, und Finlay hatte sich mit dem Koch über die Speisekarte unterhalten.

Beim Abschied hatten mehrere Männer von Bullet wissen wollen, wann er mal wieder mit ihnen losziehen würde, doch er hatte nur eine ausweichende Antwort gegeben.

»Wenn es aufklart.« Bullet zog die Lederjacke aus und warf sie auf einen Stuhl. Seine Tattoos lugten unter den Ärmeln des ausgeblichenen schwarzen T-Shirts hervor. Er fuhr sich mit der Hand durch das dichte Haar und schüttelte das Regenwasser aus. Eine Kette hing an einer Gürtelschlaufe und verschwand in der Gesäßtasche, was beinahe den Anschein erweckte, dabei würde es sich ebenso wie bei seinen Silberringen um ein Schmuckstück handeln.

Diese Vorstellung amüsierte Finlay. Bullets Garderobe bestand aus dunklen Jeans, ausgeblichenen T-Shirts und einem Haufen Lederarmbändern. Er trug immer zwei oder drei Totenschädelringe oder Ringe aus gehämmertem Metall, aber sie wusste, dass das keine ästhetischen Gründe hatte. All diese Ringe symbolisierten garantiert irgendetwas, denn wenn sie eines über Bullet gelernt hatte, dann, dass alles an ihm eine Bedeutung hatte.

Er trat hinter sie und schlang ihr die Arme um die Taille. Das tat er ständig; er berührte sie, küsste sie, wollte mehr von ihr. Und ihr ging es genauso, denn sie wollte ihn ihrerseits auch ständig berühren.

»Du hast gesagt, diese Babyparty geht bis zwei oder drei, ja? Falls ich fahre, werde ich rechtzeitig wieder zurück sein.«

»Du musst nicht vorzeitig zurückkommen oder dein Leben meinetwegen auf den Kopf stellen. Ich werde auch später noch da sein. Amüsier dich einfach und genieß das Leben und die Zeit mit deinen Brüdern.« Dann drehte sie sich zu ihm um, und dieses Flattern in ihrem Bauch, mit dem sie mittlerweile rechnete, wenn sie sich nahe waren, stieg hinauf bis in ihre Brust. Sie schwelgte in diesem Gefühl.

»Ich genieße das jetzt schon seit über dreißig Jahren.« Er gab ihr einen so himmlischen Kuss, dass sie sich auf die Zehenspitzen stellte, und rieb mit dem Bart über ihre Wange. »Ich liebe es, wenn du das tust.«

»Wenn ich ganz scharf werde?«, fragte sie neckisch.

»Wenn du dich auf die Zehenspitzen stellst, als ob du nicht genug von mir bekommen könntest.«

Bisher hatte Finlay nie jemanden gebraucht, doch je näher Bullet und sie sich kamen, desto deutlicher merkte sie, dass sie ihn schon die ganze Zeit gebraucht hätte. In den letzten sieben Jahren war sie nur auf ihre Arbeit konzentriert gewesen und hatte gar nicht gemerkt, wie groß die Leere in ihrem Inneren war. Bullet – und sogar Tinkerbell – vervollständigten sie auf eine Art und Weise, wie es zuvor nichts und niemandem gelungen war. Ob sie zusammen spazieren gingen, Bullet in der Garage an einer seiner Maschinen schraubte, während sie in der Nähe saß und die Speisekarte und Arbeitspläne vorbereitete, oder eng umschlungen unter dem Sternenhimmel lagen, was sie vermutlich nicht mehr lange tun konnten, da es langsam Herbst wurde – Hauptsache, sie drei waren zusammen und glücklich.

Wir schlagen hier langsam Wurzeln.

»Ich werde nie genug von dir bekommen.« Sie zog seinen Kopf zu sich herab und küsste ihn noch einmal.

Eine gute Stunde später kam Dixie durch die Hintertür herein, das feuerrote Haar vom Wind ins Gesicht gepeitscht. Finlay stellte gerade Wildlachs, Salate, sautierten Spinat und Korianderjoghurtsoße in den Kühlschrank und schaute über die Schulter.

»Wow. Ich dachte schon, ich würde gleich weggeweht werden.« Dixie zog die Jacke aus und hängte sie an den Haken neben der Tür. »Es ist unfassbar windig. Wir sollten uns für unsere Benefizaktion vorsichtshalber Alternativen überlegen, die drinnen stattfinden.«

»Ich hatte gehofft, der Wind würde sich legen«, sagte Finlay und belegte einen mit Creme bestrichenen Tortenboden mit Erdbeer- und Kiwischeiben.

Dixie begutachtete die rosa und blauen Cupcakes in der Transportbox auf der Arbeitsplatte, die bunt glasierten Cakepops, die an Rasseln erinnerten, und die erdnussförmigen Törtchen, die auf Gittern neben der Spüle abkühlten, während Bullet hartgekochte Eier schälte. Sie legte ihm eine Hand auf die Schulter. »Du bist so häuslich, dass ich dich fast nicht wiedererkenne.«

»Finlay hat mich mit Sex bestochen.« Er zwinkerte Finlay zu.

»Das ist gar nicht wahr!« Ihre Wangen brannten. Nachdem Bullet sie auf die Arbeitsplatte gesetzt und versucht hatte, sie zum Brunch zu vernaschen, hatte sie ihm versprochen, sich später ihm ganz allein zu widmen, wenn er sie jetzt in Ruhe kochen ließ. Sie konnte auf einer Babyparty ja schlecht nach Sex aussehen. Wobei sie ihre Lektion gelernt hatte: Wenn Bullet bei ihr war, hatte sie immer, wirklich immer, Slips zum Wechseln dabei. Manchmal genügte das, aber wenn er sie leckte, erregte sie das derart, dass sie hinterher duschen musste – und zwar kalt, sonst sorgten die Nachbeben dafür, dass sie fast noch einmal kam.

Die Tür ging abermals auf, und Bones schlenderte in seiner schwarzen Lederjacke herein, einen Motorradhelm unter den Arm geklemmt. Der Rest der Familie folgte ihm dicht auf den Fersen. »Verdammt, ist das widerlich da draußen. Aber hier drin riecht es richtig gut.«

Er stellte den Helm ab und legte einen Arm um Finlay, die gerade die Glasur für die erdnussförmigen Törtchen vorbereitete, die sie so verzieren wollte, dass sie wie Babys in Windeln aussahen. Die eine Hälfte der Törtchen würde blau, die andere Hälfte rosa werden, und als Augen sollten Schokostückchen dienen.

»Was hast du mit meinem Bruder gemacht? Demnächst trägt er noch Kleid und Schürze.«

Bullets Miene verfinsterte sich.

Finlay flüsterte: »Ich habe ihn mit Sex bestochen.«

Bones schob Bullet zur Seite. »Gib mir die verdammten Eier.«

Bullet packte ihn hinten am Kragen und zerrte ihn von der Spüle weg, und dabei sah er so wütend aus, dass Finlay fürchtete, sie würden sich gleich ernsthaft prügeln.

Bones warf lachend die Arme in die Luft. »Das war ein Scherz, Bruderherz.« Er stieß Bullet so fest gegen die Schulter, dass Bullet ihn losließ und nur noch grimmig anstarrte.

»Bones verspürt eine starke Todessehnsucht.« Bear setzte sich an den Tisch.

Dixie ging lachend zur Tür zur Bar. »Ich hole die

Hauptbücher aus dem Büro. Bin gleich wieder da.«

Red stellte sich neben Finlay. »Es gibt drei Dinge, über die man in unserer Welt keine Witze macht: Frauen, Motorräder und die Familie.«

»Ich wollte keine Zwietracht stiften«, erwiderte Finlay. »Es war doch nur Spaß.«

»Das hast du auch gar nicht, Liebes«, versicherte Red ihr. »Aber Bones. Er weiß, dass Bullet in letzter Zeit eine arg kurze Lunte hat.«

Finlay nahm sich vor, ihr Bauchgefühl nie wieder zu ignorieren, indem sie Bullet derart aufzog. Sie war überrascht, dass Red Bullets Gereiztheit aufgefallen war, und fragte sich, ob sie ahnte, was dahintersteckte. Finlay hatte Bullet mehrmals danach gefragt, aber er hatte sie jedes Mal abblitzen lassen und das Thema gewechselt.

Biggs setzte sich neben Bear und deutete mit dem Gehstock auf Bones. »Hör auf mit dem Mist. Eines Tages geht Bullet wirklich auf dich los und dann wird's dir leidtun.«

Finlay bekam ein schlechtes Gewissen. Sie wusste, dass Bullet und Bones etwas Besonderes verband, und wollte das auf keinen Fall ruinieren.

Bullet zog die Mundwinkel langsam wieder hoch. Er hielt Bones eine Faust hin, der seine dagegen stieß.

Finlay war erleichtert. Sie stellte ein Blech mit Keksen auf die Arbeitsplatte und lenkte sich ab, indem sie die unteren Hälften mit rosa Glasur bestrich und die oberen mit winzigen rosa Schleifen verzierte.

Bullet wischte sich die Hände an einem Handtuch ab. »Entschuldige, Mann«, sagte er zu Bones.

»Kein Ding.« Bones lehnte sich an die Arbeitsplatte. »Das Wetter soll zum Nachmittag aufklaren. Begleitest du uns?«

Bullet nickte. »Für ein paar Stunden.«

Sobald Dixie mit den Hauptbüchern zurückkehrte, fragte Bear: »Wollen wir dann loslegen, Dix?«

Dixie wirkte mit einem Mal verunsichert. Sie verschränkte die Arme, löste sie wieder, verschränkte sie erneut. Finlay wartete auf eine Erklärung, denn Dixie hatte sämtliche Kandidaten, die sich auf die Stelle des Kochs beworben und bei Finlay vorgestellt hatten, mit der Begründung, etwas an ihnen sei *nicht ganz koscher*, abgewiesen.

»Wir haben die Stellen noch nicht besetzt«, erklärte Dixie. »Fin hat die ganze letzte Woche Bewerbungsgespräche geführt und alle Bewerber waren qualifiziert. Aber ich hatte bei allen ein ungutes Gefühl. Irgendwie bin ich mir nicht mehr so sicher, ob wir Fremde einstellen sollten.«

»Aber das war doch dein Vorschlag«, rief Bullet ihr in Erinnerung.

Finlay war verstört über seinen gereizten Tonfall. Sie hatte beinahe vergessen, dass er anfangs auch dagegen gewesen war, dass sie hier arbeitete und das Angebot der Bar erweitern wollte.

Lieber konzentrierte sie sich auf die Schokoaugen für die Törtchen.

»Ja, ich weiß, und mir ist auch klar, dass du ein breiteres Angebot bieten möchtest, Dad, damit wir etwas haben, was noch viele Generationen lang besteht, aber ist dir aufgefallen, wie viel neulich bei Finlays Verkostung los war?«

»Das war doch kein Wunder«, erwiderte Biggs. »Finlay hat sich inzwischen einen ziemlich guten Ruf hier in der Gegend erarbeitet.«

»Es geht nicht mehr nur darum, einen Koch und einen Tellerwäscher einzustellen.« Dixie sah Finlay flehentlich an und da dämmerte es ihr allmählich.

Dixie war wegen der Personalfrage ebenso besorgt wie sie.

Finlay wischte sich die Hände an einem Handtuch ab. »Sie hat recht. Der Ansturm neulich hat mir auch zu denken gegeben. Es war wunderbar, aber auch beunruhigend.«

Bullet streckte die Hand nach ihr aus. Finlay ging zu ihm und er legte ihr einen Arm um die Taille. Sie war froh über diese Unterstützung, allerdings wusste sie nicht, ob er ihre Nervosität bemerkt hatte oder sie bloß im Arm halten wollte. Vermutlich beides.

»Zuerst wollten wir zwei Köche und zwei Tellerwäscher in Teilzeit einstellen, damit sie in zwei Schichten arbeiten können, aber wenn ich mir das Gästeaufkommen von neulich ansehe, für das wir nicht die geringste Werbung gemacht haben, glaube ich, dass die Sache größer wird, als ihr euch das ursprünglich vorgestellt habt.« Finlay hatte das Gefühl, die Whiskeys irgendwie enttäuscht zu haben, auch wenn sie wusste, dass es hier ums Geschäftliche ging und sie nichts anderes getan hatte, als ihren Bedarf abzuschätzen.

»Ich hab euch ja gesagt, dass das keine gute Idee ist«, warf Bullet ein.

Biggs hob die Hand und brachte ihn zum Schweigen. »Lasst uns hören, was Finlay zu sagen hat.«

Sie sah Bullet entschuldigend an.

Er gab ihr einen Kuss auf die Schläfe. »Kein Ding, Lollipop. Fahr fort«, bat er sie und sie atmete ein bisschen auf.

»Mein Rat lautet: Überlegt euch, was ihr euch wirklich von dieser Erweiterung erhofft. Soweit ich weiß, war das Ziel, mehr Gewinn zu erwirtschaften, was ihr meiner Meinung nach in einem großen oder einem kleineren Rahmen tun könnt, abhängig davon, was euch vorschwebt. Jed ist nur in Teilzeit hier und Bullet arbeitet jetzt schon über sechzig Stunden die

Woche. Von Dixie und Red kann man nicht erwarten, dass sie sieben Tage die Woche in Vollzeit kellnern. Falls ihr also den ganzen Tag Essen servieren wollt, braucht ihr wahrscheinlich mindestens zwei weitere Kellnerinnen, einen zusätzlichen Vollzeitbarkeeper, zwei Vollzeitköche, damit keiner mehr als vierzig Stunden die Woche arbeitet, und dann müsst ihr auch noch ein paar Tellerwäscher einstellen. Und falls ihr euch für diese Variante entscheidet, benötigt ihr eindeutig auch einen Geschäftsführer, es sei denn, Bullet übernimmt diese Aufgabe. Dixie ist dafür natürlich voll qualifiziert, aber sie managt schon die Werkstatt, kellnert hier und führt die Bücher. Ihr braucht jemanden, der Arbeitspläne erstellt. Und ich weiß nicht, ob ihr so weit vorausgedacht habt, aber Vollzeitangestellte sollten auch eine Krankenversicherung und Urlaub bekommen.«

Bullet und Bear schüttelten den Kopf.

»Das klingt vernünftig«, sagte Red.

»Genau das macht mir Sorgen«, erklärte Dixie. »Dann wird unser kleiner Familienbetrieb zu etwas viel Größerem und wird sich vollkommen verändern. Ich glaube fast, Bullet hatte mit seinen Einwänden recht.«

»Es gibt noch eine weitere Möglichkeit«, schaltete sich Finlay erneut ein. »Ihr könntet beispielsweise nur mittags Essen servieren. Dann würdet ihr einen Koch, eine Kellnerin und einen Tellerwäscher von, sagen wir, zwölf bis drei brauchen. Zwanzig Stunden die Woche sollten da reichen. Einen Ersatzkoch müsstet ihr trotzdem einstellen, allein für den Fall, dass der Hauptkoch krank wird, einen Unfall hat oder im Urlaub ist. Oder ihr serviert nur Abendessen, aber da ist meiner Erfahrung nach normalerweise mehr Betrieb, und ihr würdet bestimmt mehr Bedienungen brauchen.«

»Was wäre dir lieber, wenn du hier arbeiten würdest, Finlay?

Welche Zeiten würdest du bevorzugen?«, wollte Biggs wissen.

»Ich? Na ja, ich gehe fast davon aus, dass ihr eher Personal für tagsüber als für abends findet, und würde mich für den Mittagstisch aussprechen.«

Bullet drückte sie fester an sich. »Sie ist nicht hierher zurückgezogen, um in der Bar zu arbeiten.«

»Er sagt ja nicht, dass ich hier arbeiten soll«, entgegnete sie. »Aber ich bin gerne hier. Ich mag die Leute und ich würde mehr von dir und deiner Familie sehen. Außerdem macht es garantiert Spaß, hier zu arbeiten. Das Umfeld ist toll, und zugegeben, die Gäste sind rauer, als ich es gewohnt bin, aber sie sind auch nett und witzig und …«

»Dann bleib doch«, schlug Biggs vor.

Finlay starrte ihn verblüfft an. »Wie bitte?«

Biggs zuckte mit den Achseln. »Du bist schon hier. Du kennst die Gäste. Du bist diejenige, die die Speisekarte zusammenstellt. Du bist mit unserem Jungen zusammen, gehörst also zur Familie. Bleib bei uns und such dir deine Arbeitszeiten frei aus.«

»Ich soll hier arbeiten?« Sie ließ sich die Idee durch den Kopf gehen. Es wäre bestimmt wundervoll, die ganze Zeit an Bullets Seite zu sein, und sie hatte ihre Worte durchaus ernst gemeint und mochte die Gäste. Falls sie in Teilzeit hier arbeitete, würde sie ihr Catering-Unternehmen weiterführen können. Sie sah Bullet an, der die Stirn runzelte, und sofort bekam sie Zweifel. »Ich … Ich weiß nicht, ob das eine so gute Idee ist. Ich hatte noch keine Zeit, Räumlichkeiten für mein Catering-Unternehmen zu suchen. Das wird wahrscheinlich eine Weile dauern, und solange könnte ich mich nicht festlegen …«

»Ich will nicht, dass Finlay das Catering aufgibt, und abends arbeitet sie in *keiner* Bar«, verkündete Bullet. Er sah auf die Uhr und flüsterte: »So langsam solltest du fertig werden, Baby. Du musst bald los.«

Wie hatte sie sich nur so ablenken lassen können? Nach Biggs' Angebot und Bullets Kommentaren überschlugen sich in ihrem Kopf die Gedanken. Er arbeitete doch selbst abends. Warum wollte er sie nicht dabeihaben?

»Entschuldige, aber ich muss mich jetzt um die Vorbereitungen kümmern«, sagte sie zu Biggs und machte sich daran, die Kekse auf dem anderen Blech zu verzieren. Dabei ging sie im Geiste schon die einzelnen Schritte durch, die hart gekochte Eier in Kinderwagen verwandeln würden: Das Eigelb würde als Decke dienen, und die Gesichter gestaltete sie aus Würstchenscheiben, auf die sie Schokostreusel als Augen legen wollte. Wenn sie sich beeilte, konnte sie in zwanzig Minuten fertig sein.

»Ich helfe dir.« Red trat an die Spüle. »Was mache ich mit den Eiern?«

»Danke. Wenn du sie halbierst und das Eigelb herausnimmst, kann ich es zerkleinern und scharf würzen, und danach schneide ich die Würstchen in Scheiben.« Sie deutete auf ein Tablett, auf dem alles bereitlag.

»Ich kümmere mich um die Würstchen.« Dixie hatte auch schon ein Messer in der Hand.

»Danke«, sagte Finlay.

»Wir erwarten gar nicht, dass du das Catering aufgibst, Finlay«, erklärte Biggs. »Du kannst dafür gern diese Küche benutzen und dir die Arbeitszeiten wie gesagt selbst aussuchen.«

Ihr fielen beinahe die Augen aus dem Kopf, als sie sich wieder umdrehte. Dixie nickte und strahlte, als wäre das die großartigste Idee aller Zeiten. Bear und Bones tuschelten miteinander, aber man sah ihnen an, dass sie damit einverstanden waren. Ihr drehte sich der Kopf, weil sich ihr auf einmal so viele Möglichkeiten boten.

»Ich …« Sie sah Bullet an, konnte seinen Blick aber nicht deuten. »Was meinst du?«

Er legte ihr einen Arm um die Schulter und raunte ihr ins Ohr: »Keine Abendschichten, Lollipop. Bitte heb dir die Abende für uns auf. Und ich möchte nicht, dass du deine Catering-Firma aufgibst. Dafür macht dir die Arbeit viel zu großen Spaß.«

Ihr ging das Herz auf. »Aber mit dem Rest wärst du einverstanden?«

Er nickte und gab ihr einen Kuss auf die Wange. »Ich bin mit allem einverstanden, was du willst.«

»Wirklich?«, fragte sie leise. »Das ist deine Bar, und ich weiß noch, dass du mich anfangs nicht hierhaben wolltest.«

»Ich will dich jede Sekunde in meiner Nähe haben, Baby.«

»Und, was sagst du?«, fragte Biggs.

Ihr Herz raste. Bullet wollte mit ihr zusammen sein und jetzt machte seine Familie ihr plötzlich dieses großzügige Angebot. Finlay zwang sich, ihre überschäumenden Gefühle zu bezähmen und rational zu denken.

»Es könnte kompliziert werden«, antwortete sie schließlich. »Ich will euch nicht enttäuschen, aber wenn ich die einzige Köchin bin, was passiert dann im Krankheitsfall? Was sollen wir tun, wenn ich einen Auftrag für das Catering einer Nachmittagsveranstaltung übernehme, weil er zu gut ist, um ihn abzulehnen? Das könnte uns alle in eine unangenehme Lage bringen.«

Red verharrte mit der Hand über dem Schneidebrett. »In eine unangenehme Lage? Schätzchen, du wärst unsere Rettung.

Im Grunde genommen möchte keiner von uns Fremde einstellen oder sich Gedanken darüber machen müssen, wie man mit Angestellten umgeht, die nicht zur Familie gehören.«

»Das mag ja sein, aber die Gäste müssen sich auf euer Angebot verlassen können. Wenn ihr Mittagessen serviert, muss auch jemand hier sein, der es kocht, und wenn ich krank werde, sollte das jemand anderes übernehmen können.«

Red und Biggs tauschten ein vielsagendes Lächeln, das Finlay nicht deuten konnte.

»Liebes, dieses Unternehmen ist nicht deshalb erfolgreich, weil wir so ein strenges Regiment führen«, erklärte Red. »Das Whiskey Bro's gibt es schon so lange, weil wir eine enge Bindung zu den Menschen und der Gemeinde aufbauen. Vertrauen und gute Beziehungen sind das, worum es in diesem Familienunternehmen geht, und genau das wollten wir auch weiterhin bewahren, als wir über eine Erweiterung des Angebots nachgedacht haben. Die richtige Person zu haben, die das alles zusammenhält, ist von entscheidender Bedeutung, und da macht es nicht das Geringste aus, wenn die Küche an einem Freitagmittag mal geschlossen ist.«

»Das ist jetzt alles sehr viel auf einmal und ich muss es erst einmal verarbeiten. Bitte haltet mich nicht für undankbar, aber könnt ihr mir ein bisschen Bedenkzeit geben, damit ich ungestört mit Bullet darüber reden kann?«

»Wir haben es nicht eilig«, erwiderte Biggs.

»Aber du schon«, rief Bullet ihr in Erinnerung.

Eine Viertelstunde später hatte Bullet alles in ihren Wagen verladen, es regnete nicht mehr und Finlay umarmte alle – auch Bones – und versprach, rasch eine Entscheidung zu treffen.

Bullet beugte sich in den Wagen und küsste sie. »Du kommst wirklich zurecht? Und du weißt, wo du hinmusst?«

»Ja. Danke für deine Hilfe. Und Bullet, wenn du nicht möchtest, dass ich in der Bar arbeite, ist das okay. Das würde mich nicht kränken.«

»Ich will dich bei mir haben. Allein der Gedanke, dass meine Süße abends arbeiten muss, behagt mir nicht. Aber tagsüber? Da bin ich ganz entspannt, Babe. Je näher du mir bist, desto häufiger kann ich mit dir rumknutschen.« Er knabberte spielerisch an ihrem Hals. »Und jetzt ab mit dir, sonst muss ich dich noch auf der Ladefläche vernaschen, und dann kommst du garantiert nicht rechtzeitig zu der Babyparty.«

»Und mit diesem Bild im Kopf muss ich jetzt fahren?« Sie zog ihn am Kragen zu sich herunter und küsste ihn noch einmal. »Mein Wagen wurde noch nicht eingeweiht, also kannst du dir auf eurer Ausfahrt überlegen, was du darin alles mit mir anstellen willst.«

Sein Blick wurde dunkel und sie setzte eine Unschulds-miene auf und sagte mit ihrer süßesten Stimme: »Bis nachher, mein Liebster. Ich muss los.«

Bullet sah Finlays Wagen hinterher. Dann kehrte er in die Küche zurück und war fest entschlossen, seine Arbeitszeiten zu ändern.

»Hey, Bullet.« Dixie holte eine rosa Schachtel aus einem Schrank und reichte sie ihm. »Finlay hat mich gebeten, dir das nachher zu geben, aber ich muss gleich weg.«

Red und Dixie beobachteten ihn erwartungsvoll und wieder erdrückten ihn seine Schuldgefühle. Er konnte seine Stunden nicht reduzieren. Wenn sie kellnerten, musste er hier sein, um sie zu beschützen. Er saß in der Zwickmühle.

»Mach's auf«, drängte Dixie ihn.

Er öffnete die Schachtel, warf einen Blick auf die herzförmige Torte, auf der in blauer und rosa Glasur »B + F« stand, und murmelte: »Ich muss hier raus.« Er wandte sich zur Hintertür und prallte gegen Bear. Ohne nachzudenken, packte Bullet ihn am Kragen und hob ihn hoch.

»Was soll das, Bullet?« Bear stieß ihn gegen die Brust und Bullet ließ ihn los. »Welche Laus ist dir denn über die Leber gelaufen?«

»Ich ertrage das alles nicht länger.« Er lief vor der Tür auf und ab und knirschte mit den Zähnen, um ja nicht noch mehr zu sagen.

»Was meinst du damit?«, hakte Red nach. »Worüber regst du dich so auf?«

Bullet starrte sie gereizt an. »Es ist nichts.«

»Das ist ja wohl die größte Lüge aller Zeiten«, schimpfte sie.

»Spielt keine Rolle. Es gibt keine Lösung.« Bullet stürmte nach draußen und seine Familie lief ihm hinterher. Er drehte sich um und wollte sie schon alle zur Sau machen, aber Biggs stellte sich vor die anderen, stützte sich auf seinen Gehstock und wirkte wie eine Barriere, die Bullets Zorn abfangen sollte. Aus Respekt vor seinem Vater riss sich Bullet zusammen.

»Rede mit mir, Junge«, verlangte Biggs. »In dir ist kein Platz für noch mehr Dämonen.«

Bullet mahlte mit dem Kiefer.

»Du bist ein sturer Bock«, schimpfte Biggs. »Spuck's aus, bevor du daran erstickst.«

Bullet legte sich die Hände in den Nacken, hob das Gesicht gen Himmel und kniff die Augen zu. Noch nie hatte er sich etwas so sehr gewünscht. Er versuchte, dagegen anzukämpfen, wollte das Richtige tun und einfach den Mund halten, für seine Familie. Aber seine Liebe zu Finlay war zu groß und die Worte sprudelten wild und ungezügelt aus ihm heraus. »Ich kann das nicht mehr, fünf Tage die Woche bis Mitternacht arbeiten, ohne Zeit für Finlay zu haben. Aber ich kann meine Arbeitszeit auch nicht reduzieren. Ich bin am Arsch und es gibt keinen Ausweg.«

»Das wurde aber auch Zeit«, murmelte Bear.

»Was?«, fragte Dixie. »Wir haben gerade über Arbeitszeiten geredet. Hättest du da nicht den Mund aufmachen können?«

Ohne sich umzudrehen, hob Biggs die Hand und brachte sie zum Schweigen.

Bullet starrte Dixie finster an. »Ich kann nicht weniger arbeiten. Wer soll dich und Red denn beschützen?«

»Uns beschützen?« Dixie marschierte direkt an Biggs vorbei und baute sich vor Bullet auf. »Ich dachte, du willst kein Held sein?«

»Dixie«, fuhr Red sie an.

»Nein, ich werde mich nicht zurückhalten.« Dixie verschränkte die Arme und hielt Bullets Blick stand.

»Ich bin niemandes Held.« Bullet kochte vor Wut.

»Quatsch. Du bist der personifizierte Held, egal, wie man es sieht. Die Frage ist vielmehr, wessen Held du sein willst.«

»Ich weiß nicht, was zum Teufel du damit meinst. Aber jemand muss dich und Red beschützen.«

»Ach ja?« Dixie sah ihn herausfordernd an. »Tja, hier kommt eine Eilmeldung: Ich kann selbst auf mich aufpassen, und niemand würde es wagen, sich mit der Frau des Präsidenten der Dark Knights anzulegen.«

Bones und Bear traten neben Dixie, verschränkten die Arme und hielten die Köpfe hoch erhoben. Verdammt, er war ein zu guter Lehrer gewesen. Allerdings hätte er nie gedacht, dass sie das Gelernte einmal gegen ihn einsetzen würden.

»Sie hat recht, Bullet. In unserer Bar legt sich keiner mit ihnen an«, schaltete sich Bones ein. »Dafür hast du gesorgt, Bullet. Du hast einen Eisenzaun darum errichtet und jeden bedroht, der auch nur überlegt hat, Ärger zu machen. Du hast dafür gesorgt, dass die Menschen in dieser Bar noch viele Jahre lang sicher sein werden. All das haben wir nur dir zu verdanken, Bullet. Du hast dein ganzes Leben deiner Familie gewidmet. Bring Finlay nicht um das gemeinsame Leben, das ihr beide verdient.«

»Du hast jetzt eine Frau an deiner Seite«, fügte Bear hinzu. »Es ist völlig normal, dass du aufgewühlt bist und dein Leben für sie umkrempeln willst. Ich weiß, wie man sich da fühlt. Als ich mich in Crystal verliebt habe, hat mich das völlig überrollt, und das passiert noch immer jedes Mal, wenn ich sie sehe. Hör auf dieses Gefühl, Bullet. Du wirst nicht jünger. Gott allein weiß, wie du an diese tolle Frau gekommen bist, aber jetzt vermassele das bitte nicht aus irgendeinem falsch verstandenen Pflichtgefühl heraus.«

Gerührt wandte Bullet den Blick ab.

»Wessen Held willst du sein?«, fragte Dixie noch einmal. »Meiner und Moms? Oder Finlays? Ich hoffe bei Gott, du triffst die richtige Entscheidung, weil ich es nämlich verdammt satthabe, dass du meinen Helden spielst.« Sie deutete auf ihre anderen Brüder. »Das gilt übrigens für euch alle. Ich könnte ein bisschen Raum für mich brauchen, und es wäre ein guter Anfang, Bullet abends für ein paar Stunden aus der Bar zu bekommen.« Sie schenkte Bullet ein Lächeln. »Ich hab dich lieb, aber in letzter Zeit werde ich ein bisschen zu gut beschützt.«

Bullet schüttelte den Kopf. »Wenn dir oder Red was

passiert, würde ich mir das nie verzeihen.«

»Die Liste der Dinge, die du dir niemals verzeihen wirst, ist schon jetzt zu lang, Bullet. Lass nicht zu, dass Finlay zu verlieren ganz oben steht«, warnte Bones ihn.

»Ich würde mein Leben für sie geben«, erklärte Bullet aufrichtig.

»Wie wäre es, wenn du stattdessen dein Leben *mit ihr lebst*, Junge?« Biggs trat neben Bones. »Das wäre ein wohlverdienter Schritt in die richtige Richtung.«

Bullet schluckte schwer. »Danke, Pop.«

Biggs nickte und Red ging mit ausgebreiteten Armen auf Bullet zu. »Mein Junge wird erwachsen.« Sie drückte ihn so fest an sich, dass er lachen musste.

»Ma ...«

»Sei still, du großer Hornochse«, fiel sie ihm ins Wort. »Ich bin einfach nur glücklich darüber, dass noch einer meiner Jungs seine bessere Hälfte gefunden hat.«

Bullets Handy klingelte, und Red ließ ihn los, damit er es aus der Tasche ziehen konnte. Auf dem Display stand Finlays Name. Er hielt sich das Telefon ans Ohr. »Was ist los, Babe?«

»Ich bin so überstürzt aufgebrochen, dass ich den Lachs, die Salate und den Dip vergessen habe. Die Sachen stehen im Kühlschrank. Hast du Zeit, sie mir zu bringen? 101 Kastler Street?«

»Kein Problem. Bin gleich da.« Er beendete das Gespräch, legte Dixie schwungvoll einen Arm um die Schulter und folgte den anderen in die Bar. »Meinst du, du kannst jemanden auftreiben, der dienstags und mittwochs die Schicht von acht bis Mitternacht übernimmt? Und freitags und samstags von fünf bis Mitternacht? Jemanden, dem ich vertrauen kann?«

»Nein, aber ich kann Jed fragen, und ich gehe fest davon

aus, dass Fin überglücklich sein wird, wenn wir Isabel einstellen.« Sie lächelte ihn an. »Du tust das Richtige, Bullet, auch wenn ich weiß, dass es dir schwerfällt, das zu akzeptieren. Du hast mich mein ganzes Leben lang beschützt. Jetzt ist Finlay dran und noch viel wichtiger: Jetzt bist du dran. Sie liebt dich, Bullet, das sehe ich ihr an.«

Zwanzig Minuten später ging Bullet durch ein Wohnzimmer voller Frauen und Babyzubehör und sah in Finlays herrliche blaue Augen. Die Frauen scharten sich gerade um Leesa Braden, die versuchte, ihr schreiendes Töchterchen zu beruhigen. Bullet stellte die Speisen auf den Tisch neben Finlay.

»Vielen Dank«, sagte sie, streckte sich zu ihm hoch und küsste ihn auf die Wange.

»Alles in Ordnung?« Er beäugte das weinende Baby und musste daran denken, wie ängstlich und durcheinander Lincoln und Kennedy in der ersten Zeit gewesen waren, nachdem Truman sie aus einer Crackhöhle gerettet hatte, in der ihre Mutter an einer Überdosis gestorben war. Doch wenn Bullet sie auf den Arm nahm, hatten sie sich sofort beruhigt. Er wusste nicht, ob das an seiner Körpergröße lag oder an etwas anderem, aber bis heute waren die Kleinen sofort fröhlich, sobald er sie hochhob. Und das tat er weiß Gott für sein Leben gern.

»Leesas Baby Avery ist schon quengelig, seit sie hier ist. Sie stillt, deshalb wollte sie Avery nicht zu Hause lassen, und die Party ist für eine ihrer besten Freundinnen.«

Bullet ging zu den Frauen hinüber und die Gruppe teilte sich vor ihm. Er nickte Leesa zu. Er kannte sie gut, schließlich war sie mit Cole Braden verheiratet, einem von Beaus Cousins, der in Peaceful Harbor lebte. »Hi, Leesa. Darf ich mal versuchen, dein Baby zu beruhigen?«

»Bullet? Was machst du denn hier?«, fragte Leesa.

»Fin ist meine Freundin. Sie hatte was vergessen und ich habe es ihr gebracht.« Er streckte die Arme aus. »Gib mir deine Prinzessin, damit du die Party genießen kannst.«

»Ähm, okay, aber sie macht gerade eine schwierige Phase durch«, erwiderte Leesa und reichte ihm das Baby.

Bullet legte sich Avery über die Schulter und sprach leise mit ihr. »Schon gut, meine Kleine. Beruhige dich für Onkel Bullet.« Er legte ihr die gespreizte Hand auf den Rücken und zog damit langsame Kreis. Als er mit dem Baby in den Armen auf und ab ging, wimmerte es noch wenige Male und war dann still. Avery roch so rein und frisch wie eine warme Sommerbrise. »So ist's recht, Prinzesschen. Du bist ein braves Mädchen.«

»Du liebe Güte«, murmelte eine Brünette staunend. »Wer *sind* Sie?«

»Ich habe acht Monate alte Zwillinge, die einen Tagesvater brauchen könnten, falls Sie Zeit haben«, flehte eine zierliche Blondine mit großen braunen Augen.

»Augenblick mal«, mischte sich eine andere Blondine aufgeregt ein. »Ich hab ein vier Monate altes Baby, das an Koliken leidet. Das geht vor.«

Finlay beobachtete ihn halb amüsiert, halb träumerisch. Falls er noch letzte Zweifel an seiner Entscheidung, weniger zu arbeiten und nicht mehr alle seine Abende in der Bar zu verbringen, gehabt haben sollte, dann ließ dieser Blick sie verstummen.

»Es tut mir sehr leid, Ladys, aber meine gesamte freie Zeit« – *und mein Herz* – »ist bereits vergeben.«

Achtzehn

Pennys Klingelton, der aus dem Handy drang, riss Finlay aus dem Schlaf. Sie drehte sich zu Bullets Bettseite um und stellte fest, dass sie allein war. Es war jetzt zwei Wochen her, dass Bullet angekündigt hatte, weniger zu arbeiten, und vor zehn Tagen hatte Jed seine Arbeitszeiten entsprechend angepasst. Bullet war seitdem deutlich ausgeglichener und schlief wieder durch, weshalb sie sich jetzt wunderte, in einem leeren Bett aufzuwachen.

Blindlings tastete sie nach ihrem Telefon und hielt es sich ans Ohr. »Hey, Pen. Was ist denn los?«

»Bei dir offensichtlich noch nichts.«

»Wie spät ist es?« Sie sah zur Uhr auf dem Nachttisch, auf der ein gelber Klebezettel die Zahlen verdeckte. Sofort nahm sie ihn herunter und las in Bullets kantiger Schrift: *Ich warte vor dem Haus auf dich.*

»Zeit zum Aufstehen«, rief Penny viel zu vergnügt. »Ich muss los. Bin mit Tegan im Jazzy Joe's zum Kaffee verabredet. Hab dich lieb!« Dann war die Leitung tot.

Das Jazzy Joe's war ein Café in der Stadt, das von den Zwillingen Jasmine und Joe Carbo geführt wurde. Kaffee klang nach einer richtig guten Idee. Finlay setzte sich auf die

Bettkante und wunderte sich über Pennys merkwürdigen Anruf, dann tappte sie ins Bad und entdeckte am Spiegel einen weiteren Klebezettel.

Zieh Jeans und diese scharfen Schnürstiefel an.

Mit einem breiten Grinsen im Gesicht ging sie ins Bad, putzte sich die Zähne und bürstete sich die Haare. Ihr Leben hatte sich so sehr und so schnell verändert. Am Tag der Babyparty hatte sie noch geglaubt, es könnte nicht mehr besser werden. Doch dann hatte eine der Frauen auf der Party sie mit dem Catering für eine Überraschungsparty für ihre Mutter beauftragt und Bullet hatte ihr eröffnet, dass er weniger arbeiten wollte und Dixie darüber nachdenken würde, Isabel einzustellen. Darüber hatte Finlay sich so gefreut, dass sie die Teilzeitstelle bei den Whiskeys noch am selben Abend angenommen hatte. In den beiden Wochen seither hatte sie die Speisekarte entworfen und drucken lassen und Isabel hatte mit Dixie einen Arbeitsplan ausgeheckt, der ihr trotz einer Fast-Vollzeitstelle in der Bar noch genug Zeit ließ, um auch für Finlay zu arbeiten. Die Stelle im Restaurant in Boston hatte Isabel daraufhin sofort gekündigt.

Letzten Samstag hatten sie die letzten Details der Benefizveranstaltung geklärt, die in zwei Wochen im Anschluss an den Charity-Motorradkorso stattfinden sollte. Sarahs Bruder lag nicht mehr auf der Intensivstation und mit etwas Glück würden er und das Baby noch rechtzeitig entlassen. Die Benefizveranstaltung würde auf dem Gelände des Whiskey Bro's stattfinden und bei dieser Gelegenheit wollten sie auch die Eröffnung der Küche bekanntgeben. Finlay hatte vor, einige Gerichte anzubieten, und der Erlös aus den verkauften Speisen, den Verlosungen und Versteigerungen sowie aus dem Motorradkorso würde an die Beckleys gehen.

Finlay zog eine Skinny-Jeans an und schaute dabei aus dem Schlafzimmerfenster in den Garten, in dem sie am letzten Sonntag zusammen mit Bullet gearbeitet hatte. Seine Leidenschaft für die Natur – und für *sie* – schien grenzenlos zu sein, und sie arbeitete ebenso gern mit ihm im Garten wie in der Bar. Mit den Händen zu arbeiten, sich darauf zu konzentrieren, Leben in die Welt zu bringen, es zu nähren und wachsen zu sehen, hatte eine läuternde Wirkung auf ihn, was man deutlich erkennen konnte. Und dafür liebte sie ihn nur noch mehr.

Während sie die Stiefel, die ihm so gefielen, zuschnürte und einen bequemen grauen Pulli überzog, überlegte sie, was er an diesem Morgen wohl im Schilde führen mochte.

Sie lief ins Erdgeschoss und fand in der Küche einen Teller mit einem Zimtbrötchen, das mit Rosinen in Form eines B verziert war, daneben eine Tasse Instantkaffee. Er war so aufmerksam, aber über seine besitzergreifende Art, die er mit diesem B zum Ausdruck brachte, musste sie doch lachen. Konnte sie sich noch mehr in ihn verlieben? Sie wurde immer aufgeregter, verschlang das Brötchen und stürzte den Kaffee herunter. Er war zu bitter, aber da Bullet sich die Mühe gemacht hatte, ihn für sie bereitzustellen, hätte er auch eine zähflüssige Brühe sein können, sie hätte ihn trotzdem getrunken.

Sie stellte das Geschirr in die Spüle und lief vors Haus. »Bullet?«

Er kam in Lederjacke und Jeans aus der Garage und hatte etwas hinter dem Rücken versteckt. »Da ist ja mein Engel.«

Tinkerbell lief auf Finlay zu. Sie ging in die Knie, um die Hündin zu streicheln, und dachte an ihre erste Begegnung, bei der sie vor Schreck losgeschrien hatte, und dann an den Morgen, an dem sie hierhergekommen war, um sie kennenzulernen. Sie hatte schreckliche Angst gehabt, aber Bullet und seine Familie hatten ihr ein Gefühl von Sicherheit vermittelt, was sie auch weiterhin taten.

Bullet ging neben ihr in die Hocke und küsste sie auf die Wange. Er hatte sich den Bart getrimmt, doch die Barthaare waren noch lang genug, um sie zu kitzeln. »Hey, Baby. Ich hab was für dich.«

»Du hast nicht zufällig was mit Pennys Anruf zu tun?«

Er lachte leise. »Irgendjemand musste dich doch wecken.« Dann reichte er ihr eine glitzernde silberfarbene Schachtel mit einer großen rosa Schleife. »Sie hat mir von deinem Vater und seinen Geschenken erzählt. Ich hoffe, du hast nichts dagegen, dass ich die Tradition, die großen Ereignisse in deinem Leben zu feiern, fortführe.«

Ihr kamen die Tränen. »Wofür ist das, Bullet?«, fragte sie, während sie beide aufstanden. Tinkerbell lehnte sich an ihr Bein.

»Dafür, dass du mein Mädchen bist.«

Sie löste die Schleife und nahm den Deckel ab. »Du liebe Güte, ist das Leder?«

Bullet hielt die Schachtel für sie, während sie die wunderschöne schwarze Motorradlederjacke mit den großen silbernen Reißverschlüssen herausnahm, die aussah wie seine, nur als Damenversion.

»Dreh sie um.«

Sie kam der Aufforderung nach und ihr Herz tat einen Satz. Auf den Rücken war »Whiskey's« gestickt. »Hast du mir die Jacke gekauft, weil ich jetzt im Whiskey Bro's arbeite? Sie ist wirklich toll.«

Er stellte die Schachtel auf den Boden und nahm Finlay in die Arme. »Das hat nichts mit der Bar zu tun, Babe.« Etwas

Besitzergreifendes flackerte in seinen Augen.

»Ist das etwa ein *Brandzeichen*?« Sie musste kichern.

»Eher ein Schutz.«

»Wohl eher ein Besitzanspruch.« Sie zog seinen Kopf zu sich herab und küsste ihn. »Sie gefällt mir sehr. Vielen Dank.«

»Probier sie an.« Er half ihr hinein.

»Das Leder ist so weich. Steht sie mir?«

Er stieß einen kehligen Laut aus und gab ihr einen langen, leidenschaftlichen Kuss, der sie atemlos zurückließ.

»Wow. Ich bekomme wirklich gern Geschenke von dir.«

»Du siehst megascharf aus, Baby. Im Ernst, eigentlich dürfte ich dich in dieser hautengen Jeans und der Jacke nicht aus dem Haus lassen.«

»Mich *lassen*? Müssen wir darüber reden?«

Er lachte leise und schüttelte den Kopf.

»Gut, denn jetzt, wo ich deine Reaktion gesehen habe, werde ich in deiner Gegenwart ganz bewusst häufiger Jeans tragen.«

Er legte ihr einen Arm um die Taille, hob sie hoch und küsste sie noch einmal. »Dann kommst du vielleicht nie mehr aus dem Haus.«

»Ich weiß nicht, ob meine Arbeitgeber darüber so erfreut wären. Du musst nämlich wissen, dass ich jetzt einen richtigen Job habe.«

»Dieser Arbeitgeber hier hat keine Bedenken, wenn du die ganze Zeit in seinem Bett verbringst.« Er stellte sie wieder auf die Füße und legte ihr einen Arm um die Schulter. »Komm mit, Babe. Wir machen einen Ausflug.«

Er führte sie in die Garage zu seinem glänzenden schwarzen Motorrad und klopfte auf den Ledersitz. »Rauf mit dir, Süße.«

»Ich habe noch nie auf einem Motorrad gesessen.«

»Bis vor ein paar Wochen hattest du auch noch nie Sex unter freiem Himmel und bis vor zwei Tagen hattest du noch nie Sex auf einer laufenden Waschmaschine. Ich meine, mich zu erinnern, dass dir beides so gut gefallen hat, dass wir es wiederholen mussten.«

Das konnte sie nicht bestreiten.

Wieder legte er die Arme um sie. »Du kannst mir immer vertrauen. Ich würde dich nie in Gefahr bringen, und ich verspreche dir, dass ich langsam fahre.«

Er strich ihr das Haar hinters Ohr und sein Blick wurde zärtlicher und zugleich irgendwie intensiver. »Ich liebe dich, Finlay, und ich will dich bei mir haben, wenn ich Motorrad fahre. Tust du mir den Gefallen?«

Vor Rührung hatte sie einen Kloß im Hals.

»Ich liebe dich, Baby. Ich finde es toll, wie du für das einstehst, woran du glaubst. Ich liebe es, wie du an *mich* glaubst und wie du Tinkerbell liebst. Ich sehe dich so gern in deinen Rüschenkleidern oder wenn du nackt unter mir liegst. Ich liebe alles an dir, und ich möchte, ich *hoffe*, dass du das Motorradfahren um meinetwillen versuchst, weil es ein so wichtiger Teil meines Lebens ist.«

Finlay konnte kaum noch atmen und versuchte, die Tränen, die ihr schon in den Augen standen, zurückzuhalten. »Ich liebe dich auch.« Sie warf ihm die Arme um den Hals, und er hob sie hoch, damit sie sich lachend küssen konnten. »So sehr, Bullet. Ich liebe dich so sehr.«

»Ich dich auch, Baby.« Abermals küssten sie sich. »Ich will dir das immer und immer wieder sagen.«

»Das geht mir genauso.« Sie küsste ihn noch einmal, und als er sie wieder absetzte, hatte sie eine Entscheidung getroffen. »Ich versuche es, aber wenn ich Angst bekomme, hältst du an, versprochen?«

»Selbstverständlich.«

»Wo fahren wir denn hin? Gibt es einen Ort, zu dem du am liebsten fährst?«

»Nein. Eigentlich macht mir das Fahren an sich am meisten Spaß.«

Er brachte Tinkerbell ins Haus und erteilte Finlay eine kurze Lektion in Sachen Motorradsicherheit. Sie gab sich große Mühe, ihm zuzuhören, aber sie war zu sehr damit beschäftigt, im Stillen zu wiederholen, was er ihr gerade gesagt hatte, weil sie kein Wort davon wieder vergessen wollte. Als er ihr einen rosa Helm reichte, auf dem in schwarzer Kursivschrift »Whiskey's« stand, und meinte, er hätte darauf geachtet, dass Helm und Jacke zueinander passten, liebte sie ihn gleich noch mehr. Ihre Gefühle waren nahezu überwältigend, wurden immer intensiver und füllten sie ganz aus, bis sie nicht mehr an sich halten konnte.

»Ich liebe dich«, flüsterte sie. »Ich liebe dich mehr, als ich es mit Worten ausdrücken könnte, Bullet, und ich will, dass du es nie vergisst.«

»Ich werde es nie vergessen, Baby. Aber ich hoffe, du hörst trotzdem nicht auf, es mir zu sagen.«

Er half ihr aufs Motorrad, setzte sich vor sie und zeigte ihr, wie sie sich an ihm festhalten sollte. Es kam ihr so natürlich vor, die Arme um Bullet zu legen, so selbstverständlich, wie einen Kuchen zu backen. *Hierher* gehörte sie, zu Bullet, wo auch immer er gerade war.

»Bereit, mein Engel?«

»So bereit, wie ich nur sein kann.«

Der Motor sprang mit lautem Dröhnen an und das Motorrad vibrierte unter ihr. Das fühlte sich zwar gut an, aber nicht halb so unglaublich wie die Vibrationen, die durch Bullets Körper liefen, seinen Rücken in Schwingungen versetzten und bis in ihr Herz zu spüren waren.

»Ich glaube, es wird mir gefallen«, schrie sie.

Er hob ihre Hand an die Lippen und drückte einen Kuss darauf, dann zog er ihre Arme fester um sich und setzte den Helm auf.

Als sie die Einfahrt entlangfuhren, hatte sie das Gefühl zu fliegen. Sie atmete die herbstlichen Gerüche ein, die ihr umso intensiver in die Nase drangen. Am Ende der langen Einfahrt blieb Bullet stehen, erkundigte sich, wie es ihr ging, und sie hob den Daumen. Da gab er Gas und bog auf die Hauptstraße ein und sie verließen Peaceful Harbor und nahmen Kurs auf ihr neuestes Abenteuer.

Anfangs hielt Bullet zwei-, dreimal an, um nach Finlay zu sehen. Zu seiner großen Freude stellte er fest, dass sie nicht nur nicht ausflippte, sondern sogar vor Begeisterung übersprudelte. Sie auf seiner Maschine zu sehen, in dieser Lederjacke und mit dem Helm auf dem Kopf, war das stärkste Aphrodisiakum, das ihm je untergekommen war. Aber nichts erregte ihn mehr als Finlay Wilson in einem ihrer Rüschenkleidchen und mit ihrem strahlenden Lächeln auf den Lippen, bei dem die Sonne aufzugehen schien.

Nach etwa einer Stunde bog er vom Highway auf eine schmale Bergstraße ab, um Finlay auch die Nebenstraßen zu zeigen. Die Sonne war hinter den Wolken hervorgekommen und bescherte ihnen einen herrlichen Tag. Wäre er mit seinen

Clubkameraden unterwegs gewesen, wären sie noch stundenlang weitergefahren, aber so schön es war, Finlay an sich gedrückt zu spüren, wollte er sie doch noch lieber in den Armen halten. Er sehnte sich derart nach ihr, dass es beinahe wehtat. Es kam ihm so vor, als hätte sein Herz sein ganzes Leben lang gar nicht richtig funktioniert und müsste ihretwegen jetzt ungewohnt intensiv schlagen. Das war ein neuer, aber wundervoller Schmerz, der hoffentlich niemals aufhörte.

Er folgte den windgepeitschten Bergstraßen, bis sie eine Wiese erreichten und Finlay an seiner Jacke zupfte, damit er anhielt. Er fuhr an den Straßenrand, nahm den Helm ab und stieg vom Motorrad, um dann festzustellen, dass Finlay vor Freude strahlte.

»Ist alles in Ordnung?«

Sie zerrte an ihrem Helm, und er half ihr, ihn abzunehmen.

»Das war unglaublich. Einfach fantastisch! Es war so romantisch, mich an dir festzuhalten. Ich kann es nicht erklären, aber …« Sie streckte sich und küsste ihn.

»Es tut mir leid, dass ich kein größerer Romantiker bin, Baby.«

Ihr Lächeln erwärmte sein Herz.

»Allein diese Worte sind schon romantischer als alles, was ich mir ausmalen könnte.« Sie zog ihn an der Jacke zu sich heran. »Ich habe es jetzt verstanden, und zwar *alles*, Bullet. Die enge Gemeinschaft im Club und dass einem diese Ausfahrten so wichtig sein können. Warum du manchmal gereizt wirkst, wenn du keine Gelegenheit zum Motorradfahren hast.«

»Das passiert aber nicht oft, wenn ich mit dir zusammen bin, oder?«

»Nein, aber manchmal fällt mir etwas an deinem Blick auf, und wenn du dann von der Arbeit kommst und vom Motorrad steigst, siehst du auf einmal ganz anders aus.«

»Das liegt daran, dass ich zu dir nach Hause komme, Baby.« Er hob sie von der Maschine und küsste sie leidenschaftlich. Dann fuhr er ihr mit den Fingern durchs Haar, legte ihr die Hände an die Wangen und drehte ihr Gesicht so, dass er ihr in die Augen sehen konnte. »Du bringst meine Dämonen zur Strecke und sorgst dafür, dass auf einmal alles möglich ist. Ich will alles mit dir, Fin. Ich will Tage voller Ausfahrten und Nächte voller Leidenschaft, bis die Sonne aufgeht. Und jetzt«, er schloss sie in die Arme, hob sie hoch und trug sie über die Wiese, »muss ich dich lieben.«

Sie küsste ihn lachend, während er sie über Blumen und hohes Gras ans andere Ende der Wiese trug, wo sie von der Straße aus nicht mehr zu sehen waren. Dort stellte er sie auf die Beine und gab ihr einen zärtlichen Kuss.

»Ist das für dich in Ordnung?«, fragte er an ihren Lippen.

Ohne zu zögern und ohne jede Befangenheit, schob sie ihm die Jacke von den Schultern, und da war es um ihn geschehen. Er zog sich das T-Shirt über den Kopf und breitete es auf dem Boden aus. Während sie einander entkleideten und ins Gras sanken, küssten sie sich immer wieder genüsslich und innig. Die Luft war kühl, aber Finlays Haut fühlte sich warm an und war wunderschön im Sonnenlicht.

»Himmel, ich liebe dich so sehr, Baby«, sagte er zwischen zwei drängenden Küssen und machte sich daran, jeden Zentimeter ihres Körpers mit Aufmerksamkeit zu überschütten, ganz besonders ihre Narben und dieses himmlische Paradies zwischen ihren Beinen. Er legte sich ihre Schenkel über die Schultern und leckte diese ganz besondere Stelle, die sie erbeben und erzittern ließ. Sie zog an seinem Haar und drückte seinen Mund fest auf ihr geschwollenes Geschlecht, während er seinen

Durst stillte.

»*Bitte*, Bullet.«

Er hob ihr Becken an, tat sich an ihr gütlich und spürte an ihrem beschleunigten Atem und ihren verkrampften Beinen, dass sie dem Höhepunkt immer näher kam. Da umklammerte er ihre Pobacken und hielt sie so fest, weil er inzwischen wusste, dass er ihren Orgasmus auf diese Weise noch intensiver gestalten konnte. Sie bäumte sich wild schreiend auf, doch er ließ sie nicht los, sondern hielt sie sogar noch fester, drang mit der Zunge noch tiefer in sie ein und kostete auch das letzte Zucken aus. Erst dann streifte er sich ein Kondom über und versank mit einem harten Stoß in ihr.

»Ah!«, schrie sie auf, bevor er ihren Mund mit einem Kuss verschloss.

Finlays Leidenschaft war ebenso ungezügelt wie die seine. Sie kam jedem seiner Stöße entgegen, umgarnte seine Zunge ebenso begierig und liebevoll wie er ihre. Jeder ihrer Atemzüge, jeder Laut, den sie von sich gab, erregte ihn noch mehr. Ihr Stöhnen wurde immer intensiver, während sie sich ihrer Liebe hingaben. Als es sie schließlich in den Himmel katapultierte, war er von einem unglaublichen Gefühl der Vollständigkeit erfüllt.

Danach lagen sie noch eine ganze Weile nebeneinander, bis Bullet nichts anderes übrig blieb, als sich widerstrebend von ihr zu lösen, damit er das Kondom entsorgen konnte.

Er half ihr in Slip und Pullover, streifte sich jedoch nur die Unterhose über, weil er viel zu erhitzt war, um sich vollständig anzukleiden. Dann legte er sich auf den Rücken und Finlay kuschelte sich an ihn. Sie schlang ein Bein über seine Oberschenkel und streichelte seine Brust. Er verschränkte die Finger mit ihren und küsste ihre Fingerknöchel.

»Wenn wir uns so nahe sind, habe ich das Gefühl, wir versinken in unserer eigenen Welt, in der nichts anderes existiert oder wichtig ist«, sagte sie leise. »Ist das sehr egoistisch? Schließlich ist die wirkliche Welt ja noch da. Die arme Sarah, die hofft, dass ihre Familie wieder gesund wird, und versucht, irgendwie über die Runden zu kommen, und wir zwei liegen hier auf dieser herrlichen Wiese.«

»Du bist der selbstloseste Mensch, den ich kenne.«

»Nein, nicht mal annähernd. Das bist garantiert du.« Sie entzog ihm ihre Hand und berührte seinen Totenschädelring. »Steht der für die Dark Knights?«

»Nein. Er hat meinem Großvater gehört. Der andere stammt von meinem Onkel Axel, dem Bruder meines Vaters. Er starb, während ich im Krieg war, und Bear hat den Ring für mich aufbewahrt.«

»Aber manchmal trägst du drei.«

»Der dritte ist von meinem alten Herrn. Er hat ihn mir gegeben, als ich zum Militär ging.«

»Wirst du deiner Familie irgendwann von deiner Zeit im Krankenhaus erzählen und dass du fast gestorben wärst?«

Er blickte zum klaren blauen Himmel empor. Mittlerweile fiel es ihm leichter, mit Finlay über seine Vergangenheit zu sprechen, da sie es schon ein paar Mal getan hatten. Sie war zu neugierig, um viele Fragen unbeantwortet zu lassen, und er wusste, dass ihr diese zu schaffen machte, nicht nur, weil sie Lügen furchtbar fand, sondern auch, weil sie seine Familie mochte. Sie war zu großherzig, um es auf sich beruhen zu lassen.

Jetzt setzte sich sein blonder Engel rittlings auf ihn und sah lächelnd auf ihn herab. »Wie lange warst du im Krankenhaus?«

»Mehrere Wochen. Und danach noch ein paar Monate in

der Reha. Ich bin erst acht Monate nach Ende meiner Militärzeit nach Hause gekommen.«

»Du wirst mir die Frage nicht beantworten, oder?«

Ihr Tonfall klang nicht vorwurfsvoll. Sie akzeptierte seine Entscheidung und verurteilte ihn nicht dafür und das schmerzte ihn auf eine ganz neue Weise. »Mir fallen hundert Gründe ein, die dagegensprechen, aber nicht ein einziger dafür, Babe.«

Ihre Miene wurde ernst. »Meinst du, sie wären gekränkt, wenn sie wüssten, dass du es ihnen nicht gleich erzählt hast?«

»Garantiert. Sie würden alle Details erfahren wollen, und wer weiß, was das alles Unschönes mit sich bringen würde. Manche Dinge bleiben besser ungesagt.«

»Schützt du damit sie oder dich?« Wieder sah er keine Wertung in ihren glänzenden Augen, nur das Bedürfnis, ihn zu verstehen.

»Ehrlich gesagt, sowohl als auch.«

Sie nickte und strich mit einem Finger über die Namen, die auf seine rechte Brustseite tätowiert waren. »Würde es dir etwas ausmachen, mir zu verraten, wer diese Menschen sind?«

»Gefallene Brüder. Männer, die ich nicht retten konnte.«

Sie blinzelte und senkte den Kopf, um die Tattoos genauer zu betrachten. »Es sind so viele, dass ich die meisten kaum entziffern kann.«

»Sie sind auch nicht dafür da, dass andere sie lesen, sondern nur für mich gedacht.«

Finlay sah ihm in die Augen. »Soll ich es lieber lassen?«

»Nein. Mein Körper gehört dir. Tu, was du tun möchtest.«

Sie legte sich auf seine andere Seite und las langsam und im Flüsterton die Namen vor, um dann auf jeden einen Kuss zu drücken. »Dreamer.« Kuss. »S. Nelson.« Kuss. »Brinks. Michael Z.« Kuss. Kuss.

Er schloss die Augen, denn mit jedem Namen waren schmerzliche Erinnerungen verbunden. Als er auf die Idee gekommen war, seine gefallenen Brüder mit Tattoos zu ehren, hatte er nicht gewusst, ob er sich später noch an sie erinnern würde, aber jetzt merkte er, dass er sie niemals vergessen konnte. Viele von ihnen hatte er nicht gut gekannt. Manchen war er erst bei den Einsätzen begegnet, hatte sie nur wenige Minuten oder Stunden vor ihrem Tod kennengelernt. Andere waren jahrelang in seiner Einheit gewesen. Er lauschte Finlays geliebter Stimme und konzentrierte sich darauf und nicht auf seinen Kummer.

»Daniel.« Kuss. »Gunner.« Kuss. »Chip. Buzz.« Kuss. Kuss. »M. Martinez.« Kuss.

Mit einem Mal verharrte ihre Hand und ihm lief es eiskalt den Rücken herunter. Die Luft um sie herum, selbst die Atmosphäre schien plötzlich kühler zu sein. Bullet schlug die Augen auf und nahm Finlays Hand, ohne zu wissen, was eigentlich eben passiert war. Er befürchtete schon, in einen Flashback zu stürzen, doch als er ihrem Blick begegnete und die Angst darin sah, wusste er, warum er diesen kalten Hauch gespürt hatte. Ihre Hand zitterte und er setzte sich ruckartig auf. »Was ist? Was ist los?«

»*I. A. Rush?*« Ihr liefen Tränen über die Wangen.

Klagelaute kamen ihr über die Lippen und sie wandte sich ab und vergrub das Gesicht in den Händen. Da wurde ihm alles klar. Plötzlich wusste er, dass dieser Mann ihr Freund gewesen war. Der Mann, den sie im Krieg verloren hatte. Er zog sie auf seinen Schoß und hielt sie fest, während sie bitterlich weinte. »Es tut mir so leid, Baby. Oh, Finlay. Er war der Mann, den ich getragen habe, als ich angeschossen wurde. Ich habe versucht, ihn zu retten.«

Im Nu wurde er aufs Schlachtfeld zurückversetzt und

kämpfte gegen die zunehmende Furcht und die unbezähmbare Wut an, die jedes Mal in ihm aufstiegen, wenn er an diesen letzten Kampf dachte. Und dann traf ihn die Erkenntnis wie ein Schlag. Großer Gott, er war schuld daran, dass Finlays Freund gestorben war.

»Ian Aaron Rush, das war sein Name«, stieß sie schluchzend hervor. »Er wurde von allen Aaron genannt.«

Sie vergrub das Gesicht an seinem Hals und ihre Tränen rannen über seine Haut. Bullet war, als müsste er in ihrem Kummer ertrinken. Ihm wurde übel und er bekam keine Luft mehr. Er legte den Kopf in den Nacken und atmete so tief ein, dass es beinahe wehtat. Dabei war er sich nur vage ihrer Hände auf seinen Wangen bewusst.

»Bullet. Bullet? Es ist alles gut. Du warst bei ihm. Ich dachte die ganze Zeit, er wäre allein gestorben. Aber du warst ja da.«

Ihre Worte schmerzten ihn wie Geschosse. Wie sollte er ihr nur die Wahrheit sagen?

Mit Panik in den tränenfeuchten Augen kletterte sie von seinem Schoß herunter. Er kniete sich hin und schnappte nach Luft.

»Bullet, atme, Schatz. Atme. Alles ist gut. Du bist hier bei mir, nicht im Krieg.«

Bebend legte sie die Arme um ihn, aber er riss sich los und sprang auf. Grashalme stachen ihn in die Füße, doch das war ihm egal. Diesen Schmerz hatte er verdient. *Verdammt noch mal!* »Das ist kein Flashback. Es ist die verdammte Wahrheit.«

Sie blickte verwirrt. »Ich kann dir nicht folgen.«

»Ich habe ihn umgebracht, Finlay. Wenn ich ihn nicht getragen hätte, wäre er nicht noch schwerer verletzt worden und du wärst jetzt mit ihm zusammen statt mit dem Mann, der ihn umgebracht hat.«

Ihr klappte die Kinnlade herunter und sie fing am ganzen Körper an zu zittern. »Nein. Nein, nein, nein. Nein, Bullet.«

Sie sprang ebenfalls auf, hüpfte auf dem stacheligen Gras von einem Bein aufs andere und stellte sich auf sein T-Shirt. Abermals kamen ihr die Tränen. »Tu das nicht. Du hast ihn nicht getötet. Aaron ist an seiner Beinverletzung gestorben. Die Oberschenkelarterie war durchtrennt. Sie haben seiner Familie gesagt, dass er noch weitere Verletzungen hatte, aber es war die Wunde an seinem Bein, die ihn umgebracht hat.«

Bullet versuchte, das zu verarbeiten, aber ihm drehte sich der Kopf. »Ich war da. Ich habe ihm in die Augen gesehen.«

»Ja, darum bin ich ja so erleichtert. Deshalb weine ich. Seine Familie … Ich dachte immer, er wäre bei seinem Tod ganz allein gewesen. Aber so war es gar nicht, Bullet. Du warst bei ihm. Du hast seine Hand gehalten. Du hast ihm beigestanden, als es zu Ende ging.« Sie ging zu ihm, doch er wich ungläubig einen Schritt zurück. »Bullet … Warum tust du das?«

Er wandte sich ab, griff sich an den Kopf und beugte sich nach hinten, während er die Augen vor der grellen Sonne zukniff. »Ach, verdammt, Finlay.« Konnte sie recht haben? All die Jahre war er sich sicher gewesen, dass er diesen Mann auf dem Gewissen hatte. Er schüttelte den schmerzenden Kopf, als sich auf einmal von hinten Arme um ihn legten.

»Du hast ihn nicht umgebracht, Bullet. Tu dir das nicht an. Tu uns das nicht an.«

Er legte die Hände auf ihre, und als er die Bedeutung ihrer Worte endlich in voller Tragweite begriff, sank er auf die Knie.

»Du hast ihn nicht getötet«, wiederholte sie. »Lass nicht zu, dass sein Tod dich zerstört.«

Seine Augen brannten, doch er ließ die Tränen nicht zu. Finlay lehnte den Kopf an sein Schulterblatt und flüsterte: »Ich liebe dich. Du hast das nicht getan, Bullet. Es war nicht deine Schuld, das kannst du mir glauben.«

Er rang mit den Gefühlen, die aus ihm herausbrechen wollten, atmete tief durch und weigerte sich, vor Finlays Augen komplett zusammenzubrechen. »Es tut mir leid. Ich wünschte, ich hätte ihn retten können.«

Sie ging um ihn herum, setzte sich auf seinen Schoß, legte ihm die Arme um den Hals und den Kopf an seine Schulter und hielt ihn so fest. »Niemand hätte ihn da draußen noch retten können. Aber du hast ihm beigestanden. Und jetzt hast du den Teil von mir geheilt, der noch gelitten hat, den Teil, der die ganze Zeit glaubte, er wäre bei seinem letzten Atemzug ganz allein gewesen. Verstehst du es denn nicht, Bullet? Niemand hätte Aaron retten können, aber jetzt, wo wir das wissen, kann Aaron vielleicht dich retten.«

»Ich muss nicht gerettet werden.«

»Gerettet ist vielleicht das falsche Wort«, korrigierte sie sich hastig. »Aber du kannst Aarons Familie dabei helfen, mit seinem Tod abzuschließen, und das hilft vielleicht dir, die Erinnerung an diese grauenvolle Zeit und deine Schuldgefühle hinter dir zu lassen und nach vorn zu schauen. Ed und Helen Rush wohnen am Stadtrand von Pleasant Hill in der Mercer Street.«

Er schloss die Augen und bezweifelte, dass die Gewissensbisse, die ihm seit jenem schicksalhaften Tag die Luft abschnürten, jemals durch irgendetwas gelindert werden konnten. »Ich weiß nicht, ob ich das schaffe.«

»Natürlich schaffst du das. Du bist der stärkste Mann, den ich kenne.«

Wut stieg wie Lava in einem Vulkan in ihm auf, plötzlich und unaufhaltsam. »Hör auf damit, Finlay. Du weißt doch genau, was für mich auf dem Spiel steht. Ich habe keine

Ahnung, ob es mich in den nächsten Flashback oder, schlimmer noch, wieder voll in die PTBS katapultiert, wenn ich seiner Familie begegne und ihr erzähle, was da drüben passiert ist. Und falls das passiert, kann dir keiner sagen, wer ich sein werde, wenn ich das überstehe, falls mir das überhaupt gelingt.« Er versuchte, sie von seinem Schoß zu heben, aber sie ließ ihn nicht los.

»Ich komme mit und helfe dir«, bot sie an. »Du kannst doch auch mit mir darüber reden. Das scheint dir zu helfen.«

»Verdammt noch mal, Finlay! Ich habe dich gerade erst gefunden! Ich riskiere doch nicht alles für eine Familie, die ich nicht mal kenne.«

Tränen schimmerten in ihren Augen und sie schluckte schwer. »Das ist doch völliger Unsinn«, stieß sie leise hervor.

Ihre Worte trafen ihn bis ins Mark.

»Du riskierst ständig für Fremde deine Haut, und ich glaube von ganzem Herzen, dass es dir ebenso helfen würde wie seiner Familie. Und mir ebenfalls. Für mich sind das keine Fremden, Bullet, und ich würde dich nicht darum bitten, wenn ich befürchten würde, dich dabei zu verlieren. Aber du scheinst dich für das, was damals passiert ist, noch immer verantwortlich zu fühlen, dabei gibt es keinen Grund, noch länger daran festzuhalten. Schließlich kennst du jetzt die Wahrheit.«

»Finlay …« Er hätte alles für sie getan, aber das?

»Bitte denk darüber nach. Tu es für mich, ja? Für uns. Ich glaube wirklich, dass es dir helfen würde, diesen Teil deiner Vergangenheit loszulassen.«

Finlay kletterte von seinem Schoß und sie zogen sich in bedrücktem Schweigen wieder an. Zum ersten Mal, seit er mit Finlay zusammen war, brauchte er Abstand von ihr. Er musste den Kopf freibekommen. Bullet hatte das Gefühl, am Rand einer tiefen Schlucht zu stehen, während Finlay auf der anderen Seite verwurzelt war und sie eine ganze Welt voller entsetzlicher Albträume trennte.

Die Fahrt zurück zu ihm war lang und kalt, und als Finlay abstieg, nahm er sie in die Arme. »Ich muss weiterfahren, Baby, und den Kopf freibekommen.«

»Ich weiß«, flüsterte sie und er drückte sie an sich.

»Es tut mir leid. Ich möchte der Mann sein, den du brauchst, aber im Moment weiß ich einfach nicht, wer ich bin.«

Mehrere gepeinigte Stunden später, lange, nachdem die Dunkelheit das letzte Tageslicht vertrieben hatte, saß Bullet vor dem dunklen Haus und versuchte, einen Sinn in das zu bringen, was er heute erfahren hatte. Er brauchte einen Anker, an den er sich inmitten dieses schwindelerregenden Ozeans voller Sorgen klammern konnte.

Bullet zog das Telefon aus der Tasche und rief Bones an, der sich beim ersten Klingeln meldete.

»Was ist, Bullet?«

»Ich weiß es nicht, Bruder. Es ist was passiert. Dieser Mann, den ich getragen habe, als ich angeschossen wurde. Das war Finlays Freund.« Sein Brustkorb zog sich zusammen.

Bones fluchte und fragte erst nach längerem Schweigen: »Wo bist du?«

»Wenn ich das vergeige, wenn ich sie verliere …« Tränen brannten in seinen Augen und er umklammerte das Handy noch fester.

»Bullet, wo ist Finlay?«

Er sah wieder zum Haus hinüber und abermals durchzuckte ihn der Schmerz der Verzweiflung. »Lass dein Telefon an.«

»Bist du sicher, dass ich nicht rüberkommen soll?«, fragte Penny zum tausendsten Mal, seit sie vor einer Stunde angerufen hatte.

»Ich muss wirklich allein sein«, erwiderte Finlay. Sie lag auf der Couch und trug Bullets Flanellhemd, weil sie ihn bei sich spüren musste. Tinkerbell hatte sich neben ihr zusammengerollt. Die Hündin schien zu merken, dass etwas nicht in Ordnung war, und wich ihr nicht von der Seite, seit sie vor mehreren Stunden nach Hause gekommen war. Finlay hatte den Fehler gemacht, Pennys Anruf anzunehmen, und jetzt wollten Penny und Isabel, die Penny zu einer Dreierkonferenz-schaltung dazugeholt hatte, sie nicht auflegen lassen. Die beiden hatten angerufen, um zu fragen, wie Finlays erste Motorradfahrt gelaufen war, und sie war zu aufgewühlt gewesen, um so zu tun, als wäre nichts passiert, und hatte ihnen schließlich alles erzählt. Angefangen bei der unglaublich schönen Ausfahrt bis hin zu der verstörenden Erkenntnis, dass Bullet all die Jahre geglaubt hatte, er hätte Aaron auf dem Gewissen. Finlay war einerseits dankbar für die Gesellschaft, andererseits wollte sie jetzt mit niemandem außer Bullet reden.

»Meint ihr, ich sollte nach Hause fahren?« Doch als sie sich vorstellte, nicht hier zu sein, wenn Bullet nach Hause kam, kamen ihr wieder die Tränen. »Meint ihr, er will allein sein, wenn er endlich zurückkommt?«

»Garantiert nicht«, erwiderte Isabel. »Er versucht, auf seine Weise damit fertigzuwerden, aber er möchte dich bestimmt bei sich haben, Fin. Sonst hätte er dich vor deinem Haus abgesetzt.«

Sie streichelte Tinkerbell und hoffte, dass Isabel recht hatte. »Ich hätte ihn nicht bedrängen sollen, mit Aarons Familie zu sprechen«, wiederholte sie zum hundertsten Mal, hatte es jedoch noch weitaus häufiger gedacht.

Vor dem Telefonat hatte Finlay stundenlang versucht, sich abzulenken, aber sogar zum Kochen war sie zu aufgewühlt gewesen. Das war ihr noch nie passiert und ohne dieses Ventil fühlte sie sich zutiefst verloren. Doch jedes Mal, wenn sie in Richtung Küche sah, wurde ihr erneut speiübel bei der Erinnerung daran, wie sie Bullet in die Enge getrieben hatte. Und so war sie abwechselnd auf und ab gelaufen und hatte sich auf der Couch zusammengerollt. Sie hatte sogar versucht, mit Tinkerbell spazieren zu gehen, aber der Garten kam ihr ohne Bullet zu groß und zu leer vor. Es war seltsam, dass Bullet Raum zum Atmen brauchte, während sie selbst sich ohne ihn an ihrer Seite jetzt mit Mauern umgeben musste. Sie musste sich in sein Hemd hüllen und seine Sachen, seinen Duft, seine Energie um sich haben.

»Ach, Fin«, murmelte Penny. »Du liebst ihn so sehr. Ich kann mir nicht vorstellen, dass du etwas von ihm verlangen würdest, womit er nicht umgehen kann.«

»Aber er ist einfach weggefahren, Penny. Sonst will er mich immer beschützen, und wenn er jetzt so lange wegbleibt, kann das nur bedeuten …«

»Dass er sich mit dem, worum du ihn gebeten hast, auseinandersetzt«, bekräftigte Isabel entschieden. »Mehr steckt nicht dahinter, okay? Bullet ist verrückt nach dir, und jetzt hat er vielleicht mal Schwäche gezeigt, aber er ist immer noch Bullet. Der Mann hat mehr Mauern um sich errichtet, als wir uns vorstellen können, und im Augenblick muss er herausfinden, ob und wie er sie überwinden kann.«

Finlay sah an die Decke und wünschte, sie könnte mit ihm reden, wollte ihre Unterhaltung ungeschehen machen. Sie hatte Bullet vor einiger Zeit eine Nachricht geschickt, aber ihr war klar, dass er davon auf dem Motorrad nichts mitbekam. »Ich hab alles noch schlimmer gemacht. Nach dem schönsten Tag meines Lebens habe ich es vermasselt. Was soll ich nur tun, wenn er jetzt komplett dichtmacht? Wenn ich ihn zu sehr bedrängt habe und er keine Möglichkeit mehr sieht, mir zu verzeihen?«

Sie setzte sich auf und war zu erschöpft und zu traurig, um weiter zu telefonieren. »Ich werde jetzt auflegen …«

»Nein!«, schrien Penny und Isabel gleichzeitig.

»Tut mir leid, ihr seid süß, aber es schmerzt einfach viel zu sehr. Ich brauche Zeit, um« – *mich zusammenzurollen und zu weinen* – »über alles nachzudenken. Hab euch lieb. Ich rufe euch morgen an.«

Nachdem sie das Telefonat beendet hatte, ging sie mit Tinkerbell hinauf ins Schlafzimmer, setzte sich auf die Bettkante und betrachtete die Klebezettel von diesem Morgen. Bullet war so aufmerksam. Wenn sie bloß innegehalten und zuerst nachgedacht hätte, anstatt nur eine Möglichkeit zu sehen, wie er mit seinem Gewissen ins Reine kommen konnte, dann hätte sie ihm vielleicht angeboten, es Aarons Eltern selbst zu erzählen. Falls Bullet es nicht über sich brachte, konnte Finlay ihnen vielleicht helfen, damit abzuschließen.

Aber er braucht diesen Abschluss ebenso sehr.

Entsprach das den Tatsachen oder wünschte sie es sich nur? Verflucht noch mal! Sie hatte sich diese Frage schon zu oft gestellt und mochte nicht länger darüber nachdenken.

Sie legte sich aufs Bett und Tinkerbell kuschelte sich an sie. Finlay nahm Bullets Kopfkissen und rollte sich darum herum zusammen, dann ließ sie den Tränen, die schon den ganzen Abend immer wieder geflossen waren, freien Lauf. Irgendwann schloss sie die Augen, und als sich der Schlaf einstellte, begrüßte sie diese kleine Flucht.

Finlay hörte das Dröhnen eines Motorradmotors und sofort schlug ihr das Herz bis zum Hals. Sie sprang aus dem Bett und rannte die Treppe hinunter. Tinkerbell blieb ihr dicht auf den Fersen, während sie förmlich durchs Haus flog. Sie gelangte ins Freie, als Bullet gerade von der Maschine stieg. Sie stürzte zu ihm und wäre fast über Bones gestolpert, der auf der Treppe vor dem Haus saß. Ihn hatte sie ganz vergessen. Er war vor Stunden aufgetaucht, noch vor dem Telefonat mit Penny und Isabel. Als sie Bones' Motorrad gehört hatte, war sie auch nach draußen gerannt in der Hoffnung, es sei Bullet, und dann war sie entsetzlich enttäuscht gewesen, hatte aber versucht, es sich nicht anmerken zu lassen. Was ihr wohl nicht gelungen war, denn Bones hatte darauf bestanden, draußen zu warten, anstatt ihre Einladung ins Haus anzunehmen. Wieso glaubten diese Whiskeys ständig, sie müssten irgendjemanden bewachen?

Tinkerbell war vor ihr bei Bullet und sprang an ihm hoch. Bullet ließ die Schultern hängen und seinen Augen fehlte das übliche energische Funkeln. Als sein Blick von Finlay zu Bones wanderte, wirkte er … *besiegt.*

Oh Gott, was hatte sie ihm nur angetan?

Sie blieb stehen, und als er die Arme ausbreitete, stürzte sie zu ihm.

»Du brauchst nicht mit seiner Familie zu sprechen«, sagte sie hastig. »Es tut mir leid, dass ich das von dir verlangt habe. Das war falsch von mir. Du hast genug durchgemacht und musst für niemanden ein Held sein. Es tut mir so leid.«

Er küsste sie auf den Scheitel und streichelte ihr mit seinen großen Händen den Rücken. Doch er sagte kein Wort, sondern hielt sie nur noch fester, und da durchfuhr sie eisige Angst. Sie blickte zu ihm auf und wollte schon weitersprechen, war jedoch schlichtweg überfordert und wusste nicht, was sie sonst noch sagen könnte, daher vergrub sie das Gesicht wieder an seiner Brust.

»Kannst du im Dunkeln meine Augen sehen, mein Engel?«, fragte er schließlich.

Mit wild pochendem Herzen hob sie den Kopf und musterte sein ernstes Gesicht. Als sich ihre Blicke begegneten, wirkte seiner anders als sonst, und sie wusste nicht, was das zu bedeuten hatte. Aber sie nickte als Antwort auf seine Frage.

»Es tut mir leid, dass ich weggefahren bin. Ich musste mir über einiges klarwerden.«

»Ist schon gut. Mir tut es auch leid. Ich werde so etwas nie wieder von dir verlangen.«

»Das musst du auch nicht«, erwiderte er gelassen und sah Bones an.

»Ich bin hergekommen, weil ich dachte, du wärst hier«, erklärte Bones. »Und als ich bemerkt habe, dass deine Maschine weg war, konnte ich Finlay nicht allein lassen. Ich mache mich jetzt auf den Weg, wenn ihr mich nicht mehr braucht.«

»Du warst die ganze Zeit hier?«, fragte Finlay.

Bones zuckte mit den Achseln. »Aber natürlich.«

Natürlich? Schon wieder kamen ihr die Tränen.

»Danke, Mann. Du solltest das auch hören.« Bullet sah Finlay in die Augen. »Ich habe Aarons Familie besucht.«

Sie konnte es nicht fassen. »Du warst bei ihnen?«

Er nickte. »Ich konnte dich doch nicht enttäuschen, Baby. Wo du doch alles getan hast, damit es mir besser geht.«

»Du bist …« Sie wollte ihren Ohren kaum trauen. »Und es geht dir gut? Du hasst mich nicht?«

»Ich könnte dich niemals hassen. Ich habe das getan, weil ich dich liebe, Finlay. Du hast es gebraucht und ich brauche dich. Ich musste mich nur erst innerlich mit dem Gedanken vertraut machen. Aber du hattest recht. Es hat geholfen.« Er ging zu Bones und umarmte ihn. »Danke, Mann.«

»Ich habe doch gar nichts getan«, meinte Bones.

»Du bist ans Telefon gegangen und bei meiner Süßen geblieben. Das bedeutet mir sehr viel.« Er streckte die Hand nach Finlay aus und sie setzten sich alle drei auf die Stufen vor dem Haus. Finlay und Bones saßen links und rechts von Bullet und Tinkerbell kletterte auf seinen Schoß und leckte ihm das Gesicht.

»Hattest du irgendwelche Flashbacks?«, erkundigte sich Bones.

Bullet starrte so lange wortlos in die Dunkelheit, dass Finlay sich schon fragte, ob er überhaupt antworten würde. Sie legte ihm eine Hand aufs Bein und er nahm sie und verschränkte seine Finger mit ihren.

»Sie hatten überall Fotos von ihrem Jungen und Fotos von euch beiden stehen«, sagte er zu Finlay. »Ich kannte ihn kaum, hatte ihn bei diesem Einsatz überhaupt erst kennengelernt und wusste nicht mal, dass er Aaron hieß. Für mich war er nur Rush. Aber wenn du mit ihm zusammen warst, muss er ein toller Mensch gewesen sein. Ich hatte keinen Flashback. Nicht mal, als ich ihnen seine letzten Minuten geschildert habe, was mir entsetzlich schwergefallen ist. Ich war auf das Schlimmste gefasst, aber es ist nichts passiert. Dafür sind seine Eltern zusammengebrochen. Sie waren so erleichtert, denn sie haben wie du geglaubt, er wäre bei seinem Tod ganz allein gewesen. Ich hab mit ihnen geweint wie ein richtiges Weichei, aber ich habe mich nicht wie eins gefühlt. Es hat gutgetan, ihnen Frieden zu schenken.«

»Du warst die ganze Zeit bei ihnen?«, fragte Bones.

Bullet schüttelte den Kopf. »Danach war ich bei Mom und Pop. Ich fand, wenn ich mich schon meinen Dämonen stelle, dann kann ich es auch gleich richtig tun.«

»Ach, Bullet.« Finlay lehnte sich an ihn.

Bones stützte die Ellbogen auf die Knie. »Und …?«

»Pop wusste es.«

Bones hob die Hände. »Von mir nicht, das schwöre ich dir.«

»Ich weiß. Diese verdammte Motorrad-Community. Irgendein Doc, der mich im Walter-Reed-Militärkrankenhaus in Bethesda behandelt hat, muss das Tattoo auf meinem Rücken wiedererkannt haben. Biggs wusste es schon die ganze Zeit.«

»Und er hat keinem von euch je was davon gesagt?« Finlay konnte ihre Ehrfurcht nicht verhehlen.

»Er meinte …« Bullet hielt inne und seine Augen glänzten im Mondlicht. Er räusperte sich, setzte sich aufrechter hin und legte einen Arm um Tinkerbell und den anderen um Finlay. »Er hat gesagt, er hätte schon mal geglaubt, mich verloren zu haben, darum wollte er mich nicht wütend machen, weil er Angst hatte, dass er mich dann wieder verliert.«

»Und Red?«, fragte Bones.

»Red …«, wiederholte Bullet. »Sie hat nichts dazu gesagt. Ich habe keine Ahnung, ob Biggs es ihr erzählt hat oder nicht. Sie hat mich einfach umarmt und bitterlich geweint. Du kennst sie ja. Entweder sie rückt uns den Kopf zurecht oder sie knutscht uns ab. Heute war es anscheinend Letzteres. Morgen will sie mir wahrscheinlich wieder in den Hintern treten.«

»Wollen wir das nicht alle?« Bones stand auf und umarmte Bullet. »Ich bin stolz auf dich, Mann. Und ich hab dich lieb. Heute Nacht habe ich mir große Sorgen um dich gemacht, dabei war das gar nicht nötig. Du bist unbesiegbar.«

Bullet schnaubte. »Wohl kaum. Ich hab dich auch lieb, kleiner Bruder.« Er klopfte Bones auf die Schulter, dann schlug er sich aufs Bein, um Tinkerbell herbeizurufen, und streckte eine Hand nach Finlay aus. Tinkerbell war an seiner Seite, als Bones sein Motorrad anließ und davonfuhr.

Bullet nahm Finlay in die Arme. »Entschuldige, dass ich einfach weggefahren bin und du dir solche Sorgen gemacht hast. Danke, dass du mich nicht einfach aufgibst.«

»Danke, dass du *uns* nicht einfach aufgibst.« Sie war so von ihrer Liebe zu ihm erfüllt, dass er jetzt erst recht ein Held für sie war, aber dieses Wort würde sie sich ab jetzt verkneifen.

»Ich war mir nicht sicher, ob du hier sein würdest, deshalb bin ich zuerst zu dir gefahren, aber weißt du was?« In seinem Blick spiegelten sich tiefe Gefühle wider. »Das ist nicht mehr dein Zuhause, Lollipop«, sagte er dann mit der ganzen Willenskraft und Leidenschaft, die sie an ihm lieben gelernt hatte. »Ich brauche dich immer hier bei mir. Gut, ich habe eine Menge Altlasten, und deshalb bist du dir wahrscheinlich nicht sicher, besonders nach heute Nacht …«

Sie zog seinen Kopf zu sich herab und brachte ihn mit einem Kuss zum Schweigen.

»Du brauchst mich nicht, Bullet. Du willst mich. Und ich bin so dankbar dafür, dass du dich für mich entschieden hast, weil ich dich nämlich schon brauche … und Tink. Ich möchte euch beide in meinem Leben haben. Ich bin hierhergezogen, um Wurzeln zu schlagen, und ich dachte, damit wäre nur die Liebe zu meiner Schwester gemeint. Aber du hast mir gezeigt, dass ich immer noch fähig bin, zu lieben und geliebt zu werden. Ich habe auch Altlasten, aber unsere Liebe ist so groß, dass wir einander dabei helfen können, alles zu bewältigen, denn es ist die Art von Liebe, die ewig hält.«

»Danke, mein Engel«, sagte er leise. »Aber ich brauche dich sehr wohl, und ich schäme mich nicht, das zuzugeben.« Er gab ihr einen federleichten Kuss, bei dem seine Barthaare sie kitzelten. »Heute Morgen hast du mich gefragt, ob ich einen Lieblingsort habe, und ich habe das verneint und erwidert, dass ich am liebsten unterwegs bin. Aber das stimmt gar nicht, Baby. Ich habe meinen Lieblingsort gefunden. Er ist gleich hier bei dir.«

Dann hob er sie hoch und trug sie ins Haus. »Was hältst du davon, wenn wir nach oben gehen und die verlorene Zeit wiedergutmachen?«

»Ein Orgasmus für jede Stunde, die wir getrennt waren?«

»Das reicht nie und nimmer.«

Epilog

»Iz, kannst du die Würstchen im Schlafrock nehmen? Dix, brauchen wir noch mehr Teller? Ich glaube, wir brauchen mehr Teller …« Finlay unterbrach sich, als Isabel die Hände auf ihre Schultern legte.

»Hör auf damit, Fin! Wir haben alles im Griff. Mach dir keine Sorgen.« Isabels haselnussbraune Augen strahlten vor Zuversicht. Sie war letztes Wochenende nach Peaceful Harbor und in Finlays Haus gezogen, weil Finlay jetzt bei Bullet wohnte.

»Zwing mich nicht, deine Mutter zu holen«, spottete Dixie.

Finlays Mutter und ihr Stiefvater waren eigens zu diesem Anlass angereist und hatten gestern Abend zusammen mit Penny, Isabel, Dixie, Gemma, Crystal, Red und sogar Chicki und Babs dabei geholfen, das Essen für die heutige Benefizveranstaltung zuzubereiten, damit Finlay am Morgen mit Bullet am Charity-Motorradkorso teilnehmen konnte. Finlay war das reinste Nervenbündel und machte wegen jeder Kleinigkeit einen Riesenaufstand, aber ihre Mutter blieb stets ruhig, gelassen und gefasst und war der Fels in der Brandung.

»Warum bist du überhaupt so nervös?«, fragte Isabel. »Seit du vom Motorradkorso zurück bist, führst du dich auf, als hättest du irgendwas genommen.«

»Das weiß ich selbst nicht. Ich will nur, dass für Sarah alles gut läuft, und die Ausfahrt hat mir einen solchen Adrenalinschub beschert, dass ich mich überhaupt nicht mehr beruhigen kann«, erwiderte Finlay. Die Fahrt hatte über drei Stunden gedauert und zum Whiskey Bro's geführt, wo die Benefizveranstaltung bereits in vollem Gange war. Jener schicksalhafte Tag auf der Wiese lag mittlerweile zwei Wochen zurück, und seitdem fuhren Bullet und sie fast jeden Morgen Motorrad, denn danach war sie inzwischen fast genauso süchtig wie nach Bullet.

»Okay, Mädels, es geht los. Wir müssen das Essen da rausbringen.« Finlay nahm zwei Tabletts mit Burgern und ging zur Tür.

Isabel und Dixie folgten ihr nach draußen, wo Hunderte von Menschen zwischen den Zelten und Aktivitäten herumschlenderten. Sie schlängelten sich zwischen dem Wasserbecken, das von mehreren gut aussehenden Feuerwehrmännern betrieben wurde, und einer Schlange von Leuten hindurch, die darauf warteten, sich mit den Kulissen, die Truman bemalt hatte, fotografieren zu lassen. Für zwei Dollar konnten sie ihr Gesicht durch ein Loch strecken und zu einer Frau im Badeanzug, einem Biker auf seiner Maschine oder einem Kind im Beiwagen werden.

Sie kamen am Hindernisparcours aus orangefarbenen Kegeln vorbei, der neben dem Essenspavillon stand und auf dem mindestens ein Dutzend Kinder auf kleinen Dreirädern, die an Harley-Davidsons erinnerten, begleitet von den Anfeuerungsrufen ihrer Eltern auf die Ziellinie zustrebten. Bones kam gerade um den Pavillon herum. Er trug Bradley auf der Hüfte und hielt die kleine Lila im Arm, die ihm mit ihrer pummeligen Hand die Wange tätschelte. Bradley hatte Tränen in den Augen und ein aufgeschürftes Knie. Sarah lief neben ihnen her, rieb Bradley den Rücken und hielt Lilas Schmusedecke, ihr Lieblingsstofftier – einen Igel – und eine Flasche in der Hand.

»Oh nein. Was ist passiert?«, erkundigte sich Finlay.

»Ich bin auf einen Stein gefallt«, berichtete Bradley. »Aber ich gehe nicht ins Krankenhaus. Bones hat gesagt, dass er mich hier wieder gesund macht.«

»Darin ist Bones richtig gut«, versicherte Finlay ihm. »Und wie geht es dir, Sarah?«

Sarah legte die Hand auf ihren Babybauch und betrachtete ihre Kinder mit einem liebevollen Blick. »Sehr gut, danke. Und ich bin heilfroh, dass meine Babys und Scott wieder zu Hause sind.« Lila war vollkommen genesen, und der plastische Chirurg hatte gesagt, dass die Narben in ihrem Gesicht und an den Armen mit der Zeit fast vollständig verblassen würden. Scott saß noch im Rollstuhl und hatte Nägel in einem Bein, während das andere eingegipst war, aber seine Lunge verheilte gut.

»Wir kommen später zu euch«, sagte Bones. »Ich muss den kleinen Burschen hier verarzten. Bullet hat vor ein paar Minuten nach dir gesucht, Fin.«

»Tut er das nicht ständig?«, spottete Dixie.

Finlay lächelte und musste daran denken, wie sie am Vorabend auf das Essen verzichtet und sich stundenlang geliebt hatten. Sie verbrachten so viel Zeit wie möglich miteinander, und wenn sie einmal nicht zusammen sein konnten, dann waren sie zumindest im Herzen beim anderen.

»Um das mal festzuhalten: Penny und ich sind neidisch auf dich. Der Mann betet dich an«, meinte Isabel, als sie an der Hüpfburg vorbeigingen.

»Ihr könnt eure Tabletts hierherbringen«, brüllte Bear, der neben der Hüpfburg stand, während Kennedy ihn durch das Schutznetz beobachtete.

»Nein, das können sie nicht.« Crystal trat aus dem Zelt, in dem die Verlosungen und Versteigerungen stattfanden, und nahm Finlay ein Tablett ab. »Ich bringe dir und Kennedy einen Teller raus«, versprach sie Bear. Dann wandte sie sich an Finlay und die anderen Mädels. »Ich bin so froh, dass es meinem Magen wieder besser geht. Ich glaube, Bear hatte gehofft, ich wäre schwanger. Jetzt hat er jedes Mal, wenn ich ihn ansehe, so ein komisches Funkeln in den Augen.«

»Babys sind toll«, sagte Isabel. »Du solltest eins bekommen!«

»Bitte haltet sie von meinem Mann fern«, witzelte Crystal. »Hier müssen um die fünfhundert Leute sein. Einige Verlosungen und Versteigerungen haben mehrere Tausend Dollar eingebracht. Und habt ihr den Mann von der Zeitung gesehen? Er macht Fotos und hat gesagt, er will einen ganzen Bericht über die Erweiterung des Whiskey Bro's schreiben.«

»Wirklich erstaunlich, was diese Gemeinschaft für die Menschen tut«, stellte Finlay fest, während sie den Essenspavillon betraten, in dem es himmlisch duftete und vor Gästen nur so wimmelte. Sie freute sich ungemein über den Andrang, auch wenn das Essen ebenso schnell vertilgt wurde, wie sie es kochen konnte. Glücklicherweise nahmen Nate Braden, dem das Tap It, ein hiesiges Restaurant, gehörte, sowie Jasmine und Joe Carbo vom Jazzy Joe's ebenso an der Benefizveranstaltung teil, sodass niemand hungern musste.

Finlay sah zu Penny hinüber, die am anderen Ende des Zelts einen Eisstand aufgebaut hatte und von Familien umringt war. Tegan und Isla, Chickis und Buds Tochter, halfen ihr, alle mit Eis zu versorgen. Auch an den anderen Essensständen halfen zahlreiche Ehefrauen und Töchter von Mitgliedern der Dark Knights aus. Finlay stellte hocherfreut fest, dass in ihrer kleinen Heimatstadt noch der gleiche Zusammenhalt und herzliche Umgang herrschten wie in ihrer Jugend. Als sie das Tablett auf einem Tisch abstellte, entdeckte sie Red, die sich vor dem Getränkestand mit ihrer Mutter unterhielt, und freute sich, dass sich ihre beiden Welten offenbar nahtlos ineinanderfügten.

»Würdest du mal eben auf das Essen aufpassen, damit ich Bullet suchen kann? Ich bin auch nicht lange weg«, bat sie Isabel, die gerade Jed anfunkelte, weil er drei Kekse vom Tablett stibitzt hatte.

»Was ist? Ich teile mit meinen Freunden.« Jed deutete auf Quincy, der sich bei Penny anstellte.

»Mm-hm.« Isabel schüttelte den Kopf. »Quincy ist weniger an einem erfrischenden Eis interessiert als daran, mal an der heißen Penny zu lecken.«

Jed beugte sich über den Tisch. »Darf ich auch mal lecken?«, fragte er und wackelte vielsagend mit den Augenbrauen.

Isabel verdrehte die Augen. »Warum habe ich mich noch gleich einverstanden erklärt, mit dir zusammenzuarbeiten?« Sie warf Finlay lachend einen Blick zu. »Ach, stimmt ja, weil meine beste Freundin hier ist. Hat Bullet deine Überraschung gefallen?«

»Sehr sogar.« Sie lächelte in sich hinein. Beim Anblick des angefangenen Tattoos, das sie sich am Vortag eigentlich stechen lassen wollte, hatte er sie zuerst ganz traurig angesehen. Ursprünglich hatte sie vorgehabt, sich seinen Namen über dem Herzen eintätowieren zu lassen, aber es hatte so wehgetan, dass sie nach dem ersten Strich für das B das Handtuch geworfen hatte. Als sie später vor dem Kamin lagen und die Flammen Schatten auf ihren nackten Körpern tanzen ließen, fuhr er die

Linie mit dem Finger nach und meinte: *Es rührt mich sehr, dass du meinen Namen auf deiner Haut tragen möchtest, aber ich wünschte, ich hätte dort bei dir sein können. Ich will bei allen wichtigen Ereignissen in deinem Leben an deiner Seite sein.* Nach der Babyparty war Finlay für ein paar weitere Caterings gebucht worden. Isabel würde sie zwar unterstützen, aber Bullet hatte angeboten, sie ebenfalls zu begleiten, wenn er Zeit hatte. Und da behauptete dieser Mann, nichts von Romantik zu verstehen …

»Geh ruhig, Fin«, sagte Isabel und grinste Jed an. »Ich halte die Geier fern.«

Finlay verließ das Zelt und suchte das Gelände nach Bullet ab, während sie sich durch die Menschenmenge drängte. Auch zwischen so vielen lederbekleideten Männern war er wie immer leicht zu entdecken. Er stand in der Nähe der provisorischen Tattoostation und hatte Lincoln auf dem Arm. Beim Anblick ihres großen, kräftigen Mannes mit diesem süßen Jungen im Arm schmolz sie dahin. Als er das Baby auf den Kopf küsste und dabei ganz kurz die Augen schloss, musste sie daran denken, wie er ihr von seinem Kinderwunsch erzählt hatte. Plötzlich legte sich eine Hand schwer auf ihre Schulter und riss sie aus ihren Gedanken.

»Gut gemacht, Schätzchen.« Biggs trat neben sie.

»Das war eine Gemeinschaftsanstrengung, und ich bin heilfroh, dass alles so gut geklappt hat.«

»Die Veranstaltung läuft gut, aber ich meinte eigentlich das, was du bei meinem Jungen bewirkt hast.«

Sie blickte über den Rasen hinweg zu Bullet hinüber. Kennedy lief gerade gegen seine Beine und er hob sie mit dem freien Arm hoch. Er war der loyalste, liebevollste Mann, den Finlay kannte, und selbst wenn er als junger Mann mit vielem gehadert hatte, wusste sie doch, dass er nur dank seiner Eltern zu dem Mann von heute geworden war. Finlay musste an die wichtigen Lektionen denken, die Biggs Bullet erteilt hatte, und daran, dass Biggs jahrelang gewartet und seine doch bestimmt ungeheure Neugier bezähmt hatte, bis Bullet bereit gewesen war, sein Geheimnis mit ihm zu teilen. »Du hast auch viel vollbracht.«

Ihre Gedanken wandten sich ihren Eltern zu, ihrem Vater, den sie so sehr vermisste, und ihrer Mutter, die sich ein neues Leben aufgebaut hatte. Schließlich zog es sie gedanklich wieder zu dem Mann am anderen Ende des Geländes, dem Mann, der in ihrem Leben sogar eine noch größere Rolle spielte, seit er sich jeden Tag ein bisschen mehr von seinen Schuldgefühlen befreite. Bullet brachte Seiten an Finlay hervor, die niemand sonst je zu Gesicht bekommen hatte – nicht einmal sie selbst. Beispielsweise war ihr gar nicht bewusst gewesen, dass sie ihrerseits mit Aarons Familie abschließen musste, aber Bullet hatte es erkannt und heimlich ein Treffen mit ihnen arrangiert. Als sie letzten Samstagmorgen zu einer Ausfahrt aufgebrochen waren, hatte sie nicht geahnt, dass diese Fahrt in Pleasant Hill beim Frühstück mit Aarons Eltern enden würde. Später auf der Rückfahrt war ihr dann klargeworden, dass es ihr nicht genügen würde, für einen Neustart aus Peaceful Harbor wegzuziehen, falls Bullet je etwas zustoßen sollte. Ihre Liebe zueinander war zu groß und zu leidenschaftlich, um sie je hinter sich zu lassen.

Als wären sie durch eine starke unsichtbare Energie verbunden, konnte Bullet den Blick nicht von Finlay abwenden, die in ihrem pflaumenblauen Kleid, das sich eng an ihre einladenden Kurven schmiegte, über den Rasen auf ihn zukam. Das blonde Haar fiel ihr wie ein Wasserfall über die Schultern und milderte den rauen Eindruck, den ihre schwarze Lederjacke erweckte. In letzter Zeit hatte Bullet häufig erstaunliche Bilder vor Augen, Visionen von ihrer gemeinsamen Zukunft. Vor Finlay hatte er nie über den Tag hinausgedacht, doch jetzt sah er sie fast täglich vor seinem geistigen Auge, mal mit gewölbtem Bauch, in dem ihr Baby heranwuchs, dann wieder mit einem Kind auf der Hüfte, während sie kochte und Tinkerbell neben ihr saß. Oder er sah sich selbst mit Finlay und einer ganzen Kinderschar unter den Sternen liegen, während Tinkerbell über sie alle wachte. Manchmal, wenn er wie jetzt mit Kennedy und Lincoln auf den Armen auf sie zuging, malte er sich Finlay und sich aus, wie sie alt und grau geworden waren und auf seiner Maschine über die Brücke aus Peaceful Harbor hinaus und in den Sonnenuntergang fuhren – in der Gewissheit, dass sie gemeinsam über diese Brücke zurückkehren würden.

»Guck mal, wie hübsch Tante Finlay in ihrem Kleid aussieht, Onkel Bullet.« Kennedy winkte Finlay aufgeregt zu.

»Da hast du allerdings recht.«

Finlay winkte zurück und warf Bullet eine Kusshand zu. Kennedy tat so, als würde sie den Kuss auffangen, und drückte sich die Hand an die Wange.

»He, das war mein Kuss«, beschwerte sich Bullet.

Kennedy kicherte und legte die Hand auf Bullets Lippen. »Jetzt hast du ihn.« Dann streckte sie die Hand aus und legte sie auf Lincolns Wange. »Und Lincoln hat auch einen.«

»Danke, Prinzessin.«

Finlay lächelte und gab den Kindern einen Kuss. »Euer Onkel Bullet kann wirklich gut mit euch umgehen, was? Er bringt euch immer zum Strahlen.«

Kennedy nickte und Lincoln vergrub das Gesicht schüchtern an Bullets Hals.

»Warte, bis wir eigene haben«, meinte Bullet.

»Ihr bekommt ein Baby?«, fragte Kennedy mit großen Augen.

»Nein, Schätzchen«, antwortete Finlay und warf Bullet einen empörten Blick zu. »Onkel Bullet ist nur albern.«

»Onkel Bullet weiß gar nicht, wie man albern ist«, erklärte Kennedy ernst. »Mommy hat gesagt, er ist zu gut darin, alle zu beschützen, um albern zu sein.«

»Ich weiß wohl, wie man albern ist«, protestierte Bullet, führte die Lippen an Lincolns Wange und prustete los, woraufhin der Junge gar nicht mehr aufhören konnte zu kichern.

»Ich auch!«, bettelte Kennedy.

Bullet tat ihr den Gefallen, woraufhin sie ebenfalls laut kicherte. Dann entdeckte er Bear und winkte ihn heran. »Kannst du die beiden Süßen mal eine Weile übernehmen?«

»Klar.« Bear nahm ihm Lincoln ab.

Kennedy strampelte, bis Bullet sie auf dem Boden absetzte, nahm Bears Hand und zog ihn zu Bones, der gerade mit Bradley zum Essenszelt unterwegs war. »Ich will zu Onkel Boney!«

Finlay lachte. »Ich werde mich nie daran gewöhnen, dass sie ihn so nennt.«

»Was glaubst du denn, wie unsere Kinder ihn nennen werden?« Er legte ihr einen Arm um die Schultern und steuerte auf die Bar zu.

»Ich weiß nicht. Du meinst unsere lederbekleideten, Ringe tragenden, Motorrad fahrenden Kids?« Sie betraten die Bar.

»Meinst du nicht eher unsere Kuchen backenden, Motorrad fahrenden Kids?« Er schloss die Tür hinter ihnen, legte ihr eine Hand auf den Hintern und schob sie in Richtung Tresen.

»Bullet«, flüsterte Finlay, als könnte die ganze Welt hören, wie sie ihn rügte. »Ich hab Izzy gesagt, ich wäre gleich wieder da.«

»Ich liebe dich so sehr, Baby. Weißt du das?«

Sie errötete und ihm ging das Herz auf.

»Wir bleiben so lange weg, wie es sein muss.« Er nahm die Frau, die sein Leben verändert hatte, in die Arme und sah ihr tief in die Augen. »Erinnerst du dich an unseren ersten Kuss?«

»Aber sicher. Ich bekomme immer noch eine Gänsehaut, wenn ich daran denke.«

»Ich auch, Lollipop. Und wenn ich daran denke, wie du mir die Stirn geboten hast, gleich da drüben« – er sah zum anderen Ende der Bar – »in diesem hübschen Kleid und mit deinen wunderschönen Augen und dieser Willenskraft und Überzeugung, da wusste ich gleich, dass ich mein Gegenstück gefunden hatte.«

Während er auf ein Knie ging und ihre Hand nahm, ging ihm durch den Kopf, dass er jetzt eigentlich nervöser wie niemals zuvor in seinem Leben sein sollte. Doch er war die Ruhe selbst, denn das hier – Finlay und er – war genau das Richtige.

Sie riss die Augen auf und hauchte: »Bullet«, was wie Musik in seinen Ohren klang.

»Finlay, mein Engel, ich habe keine Ahnung, wie es dazu kam oder warum du zugestimmt hast, mit mir auszugehen …«

»Es war der Kuss«, sagte sie unter Tränen.

Er lachte leise. »Es war ein Wahnsinnskuss, und ich danke Gott jeden Tag dafür, dass du an diesem Abend deine rosarote

Brille aufhattest, denn ich liebe dich über alles und kann mir nicht vorstellen, auch nur einen Tag ohne dich an meiner Seite zu verbringen. Ich habe dich damals gewarnt, dass ich kein Märchenprinz bin, und unser Leben wird auch kein Märchen sein. Aber wenn du mich heiratest, werde ich jeden Augenblick unseres gemeinsamen Lebens damit verbringen, dich mit allem, was ich habe, zu ehren, zu beschützen und zu lieben.«

Bullet stand wieder auf, holte den Rotgoldring im Prinzess-Schliff aus der Tasche und fuhr mit dem Daumen über die schwarzen Diamanten in Form eines Unendlichkeitssymbols. Dann sah er Finlay tief in die Augen. »Heirate mich, Lollipop. Werde meine Frau und lass mich dein Mann sein.«

Sie nickte und ihr liefen die Freudentränen über die Wangen. »Ich bin seit diesem ersten Kuss die Deine und ich werde es bis zu meinem letzten Atemzug sein.«

Jahrelang hatte Bullet sich gefragt, ob sein Leben vielleicht einen besseren Verlauf genommen hätte, wenn er nicht zum Militär gegangen und nicht beinahe ums Leben gekommen oder nicht Zeuge geworden wäre, wie andere Männer den Tod fanden. Doch als er Finlay nun in die Arme schloss und ihr Versprechen mit einem Kuss besiegelte, da wurde ihm klar, dass ihn all das Leid zu ihr geführt hatte – und dass er das alles noch einmal auf sich nehmen würde, um am Ende bei der Frau zu sein, die er liebte. Bei seinem Zuckerschock. Seinem Engel. Seinem *Ein und Alles.*

Eins

Das röhrende Dröhnen des Dark Knights Motorcycle Clubs, der die Halloween-Parade von Peaceful Harbor auf der Main Street anführte, vermischte sich mit dem Jubel der Menge. Sogar in ihren Kostümen waren die Dark Knights eine furchteinflößende Truppe, doch Sarah Beckley hatte keine Angst. Zwei Monate zuvor hatte Bullet Whiskey, ein Mitglied der Dark Knights, Sarah und ihre Familie nach einem fürchterlichen Unfall gerettet. In den Wochen danach waren die Dark Knights ihnen scharenweise zu Hilfe gekommen. Sie hatten eine Spendenaktion gestartet, um sie bei der Bezahlung ihrer Arztrechnungen zu unterstützen, sie hatten ihr bei der Jobsuche geholfen, Babysitter für ihre beiden Kinder organisiert und ihren Bruder Scott zur Krankengymnastik gefahren, wenn sie keine Zeit hatte. Viel wusste Sarah nicht über die Lebensweise von Bikern, aber einiges hatte sie in letzter Zeit doch gelernt. Familie bedeutete für sie weitaus mehr als Blutsverwandtschaft und ging für sie so weit, dass sie Freunde und Familie von jedem einzelnen Mitglied der Dark Knights einbezogen und beschützten. Einer solchen Gemeinschaft anzugehören, war eine Ehre.

Sarah schaute nach vorne zu ihrem dreijährigen Sohn Bradley, der in dem Beiwagen von Bones Whiskeys Motorrad saß. Bradleys Gesicht konnte sie nicht sehen, aber sie wusste, dass ihr rotblonder kleiner Krieger von einem Ohr zum anderen grinste, während er den Menschen auf dem Gehweg zuwinkte. Er hatte sich auf den Umzug sowieso schon gefreut, aber die Aussicht, in Bones' Motorradgespann mitzufahren, hatte ihn so sehr aus dem Häuschen geraten lassen, dass er zwei Nächte lang nicht geschlafen hatte. Ihr Blick wanderte zu Bones, dem unfassbar heißen Arzt/Biker, und sofort schlug ihr Herz schneller. Er verhielt sich ihren Kindern gegenüber wie ein liebevoller Onkel, und ihr begegnete er wie ein Mann, dem die Aufgabe oblag, sie zu beschützen, wie ein *hungriger* Mann – und das raubte ihr nicht nur seit Wochen den Schlaf, sondern erregte und verwirrte sie gleichzeitig.

In tausend Jahren hätte sie sich nicht vorstellen können, bei einer Parade auf einem Festwagen zu sitzen und Menschen aus einem Städtchen zuzuwinken, die sie und ihre Kinder wie einen Teil ihrer Gemeinschaft behandelten, und schon gar nicht, die Aufmerksamkeit von jemandem wie Bones auf sich zu ziehen. Doch da thronte sie nun auf einem riesigen Stuhl in Form eines Cupcakes, den Bones unbedingt mit seinem Clan über-fürsorglicher Bikerbrüder für sie hatte bauen wollen – umgeben von einer Schar neuer Freunde, die ihre Familie in den Schoß dieser engen Gemeinschaft aufgenommen hatten. Nicht zum ersten Mal seit ihrem Umzug nach Peaceful Harbor dachte Sarah über ihr Leben nach und dankte den höheren Mächten für ihr Glück – Mächten, die sie bisher für ausschließlich böse gehalten hatte.

Wie war sie von *obdachlos* zu *glücklich* gelangt?

Und das zweimal?

Wenn all diese Menschen ihre wahre Geschichte kennen würden, wären sie dann immer noch so offen? Oder würden sie ihre Männer und Kinder verstecken und sie wie die Aussätzige behandeln, als die sie sich so oft gefühlt hatte?

Als der Festwagen anhielt, warf sich Bones' Schwester Dixie Whiskey die blonden Haare über die tätowierte Schulter, richtete das Muschel-Bikinioberteil ihres Meerjungfrauenkostüms und schob Po wackelnd den grün schimmernden, paillettenbesetzten Rock zurecht. Als waschechte Bikerin hatte sie ihr Outfit mit klobigen schwarzen Lederstiefeln kombiniert. »Endlich! Wenn ich noch eine Sekunde länger lächeln muss, bekomme ich einen Schreikrampf.«

»Ich habe jede einzelne Sekunde genossen«, gestand Sarah aufrichtig. Sie kannte das Gefühl, einsam, hungrig und verängstigt zu sein, und sie wusste jeden Moment zu schätzen, in dem das nicht der Fall war. Eingehüllt in die Wärme herzlicher Gefühle schaute sie auf ihre elf Monate alte Tochter Lila hinab, die in ihrem roten Einteiler mit der Aufschrift NUMMER 1 zu goldig aussah. Ihre winzige Hand lag auf Sarahs wachsendem Babybauch, der stolz NUMMER 2 verkündete. Sarah, im sechsten Monat schwanger, fühlte sich gut, und – vielleicht noch bedeutender – zum ersten Mal in ihrem Leben war sie wahrhaft, aus ihrem tiefsten Inneren heraus glücklich.

Und genau darin lag das Problem.

Jedes Mal wenn Sarah sich aus der Deckung gewagt hatte, war die Welt über ihr zusammengebrochen. Auf keinen Fall würde sie zulassen, dass die tröstliche Wärme dieser offenherzigen Freunde ihr vorgaukelte, festen Boden unter den Füßen zu haben.

Sarah schaute zu Bones, der gerade von seinem Motorrad abstieg. Der Jeansstoff spannte sich über seinen kräftigen Oberschenkeln. Er nahm den Helm ab und der Blick seiner verführerisch dunklen Augen schwebte über das Meer von Köpfen hinweg und landete mit der Hitze eines Vulkans auf ihr. Seine Lippen verzogen sich zu einem Knie erweichenden Lächeln, das sie vergessen ließ, dass sie eine schwangere Mutter zweier Kinder war, und das sie an die schmutzigen Dinge denken ließ, die er mit diesem wunderschönen Mund anstellen könnte. Nach allem, was sie mit Männern durchgemacht hatte, war seine Aufmerksamkeit eher beunruhigend als schmeichelhaft. Permanent kämpfte sie gegen das Verlangen an, sich seiner Fürsorge vollends anzuvertrauen, anstatt sich und die Kinder vor dem Rest der Welt in Sicherheit zu bringen, *nur für den Fall …*

Bones zwinkerte ihr vielsagend zu. Ihr Magen schlug einen Purzelbaum und ihr Herz hämmerte wie wild, als sie seine gut aussehenden, markanten Gesichtszüge und diesen Körper betrachtete, der jeden anderen Mann vor Neid erblassen ließ. Sie bemerkte, dass mehrere Frauen ihn beobachteten. Er schien die Aufmerksamkeit, die er erregte, überhaupt nicht wahrzunehmen, während er mit Bradley, Sarahs eigentlicher Nummer 1, redete. Ihr Sohn war ebenso gefesselt von Bones wie sie. Er hatte alle üblichen, kindertauglichen Kostüme verweigert, um eines zu tragen, das zu dem von Bones passte.

Bradley hatte nicht einmal mit der Wimper gezuckt, als die

vierjährige Kennedy, die Tochter von ihren Freunden Truman und Gemma Gritt, alle kleinen und großen Jungs der Truppe davon überzeugt hatte, sich als Cheerleader zu verkleiden, während sie als Footballspieler ging – natürlich mit einem rosafarbenen Diadem. Bradley trug seine Pompons voller Stolz und war sogar bereit gewesen, den Rock zu tragen. Die Männer allerdings hatten dieser Idee nicht so offen gegenüber gestanden. Sie hatten sich für Jeansshorts, weiße T-Shirts mit der Aufschrift TEAM KENNEDY auf der Brust, schwarze Lederjacken mit dem Dark-Knights-Logo auf dem Rücken und ihre Bikerstiefel entschieden. Die Pompons waren jedoch Pflicht und die meisten Männer hatten sie sich in ihre Gesäßtaschen gestopft.

Bones schien es zu genießen, Sarahs Familie unter seine ziemlich sexy Fittiche zu nehmen. Er hatte darauf bestanden, Bradley eine kleine Lederjacke und Stiefel zu kaufen. Die tätowierten, stattlichen Biker hatten bewiesen, dass sie Herzen aus Gold hatten, und ihr kleiner Junge war ganz aus dem Häuschen gewesen, weil er so einbezogen wurde. Bones tat viel für sie. Er half Sarahs Bruder Scott dabei, ihren Keller auszubauen, und er half Sarah mit den Kindern, wenn sie alle zusammen unterwegs waren. Sarah war immer noch damit beschäftigt, zu lernen, wie man eine solche Großzügigkeit annahm, und nur langsam verstand sie, dass Geschenke nicht immer nur gegeben wurden, um im Gegenzug etwas dafür zu erhalten.

Als ihre Freundinnen an den Rand des Festwagens traten, tauchten ihre besseren Hälften wie eine Kavallerie auf, um ihnen zu helfen. Bullet hob seine Verlobte Finlay vom Wagen und küsste sie auf dem Weg hinunter. Sie verschwand fast in seiner kräftigen Statur, während ihr Rottweiler Tinkerbell, der mit Finlay auf dem Wagen gefahren war, um Aufmerksamkeit buhlte. Finlay war Eigentümerin der Catering-Firma, für die der Wagen gebaut worden war, und sie sah entzückend aus mit der großen bauschigen Kochmütze und in dem kurzen rosa Rock mit der weißen Schürze, auf der stolz FINLAY'S in schnörkeliger rosafarbener Schrift geschrieben stand. Die zierliche Blondine war für Sarah nach dem Unfall eine weitere Rettung gewesen, da sie sie Tag für Tag mit allergenfreien Mahlzeiten versorgt hatte.

Bullet und Finlay heirateten am kommenden Wochenende. Obwohl Finlay zurückhaltend wie ein Häschen war und Bullet wie ein zum Angriff bereites Tier wirkte, schien die Liebe bei ihnen so einfach zu sein.

Sarah hatte früher einmal an die Liebe geglaubt, auch wenn sie sicherlich nicht gedacht hatte, Liebe sei *einfach*. Mittlerweile hatte sie gelernt, wie trügerisch selbst der Glaube, verliebt zu sein, manchmal war.

Auf der anderen Seite des Festwagens half Scott sowohl Dixie als auch ihrer Freundin Isabel beim Herunterklettern. Er hatte diesen vertrottelten Blick in den Augen, den Männer in Gegenwart von heißen Frauen bekamen. Es war schön zu sehen, dass er dazugehörte und glücklich war.

»Daddy!«, rief die kleine Kennedy, als Truman näherkam. Sie hielt Gemmas Hand umklammert. »Hol mich und Mama runter!«

Mit Lincoln, ihrem Jüngsten, auf dem Arm, streckte Truman die Hand nach Kennedy aus. »Komm her, Prinzessin.«

»Ich bin Footballspieler, Daddy!« Kennedy kletterte herunter, während Bear Whiskey, Bones' jüngerer Bruder, Gemma herunterhalf und dann die Arme seiner Frau Crystal entgegenstreckte.

Sarah bemerkte, dass Bones Bradley an der Hand hielt und

auf sie zukam. Die Liebe und Unterstützung von den Whiskeys war mehr als bewundernswert. Sie war sich sicher, dass diese beschützende Art Teil der DNA dieser Familie war. Die Menge schob sich weiter vorwärts und sie verlor Bones und ihren Sohn aus den Augen.

Scott kämpfte sich durch die Menschenmasse zu ihr und streckte die Hände nach Lila aus. »Gib sie mir und dann helfe ich dir herunter.« Es schien ihm egal zu sein, wie albern er gemäß ihrem Märchen-Motto als Kater mit Hut aussah, und dafür liebte sie ihn nur noch mehr.

Als sie wieder Kontakt zueinander aufgenommen hatten, waren ihr in seinem Gesicht Ähnlichkeiten mit ihrem Vater aufgefallen. Nachdem sie dies Scott gegenüber erwähnt hatte, war er dazu übergegangen, Bart und Haare wachsen zu lassen. Nun, da sie ihn besser kannte, spielte es für Sarah keine Rolle mehr. Er hatte rein gar nichts mit ihrem Vater gemein.

»Ich bin mir nicht sicher, ob ich meine Kleine einem riesigen Kater anvertrauen sollte«, scherzte Sarah, als sie ihm das schlafende Baby reichte.

Während des gesamten Umzugs hatte Scott seine Schwester nicht aus den Augen gelassen. Mit Sicherheit befürchtete er, dass sich dieses Leben, das sie sich gerade aufbauten, jeden Moment in Luft auflösen und Sarah wieder von der Bildfläche verschwinden könnte. Doch nichts und niemand würde sie je wieder von dem Bruder trennen, den sie viele Jahre lang nicht gesehen und für immer verloren geglaubt hatte.

Sie hatten sich gerade erst wiedergefunden und waren an ihrem ersten gemeinsamen Abend unterwegs gewesen, um das zu feiern, als der Autounfall ihre Kinder und Scott ins Krankenhaus gebracht hatte. Lila hatte im Gesicht und an den Armen Narben zurückbehalten, und Scott ging immer noch zur

Physiotherapie, um die Muskeln der Beine aufzubauen, die er sich bei dem Unfall gebrochen hatte. Bullets schneller Reaktion war es zu verdanken, dass sie alle überlebt hatten.

Dies schien ihr Lebensmotto zu sein. *Überleben.* Sie fragte sich, ob von den anderen auch jemand darauf wartete, dass ihr wundervolles Leben zusammenbrach, oder ob sie mit dieser Angst allein war.

Sie warf sich die Windeltasche über die Schulter und kletterte hinunter, um Scott dann Lila wieder abzunehmen. Schnell gingen sie in der Menge auf, als sie sich auf den Weg zu den Motorrädern machten. Sarah schaute an einer korpulenten Frau vorbei und entdeckte rasch die breiten Schultern, die sie überall wiedererkannt hätte. Bones war von einer Gruppe Frauen umgeben, die in sexy Kostümen aus kurzen Röcken und engen Korsetts steckten. Sie starrten ihn an, als wäre er der Zauberer, der die Antwort auf all ihre Probleme hatte.

Sarah drängte sich durch die Menge, und als Bones sich umdrehte und sie mit seinen dunklen Augen so intensiv anblickte, hielt sie inne. Sie hielt nach Bradley Ausschau und ihr Magen sackte ihr in die Knie.

Eine als Hexe verkleidete Frau fasste Bones am Arm und drehte ihn zu sich herum.

»Scott, wo ist Bradley?« Panik erfasste sie, als sie herumwirbelte und die Menge absuchte. In ihrem tiefsten Inneren wusste sie, dass Bones ihre Kinder nie einem Risiko aussetzen würde. Aber der eigene Vater der Kinder, der Mann, der sie mit seinem Leben hätte beschützen sollen, hatte sie in Gefahr gebracht. Sie vertraute ihrer Menschenkenntnis nicht mehr so wie früher.

»Keine Sorge, ich bin sicher, er ist in der Nähe.« Scott bahnte sich einen Weg durch das Gedränge und rief immer wieder nach Bradley.

Das Herz schlug Sarah bis zum Hals, während sie sich weiter nach vorne zwängte, Lila umklammerte und nach Bradley rief. Bones bemerkte es und war augenblicklich bei ihr.

Er legte den Arm um ihre Taille und zog sie und Lila näher zu sich heran. »Was ist los?«

Sie befreite sich voller Panik aus seinem Arm. »Wo ist Bradley?«

»Er ist bei meiner Mutter, Babs und Chicki. Sie holen mit ihm Zuckerwatte.«

Erleichterung durchflutete sie. Die Männer von Babs und Chicki waren Dark Knights und beide waren für Bones wie Familie. Babs passte oft auf Lila und Bradley auf, und Chicki war Eigentümerin des Friseursalons, in dem Sarah arbeitete. Sie vertraute ihnen und Red, Bones' Mutter, voll und ganz, aber das hinderte ihre Angst nicht daran, aus ihr herauszubrechen. »Du musst es mir sagen, bevor du jemand anderen auf ihn aufpassen lässt.«

»Du hast vollkommen recht. Ich wollte es dir gerade sagen, aber eine der Krankenschwestern aus der Klinik hat mich aufgehalten. Es tut mir leid.« Er zog sie näher an sich und hielt sie noch fester. »Du zitterst ja.«

»Und ob ich zittere, verdammt noch mal«, sagte sie und versuchte gleichzeitig, die übrige Panik zu bewältigen. »Ich dachte, mein Kleiner wäre verlorengegangen. Ich muss ihn sehen. Können wir …«

Bones war schon unterwegs und bahnte sich den Weg durch die Menge, während er Sarah dicht an sich drückte. Das tat er oft, und sie hatte das Gefühl, dass sie sich wohl nie an die Hitzewellen gewöhnen würde, die von seinem Körper auf ihren herüberströmten. Er rief Scott im Vorbeigehen zu und gemeinsam eilten sie in Richtung Zuckerwattestand.

»Er ist bei Red, Chicki und Babs«, erklärte Sarah. Die Erleichterung, die Scott ins Gesicht geschrieben stand, war ebenso pur und tief wie ihre eigene.

»Gott sei Dank«, sagte Scott. »Ich hab ja gesagt, dass sicher alles in Ordnung ist. Bones würde nie zulassen, dass Bradley etwas zustößt.«

»Im Leben nicht«, bestätigte Bones voller Inbrunst. »Ich wollte euch nicht beunruhigen. Ich war gerade auf dem Weg zu Sarah, als ich von einer Krankenschwester aufgehalten wurde.«

Bones zeigte auf Bradley, der neben Red und Babs auf Chickis Schoß im Gras saß, und nahm Sarah damit die noch verbliebene Angst. Bradley hatte klebrige blaue Zuckerwatte auf den Wangen verschmiert, und er kicherte, als er die süße Masse Red hinhielt. Red beugte sich vor und nahm theatralisch einen großen Happen der klebrigen Süßigkeit, woraufhin Babs es ihr gleichtat. Bradley kicherte und Chicki umarmte ihn.

Sarah fiel es zwar nicht leicht, anderen zu vertrauen, aber wenn sie sah, wie liebevoll diese Frauen mit ihrem Sohn umgingen, dann wurde ihr ganz warm ums Herz. Gleichzeitig überkam sie eine unfassbare Verlegenheit, weil sie derart über- reagiert hatte, obwohl Bones und seine Familie doch so viel für sie getan hatten. Nachdem Scott wegen seiner Verletzungen die neue Arbeitsstelle aufgeben musste, hatten die Whiskeys – neben allem anderen, was sie für sie und ihre Familie getan hatten – ihren Bruder auch den Leuten im Yachthafen vorgestellt, wo er nun arbeitete.

Bevor sie sich bei Bones entschuldigen konnte, rief Trumans jüngerer Bruder Quincy, der in Begleitung von Isabel und Crystals Bruder Jed bei der Parade mitlief, über die Straße: »Hey, Scott, ziehst du mit uns weiter?«

Scott sah Sarah an. »Alles in Ordnung mit dir? Ich bleibe, wenn du willst.«

»Mir geht's gut. Amüsiere dich. Wir sehen uns später.«

Als Sarah Scott nachschaute, während er über die Straße ging, bemerkte sie, dass er etwas stärker humpelte, und sie war froh, dass er für alle Fälle seinen Stock im Auto hatte. In einem Bein hatte er eine Platte und Nägel, doch die Heilung war gut vorangeschritten, und seine Ärzte erwarteten keine weiteren Operationen. Es gab immer noch Tage, an denen er nicht so viel machen konnte, wie er wollte, aber zumindest hatte er das Schlimmste überstanden.

»Sarah, es tut mir wirklich leid«, sagte Bones und holte sie in die Gegenwart zurück.

Wenn er sie so anschaute, wie gerade in diesem Moment, in dem er ihr so tief in die Augen sah, als meinte er jedes Wort, konnte sie sich nur schwer konzentrieren. Es gefiel ihr zu sehr, ihn anzuschauen. Die so verschiedenen Aspekte seines Lebens faszinierten sie. Er sah nicht aus wie ein Biker, doch der Club war ein wichtiger Bestandteil seines Lebens. Er war groß und adrett in seiner Erscheinung, ohne jegliche Tattoos wie die meisten anderen Biker. Zumindest hatte sie bisher keines entdeckt. Aber Bones brauchte auch keine Tätowierungen, um zu unterstreichen, was für ein harter Typ er war. Sein souveränes Auftreten wurde durch sein markantes Kinn und seine durchdringenden dunklen Augen noch betont. Er gehörte zu der Sorte Mann, nach dem Frauen sich verzehrten und zu dem Männer aufschauten.

Sie richtete ihren Blick wieder auf ihren Sohn und sagte: »Ich weiß. Ist schon gut, ich bin einfach nur übervorsichtig.«

»Und das ist richtig so. Als ich die Angst in deinen Augen sah, hab ich mich schrecklich gefühlt.«

Die Emotion in seiner Stimme zog ihren Blick wieder zurück zu ihm. Es stand ihr überhaupt nicht zu, irgendetwas an ihm zu bemerken, geschweige denn, ihrer unbändigen Fantasie freien Lauf zu lassen. Bones konnte jede Frau haben, die er wollte. Sie würde sich nichts vormachen und auf den Gedanken kommen, dass er so verrückt wäre, sich für eine schwangere Frau mit zwei Kindern zu interessieren. Außerdem hatte sie den Fehler schon einmal begangen, netten Worten und verführerischen Blicken zu trauen. In diese dunkle Falle zu tappen, konnte sie sich nicht noch einmal erlauben.

»Wie wär's mit einem Lächeln von der wunderschönen Mama dieser hübschen kleinen Lady?« Er kitzelte Lila am Kinn und wurde mit einem süßen Babykichern belohnt.

Sie schmolz innerlich dahin, wenn er solche Dinge tat. Kein Wunder, dass sie in seiner Gegenwart so verwirrt war. Sie begehrte ihn so sehr, dass es wehtat, aber ihr Verstand feuerte permanent Warnungen in Form von schmerzhaften Erinnerungen auf sie ab.

Nach einem knappen Lächeln ging sie zu Bradley, bevor ihre Hormone wieder überreagieren konnten. Als Bones' Hand auf ihrem Rücken landete, konzentrierte sie sich mühevoll auf Red, die Bradleys Wange mit einem Grashalm kitzelte, anstatt auf die köstliche Wärme, die seine Berührung in ihr auslöste. Es war kein leichtes Unterfangen, sich von einer derartig verlockenden Gestalt abzulenken, aber sie war fest entschlossen. Sie beobachtete die drei Frauen, die sich wie Schwestern verhielten, aber vollkommen unterschiedlich aussahen. Eines hatten sie aber gemeinsam: Sie strahlten eine Stärke und Widerstandsfähigkeit aus, die Sarah nie zuvor gesehen hatte. Vielleicht lag es daran, dass sie Bikerfrauen waren, oder vielleicht waren sie auch einfach schon so auf die Welt gekommen.

Manchmal fühlte Sarah sich stark, aber in anderen Momenten hatte sie das Gefühl, einen Magneten im Rücken zu tragen, der das Unheil aus allen Richtungen anzog, und dann konnte sich nichts anderes tun, als in Deckung zu gehen.

»Da sind deine Mama und dein Schwesterchen«, sagte Babs zu Bradley, als sie näherkamen. Bones kannte Babs schon sein Leben lang. Ihre langen blonden Haare schienen immer vom Wind zerzaust zu sein, und ihre Kleidung war permanent unordentlich, aber sie war ebenso warmherzig wie tough.

Red lächelte zu ihnen auf und sagte: »In Begleitung meines großen, tapferen Jungen.« Mit ihrem hellen Teint und den kurzen roten Haaren konnte man nur schwer glauben, dass sie drei dunkelhaarige Jungs zur Welt gebracht hatte. Aber wie ihre Söhne war auch Red eine Bikerin durch und durch, und vom T-Shirt über die Jeans bis hin zu ihren klobigen Lederstiefeln war sie fast immer schwarz gekleidet.

Bones fuhr Bradley durch die Haare und der zeigte ihm ein zuckrig blaues Grinsen.

»Hallo, Red. Meine Damen.« Bones beugte sich hinunter und gab seiner Mutter einen Kuss auf die Wange. »Werde ich je vom *Jungen* zu einem *Mann* aufsteigen?«

»Das sehen andere Frauen in dir«, sagte Chicki, die ihre Beine seitlich angezogen hatte. Sie war die modischste der Freundinnen, hatte durch ihren olivfarbenen Teint ein fast exotisches Äußeres, dunkle Haare, die oft zu einem strengen Dutt zurückgebunden waren, ein Faible für bunte Blusen und sauste auf himmelhohen High Heels durch die Gegend. »Egal wie groß und stark du bist, für uns wirst du immer der Junge sein, der nackt im Garten herumlief, ›Guckt mal!‹ rief und dann mit den Hüften kreiste, um seinen Schniedelwutz herumzuwirbeln.«

Meine Güte. Er war über dreißig. Würden die wohl jemals aufhören, diesen Mist zu erzählen?

Sarah lachte auf, als sie sich neben Chicki setzte, und hielt sich schnell die Hand vor den Mund. Ihr wunderschönen braunen Augen schauten kurz, mit funkelnder Belustigung, zu ihm auf. Verdammt, sie war hinreißend. Manchmal hatten diese Augen einen besorgten oder ruhelosen Ausdruck oder schienen etwas zu sehen, das Millionen Meilen entfernt war, und manchmal – wie jetzt gerade – waren sie sorglos und unschuldig, auch wenn es nur wenige Sekunden andauerte. Er wollte diese Sekunden in einem Glas einfangen, sie hegen, und dieser Frau mehr Gründe geben, sich so zu fühlen.

»Das findest du wohl lustig, wie?«, fragte er Sarah. »Ich wette, deine Mutter kennt auch ein paar peinliche Geschichten über dich.«

Sarah wurde aschfahl und Schmerz trat in ihre Augen.

»Meine Großmutter ist im Himmel«, gab Bradley sachlich von sich. Er hielt seine Zuckerwatte Lila hin, die eine Handvoll herausriss und die Masse von ihren Fingern leckte.

Herrje, ich treffe heute immer ins Schwarze.

Bones berührte Sarahs Schulter und sagte: »Das tut mir leid, ich wusste nicht …«

»Schon gut«, murmelte sie gerade in dem Moment, in dem Lily ihr die klebrigen Finger in den Mund steckte. Sarah schob die kleine Hand ihrer Tochter sanft zurück und lächelte sie voller Liebe an, wobei der schmerzhafte Ausdruck sofort verschwand. »Mmh. Danke, Lila-Schatz.«

Dieses Lächeln, das sie nur ihren Kindern zukommen ließ, war es gewesen, das Bones' Aufmerksamkeit zuerst gefesselt hatte, als er sie nach ihrem Unfall im Krankenhaus gesehen hatte. Sarah war so zurückhaltend wie ein verwundeter Vogel, aber wenn es um ihre Kinder ging, war sie stark, offenherzig und liebevoll. Er fragte sich, was in ihrem Leben geschehen war, dass sie anderen gegenüber so wenig Vertrauen aufbringen konnte.

»Da kommt ja die ganze Truppe.« Red deutete hinüber zum Gehweg, auf dem Bullet, Finlay und ihre Hündin Tinkerbell eine Gruppe von Geschwistern und Freunden anführten – einen bunten Haufen aus Prinzessinnen und den unansehnlichsten, behaartesten, dickbeinigsten Cheerleadern, die Bones je gesehen hatte.

Babs stieß Chicki an. »Die sehen aus, als wollten sie noch etwas Spaß haben, bevor sie nach Süßem oder Saurem fragen. Kommt, Mädels. Lassen wir die jungen Leute ihr Ding machen.«

»Danke, dass ihr auf Bradley aufgepasst habt«, sagte Sarah. »Bradley-Schatz, bedanke dich.«

Bradley schlang die Arme um Chickis Hals, mit seiner hohen Stimme rief er ein lautes »Danke!«, während er von ihrem Schoß auf Reds kletterte und dort noch mehr Umarmungen und Küsse verteilte, bevor er sich Babs in die Arme warf.

Bones fragte sich, ob der Junge seine eigene Großmutter wohl vermisste.

Sarah stemmte sich auf die Knie, und er half ihr auf, um dann ihren Körper an seinen zu ziehen und sie dort einen kurzen Augenblick verweilen zu lassen, nur um sie erröten zu sehen. Wie aufs Stichwort schoss ihr das Blut in die Wangen und sofort schaffte sie etwas Distanz zwischen ihnen. Wenn sie errötete, weil er sie im Arm hielt, was würde sie dann wohl tun, wenn er seinen Mund und die Hände bei ihr zum Einsatz brachte? Wenn er sein Begehren auslebte, ihr Lust zu bereiten?

Ich kann es kaum abwarten, das herauszufinden.

Eine Schwangerschaft war für ihn immer mit Zauber und Schönheit verbunden gewesen, aber er hatte sich vor Sarah nie zu einer schwangeren Frau hingezogen gefühlt. Etwas an dieser entzückenden, sexy Blondine mit ihrem Babybauch hatte ihn von Anfang an fasziniert. Sie war feminin, und doch strahlte sie eine innere Stärke aus wie ein wachsamer Soldat, der zu viel Dunkelheit gesehen hatte. Der Gedanke brachte sein Blut zum Kochen, obwohl er keine Ahnung hatte, ob er die Zeichen richtig deutete. Alle möglichen Typen von Frauen buhlten um seine Aufmerksamkeit, aber nur selten ging er mit Frauen aus Peaceful Harbor aus, denn er machte seine Eroberungen lieber außerhalb seines Reviers, um seinen Ruf mit der gleichen Entschlossenheit zu schützen wie seine Familie. Aber bei Sarah hatte er keine Wahl. Eine unaufhaltsame Kraft drängte ihn zu ihr – und zum ersten Mal in seinem Leben beherrschte ihn nicht sein Verstand, sondern sein Herz.

»Danke, dass Bradley in deinem Beiwagen mitfahren und dich während des Umzugs in Beschlag nehmen durfte«, sagte Sarah und rückte Lila auf ihrer Hüfte zurecht.

»Er ist ein toller Junge. Ich habe ihn gern um mich.« Er ließ den Blick an ihrem Körper hinuntergleiten und sprach leiser weiter, als er versuchte, diese geliebte sexy Röte in ihr Gesicht zu zaubern. »Ich würde dich auch gern mal zu einem Ritt entführen.« Sie riss die Augen auf, und da er fürchtete, zu weit gegangen zu sein, fügte er schnell hinzu: »Auf meinem

Feuerstuhl.«

Seine Mutter und ihre Freundinnen standen auf und beobachteten ihn mit einem Funkeln, als könnten sie sehen, wie seine Gefühle für Sarah direkt unter ihren Augen wuchsen. Mist, er konnte dieses Funkeln nicht ausstehen. Er war sich sicher, dass sie eine Art Radar für die Wahrheit besaßen, mit dem sie ihn und seine Geschwister schon als Kinder allzu oft bei erfundenen Geschichten ertappt hatten. Er trat von einem Bein aufs andere, wandte sich von ihnen ab und Sarah zu. Viel wusste er nicht über sie und ihre Geschichte. Sie wehrte Fragen über ihre Vergangenheit und den Vater – oder die Väter – ihrer Kinder ab, wie Kugeln, die von einer Rüstung abprallten. Sie hatte einmal über einen Ex gesprochen, aber er wusste nicht, ob sie verheiratet war oder das Wort im übertragenen Sinne benutzte, ob sie sich vor diesem Ex versteckte oder ob sie generell einfach vorsichtig war. Sie hatte zwei wunderschöne Kinder, war mit dem Kind eines anderen Mannes schwanger, und doch hatte sie seine dunkelsten Fantasien belagert und einen Schutzinstinkt in ihm ausgelöst, der weit über das hinausging, was er gewohnt war. Die lodernde Anziehungskraft, die er verspürte, konnte er nicht leugnen, aber sich an die Frau eines anderen heranzumachen, war für ihn nicht denkbar.

Er schaute zu dem niedlichen Mädchen auf Sarahs Arm hinab. Der Unterschied zwischen Lilas vertrauensvollem und Sarahs vorsichtigem Blick war unübersehbar. Er hoffte, das zu korrigieren, aber zuerst brauchte er Antworten.

Ein verlegenes Lächeln hob Sarahs Mundwinkel, als sie sagte: »Es tut mir leid, dass ich wegen Bradley so ausgerastet bin. Meine größte Angst ist es, dass meinen Kindern etwas passiert.«

»Das hätte mir klar sein müssen. Ich werde dir nie wieder solche Angst einjagen.«

Bones war von Natur aus ein Beschützer, aber sein Verlangen, Sarah und ihre Kinder zu beschützen, war wie ein bis ins Mark durchdringender Schmerz, den er nicht loswerden konnte und auch nicht wollte. Er wusste nicht, ob es daran lag, dass er beobachtet hatte, wie jeder seiner Brüder die Liebe gefunden hatte, und sie nun so glücklich waren wie nie zuvor, oder ob das, was seine Mutter ihm vor langer Zeit gesagt hatte, wirklich zutraf. *Wenn du die eine Person findest, die für dich bestimmt ist, kann nichts das ändern.* Er wusste nur, wenn Sarah verheiratet sein sollte, wenn sie in irgendeiner Weise vergeben war und er sie nur aus der Ferne bewundern konnte, würde er dennoch alles tun, was in seiner Macht stand, um ihr zu zeigen, dass sie ihm vertrauen konnte.

»Wer ist bereit für Süßes oder Saures?«, fragte Finlay, während Tinkerbell sie zu Bradley zog.

»Tink!« Bradley stand auf, Tinkerbell schob ihren großen Kopf vor und leckte ihm so stürmisch über das Gesicht, dass er kichernd auf seinen Hintern fiel.

Bones hockte sich zwischen sie und hielt Tinkerbell am Halsband fest. »Alles in Ordnung, B-Boy?«

»Ja«, stieß Bradley zwischen seinen Kicheranfällen aus. »Lass sie los!«

»Wie wär's, wenn wir dich erst mal wieder hinstellen?« Bones half ihm hoch und legte einen Arm um seine Taille, während Tinkerbell ihn mit Hundeküssen bedeckte. Der Junge brauchte einen Hund in seiner Größe, aber Bones konnte sich vorstellen, dass seine Mutter nicht noch ein Wesen gebrauchen konnte, dass sie ernähren, erziehen und umsorgen musste.

Red und ihre Freundinnen verabschiedeten sich noch rasch, bevor sie loszogen, um ihre Ehemänner zu finden.

»Sieht so aus, als hätte dein Junge einen Bodyguard«, sagte

Finlay zu Sarah.

Bones schaute zu Sarah, die ihn misstrauisch beobachtete. Es war ungewohnt für ihn, dass er einem solch prüfenden Blick standhalten musste. Leben zu retten war sein täglich Brot als Arzt. Die meisten Menschen schauten zu ihm auf, sahen seine Meinung als maßgeblich an, und er versuchte, dem gerecht zu werden. Was wäre notwendig, um Sarahs Vertrauen zu gewinnen? Und wo zum Teufel war der glückliche Mistkerl, der ihr Herz gewonnen hatte und Vater ihrer Kinder war?

»Komm, B-Boy«, sagte Bones, als er aufstand. »Wir zeigen denen mal, wie man richtig nach Süßem oder Saurem fragt.«

»Schulter! Schulter!« Bradley hüpfte mit ausgestreckten Armen vor ihm herum, was Tinkerbell mit einem aufgeregten *Wuff!* begleitete.

Als Bones den Jungen auf seine Schultern hob, berührte Sarah ihn am Arm und sagte: »Das musst du nicht …«

Bones zwinkerte ihr zu. »Ich mache eigentlich nie Dinge, die ich machen muss. Ich mache sie, weil ich es will.«

»Onkel Beah, ich will auch so auf den Schultern sitzen, wie Bradley bein Onkel Boney. Bitte!«, bettelte Kennedy, die mit ihrem kleinen Footballer-Kostüm samt Schulterpolstern, Stollenschuhen und ihrem rosafarbenen Diadem ganz entzückend aussah. Truman hatte sie vor einer Weile zu einem Footballspiel der Highschool mitgenommen, und seitdem war sie fasziniert von dem Sport. Kennedy war ein richtig mädchenhaftes Mädchen, daher waren alle sprachlos gewesen, als sie beschlossen hatte, sich zu Halloween als Footballspieler und nicht als Cheerleader zu verkleiden.

»Klar doch, meine Süße.« Bear hob sie auf seine Schultern.

Bear war der emotionalste und fröhlichste seiner Geschwister. Bones hatte keine Ahnung, wie er das nach allem, was er im Laufe der Jahre durchgemacht hatte, hinbekam. Seine umgängliche Persönlichkeit hatte ihre Familie in vielerlei Hinsicht gerettet. Während Bones studierte und Bullet mit dem Militär ebenfalls fern der Heimat unterwegs war, hatte ihr Vater einen Schlaganfall erlitten. Bear hatte gerade den Highschoolabschluss gemacht und dann sein Leben hintenan gestellt, um das Familienunternehmen Whiskey Bro's, und später nach dem Tod ihres Onkel auch die Werkstatt Whiskey's Automotive, zu übernehmen. Er hatte im Laufe der Jahre nicht nur dafür gesorgt, dass beide Unternehmen zahlungsfähig blieben, sondern sie erfolgreich geführt und alles am Laufen gehalten, damit Bones sich darauf konzentrieren konnte, Arzt zu werden, und Bullet ihrem Land dienen konnte. Jetzt war Bear an der Reihe, seinen Traum zu verwirklichen, und Bones hätte sich nicht mehr für ihn freuen können. Vor einigen Monaten hatte er Crystal geheiratet und zurzeit entwickelte er Motorräder für den erlesenen Zweiradkonstrukteur Silver-Stone Cycles. Und weil er die Werkstatt der Whiskeys so liebte, arbeitete er weiterhin in Teilzeit dort. Bones bewunderte jeden seiner Brüder und ihre Leistungen, und er würde Bear für seine selbstlose Großzügigkeit immer dankbar sein.

Kennedy setzte Bear ihr rosafarbenes Diadem auf den Kopf und sagte: »Jetzt siehst du *würklich* wie ein Cheerleader aus!«

»Nur für dich, Ken«, meinte Bear kopfschüttelnd.

»Wo ist Dixie?«, wollte Bones wissen.

»Penny und Izzy haben sie zusammen mit Jed, Quincy und Scott mitgeschleppt«, erklärte Crystal.

»Penny sagte, sie wollten *Single-Sachen* machen, was Quincy natürlich sofort mit einem vielsagenden Augenbrauenzucken kommentiert hat«, ergänzte Gemma.

Bones schaute zu Sarah. *Mit dir würde ich auch gern Single-*

Sachen machen. Als hätte sie seine Gedanken lesen können, errötete sie und wandte den Blick ab.

Bullet murmelte etwas, das Bones nicht verstand. Wie die anderen Kerle sah er lächerlich aus in seinem Cheerleader-Kostüm mit den beiden Pompons in den Gesäßtaschen, aber er war eins fünfundneunzig groß, und es gab niemanden, der so blöd gewesen wäre, sich über ihn lustig zu machen. Und für alle Whiskeys galt, dass es nichts gab, was sie nicht für Kennedy tun würden.

»Mist, ich habe den Buggy vergessen«, sagte Sarah.

»Ich trage sie.« Bones streckte die Hände nach Lila aus. »Komm her, Maus.«

Sarah wandte ihm die Schulter zu. »Du hast doch schon Bradley.«

Bones hob eine Hand hoch und legte sie auf Bradleys Rücken und winkte mit der anderen. »Und ich habe einen freien Arm.«

»Mommy, er ist ein guter Halter«, sagte Bradley und klopfte Bones auf den Kopf. »Er hat mich schon viel gehalten.«

Sie schaute mit einem entschuldigenden Blick zu Bones auf. »Schon gut, ich kann sie tragen.«

Doch Lila streckte die Arme nach Bones aus. Er hielt ihr seinen Finger hin, den sie mit ihren winzigen Fingern umklammerte und dann zu ihrem Mund zog.

»Ich bezweifle nicht, dass du es *kannst*«, sagte Bones. »Aber dafür sind Freunde da: um einem Last abzunehmen.« Hatte sie keine engen Freunde gehabt, wo immer sie vorher gelebt hatte? Oder hatten die sie ausgeschlossen? Bei dem Gedanken zog sich in ihm alles zusammen. »Wenn es dir unangenehm ist, dass ich sie halte …«

»Nein, das ist in Ordnung. Ich bin nur …«

»Eine verantwortungsbewusste Mutter.« *Was dich nur noch anziehender macht.* »Und das ist eine bewundernswerte Eigenschaft.«

Sarah schüttelte den Kopf. Ihre hübschen blonden Haare wehten ihr um die Schultern. »Wirklich, Bones, du kannst sie doch nicht beide tragen.«

»Oje«, sagte Finlay und warf Gemma einen wissenden Blick zu. »Du hast noch nicht verinnerlicht, dass man die Männlichkeit eines Whiskeys nicht infrage stellen sollte. Sie werden dich immer eines Besseren belehren.«

»Süße, du bist schwanger und warst schon den ganzen Nachmittag hier draußen unterwegs.« Bones streckte den Arm aus. »Und jetzt gib mir bitte diese hübsche kleine Lady. Wir gehen zu dir und holen den Buggy, wenn du willst, und dann fragen wir bei euch in der Nachbarschaft nach Süßem oder Saurem. Wahrscheinlich sollten wir auch ihren Igel und ihre Schmusedecke holen, falls sie quengelig wird.« Sarah wohnte nur drei Straßen weiter. Weit musste er die Kinder also nicht tragen, aber die Vorstellung, dass Sarah den ganzen Abend ein Kleinkind auf der Hüfte herumschleppen wollte, behagte ihm nicht.

Sarah sah ihn ungläubig und staunend an. »Ihren Igel …«

»Ich habe keine Ahnung, wie ihr es ohne ihn aus dem Haus geschafft habt.« Bones hatte Lila einen Plüschigel geschenkt, als sie das Krankenhaus verlassen hatten, und soweit er gesehen hatte, ließ Lila ihn nur selten aus dem Auge.

Gemma stellte sich neben Sarah und sagte: »Es heißt ja, man erfährt viel über einen Mann, wenn man sich anschaut, wie er seine Mutter behandelt.« Sie schaute Truman voller Liebe an und sagte: »Ich finde, man erfährt mehr über einen Mann, wenn man sich anschaut, wie er die Kinder von anderen behandelt.«

Bear hatte sich mit Truman angefreundet, als Truman noch ein Teenager gewesen war. Wenige Jahre später hatte Truman die Verantwortung für ein Verbrechen übernommen, das sein jüngerer Bruder Quincy begangen hatte, und war mehrere Jahre für ihn ins Gefängnis gegangen. Kurz nach seiner Entlassung hatte er Lincoln und Kennedy – seine Geschwister, von deren Existenz er gar nichts gewusst hatte – aus einem Crack-Haus gerettet, in dem seine Mutter an einer Überdosis gestorben war. Er hatte Gemma kennengelernt, sich Hals über Kopf in sie verliebt, und nach ihrer Hochzeit hatten sie die Kinder adoptiert, die sie nun als ihre eigenen großzogen. Die Kinder hatten schon viel erlebt. Kennedy hatte anfangs vor allem und jedem Angst gehabt. Jetzt war sie drei Mal pro Woche im Kindergarten und liebte es, im Mittelpunkt zu stehen. Truman war ein guter Mensch, der die Hölle durchlebt hatte und sich rückhaltlos für andere aufgeopfert hatte. Bones war stolz, ihn seinen Bruder nennen zu können.

Sarah gab schließlich nach und übergab Bones ihre süße Kleine mit einem dankbaren Lächeln. »Ich mag das Gefühl nicht, dass ich Schindluder mit dir treibe. Immer hilfst du uns. Eines Tages fragst du dich, wo deine ganze Freizeit abgeblieben ist.«

»Treibe ruhig Schindluder mit mir, Süße.« Er konnte die Zweideutigkeit aus seinem Tonfall nicht heraushalten, und dass sie ihn mit großen Augen ansah, sagte ihm, er sollte sich lieber etwas zurückhalten, damit sie nicht verängstigt davonlief. Aber er war nicht besonders gut darin, sich von etwas zurückzuhalten, das er wollte, und als er Sarah dabei ertappte, wie sie ihn betrachtete – ziemlich begierig betrachtete –, fügte er hinzu: »So oft du willst.« Dann wandte er den Kopf nach oben und sagte:

»Halt dich gut fest, B-Boy! Wir holen uns unser Süßes oder Saures.«

Ende des Auszugs

Wenn Ihnen die Vorschau gefallen hat, können Sie *Wicked Whiskey Love – Ganz und gar Liebe* direkt bei Ihrem Online-Buchhändler bestellen!

Kennen Sie die Bradens schon?

Verlieben Sie sich mit Treat und Max in *Im Herzen eins – neu erzählt*, dem ersten Band der Serie *Die Bradens in Weston, Colorado*

Treat Braden ist eigentlich gar nicht auf der Suche nach Liebe, als Max Armstrong in seine Hotelanlage in Nassau spaziert, aber er erkennt hinter dem Schutzschild ihrer effizienten Fassade schnell die liebenswerte, sinnliche Frau. Ein geradezu magischer gemeinsamer Abend lässt ein enges Band zwischen ihnen entstehen, und zum ersten Mal in seinem Leben verspürt Treat den Wunsch nach viel mehr als einem kurzen Abenteuer. Doch dann macht er einen Fehler und sie zieht sich zurück. Nachdem er sich wochenlang nach der einen Frau, die er nicht haben kann, verzehrt hat, fliegt er nach Hause auf die Ranch seiner Familie, um sie endlich zu vergessen.

Eine zufällige Begegnung bringt die beiden wieder zusammen und führt zu einer Nacht voller Leidenschaft und Aufrichtigkeit. Als Max ihre schmerzhafte Vergangenheit offenbart, ist Treat bereit, alles zu geben, um ihr Herz für immer zu erobern – und ihr zu helfen, sich von ihren Dämonen zu befreien.

Bestellen Sie *Im Herzen eins – neu erzählt* bei Ihrem Online-Buchhändler.

Neu bei »Love in Bloom – Herzen im Aufbruch«?

Ich hoffe, Ihnen hat es genauso viel Vergnügen bereitet, die Whiskeys kennenzulernen, wie mir, über sie zu schreiben. Falls dieser Band Ihr erstes Buch aus der Reihe »Love in Bloom – Herzen im Aufbruch« ist, warten noch jede Menge Geschichten über unsere sexy, selbstbewussten und loyalen Heldinnen und Helden auf Sie.

Die Whiskeys: Dark Knights aus Peaceful Harbor ist nur eine der Serien aus meiner großen Sammlung von Liebesromanen mit Tiefgang, Humor und Happy-End-Garantie. In allen Büchern finden Sie eine abgeschlossene Geschichte, die auch für sich allein gelesen werden kann. Figuren aus den einzelnen Serien und Büchern der weitverzweigten »Love in Bloom – Herzen im Aufbruch«-Familien tauchen immer wieder auch in den anderen Bänden auf. So verpassen Sie nie eine Verlobung, eine Hochzeit oder eine Geburt. Wenn Sie mögen, lernen Sie doch auch die anderen Serien der Reihe kennen! Eine vollständige Liste aller auf Deutsch erschienenen und geplanten Bücher gibt es am Ende des Buches und unter dem folgenden Link finden Sie weitere Informationen:

www.MelissaFoster.com/Herzen-im-Aufbruch

Danksagung

Danke, dass Sie die Geschichte von Bullet und Finlay gelesen haben. Ich hoffe, die beiden konnten Sie in ihren Bann schlagen. Auch die anderen Mitglieder ihrer Familie und ihres Freundeskreises werden jeweils ihr eigenes Happy End bekommen. Falls dieses Buch ihr erster Roman von mir ist, sollten Sie wissen, dass meine Bücher immer unabhängig voneinander als Einzelgeschichten gelesen werden können, auch wenn sie Teil einer Serie sind. Figuren aus den Romanen tauchen immer wieder auch in Folgebänden auf und auch die verschiedenen Serien sind so miteinander verknüpft, dass Sie nie eine Verlobung, Hochzeit oder Geburt verpassen. Mehr Informationen zur Reihe »Love in Bloom – Herzen im Aufbruch«, meiner großen Sammlung von Liebesromanen finden Sie unter: www.MelissaFoster.com/Herzen-im-Aufbruch

In meinem Facebook-Fanclub plaudere ich häufig mit meinen Lesern. Sollten Sie noch nicht dazugehören, dann schauen Sie doch mal rein!
www.facebook.com/groups/MelissaFosterFans

Wenn Sie meine Facebook-Autorenseite abonnieren, bleiben Sie immer auf dem Laufenden über Neuerscheinungen, besondere Angebote und alle Neuigkeiten in der Welt unserer fiktionalen »Book Boyfriends«.
www.facebook.com/MelissaFosterAuthor

Mein Dank gilt meinem tollen Team aus Lektorinnen und Korrektorinnen: Kristen Weber, Penina Lopez, Elaini Caruso, Juliette Hill, Marlene Engel, Lynn Mullan und Justinn Harrison, genauso wie meinem deutschen Team: Anna Wichmann, Cathérine Fischer, Rabea Güttler und Judith Zimmer. Und wie immer ein riesiges Dankeschön an meine Familie für ihre Geduld, Unterstützung und Inspiration.

Im Zweifel Liebe
Bei Rückkehr Liebe
Trotz allem Liebe
Bei Aufprall Liebe

Die Bradens (Peaceful Harbor)

Geheilte Herzen
Voller Einsatz für die Liebe
Liebe gegen den Strom
Vereinte Herzen
Melodie der Liebe
Sieg für die Liebe
Endlich Liebe – ein Braden-Flirt

Die Remingtons

Spiel der Herzen
Im Dschungel der Liebe
Herzen in Flammen
Herzen im Schnee
Liebe zwischen den Zeilen
Von der Liebe berührt

Die Bradens & Montgomerys (Pleasant Hill – Oak Falls)

Von der Liebe umarmt
Alles für die Liebe
Pfade der Liebe
Wilde Herzen
Schenk mir dein Herz

Der Liebe auf der Spur
Verrückt nach Liebe

…

Die Whiskeys: Dark Knights aus Peaceful Harbor

Tru Blue – Im Herzen stark
Truly, Madly, Whiskey – Für immer und ganz
Driving Whiskey Wild – Herz über Kopf
Wicked Whiskey Love – Ganz und gar Liebe
Mad About Moon – Verrückt nach dir
Taming My Whiskey – Im Herzen wild

Entdecken Sie Melissa Fosters Bücher auch auf:

www.MelissaFoster.com/Herzen-im-Aufbruch